BANDE À PART

DU MÊME AUTEUR

La Peur bleue
Grasset, 2000

Il était une fois Françoise Sagan
Jacques Marie Laffont éditeur, 2005

Mémoires d'un arythmique
Grasset, 2015

Déjeunons sur l'herbe
Bouquins, 2022
Prix Renaudot essai

GUILLAUME DURAND

BANDE À PART

PLON
www.plon.fr

92, avenue de France
75013 Paris
Tél. : 06 45 87 50 01
www.plon.fr
www.lisez.com

Dépôt légal : septembre 2024
ISBN : 978-2-259-31958-4
Mise en pages : Nord Compo

À Diane.

« Les beaux étés sans toi, c'est la nuit sans flambeau. »
Marceline Desbordes-Valmore

À Julien Clerc qui m'a suggéré un jour
cette phrase à l'origine du livre :

« Ces gens qui ont compté pour les Français… »

FRANÇOIS MITTERRAND ET JACQUES CHIRAC

Ascenseur pour l'échafaud

Septembre 2011.

Une amie me propose de dîner avec lui, un dimanche soir, Chez Thérèse, un excellent restaurant asiatique de la rue Jean Mermoz, dans le VIIIe arrondissement de Paris. Je sais qu'il est fragile, mais je ne m'attends pas à vivre un pareil malaise.

Nous sommes six, confortablement installés dans un box ouvert vers l'extérieur. Le président est face à moi et, à ma gauche, se trouve un garde du corps, oublieux depuis longtemps des abdo-fessiers et du tir rapide. L'essentiel du travail de cet anti Tom Cruise consiste à garder dans le creux de ses bras le bichon maltais présidentiel, tout en aspirant quelques nems. Je suis accompagné de mon épouse et d'un couple d'amis. Je comprends vite que Jacques Chirac me regarde comme Shrek ! Sa tête dodeline. Le fossoyeur de Giscard ? Le souffre-douleur de Mitterrand ? L'assassin de Balladur ? Le vainqueur de Le Pen ? Non, Shrek ! Il ne sait absolument plus qui est cette vague silhouette qui l'a pourtant interviewé et croisé un nombre incalculable de fois. Il est beau, amaigri, mais est-ce bien lui, cet homme qui navigue à vue entre absence et présence ? Est-ce qu'il souffre ? En urgence, pour sortir du trouble, je trouve une accroche.

J'essaye d'entamer la conversation avec l'arrestation de DSK. Long silence à notre table. Et je dirais dans la quasi-totalité du restaurant, car il ne faut pas oublier que le président était, même à cette époque de sa vie, une sorte de super star. Sa haute taille l'aida d'ailleurs tout au long de sa carrière, « les grands », exception faite du Général, étant rares dans l'histoire politique française.

Quarante-cinq secondes, c'est long pour obtenir une première réponse. Notre conversation est épiée par tous les amateurs de riz cantonais de la salle. Et c'est là que, d'une voix de stentor, l'ancien président, sans me regarder vraiment, formule cette phrase ahurissante : « Mardi, on va manger des moules ! », qu'il répète trois fois à tue-tête. « Mardi, on va manger des moules ! Mardi, on va manger des moules ! Mardi, on va manger des moules ! » Face à moi, un grand combattant de notre histoire politique est réduit à la plus simple expression de l'humanité : la survie. Je quémande des nouvelles de son épouse, Bernadette, il répond du tac au tac : « Pas pressé ». Il y eut d'autres moments gênants, notamment lorsque, au passage de certaines jeunes femmes, qui allaient et venaient dans le restaurant, il lança à plusieurs reprises : « oh, quel joli cul ! ».

Je n'eus pas le temps d'être gêné, car j'étais à deux doigts de pleurer. Puis j'ai pensé à mon père qui, lui, voguait tranquillement vers ses cent ans. Sa vie d'intellectuel et de commerçant s'était déroulée à l'écart de la violence politique. J'ai appris sa mort, allongé sur l'herbe d'une île, falaises à pic, au large du Portugal. Il me manque atrocement.

J'avais déjà eu l'intuition de l'ultra-violence politique qui martyrise les corps en septembre 1992, puis à l'été 1995, avec François Mitterrand.

Il avait fait l'émission de la Sorbonne sur la naissance de l'euro dans des conditions de souffrance épouvantable. Il n'y a pas d'autre métier que la politique où l'on assume une haine, une pression et des douleurs pareilles. S'il craquait, l'Europe était foutue. Tout le monde connaît l'histoire : il a été soigné dans les sous-sols de la Sorbonne, à la faveur d'un interminable écran de pub. De socialisme, il ne fut jamais question, mais il termina ses deux mandats en Européen convaincu.

Quand nous sautillions comme des neuneus à la Bastille en mai 1981, avec cette idée idiote que nous allions changer la vie, personne ne se doutait que François Mitterrand apprendrait en juillet qu'il était gravement malade. On peut retenir l'hypothèse que le pouvoir l'a galvanisé. Mais à l'été 1995, lorsque j'ai déjeuné avec lui et sa famille officielle à Latche, j'ai subi ma seconde pétrification. Un appétit féroce, mais plus de corps. Une pléiade de médicaments. Malgré le soleil du Sud-Ouest, les lunettes sont inutiles. Il peut vous regarder et bavarder, aveuglé en pleine lumière puisqu'il est déjà mort, tout en découpant son entrecôte. Ma femme et lui se font un numéro de charme. Elle est jeune et elle n'en revient pas de l'effort qu'il fait pour évoquer sa famille, comme s'il avait croisé le maréchal Mac Mahon la veille, dans une promenade de somnambule qui annihile le temps.

Après le déjeuner, j'eus le droit à un tête-à-tête dans la bibliothèque, un modeste petit bâtiment à côté de la maison. N'ayant aucun des atouts de mon épouse – ni la beauté, ni le Maréchal –, il plongea vite dans un sommeil de pyramide jusqu'à me donner l'impression de ne plus respirer. « Putain, me suis-je dit, il va me claquer entre les doigts. » Heureusement, au bout de cinq minutes, je perçus un petit souffle réanimant le cadavre. Je suis sorti discrètement, très vite. Étant donné ma profession, j'aurais dû appeler la terre entière. « Allô ? Je viens de déjeuner avec Mitterrand ! Préparez les nécros, rappliquez à Biarritz en urgence, il agonise ! » La fréquentation de l'océan, dans cette région que j'adore, est aussi une éducation à l'élégance. Au Pays basque, on ne balance rien ni personne.

J'aime, pour les avoir croisés souvent, ces monstres de notre histoire plus que la vérité immédiate qui les concerne. Depuis le lycée, je n'ai jamais oublié cette phrase de Clemenceau : « Gouverner, c'est tendre jusqu'à casser, tous les ressorts du pouvoir ». Après des années de lutte, d'ascension, de triomphes, de défaites, les ressorts se transforment en d'imparables boomerangs pour ceux qui choisissent la voie impitoyable de la politique. La Ve République a même épuisé son inspirateur, parti sur les plages irlandaises.

Pourquoi les autres s'en sortiraient-ils mieux ?

À chaque fois, après ces repas tragiques, l'intuition que la Ve République devenait une fiction s'est imposée à moi. Est-ce le quinquennat ? Est-ce la personnalité des présidents qui ont suivi ? Au cœur de la crise, tout le monde cherche la réponse. Les Français ne peuvent pas être exonérés d'une responsabilité car nous vivons des temps minoritaires qui n'acceptent plus les majorités.

J'adore, le soir, prendre seul et uniquement seul (sinon quel intérêt ?) le chemin discret qui mène à la rencontre de ceux qu'on trouve dans ce livre. Dans l'une des pires périodes de notre histoire, Marcel Carné n'envoyait-il pas ses visiteurs au Château ? J'ai fait ces voyages, joyeux ou accablé, en mission pour la télévision, la radio ou un journal, en général *L'Opinion*, qui m'ouvrit ses colonnes pour des portraits pendant des années. Qu'ils soient tous remerciés d'emblée avant que les portes des intéressés ne s'ouvrent.

La politique, au cœur de ce livre, sans prétention de ma part, n'a jamais été qu'un prolongement de la littérature. La vérité, si elle existe, attendra le jugement de l'histoire et les travaux scientifiques. Pourquoi sommes-nous attirés par ceux qui nous dominent ? À part les salauds absolus, je n'ai jamais hésité. Et encore… Puisque j'ai retrouvé avec mon copain Philippe Berti cette horreur de René Hardy, qui livra Jean Moulin à

Klaus Barbie. Lui-même avait été trahi par cette vamp collabo de Lydie Bastien avec laquelle il couchait.

Ce jour de 1987, après le retour de Barbie, il crachotait sa haine, allongé sur le pauvre lit d'une ferme perdue, planquée quelque part dans le Loiret.

Il y a dans le journalisme une grande part de vie par procuration. C'est le charme. C'est aussi le danger. Le hasard est également une nécessité pour réaliser des entretiens qu'on n'imaginait même pas.

Je travaillais pour la Cinq lorsque réapparut Frédéric Chapus, trente ans plus tard. Je l'avais quitté comme un grand frère m'apprenant à faire du vélo à la campagne, sur des routes qui sentaient l'épi de blé. Est-il encore vivant quelque part ? Je n'en ai pas la moindre idée… Le deal fut bref à l'époque du journal télévisé :

> Je travaille pour l'équipe d'Eltsine qui vient d'arriver au pouvoir [il est président de la Fédération de Russie du 10 juillet 1991 au 31 décembre 1999]. Il veut faire un grand entretien avec des représentants des principaux médias européens. Comme tu te démerdes pas trop mal en anglais, j'ai besoin de toi pour mener la danse. On enregistre une grande émission d'interviews à Moscou. C'est dans quinze jours, rapplique !

À cette occasion, j'ai découvert que le western s'était déplacé à l'Est. La neige, le froid, la circulation impossible, le Kremlin impressionnant. L'idée de me plonger dans le bordel russe m'a immédiatement enchanté. Et puis il est impossible de refuser quoi que ce soit au type qui vous a appris la bicyclette. Moscou, à cette époque, était rempli de mafieux en 4 × 4, entourés de gardes du corps et de filles sublimes. L'émission a été enregistrée, et même diffusée.

Toutes celles et tous ceux qui sont dans ce livre n'ont pas forcément l'impact historique et un peu dément du colosse de la vodka qui laissa le pays à Vladimir Poutine. À la fin des années quatre-vingt-dix, nous ne mesurions pas bien, derrière le visage de cet ancien collaborateur du FSB, le danger qui nous menaçait. Les occidentaux naïfs ont cru voir arriver Kennedy au Kremlin. Je m'en souviens comme si c'était hier. Quelques saisons plus tard, de retour à Moscou à l'occasion de législatives face à Garry Kasparov, j'ai précisément mesuré à quel point les enfants de Tolstoï et de Dostoïevski étaient dirigés par un flic nostalgique de la grandeur soviétique, intelligent, impitoyable. Tueur qui ne tue pas lui-même. Dans le monde entier, des comptes en banques « anonymes » remontent à lui.

Quand j'ai commencé ce métier, nous vivions une des plus longues séquences de paix en Europe depuis la guerre. Le mur de Berlin allait s'effondrer. On ne faisait plus trois heures de queue pour passer en voiture la frontière qui nous séparait de nos voisins belges, allemands, italiens ou espagnols. La jeunesse était une valeur en soi. Les grands écrivains comme Soljenitsyne, Le Carré, Sagan ou Mailer, étaient des stars mondiales au même titre que certaines personnalités de la chanson ou du cinéma. Kohl et Mitterrand se tenaient par la main. Les ordinateurs étaient gros comme des chalets. Le communautarisme n'existait pas, sauf pour les amateurs de *Chinatown*. Le chômage de masse pointait le bout de son nez, comme les premiers McDonald's. Finalement, on ne voyageait pas tant que ça. La France restait notre destin. Or, plus personne ne conteste qu'elle valse et tremble aujourd'hui à la périphérie de la gloire. Que s'est-il passé ?

Par conviction, je n'ai jamais milité nulle part, je n'ai aucune vocation de justicier. Je bois peu, j'ai fait une carrière de drogué extrêmement limitée car ça nuisait considérablement à la qualité de ma deuxième balle de service. Mon émerveillement provient de ces musiciens qui improvisent avec fluidité et génie, particulièrement les pianistes de jazz. Mon envie fut de rédiger vite, après des rencontres d'une heure, en écoutant des disques de Monk ou de Bill Evans. Légèreté obligatoire, j'avais la mort aux trousses. J'ai publié ces entretiens, ces portraits, ces rencontres qui, parfois, changèrent ma vie, parce que souffle partout un vent mauvais que seuls l'écriture et le souvenir apaisent.

DAVID BOWIE, CLAUDE LÉVI-STRAUSS

Les montagnes magiques

Il y a des moments où je me demande si je ne suis pas le chat noir absolu. Le vampire de l'interview qui se présente comme un joufflu un peu gentillet, mais vous envoie au cimetière quelque temps après. Hypothèse parfaitement débile, mais l'ivresse des gens de télévision quant à leur rôle social et culturel est tellement intériorisée que boulot et destin dansent un improbable tango dans leur cerveau. Nos visages et nos mots n'ont aucune postérité.

L'une des gênes de la télévision, c'est l'obligation permanente de sourire dès que ça démarre, contrairement à la radio. Il se joue parfois, en dehors des incidents de plateau classiques – à hurler de rire quand Serrault et Krasucki prolongent le journal télévisé d'un quart d'heure –, de véritables drames. La valse des projecteurs peut être un chemin macabre vers la nuit.

Il m'est arrivé souvent de faire des journaux ou des émissions dans des conditions d'équilibre personnel graves et inavouables. Dans ces cas-là, comme des comédiens au théâtre ou des commandants de navires, nous sommes appelés à un devoir de dignité. Je ne parle pas de l'insupportable mal de crâne, mais du mal de vivre. Tenir debout est un devoir car un plateau ou un programme, comme un théâtre, engage des dizaines de personnes.

David Bowie est venu pour « Trafic » sur France 2 il y a quatorze ans, juste avant de disparaître pendant dix ans dans un océan de maladies compliquées. Tristesse infinie. D'autant plus que je fus mauvais comme un cochon lors de cette ultime émission où le titre « Modern Love » enchanta le studio. Lui avait l'air de péter la santé, très loin de son époque rachitique berlinoise. Une masse invraisemblable de cheveux dorés, un jeans élégant, un orchestre phénoménal : Earl Slick, Mike Garson, Gail Ann Dorsey. Dans les jours qui suivirent, il donna deux concerts en Allemagne. Le deuxième, au bord du malaise. La tournée devait l'emmener aux Vieilles Charrues.

La suite verse dans le romanesque. Personne ne sait vraiment. Une rumeur parle d'un mal à l'épaule, comme un violent pincement. Bowie rentra à New York pour ne plus réapparaître en public. Peu de gens le connaissent aussi bien que Jérôme Soligny de *Rock'n'Folk*. Écrivain et musicien, il lui consacra une somme indispensable de deux volumes, *Rainbowman*. Pour Jérôme, le but n'a jamais été de mener une enquête sordide sur sa santé. Ils échangèrent souvent des mails. Soligny est resté très lié à ses musiciens et à ses deux meilleurs amis d'enfance, notamment Geoff MacCormack qui connut Ziggy à l'école primaire de Bromley dans les années cinquante au sud-est de Londres.

Le ciel l'a rappelé à lui.

Au départ, on a identifié des problèmes cardiaques sonnant comme un avertissement qui l'ont poussé, un peu comme Lennon, l'un de ses grands amis, à se retirer pour profiter de sa fille à Manhattan et dans une propriété à proximité.

Romanesque, parce que l'un des hommes les plus célèbres du monde disparaît comme Garbo. Jamais il n'a arrêté de travailler d'après Soligny, qui considère que la sortie de *Black Star* ne fut en aucun cas une ode crépusculaire prémonitoire.

Le funeste a toujours été présent dans le travail de Bowie, comme chez Warhol. Souvenons-nous : avant de reprendre « Amsterdam », il enregistrera « Ma Mort » de Brel.

Cinq années s'écoulèrent sans que l'on ne sache rien de précis. Plus de conférence de presse, plus d'interview. Bowie travaille avec des musiciens de jazz. Tout l'intéresse. Il est aussi mélomane que musicien. On l'imagine se promenant anonymement dans les squares de New York, avec Iman et leur enfant. Duncan, son fils aîné, réalisateur, n'est jamais loin. Ses années tranquilles se fracassent contre un autre mal qui mobilise des médecins, partout, y compris en Suisse où il a vécu vingt ans. De quoi est-il mort exactement ? D'un cancer caché ? Où sont ses cendres ? Dans un endroit mystérieux ?

Tous les gens qui se montrent ont un mal fou à quitter la scène. Bowie, lui, immense artiste, salué par tous ses pairs, a rejoint la légende des disparus sans la moindre affectation. Bowie fait partie de ces jeunes gens qui ont changé la planète depuis Londres. De Sydney à Stockholm, en passant par Taïwan, qui les ignore ? Parfois, dans un accès de modestie, Bowie concédait que Lou Reed était peut-être un plus grand compositeur que lui.

Les parents de ces jeunes prolos britishs, parfois déglingués, avaient livré la bataille d'Angleterre. Leurs guitares démentes, mélodiques et saturées, furent un autre D-Day. Je crois aux générations et aux lieux. Le XIXe siècle de Zola, de Baudelaire, de Manet à Paris, comme l'après-guerre d'Aragon, de Breton, de Picasso et Dalí. Il y eut la physique quantique en Allemagne, les écrivains et les grands peintres américains d'après 1945, et puis ce *Swinging London* des années soixante. Bowie fut la jonction avec Warhol à New York.

Il prononça ses avant-derniers mots en public lors des répétitions de *Lazarus*, comédie musicale, mise en scène de Ivo Van Hove. Il était encore plus maigre que lors de sa période berlinoise. Il mourut le 10 janvier 2016.

L'interview pour *Trafic* date de 2008. Le lendemain, il en donnait une dernière à *Libération*, considérant que j'étais un peu zozo. Impossible alors qu'il ait eu connaissance de mon état d'esprit, j'étais délabré par une disparition. Yves Bigot, Anne Marcassus et Laurence Touitou m'ont poussé de force sur scène. Mon cœur devait battre à 160 bpm. Bowie souriait.

Ses mots, les voici.

— Je compose et j'écris beaucoup de chansons. Je ne sais pas si elles sont bonnes ou mauvaises. Je suis assez prolifique… Trente à quarante par an. Un album chaque année m'irait tout à fait. Dans les années soixante-dix, j'en produisais deux ou trois avec Iggy Pop et d'autres artistes. C'était un peu dingue, mais ça ne m'a jamais posé de problèmes.

— Vous avez travaillé avec Tony Visconti, producteur historique. Sur les vingt-six ou vingt-sept albums, il en a produit douze ou treize.

— Oui, il en a produit la moitié. Nous nous sommes rencontrés à Londres dans les années soixante, je faisais partie de cette petite coterie londonienne.

— L'album a été enregistré à New York. Il commence sur cette cicatrice blanche de la ville. Tout le monde a compris qu'il s'agissait du 11 septembre. Vous y vivez. Votre famille était là-bas quand c'est arrivé. Vous n'en faites pas une description réaliste, mais une description poétique et optimiste.

— J'essaie de recréer l'impression de ce qui reste de cette ville traumatisée. Mais j'essaie d'en tirer quelque chose de positif. Il ne nous appartient pas de réfléchir uniquement en termes négatifs. Surtout pour les enfants. Être moins existentialiste.

— Il paraît qu'il fut très difficile de rentrer quand c'est arrivé. Douleur exprimée dans *Heaven*.

— C'est ironique car *Heaven* a été écrit avant le 11 septembre. Il y avait déjà l'ombre du drame, le stress. On sentait que quelque chose allait se passer dans la ville. Même si personne ne se doutait que ça allait être une catastrophe de cette ampleur. Je crois que ce jour-là, il y a une ligne noire qui a traversé l'histoire. La vie ne sera plus jamais la même.

— Pourquoi avoir accepté cette pub pour une eau minérale qui met en scène vos principaux personnages : Ziggy Stardust, Aladdin Sane, Halloween Jack, The Thin White Duke, Pierrot ?

— Tous ces personnages ne boivent que de l'eau et c'est la raison pour laquelle je quitte la maison à la fin de la pub. Plus sérieusement, cela ne m'a pas posé de problème. Ces personnages ne sont pas des martyrs. Ce sont des avatars que j'ai utilisés, ils ne sont pas sacro-saints et je peux encore les réutiliser hors contexte. La moitié de ma vie a été consacrée à créer une suite de juxtapositions, où chaque chose est complètement hors contexte de ce qui suit ou de ce qui précède. Pour moi, il y avait deux conditions. Est-ce qu'on va se servir de ma chanson dans la pub ? Ils ont dit oui. Ok. Est-ce que je peux m'amuser avec les idées que l'on se fait de ma propre image et créer un peu plus de légèreté dans la situation pour qu'on puisse en rire un petit peu ? L'ironie, c'est que moi, je me porte mieux que tous ces personnages. [Dit-il, sans avoir la moindre prescience de ce qui va lui arriver les jours suivants.] La lumière ignore l'ombre. L'un de ses titres évoque l'âge et l'immortalité.

Ce n'est même pas prendre mes désirs pour des réalités. J'ai trouvé l'idée assez amusante qu'un rockeur produise une déclaration toute simple de manière un peu pétulante, un peu agressive : « Je ne vais jamais vieillir. » Comme s'il se mettait en boule comme un gamin de trois ans : « Pas question de vieillir, je ne veux pas ! » C'est une chanson drôle.

— On constate que les plus grandes tournées aujourd'hui restent celles les Stones, de McCartney, de David Bowie…

— Tout ça à l'affiche en même temps ! Vous imaginez le prix des tickets ? 1 000 dollars la place. On se croirait un peu dans les années soixante, quand on était gamins avec nos cheveux longs. Ce que détestait mon père. Aujourd'hui, c'est la guerre en Irak. Il ne faut pas se tromper de priorités. Quand on y réfléchit, cette histoire entre les générations n'a pas d'importance. Pour quelqu'un de mon âge, la musique populaire reste quelque chose qui ressemble en tous points à ce que connaissent les gamins de seize ans aujourd'hui. Les origines sont les mêmes. C'est le blues américain. Ça a évolué, c'est allé dans différentes directions, mais nous avons le même vocabulaire, les mêmes références. Lorsque je regarde les disques de ma maman, il y avait *The Sound of Music*, la musique de l'amour. C'est peut-être avec Pat Boone qu'elle s'est rapprochée le plus de la pop. Cet écart entre les générations n'existe plus. Un gamin de dix-huit ans peut examiner mes disques, il trouvera John Lennon, Jimi Hendrix et d'autres artistes qu'il aime. Moi j'examinerais les siens, je trouverais par exemple Grand Daddy I.U. Il y a un rapprochement, un terrain d'entente.

Et puis tout s'enchaîne car l'homme est cultivé. Le mime a joué un rôle énorme dans sa construction et sa présence sur scène. N'entrons pas dans le détail, mais au début, il a énormément ramé, d'échec en échec.

— Et puis l'incontournable qui a tout fait basculer.

— J'ai vu Elvis le 10 juillet 1972 au Madison Square Garden. C'était une situation folle car j'incarnais déjà, à l'époque, Ziggy Stardust. J'ai pris un avion le vendredi matin, qui m'a emmené de Londres à New York. Je suis arrivé en retard, Presley était déjà sur scène. J'avais les cheveux teints en rouges, des épaulettes et tout le tralala. [Il se lève]. Et tout le monde s'est retourné en se demandant : « qu'est-ce que c'est que ce martien qui est venu nous rendre visite ? » [Il se rassoit]. Je ne sais pas si Presley m'a vu. On avait des sièges au troisième rang. C'était une expérience assez humiliante de devoir passer comme ça devant tout le monde. Mais c'était génial. Mais il n'a chanté que quarante-cinq minutes. Et puis il a fallu que je reprenne un avion pour Londres car j'avais un concert le lendemain soir.

— Quels sont les auteurs qui vous ont influencé ?

— Tous ceux que je respecte. Little Richard est probablement le premier musicien qui m'a fasciné ! À l'âge de neuf ans, je rêvais d'être dans son groupe, au saxophone. Ensuite Lou Reed du Velvet Underground fut une immense influence. Je respecte tellement d'artistes, comme Neil Young par exemple, beaucoup plus audacieux que certains jeunes groupes alors qu'il a soixante-et-un ans. Bob Dylan est extraordinaire. Mais comment ignorer Radiohead ou Blur ?

La célébrité l'a amené au cinéma comme acteur.

— J'ai surtout adoré Buñuel, l'un des plus grands cinéastes de tous les temps.

Entre-temps, il interpréta plusieurs titres sur scène, dont le mystérieux « Modern Love », dont vous trouvez la trace partout sur Internet.

Je suis debout dans le vent
Mais je ne salue jamais
Mais j'essaye, j'essaye
Il n'y a aucun signe de vie
C'est juste le pouvoir de charmer
Gisant sous la pluie
Mais je ne salue jamais
Dieu et homme – aucune confession
Dieu et homme – aucune religion

« Ashes to ashes », « Rock'n'roll suicide », « Space Oddity », « Ziggy Stardust », « Let's dance », « China girl », « Heroes », « Life on Mars », racontent l'épopée d'un prince anglais qui, comme Charlie Chaplin, s'était arraché à l'East End de Londres.

Il n'y aurait pas de montagnes magiques si ces jeunes Anglais n'avaient pas bouleversé la culture populaire mondiale en bidouillant le blues, en le transformant en rock, en lui donnant de vertigineuses mélopées, comme le fit McCartney qui intégrait du Mozart ou de la musique contemporaine dans ses arrangements. Quand *Sgt. Pepper's Lonely Hearts Club Band* est sorti il y a cinquante ans, après un premier tirage monstrueux mais déjà épuisé, la maison de disque EMI a appelé le manager des Beatles, Brian Epstein, pour lui dire qu'elle était assaillie par vingt millions de commandes. Il faudra attendre *Thriller* pour battre ce record.

Bowie fait partie des héros de cette aventure inédite. Son apport, en dehors du mime et de la création de personnages, fut d'inventer à tout prix un rock à la fois populaire, ultra spectaculaire, intello, poétique, sexy, joyeux, funéraire, disco avec « China girl » et Nile Rodgers, mais surtout post-moderne. Même si les guitares sont électriques, sa morale fut de ne jamais se répéter. Au risque de dérouter. Au risque de la drogue. On l'a vu jouant Warhol dans le film de Julian Schnabel sur Basquiat, mais aussi dans *Furyo*, *Les Prédateurs*. Ce type diablement intelligent a écrit une célèbre chanson sur Jean Genet. Il est probable que cet acharné a entendu une voix qui lui susurrait : « Faites mieux que les autres. Envolez-vous ! » Bowie fut un Ayrton Senna du rock'n'roll. Un caméléon prodigieux.

Il y a cinquante ans, bien avant que la question du genre nous agite, ce père de famille avait déjà compris que l'ambiguïté était la princesse du succès, une sorte de morale moderne. Parfois, Charles Baudelaire se teignait lui aussi les cheveux en vert avant de sortir rencontrer l'écrivain Maxime Du Camp. Bowie est mort le 10 janvier 2016. « La musique creuse le ciel. »

*

*   *

Tous les alpinistes savent qu'il existe un dernier refuge avant d'attaquer l'effrayante et fascinante face nord du mont Cervin. Avec Claude Lévi-Strauss, j'ai toujours manqué d'oxygène. Suis-je le seul ? J'en doute. Il a toujours été la montagne magique qui dominait mon imaginaire. Ce jour-là, pour cette dernière interview, il était, malgré son très grand âge, d'une lucidité totale et portait, comme souvent, en guise de cravate, un très beau lacet typique de la culture indienne. Un grand front, une tête étroite. Des lunettes pas si différentes de celles que portait Yves Saint-Laurent.

Passionné par les artistes, je me suis souvent bêtement méfié des intellectuels, à cause de leur propension à prendre des positions politiques délirantes ou obscènes. Heidegger, le plus grand philosophe du XXe siècle, adhéra au parti nazi. Et tous nos joyeux drilles des années soixante-dix, Roland Barthes, Michel Foucault et les autres, jouèrent les maoïstes tendance Khomeini. Jean-Paul Sartre fut le premier à déconner à pleins tubes tout en écrivant des livres extraordinaires. Comme Simone de Beauvoir, icône du féminisme, qui s'était fait virer de l'Éducation nationale pour avoir fréquemment séduit de jeunes élèves dans différents lycées, en prétextant leur expliquer la philosophie de Spinoza. Derrière ce chignon pète-sec régnait une tempête torride. La même n'hésitait d'ailleurs pas à diriger ses conquêtes, souvent mineures, vers le génial et bigleux Jean-Paul Sartre qui, bizarrement, retrouvait soudain la vue. Lisez à ce propos l'essai de Hazel Rowley *Tête-à-tête* plutôt accablant, mais aussi le récit de Françoise Sagan qui, dans *Avec mon meilleur souvenir*, raconte de manière émouvante comme elle l'aida à dîner à la fin de sa vie à La Coupole.

À l'époque de ma rencontre avec Claude Lévi-Strauss, j'avais très peu voyagé, à part en Italie. Tous mes professeurs d'histoire à la Sorbonne – Albert Soboul et sa bande – pensaient que Georges Marchais avait le talent de Fellini et la profondeur de Marc Bloch, fusillé par les Allemands.

Mes voisins de travées à l'université, qui ont souvent fait de brillantes carrières, ont rarement échappé à cet envoûtement d'époque qui m'apparut toujours comme le sommet du ridicule. Faire « bande à part » ne fut pas si facile car l'intolérance régnait chez nombre de trotskystes reconvertis dans la presse. Beaucoup furent mes amis, malgré une insupportable morale lors de toutes les conférences de rédaction, y compris pour parler de Platini partant pour la Juventus de Turin ! La presse audiovisuelle n'avançait pas à visage découvert comme aujourd'hui : CNews contre France Inter. Nous n'avions pas, et nous n'avons toujours pas, la même liberté que la presse écrite, ce qui est totalement anormal. Les *Infiltrés* à la Scorsese jouaient la fausse discrétion. Dans tous les services, logeaient des Matt Damon et des Leonardo DiCaprio que l'on identifiait à l'usage. Seules les grandes convulsions électorales comme celle de 1981 démasquaient ces deux catégories, ô combien raffinées, de la pratique journalistique quotidienne : les fachos et les gauchos. J'ai toujours vécu tout cela comme un folklore plutôt hilarant. Malgré les passions décrites par Tocqueville, le « moi » profond de l'homme – fût-il reporter ou éditorialiste – ne peut se résumer à la politique. Je ne tiens pas ce constat d'une connaissance profonde de la vie des nations, ni plus particulièrement de mon pays, mais d'une tentative d'assassinat bien réelle !

J'avais moins de dix ans, nous étions à Belle-Île-en-Mer. Mon père fut attaqué à coups de couteau par un fou alcoolisé qui, au passage, a également cherché à me tuer. Il était complètement ivre et j'ai réussi à le distancer malgré mon jeune âge. Malheureusement, il est tombé sur mon très cher Papa, qui lisait, tranquillement installé sur un transat. Le dénommé « Lanco » est mort à l'asile. Lucien a été sauvé par ma mère qui l'a ramené en urgence à Paris. Il baignait dans le sang. À cause de ce timbré effrayant, je suis entré, très jeune et tremblant, dans un autre monde.

La condition humaine, la vraie, ne peut être qu'une vie troublée.

Des années plus tard, j'ai rencontré une autre forme de sociopathe mondain, présentant tous les aspects du type normal. Directeur adjoint de LCI, je vis débarquer sur le plateau lors d'une soirée électorale un personnage que je n'avais pas invité mais qui, lui, s'invitait. Il avait le cheveu inexistant, l'atroce bouche molle du traître satisfait et une allure générale de Vendéen à lunettes d'intello. Bref, une sale gueule. Et Dieu sait que ce délit m'est étranger. Il eut un comportement prétentieux dès ses premiers mots. En une phrase, il cita Maurice Duverger, René Rémond, Antonio Gramsci, la belle-sœur de Staline ou celle de Maurras. TF1 me proposait de remplacer Anne Sinclair à 7 sur 7 et Canal+ de succéder à Philippe Gildas à Nulle part ailleurs. Choix grandiose ! Patrick Buisson a pris la décision à ma place. Direction Canal+. Comment des gens intelligents, dans la presse, à la télévision et au pouvoir, ont-ils pu se laisser berner par cet idéologue rance, qui privatisa à son profit l'idée banale et dangereuse que la droite et l'extrême droite devaient faire alliance ? Quand j'ai appris qu'il enregistrait ses conversations avec Nicolas Sarkozy, j'ai vu se confirmer ma fulgurante impression d'un soir : ce type était l'archétype du salopard. Un seul spécimen dans une vie, ce n'est pas énorme. Comme ancien prof, il m'arriva souvent de consulter la chaîne Histoire qui lui fut confiée pendant des années. Une grande partie des programmes se focalisait sur le nazisme et les Messerschmitt en piqué. Ça en devenait presque comique. Buisson, ainsi soit-il.

*

* *

Claude Lévi-Strauss fut l'Auguste majestueux de tous ces clowns. Il suffisait de lire *Tristes Tropiques* pour s'en rendre compte. Le livre tient autant du roman que de l'ethnologie et d'ailleurs, son épouse Monique a rêvé à l'époque d'un prix Goncourt qui aurait amélioré l'ordinaire de ce couple si extraordinaire. Monique Lévi-Strauss a aujourd'hui quatre-vingt-dix-huit ans, bon pied bon œil. Elle fait ses courses à pied, à partir de son appartement de la rue des Marronniers, derrière la Maison de la Radio. Parfois, elle s'assoit sur un banc, mais ne renonce jamais. Sa vie est une aventure invraisemblable. Récemment, au téléphone, elle m'a confié, alors que le journal *Le Monde* consacrait plusieurs articles à son départ pour les États-Unis pendant la guerre, comme André Breton et Hannah Arendt. « Je suis estomaquée par la permanence de mon mari. À l'époque, nous vivions au milieu de gens très intelligents qui se sont évanouis dans le passé. Maintenant, et seulement maintenant, je me rends compte, par son travail acharné, à quel point il avait préparé sa postérité. »

En 2005, je grimpe les escaliers de la rue des Marronniers pour l'émission « Campus ». À l'époque, je virevoltais même à la verticale. Lui s'apprêtait à quitter le monde avec une conscience totale que son dernier voyage était proche. Une dignité incroyable. Ses mots ont été repris partout car il n'exprimait aucun regret, bien au contraire :

> Le courant d'idées que je représente était très à la mode il y a quelque quarante ans. Maintenant, les préoccupations sont assez différentes et je ne suis pas convaincu que d'ici quelques années, on se souviendra encore de ça. Il semble que la diversité des cultures ait été une façon tout à fait essentielle pour l'humanité de se développer et de se maintenir. Et que, dans cette espèce de monoculture universelle vers laquelle nous nous dirigeons, si nous n'y sommes pas déjà, eh bien je ne me reconnais plus très bien. Mais ça n'a pas d'importance, j'appartiens à un autre siècle, à une autre génération. Ce que je constate, ce sont les ravages actuels, c'est la disparition effrayante des

espèces vivantes, qu'elles soient végétales ou animales, et le fait que, du fait même de sa densité actuelle, l'espèce humaine vit sous une sorte de régime d'empoisonnement interne, si je puis dire. Et je pense au présent et au monde dans lequel je suis en train de finir mon existence. Ce n'est pas un monde que j'aime.

Pour quelle raison des carrières et des œuvres comme la sienne n'existent-elles plus dans notre beau pays ? Intellectuel incontestable à l'influence mondiale, où es-tu passé ?

MONIQUE LÉVI-STRAUSS

Confessions d'une enfant du siècle

Novembre 2018. Qu'importe le jour, il est 17 h 45.

Jair Bolsonaro accède au pouvoir au Brésil. Grosse inquiétude ! Envisage-t-il de raser une partie de la forêt amazonienne ? De faire disparaître ces arbres et ces Indiens qui ont rendu Claude Lévi-Strauss célèbre et élargi l'anthropologie à l'ethnologie ? Conscience et amitié obligent, je me suis dit benoîtement : « Il faut que j'aille voir Monique ! » Elle a trié et agrandi les fameuses 3 000 photos que son mari a rapportées de ses différentes expéditions jusqu'en 1939, avant même qu'il ne publie *Tristes tropiques*, bien plus tard, en 1955.

« Au début, mon mari voulait écrire un roman. Il a gardé le début mais s'est très vite rendu compte qu'il manquait d'imagination pour la fiction et les intrigues. » Monique a croisé tout le monde. En rentrant de son premier séjour en Allemagne à douze ans, elle tombe à la Concorde sur « Édouard Daladier qui revenait de Munich. Il était en voiture décapotable et la foule l'applaudissait ». C'est Jacques Lacan qui l'a présentée à Claude en 1949. Sigmund Freud est quasiment de la famille : « Le frère de mon grand-père était le pédiatre de ses enfants. Ils jouaient aux cartes trois fois par semaine. Les deux cousines de ma mère ont été analysées par Freud et l'une, Marianne, est devenue une psychanalyste célèbre à New York, elle était notamment la psy de Marilyn Monroe. »

Les récits de Monique sont toujours pudiques, précis, sincères, mais légèrement ironiques. Son époux n'est pas un souvenir, mais une perpétuelle présence. Au fond, ils n'ont jamais eu de coup de foudre au sens romantique du terme. Pour ce couple qui s'est éperdument aimé, tout a commencé par les corrections d'épreuves d'un livre écrit en anglais par deux ethnologues australiens pour les éditions JP Hartmann. Monique est française, mais a fait une partie de ses études en Allemagne et aux États-Unis. Cette grande spécialiste des textiles – notamment auteure de *Cachemires, la création française de 1800 à 1880* – est une polyglotte avérée qui croit au destin. « Mon mari a été professeur de philo à Mont-de-Marsan et à Laon ; et puis on lui a proposé d'être professeur à São Paulo. Tout est parti de là. Week-ends et vacances, il allait à la rencontre des Indiens. Plus tard, dès 1941, à la New York Public Library, il a lu tout ce qui concernait ces sujets, tout ce qui allait devenir sa profession : l'ethnologie. »

Tristes Tropiques est peu à peu devenu ce récit professionnel et initiatique à qui on refusa le Goncourt. « C'est dommage parce qu'à l'époque, nous avions besoin d'argent. Mais je suis comme Woody Allen [qu'elle adore], je crois au hasard. Mon mari était plus rationnel. Concernant l'avenir de la planète, il fut l'un des premiers à dire que la démographie était le problème central. On ne peut pas passer impunément de 2 à 7 milliards d'individus. En disant cela, il ne s'est pas fait que des amis. » Monique Lévi-Strauss se tient droite comme un i. Beau sourire, magnifiques cheveux blancs mi-longs. Parfaitement capable de flinguer des célébrités culturelles et politiques, à condition que vous respectiez le silence.

Paris est bloqué parce qu'Emmanuel Macron a invité presque tous les dirigeants de la planète, y compris Donald Trump. « Mais bien sûr que ça peut péter d'un jour à l'autre ! J'ai vu et connu toutes les atrocités possibles. Mais je crains moins les dangers du populisme et des nationalistes d'extrême droite que ce curieux M. Trump qui joue avec la bombe atomique et les puissances d'Extrême-Orient comme si ce n'était rien. »

L'âge, l'élégance et la gaieté n'ont pas amoindri son goût de l'information : radio, journaux, Internet… Monique adore Arlette Chabot sur LCI ! Elle confie que, travailleur infatigable, son mari ne négligeait pas les potins de Carmen Tessier dans *France-Soir*. Le couple avait deux émissions fétiches : *Apostrophes* de Bernard Pivot et *Navarro* avec Roger Hanin.

« J'ai connu des hommes dans ma vie. De tous, c'était vraiment le plus distrayant. D'une drôlerie incroyable ! Mais il travaillait comme un fou. » L'appartement est insonorisé avec des portes tambours, comme dans un studio de musique. Le bureau de bois sombre est intact. Les livres couvrent toutes les bibliothèques. Le structuralisme est né dans le silence et la concentration :

> Claude disait toujours que sa vie était un malentendu. Tout est parti des *Structures élémentaires de la parenté* publié en 1949. Il y a des passages éblouissants. Mais le livre a été mal compris et ne s'est vendu qu'à 800 exemplaires, ce qui a rendu son éditeur fou de rage. Claude plongea dans une profonde dépression. Malentendu, car plus tard, lui qui avait utilisé la linguistique comme méthode a pris ses distances avec tous ceux (Barthes, Lacan, Foucault, Todorov, etc.) qui ont confondu le structuralisme avec une sorte de religion, une idéologie.

Monique est également détentrice de petits secrets de famille.

> J'ai soigné un seul patient, mon mari, et je l'ai emmené au-delà des cent ans, lui qui souffrait de violents spasmes à cause de l'hypoglycémie, de crises de panique ou de claustrophobie dans les ascenseurs. Je suis sa troisième épouse, la seule qui ait vraiment compris qu'il fallait qu'il déjeune à 12 h 30. Et non pas à 12 h 31, sinon c'était la crise. Je me souviens d'un

dîner chez Alain Peyrefitte, ministre de la Justice ; Il avait pris des serviettes et se tapotait le front. Ça voulait dire « Je vais tomber dans les pommes ». Et vlan ! Il s'effondre. Il avait l'air d'un mort. Le nez pincé, violet. Un spectacle épouvantable. J'ai immédiatement dit : « Pas de Samu ! » Il suffisait qu'on le descende et qu'il monte dans ma Fiat 500 pour se sentir mieux. Lui disait « je suis sauvé », mais les invités considéraient que j'avais un cœur de pierre car je refusais d'emmener mon mari à l'hôpital.

Tout le monde parle des années trente. Monique Lévi-Strauss a l'avantage considérable de les avoir vécues avec une rare intensité. Son père – elle l'a raconté dans *Une enfance dans la gueule du loup* – obligea toute sa famille à partir en Allemagne en 1939. Insensé. Couvert de décorations, blessé trois fois en 1914-1918, abandonné par ses parents, il démarra dans la vie à moins de dix ans comme boulanger, pour parvenir à Harvard. Preuve absolue de lucidité ? Pas du tout. Jules Roman, né en Belgique en 1898, réembarqua Monique, treize ans, son frère et son épouse américaine d'origine juive, Ruth Emma, vivre et travailler chez les Allemands. Une histoire de fous ! Il en avait marre de bosser pour les Américains et accepta un poste d'ingénieur-conseil dans la Ruhr. Même pas peur... À chaque fois que femme et enfants le suppliaient de renoncer, il répondait la même chose : « Nous sommes protégés, aucun risque, nous sommes Belges ! »

« Ma mère n'a pas osé demander le divorce qu'elle aurait obtenu car, en plus, mon père était volage. » Cet aveuglement le conduit en prison. Villes, campagnes, les déménagements suivent. Quand la guerre se termine, le père disparaît en Belgique et Ruth emmène ses deux enfants dans sa famille américaine. « J'ai revu mon père plus tard, il était devenu une loque. » À New York, elle croisera André Breton, qui fut l'un des rares à la regarder dans les yeux : « À l'époque, c'est très curieux, un peu comme #MeToo, les jeunes Américains baissaient leur regard devant nous. Je venais de vivre l'angoisse, les bombardements incessants et, en quelques semaines, s'installa une gaieté américaine. Un soir au cinéma, Clark Gable était assis derrière moi. C'était irréel ! Il fallait rentrer en France. »

Livres après livres, Claude Lévi-Strauss est devenu une célébrité mondiale, comme Jean-Paul Sartre. « Ils se respectaient. Se parlaient avec beaucoup d'admiration. Mais Claude était incapable de fermer les yeux sur ce qui se passait à Moscou. » Finalement, que pense Monique de ceux qui ont dirigé la France ? Chirac ? « Claude et lui avaient des rapports courtois mais sans atome crochu. Cela étant dit, c'était un homme intelligent qui avait compris, pour son musée, que mon mari était incontournable. » Sarkozy ? « Nous avions voté pour lui. C'était un type spectaculaire mais que Claude impressionnait. » Pompidou ? « Un homme cultivé. » J'aborde enfin Mitterrand, qui a décoré deux fois Claude Lévi-Strauss et a emmené le couple en Concorde au Brésil en 1985. « Au départ, Claude était plutôt de gauche, mais quand je l'ai connu après la guerre, il m'a dit : "Je me suis tellement trompé que je ne m'y risque plus." Il ne signera des pétitions qu'en faveur des Indiens. »

À quatre-vingt-douze ans, Monique Lévi-Strauss demeure le charme incarné. Je reste marqué par mon entretien avec son époux. J'étais partagé entre l'embarras et la fascination lorsqu'il me parlait de ses rêves de chef d'orchestre, me soufflant gentiment que je serais bien aimable de ne pas lui demander de résumer le structuralisme en deux minutes. L'équipe avait constellé l'appartement de câbles, poussé les meubles et installé des caméras dès l'aube. En arrivant, j'ai constaté avec effroi que mon cadreur-réalisateur avait fait une bonne partie de sa carrière au « Journal du hard » sur Canal+ ! Le célèbre Joachim avait les mains moites, le cheveu en bataille et était passé allègrement de Clara Morgane à Claude Lévi-Strauss !

Celui-ci a dû voir que j'étais terrorisé. D'où cette petite phrase, gravée dans ma mémoire : « Vous savez ce que j'ai rencontré de plus primitif dans ma vie ? C'est, de très loin, la télévision. »

Comment lui donner tort ?

NICOLAS SARKOZY

Rue de Miromesnil

Vendredi 9 janvier 2024, 9 h,
bureau de Nicolas Sarkozy, rue de Miromesnil.

Quand on trace un mot, le neutre, l'impersonnel n'existent pas. Il n'y a jamais vraiment eu de différence entre mon métier et ma vie. Voir Nicolas Sarkozy un matin est une manière d'accepter ce que je suis devenu. Un homme de soixante-et-onze ans qui, lorsqu'il croise son visage dans le miroir, tombe sur un vieil adolescent apeuré, essayant de se tenir à peu près bien depuis le début de sa vie. La mort m'a frôlé, comme une nécessaire corrida. J'ai certainement eu le tort d'être heureux, d'aimer mon métier, ma famille et enfin mes parents jusqu'à leur dernier souffle. Il fallait que la vie m'inflige cette répétition générale, paradoxalement joyeuse. Car j'y ai trouvé une vérité et une tranquillité.

Je n'ai plus cette envie de roquet de traquer le ministre ou de piéger le passé d'un romancier, qui m'a caractérisé comme tous les autres à longueur d'articles, d'émissions ou d'interviews. La formule la plus con que je connaisse est certainement : « Il va vous poser la question que personne n'ose poser », car c'est évidemment celle que l'on retrouvera partout.

Depuis que j'ai découvert, une nuit de 2005, pour une émission de France 2, *Un pedigree* de Patrick Modiano, j'ai définitivement changé d'optique. J'ai été bouleversé par ce livre court et autobiographique, dans lequel un père laisse son fils en pension à longueur d'années, alors qu'ils n'habitent qu'à quelques centaines de mètres l'un de l'autre. La leçon de Modiano, désormais prix Nobel, est d'avoir imposé le trouble et les ombres comme valeurs cardinales de tout ce qui s'écrit. J'adore les news qui me réveillent en sursaut, mais je ne suis plus du tout certain qu'il existe une vérité dans le journalisme, même s'il constitue toujours un métier merveilleux.

Ils ne sont que huit à avoir présidé la Ve République. Et si je n'ai échappé à aucune passion, je me félicite de ne plus avoir l'âge de demander des comptes à ceux qui sont parmi nous : Nicolas Sarkozy, François Hollande et Emmanuel Macron. Je n'interviewe plus, je converse, parce que j'ai envie de toucher les lecteurs autrement, en leur proposant mon désordre. Macron faisant exception à cause de son âge, j'ai remarqué que les battus après un mandat, de Giscard à Hollande, évitaient le naufrage de la fin qui caractérisa les dernières années de François Mitterrand et de Jacques Chirac. Quand on le prend bien, lorsqu'on l'accepte et qu'on finit par le surmonter, perdre un présidentielle peut sauver une vie, tant la pratique politique de la Ve République est violente. Nous sommes un peuple régicide, dévoré par les passions partisanes. Emmanuel Macron est d'ailleurs en train de faire connaissance avec les joies du second mandat. Ses amis comme ses ennemis lui proposent, comme calendrier, comme perspective, comme seul conseil, une lente agonie puisqu'il a eu le culot d'organiser leurs enterrements en gagnant deux présidentielles.

Puisque nous allons maintenant à la rencontre de Nicolas Sarkozy, comment ne pas évoquer, pour ouvrir cette galerie d'entretiens, son romancier préféré : Romain Gary. Ravi de répondre à l'appel du général de Gaulle à Londres en août 1940 pour se mettre au service de la France Libre, Gary avait été reçu dans une ambiance de cimetière puisque non seulement le Général fut aimable comme une porte de prison, et, en plus, le raccompagna au bout de cinq minutes avec cette formule célèbre et pleine d'encouragements : « Et n'oubliez surtout pas de vous faire tuer ! »

Est-ce cela la politique et l'engagement ?

J'ai connu Nicolas Sarkozy il y a quarante-cinq ans, par l'intermédiaire des Lebée, très proche de la famille de ma première épouse. Un véritable clan. La rayonnante Clara Lebée, militante UDR, mourra à dix-neuf ans dans un accident de voiture et joua un rôle non négligeable au début de la carrière de Nicolas Sarkozy, notamment lors du rassemblement des jeunes Gaullistes au Bourget les 6 et 7 décembre 1975. Le père de Clara, Pascal Lebée, banquier, s'écrasa en 1971 en avion, un matin à sept heures, dans le département de l'Orne. Il volait vers la Bretagne avec Daniel Domange, mon beau-père, aux commandes. Je ne l'ai jamais connu. Ils venaient tous les deux de la Résistance.

Nous avions à l'époque des vies très différentes avec Nicolas Sarkozy. J'étais un petit professeur qui patientait dans la salle d'attente du journalisme. Lui militait nuit et jour pour construire son destin. Nous partagions néanmoins ce drame comme un élargissement de nos deux familles, qui n'avaient pourtant aucun rapport. Je n'ai jamais vu ses parents, il n'a jamais vu les miens. Il chantait Johnny à tue-tête, ne dédaignait pas la cravate. Moi, je bramais Led Zeppelin torse nu, à tort et à travers. Avoir vingt-cinq ans au milieu des années soixante-dix, c'est quand même regarder les filles avec fascination, comme Fabrice Luchini dans *Le Genou de Claire* d'Éric Rohmer, et, les soirs d'abstinence – de loin les plus nombreux –, absorber beaucoup de numéros des « Dossiers de l'écran » où l'on débattait de la guerre, de la collaboration et des maquis.

Pourquoi étions-nous sensibles à cette mythologie ?

Nicolas Sarkozy par gaullisme. Moi, marié à une fille de résistant, parce que l'un des meilleurs amis de mon père était

Daniel Cordier, secrétaire de Jean Moulin et marchand de tableaux comme papa. Daniel était foudroyant d'intelligence et zozotait. Les héros n'ont pas forcément besoin de ressembler à Burt Lancaster.

Dès que la vie professionnelle nous a mis face à face, nous nous sommes tutoyés, comme si nous avions été les seuls à assister à une projection privée de *L'Armée des ombres* de Jean-Pierre Melville.

Bien que nous écrivions des livres et partagions les mêmes siècles, une différence abyssale nous sépare : je cherche toujours à savoir qui je suis, il est, pour l'éternité, le sixième président de la Ve République.

Nous avions prévu un petit rendez-vous, à l'ancienne, au cœur de l'hiver, pour qu'il participe à ce livre. C'est une réussite totale : il fait un temps de merde. Je suis couvert comme un moniteur de ski, il arbore une jolie chemise parme et un pantalon rayé sombre. Sa jambe est agitée, la mienne est gelée. Le plus souvent, Nicolas Sarkozy aime les journalistes comme moi les cobras. Dans la profession, il a des fans et des ennemis irréductibles que tout le monde connaît. Incontournable figure politique pour les uns, « *usual suspect* » pour les autres qui, à la remorque des juges, veulent absolument le voir trébucher une bonne fois pour toutes. Nous sommes à peine assis que Carla appelle : « Mon ange, mon amour, mon bonheur ? — Oui, ma douce. » Le soi-disant coupable a l'air serein. Même Franz-Olivier Giesbert, avec lequel il s'est très violemment affronté, s'est fendu dans le dernier volume de son *Histoire intime de la Ve République, Tragédie Française*, d'un chapitre entier fustigeant l'obsession judiciaire à l'égard de Nicolas Sarkozy.

L'appartement-bureau haussmannien est vaste, décoré de multiples photos de son épouse, de ses quatre enfants. Beaucoup de journaux et de magazines s'empilent sur des guéridons. L'hiver n'est pas gai, l'appartement ne lui oppose pas un arc-en-ciel. Au mur, des œuvres modernes et contemporaines qui ne feraient pas frémir d'envie le MOMA. Le salon-salle à manger de Nicolas Sarkozy est chaleureux, avec ses fauteuils moelleux comme des panettone aux fruits confits et aux amandes. Avec *Le Temps des combats*, l'ancien président clôture le récit de son aventure au pouvoir. Pas un Français entre Brest et Strasbourg n'ignore qu'il n'existe pas plus cash que Nicolas Sarkozy conversant. Il ne vous lâche pas d'un mot. Regard laser, l'œil brun vigilant : à la moindre ânerie, il vous ramasse, ce qui n'exclut pas une certaine forme de tendresse. Bien que toujours somnolent, j'avais un certain entraînement, revenant de vacances rêvées en Afrique du Sud, où l'on croise ces panneaux qui rappellent la politique au bord de toutes les plages : *Be Shark Smart*.

Si j'improvisais une fable de La Fontaine version Durand de retour du Cap, je dirais que l'ancien président n'a rien d'un requin, mais tout d'un jaguar concentré qui ne se laissera jamais marcher sur les pieds. Sur le destin des chefs d'État, il évoque en premier lieu Jacques Chirac :

J'ai eu des milliers de conversations avec Chirac. Entre mes vingt ans et la fin de sa vie. Des milliers. Depuis 2005, il n'était plus tout à fait le même. À partir de 2009-2010, il ne reconnaissait pas les gens à table. Un jour, au Cap Nègre, je lui ai demandé s'il était content de ses *Mémoires*. Il m'a répondu : « Écoute, moi, j'en ai rien à foutre. »

Je lui soumets ma thèse : se maintenir, c'est périr.

Le mystère de la vie, de la maladie, de la mort, n'est pas lié à un mandat. Je suis très reconnaissant aux Français, j'ai été battu de très peu, mais jamais humilié. Les médias étaient contre moi, alors que ma campagne de 2012 était meilleure que celle de 2007 ! Quand j'ai eu François Hollande au téléphone le soir pour le féliciter, il avait une voix blanche et n'en revenait pas. Je suis passé de 28 à 48,5 %, c'est mieux que de ne même pas pouvoir se représenter !

La malédiction du second mandat existe ?

Elle existe. Le second mandat de De Gaulle a été terrifiant. Madame De Gaulle disait : « Il aurait dû m'écouter. » En 1965, il est mal réélu. En 1967, il gagne les législatives d'extrême justesse, mais 1968 restera pour lui une humiliation terrifiante. Il est sauvé par Pompidou, mais prend cette claque terrible du référendum en 1969 et ne termine pas son mandat. C'est horrible pour l'homme de Londres, de l'honneur de la France et le fondateur de la Ve République.

J'ai à peine évoqué François Mitterrand, bien réélu en 1988, qu'il enchaîne.

La maladie était là, tout de suite, il l'a su en juillet 1981. Son second mandat est abominable. Longue litanie de décrépitude, 1993 l'oblige à cohabiter avec Balladur. Il ne voit pas venir la réunification allemande, ni la chute du mur de Berlin. Le second mandat est effectivement terrifiant, mais pas simplement en France. En Grande-Bretagne, ça a été pareil pour Margaret Thatcher. Pardon, mais Macron aussi a vieilli, je l'ai vu. Évolution normale puisque le pouvoir est d'une intensité sans équivalent. D'après moi, il a besoin de se nourrir de la présence des autres. Je ne suis pas sûr qu'il aime être seul. Ça le recharge, comme une batterie. C'est la célèbre publicité pour les piles Wonder. Beaucoup de gens vivent comme ça.

La clairvoyance autour de la chute du mur de Berlin pourrait être débattue. Nicolas Sarkozy revient à l'essentiel de ce qu'il est :

Je ne sais pas si perdre m'a préservé ou pas. Il faut s'adresser à Dieu pour savoir ça, ou au destin, ou au hasard, le nom que les athées donnent à Dieu. Moi, je prends les choses comme elles sont. Les commentateurs m'ont rarement cru ou peut-être ai-je évolué. Élu, je suis content. Battu, je suis content aussi. Ce que j'aime, c'est la vie, au-delà de la politique. Contrairement à ce qui a souvent été écrit, je pars de l'Élysée, de l'Intérieur ou des Finances, je n'y pense plus. Je ne suis même pas tourné vers l'avenir, je suis tourné vers le présent. Il faut terriblement se méfier de la nostalgie, qui n'est qu'une reconstitution artificielle. Pour moi, l'expression la plus bête du monde, c'est : « J'ai le temps ». Comme si on était propriétaire du temps. C'était tellement miraculeux pour moi d'être devenu président de la République, de faire cette carrière, qu'en soi c'est une protection.

Je profite de l'hiver pour caser une petite vacherie, moi qui n'hésite pas à faire un balayage de temps en temps. Et les cheveux gris ?

Obama a pris des cheveux blancs en six mois. Moi aussi d'ailleurs. Ce n'est pas la réélection qui fait ça, c'est le pouvoir. M'interpellent encore aujourd'hui les raisons pour lesquelles certains veulent monter sur scène ou diriger leur pays et jouer un rôle international.

Un lecteur de Stendhal et de Romain Gary, fabricants de héros, doit quand même avoir une petite idée ?

Franchement, si je le savais… Ce n'est pas un choix. Il y a des métiers auxquels tu es appelé. La politique, comme une mystique, m'a choisi davantage que je ne l'ai choisie. J'accepte cette étrangeté qui fait que huit personnes ont fait ce boulot en soixante-dix ans pour la France. C'est tellement aléatoire que ça ne peut pas être un projet de carrière. Il y a un appétit comme il existe l'inspiration pour les romanciers. La seule question, c'est de savoir ce qu'on en fait.

Tu penses qu'Emmanuel Macron a déjà perdu les élections européennes, mais qu'il ne s'en rend pas compte ?

Je ne sais pas… C'est très difficile. Moi, je les avais gagnées parce qu'il y avait eu la présidence européenne que les Français avaient appréciée. Mon parti avait fait 28 %, le FN 6 % en 2008.

Étant donné que les sondages donnent le RN à 30, voire à 40 %, j'ai envie de bondir sur la situation politique. De nombreux éditorialistes considèrent que le gouvernement Attal exprime, avec la loi Immigration et le renforcement de la droite, une vision sarkozyste de la France. Mais, la chemise parme est concentrée sur l'affaire du destin. *Les Cerfs-volants*, roman de Gary qu'il adore, ne volent pas dans un appartement bien chauffé où le vent est inexistant. Il ne veut pas se laisser distraire.

Cette affaire du destin me passionne. Être Picasso ou être anonyme ne s'explique pas par une humiliation dans la cour d'école ou par une mère qui travaille seule, comme ce fut le cas de la mienne. Ça, c'est de la psychologie à deux balles. Il y a un mystère. Je pourrais t'expliquer pourquoi j'ai fait de la politique, mais ça ne vaut rien. Expliquer pourquoi on aime une femme a peu d'intérêt. La seule chose importante, c'est JE L'AIME. Ce qui compte, c'est ce qu'on fait. Maintenant que j'ai vraiment pris du recul, je reconnais que j'ai voulu être président de la République, je suis certain d'aimer les autres et mon pays, mais j'accepte fondamentalement la part mystérieuse qui m'a porté.

Il est curieux que l'homme le plus antipsychiatrique que je connaisse trace un chemin correspondant à celui de Jacques Lacan dans ses *Écrits* : « Le désir de l'homme trouve son sens dans le désir de l'autre. » Au fond, Lacan c'est la version Partagas de Johnny hurlant « L'Envie » au Parc des Princes.

Aimer les gens est une question de fond chez Nicolas Sarkozy, pour chaque personne qu'il croise. Il déteste les traîtres et les faux-culs et nie absolument avoir joué sur ce registre avec Jacques Chirac, bien qu'il l'ait traité de « roi fainéant » pour lui succéder.

Ayant assisté à quelques-uns des séminaires de Jacques Lacan, « l'ultra-chevelu », au Collège de France, j'avais pu constater que nous étions au cœur d'un spectacle intello-parisien, qui est l'exact opposé du milieu qu'a fréquenté Nicolas Sarkozy pour accéder au pouvoir. Du côté de la Sorbonne : femmes en pâmoison, intellectuels de province, étudiants maoïstes abonnés à *Tel Quel*, amateurs de cigares, psychanalystes, Roland Barthes pas très loin et *Le Nouvel Obs* partout. Quelle gigantesque différence existe entre la bourgeoisie du faubourg Saint-Germain attirée par la gauche et celle de Neuilly qui petit-déjeune avec *Le Figaro* !

Nicolas Sarkozy idolâtre Claude Lévi-Strauss qu'il rencontra chez lui, rue des Marronniers, à proximité du quai de New York. Pour avoir fait souvent le même voyage vers ce petit appartement presqu'au ciel, y compris pour bavarder avec son épouse Monique, j'ai toujours su que l'auteur de *Tristes Tropiques* était un sphinx impénétrable. S'il vous recevait volontiers quelques instants, impossible de savoir s'il vous prenait pour le roi des cons, qu'il s'agisse de moi, du président Sarkozy ou de nombre de ses visiteurs. À cette altitude intellectuelle, mieux vaut ne pas chercher à savoir ce que pense vraiment de vous l'auteur de *Race et Histoire*.

Pour clôturer mon propos sur Jacques Lacan à la fin des années soixante-dix, car je vous sens, chers lecteurs, bouillants de curiosité, je précise qu'à l'époque j'avais une masse de cheveux impressionnante, inversement proportionnelle à la clairière que plusieurs lotions ont aujourd'hui préservée. J'accompagnais une ravissante blonde, Agnès, qui, extatique, laissait chaque semaine des fortunes à Lacan. Son père, homme réussi, était passé par les camps de concentration. Elle avait été élevée du côté de la rue de Varenne, mais visiblement, ce VIIe arrondissement était un enfer pour sa beauté et son équilibre psychique.

Au sens strict du terme, entre les années 1970 et 1980, j'ai croisé une jolie bande de timbrés qui souffraient atrocement d'avoir grandi à proximité des Invalides. Depuis que je le connais, Sarko préfère la Côte d'Azur à la rive gauche. Mais est-il le visiteur du soir de Macron le plus emblématique devant les nombreuses personnalités de droite qui ont rejoint l'actuel président, comme Catherine Vautrin, Amélie Oudéa-Castéra ou Rachida Dati ?

Rachida Dati, je la rencontre quand je suis ministre de l'Intérieur. À l'époque, je suis attaqué parce que je suis soi-disant « raciste ». Et elle, qui est procureure de la République, m'écrit peut-être huit ou dix lettres. Moi, je me méfie toujours, je ne me laisse pas approcher comme ça. Mais à la dixième lettre, je dis à Guéant de la recevoir et on décide de l'engager comme chargée de mission au Cabinet, une parmi cinquante. Elle est toute timide, toute réservée. Chaque fois que je la croise, elle me dit : « Je vous adore, je vous aime, je vous admire. » Un jour, je me rends dans un quartier difficile et elle nous accompagne. C'est assez tendu. Un jeune noir, grand, avec une casquette, s'approche de nous, mais je ne l'ai pas vu. Avant même que je réalise, Rachida Dati lui décoche une gigantesque claque et lui demande immédiatement en arabe d'enlever sa casquette devant un ministre d'État. Ce jour-là, je me suis intéressé au destin politique de cette jeune femme, à son audace, à son culot. Ils sont rares dans ce milieu, ceux qui marquent leur indifférence à la peur.

Sur Macron, *cash again* :

J'ai beaucoup de différences avec Emmanuel Macron. Je l'aime bien, on s'entend bien. Il est président de la République et il ne se représentera pas. Bien sûr qu'il y a des tas de choses qui ne me plaisent pas et qui ne marchent pas, notamment en matière d'autorité. Mais le combattre arrange quoi ? On préfère Mélenchon ou Le Pen ?

C'est la phrase de Raymond Aron que Nicolas Sarkozy cite dans son livre : « Le choix en politique n'est pas entre le bien et le mal, mais entre le préférable et le détestable. »

Non seulement Raymond Aron n'est pas n'importe qui, mais effectivement, la politique est un choix entre le préférable et le détestable. C'est tout sauf une phrase désespérée. Il n'est pas facile d'aimer, pas facile de travailler. Qu'est-ce qu'il y a comme réunions ennuyeuses quand on est président de la République, ça je peux te l'assurer. Mais j'ai le défaut de tout faire à 100 %.

Et il ajoute, ce qui m'inquiète :

Même les vacances. En juillet 2017, je ne connaissais pas l'actuel président. Il est élu depuis un mois et demi et il me dit : « J'aimerais dîner avec vous et votre femme, est-ce que ça vous embête de venir à l'Élysée ? » Pourquoi ça m'embêterait ? Ce n'est pas chez moi ! Rien ne m'est plus étranger que l'attitude qu'a eue Valéry Giscard d'Estaing, qui n'a jamais voulu revenir à l'Élysée parce qu'il avait été battu. C'est très difficile de comprendre qu'il faut avoir des ennemis et des amis et qu'on ne peut pas plaire à tout le monde, et même accepter la haine. C'est un trait de caractère qui, à mon sens, me différencie d'Emmanuel Macron, séducteur dans l'âme, et encore plus de François Hollande. En revanche, Macron, lui, est habité. D'ailleurs, pour être président, il faut être habité, ce qui ne fut pas le cas de François Hollande, d'où l'erreur totale de casting. Quand il dit « Je serai un président normal », l'erreur est immense. Les Français sont royalistes parce que régicides et si tu te déclares normal, tu leur retires le droit d'être régicides. C'est presque le plus grand problème de notre culture politique : vouloir qu'un président soit grand et fort pour pouvoir l'abattre. Le risque avec Macron, c'est la séduction qui est le contraire de la conviction. Comme un dîner avec une femme que tu veux séduire en lui montrant toute la soirée ton bon profil. Tu es certain de terminer le dîner avec un épouvantable torticolis et un manque de confiance en toi. De ce point de vue, son attitude avec le Rassemblement national est très intéressante. Il veut séduire, mais clairement faire une exception pour Marine Le Pen, désignée comme l'ennemie privilégiée. Comme si le RN était le problème de la France. Hélas, nous en avons bien d'autres…

Là, je le sens extrêmement inquiet. Sans maquillage.

Le grand drame, c'est la disparition de l'Europe. Son architecture (Angleterre, France-Allemagne, Russie) explose. Or, nous sommes les enfants de Victor Hugo et de Tolstoï. L'Amérique et l'Asie ne portent plus de masques vénitiens pour nous marcher dessus. Les Français le sentent et ne croient pas une seule seconde aux solutions économiques du Rassemblement national qui ne tiennent pas debout puisque rien n'est financé.

J'interroge l'ancien président sur les causes de cette progression de l'extrême droite partout en Europe.

Le RN, c'est le phénomène suivant : quand tu fais du ski, que tu tombes, le réflexe humain c'est la crispation pour se rattraper au lieu d'adopter la stratégie de la souplesse. Nous dominions le monde, nous sommes dominés. Le populisme, c'est la conséquence mécanique de cette crispation. Le Brexit, les Pays-Bas, l'Allemagne, l'Italie : partout c'est la crispation identitaire. La France ne s'écroule pas parce qu'il y a Marine Le Pen, que j'ai toujours combattue sèchement. C'est la conséquence de l'écroulement européen qui fait qu'on aura Marine Le Pen. Actuellement, les États-Unis se servent de l'Europe comme d'un tapis et nous envoient dans le mur avec cette guerre insensée entre la Russie et l'Ukraine.

La conversation est trop courte pour assumer le débat actuel sur le soutien à l'Ukraine. Il est de plus en plus convaincu :

Le terrorisme islamiste nous menace beaucoup plus que Poutine. Je suis assez d'accord avec Emmanuel Todd : la religion et la transcendance qui disparaissent ne peuvent pas être remplacées par la laïcité. Qui va mourir pour la laïcité ? C'est notre civilisation judéo-chrétienne qui ne se défend plus, donc ils rentrent comme dans du beurre, ils rentrent dans quelque chose qui n'existe plus. C'est un des grands débats que j'ai eus avec Jacques Chirac quand il a voulu qu'on ne mette pas les racines chrétiennes dans le projet de Constitution européenne. C'est une erreur monumentale. La négation du fondement de notre civilisation est cataclysmique. Quand j'ai fait le débat sur l'identité nationale, j'ai été insulté. On y est encore en plein. J'avais raison.

L'expérience est souvent une désillusion. Je me souviens que sur les droits des étrangers, il y a eu 117 textes depuis 1945, 29 depuis 1980 ! Rien n'est réglé. Ni le droit d'asile, ni les expulsions de clandestins, mais encore moins le consensus en France sur ce qu'il faudrait faire. Ce qui est arrivé à Macron avec la loi Immigration qui fissure totalement sa majorité est peut-être aussi ce qui a fait perdre Nicolas Sarkozy. Je lui pose la question.

Gagner en ayant tort ou perdre en ayant raison reste un sujet philosophique important. Une certaine gauche délire quand tu vois que des auteurs inconnus réclament que Sylvain Tesson ne soit pas le parrain du Printemps des poètes parce qu'il incarnerait le fascisme. On ajoute la médiocrité à la haine. Je reviens d'un mot sur Jacques Chirac. J'étais entièrement d'accord lorsqu'il a prononcé le discours du Vel d'Hiv sur la responsabilité de l'État français.

Le sauvetage de l'euro, la crise mondiale des subprimes et la présidence de l'Europe par Nicolas Sarkozy font aujourd'hui consensus, même parmi ceux qui le combattent.

La passion et le combat t'emmènent au-delà de l'épuisement. Pour le traité de Lisbonne, on y a passé la nuit. Parce que la Pologne était dirigée par deux frères jumeaux, l'un président et l'autre Premier ministre. Le dominant, c'était le Premier ministre et le président ne parlait pas un mot d'anglais, pas un mot de français. À chaque fois, il appelait son frère, qu'il craignait terriblement. Nous étions vingt-huit. Aux chefs d'État j'ai dit : « Je ne vous donne la parole que deux fois. » Ça faisait quand même 56 prises de parole, ce qui était au-delà de la raison et au-dessus de mes forces. Le président roumain a voulu s'exprimer une troisième fois. Je lui ai dit : « Non, tu ne prends pas la parole. » Il a rétorqué : « Tu insultes la Roumanie. » Je lui ai répondu : « Peut-être, mais tu ne prends pas la parole. » Il a claqué la porte. Je ne suis pas tombé en larmes. [Rires] La scène internationale sans un minimum d'autorité est très vite une impasse. On est encore dans le mystère de la personnalité. Le mot que j'aime le moins dans la langue française, c'est le mot « égalité ». Je le déteste parce que c'est un mensonge.

J'informe Nicolas Sarkozy que c'est plutôt emmerdant parce que ce mot est écrit partout…

Peut-être, mais moi, c'est ma façon de penser. On devrait dire : « Libres, Fraternels, Différents ». Ce sont les événements qui, probablement, te donnent une certaine densité. Fin avril, début mai 1993, l'affaire Human Bomb m'a transformé car je n'ai pas eu une seconde de choix. Hortefeux me dit : « Il y a dix jours, tu es devenu ministre, tu dois sauver neuf enfants. » La question du héros est littéraire et, à ce titre, passionnante. Je ne pouvais pas ne pas y aller. D'ailleurs, le policier à mes côtés, me dit : « Faut y aller. » Puis il me dit : « Il faut y retourner. » Qui peut se défausser face à ça ? Tu peux t'en aller ?

La chemise est toujours parme, la conversation toujours calme, mais marquée par des variations de tons, qui l'ont toujours caractérisé. Nicolas Sarkozy n'est pas très différent de Jacques Chirac. Il module parfois jusqu'à la colère. Mitterrand ne haussait pas le ton, mais pouvait devenir brutalement glacial, ce qui, dans mon souvenir, était plus terrifiant.

Cette affaire Human Bomb a changé beaucoup de choses, mais je ne me suis pas rendu compte sur le moment qu'une carrière politique classique comme la mienne basculait dans une sorte de romanesque, qui est un peu au cœur de notre conversation. Je finis par me retrouver dans des situations insensées, notamment le fameux Conseil des ministres qui se tient le mercredi de la sortie de *Paris Match*, où Cécilia est en une avec Richard Attias. Pendant le Conseil, pratiquement aucun ministre ne m'a adressé la parole. Dehors, il y a une centaine de photographes. Je suis président et confronté au divorce. Un samedi soir, je rentre au Palais et me rends compte que j'ai du mal à déglutir. Personne n'a remarqué que je me sentais très mal. Et pour cause, j'ai un phlegmon dans la gorge. Le médecin arrive et je lui demande de me donner immédiatement un médicament, parce que je pars lundi en visite d'État au Maroc. Comme c'est un bon professionnel, il m'examine, regarde ma gorge et devient blanc comme un linge. « Il n'y a pas le choix, votre gorge se déforme, nous allons à l'hôpital tout de suite. » Je lui réponds « Non, on ne va pas à l'hôpital. » Il est une heure du matin. Il rétorque : « Monsieur le président, je ne vous laisse pas le choix, on va à l'hôpital tout de suite, au Val-de-Grâce. » Là, l'ORL m'examine et me dit : « Je vous garde et je vous opère demain à six heures. » Je lui précise dans la foulée : « On n'attend pas. Je suis rentré sur mes deux jambes, je ressors sur mes deux jambes. » Le chirurgien est interloqué et me demande pourquoi : « Monsieur, je vais vous faire un aveu. J'ai divorcé il y a une semaine ; si je reste trop longtemps ici, les journalistes qui me suivent vont spéculer sur une dépression ou une tentative de suicide. » Il me tient le langage cru de la logique médicale : « Vous savez que vous pouvez crever ? » Je me doutais de l'urgence et je lui ai ordonné de m'opérer. « Vous allez avoir très mal. » Je répète avec solennité, mécaniquement : « Je vous donne l'ordre de m'opérer tout de suite. » Une jolie infirmière m'installe sur la table d'opération et m'adresse un mot d'encouragement. Je suis presque absent de moi-même : « Ne me parlez pas, faites. » À ce moment-là, le chirurgien prend le bistouri, m'ouvre la gorge. C'est effrayant, je ne pleure pas de sanglots, je pleure de douleur. Totalement flageolant, je rentre à l'Élysée à trois heures et demie du matin avec une perfusion. À neuf heures, le médecin revient. Il est encore plus blanc que la veille après m'avoir ausculté. « C'est revenu, on y retourne. » Et nous voilà de retour à dix heures du matin au Val-de-Grâce. Le même chirurgien me réopère sans anesthésie, sans rien. Je ne suis pas fatigué, je suis détruit. Je rentre à l'Élysée à midi. Mon conseiller diplomatique, Jean-David Levitte, me suggère : « Il faut absolument annuler ce déplacement, vous ne pouvez pas partir. » « On n'annule rien, je ne peux pas annuler le roi du Maroc, c'est mon ami et c'est un voyage important pour nos deux pays. »

Curieusement, le malaise du jogging à La Lanterne a davantage marqué les consciences que cet épisode, qui est mal connu. Nous sommes vraiment dans la quintessence de l'épuisement au pouvoir. Quand les choses tournent mal sur le plan personnel (les exemples sont légion sous la Ve République), la machine à rumeurs s'emballe dans tout le pays, dans les médias. Avec les réseaux sociaux, il n'y a plus de suspension du temps. À la moindre image bizarre ou atypique du locataire de l'Élysée, les mots et les commentaires se déchaînent sur X. C'est la mort définitive de la vie privée au pouvoir. Mais Nicolas Sarkozy n'est pas l'homme de l'oubli ou du contournement.

Je monte dans l'avion, lundi matin, avec la perfusion. Personne ne sait rien. Mes fils, Pierre et Jean, sont là, ils ne savent pas. Je dis à Marina : « Force le maquillage, vas-y, force. » Elle ne sait pas non plus, mais elle force. On arrive à Marrakech, la porte de l'avion s'ouvre, un soleil magnifique. Le roi est là. Quatre-vingts soldats de la garde royale, habillés de rouge, à cheval. On monte dans la voiture. Peut-être cent cinquante mille personnes dehors. C'est une décapotable. Tout le trajet, j'ai une peur panique de m'effondrer. On arrive au palais. Entretien avec le roi, deux heures sont prévues. Je lui dis immédiatement : « Je peux vous parler, Majesté, seuls ? » et je lui explique ce qui s'est passé. Il me regarde, je lui montre mon bras, la trace de ma perfusion. J'avais une équipe médicale, comme toujours. « Majesté, je ne peux pas faire la réunion avec vous, il faut que je me couche. » Le roi me donne une chambre dans le palais. Personne ne sait rien de précis et, en même temps, toute la presse a déjà enclenché sur « Nicolas Sarkozy : l'épreuve, le divorce, l'homme qui souffre… » Je dors un peu et, miracle, au bout d'une heure, je me sens légèrement mieux. Tout est relatif. Je ne suis pas prêt à faire un jogging, mais enfin, je me sens effectivement un peu mieux. Le roi joue le jeu. Ce jour-là, nous travaillons jusqu'à onze heures du soir puisqu'il y a le dîner d'État, puis je dors dans sa maison, dans la Palmeraie.

Je vous épargne, depuis le début de cet entretien, une liste non négligeable de mes consœurs et confrères qu'il assassine gaiement, notamment tous ceux qui ont critiqué ce déballage de sa vie privée, mais qui font semblant de prendre pitié de lui. Pour Nicolas Sarkozy, comme tous les gens qui occupent une place éminente dans la société, qu'il s'agisse de grands patrons ou de stars de cinéma, les journalistes sont souvent des corps sans tête ou des faux-culs encartés. Je n'ai pas échappé à la règle car je ne l'ai pratiquement pas vu pendant toute la durée de son quinquennat. J'eus le tort pour son entourage, et probablement pour lui-même, de fréquenter la famille Villepin, pour des raisons qui n'ont strictement rien à voir avec la politique. Mais plutôt par goût des tableaux et de l'œuvre de René Char.

L'une des rares fois où je suis passé à l'Élysée avec Franz-Olivier Giesbert, au moment de l'affaire Clearstream, nous avons eu droit à une tempête digne du golfe de Gascogne. J'en suis sorti ébranlé. Carla Bruni-Sarkozy, qui me connaît, m'a discrètement raccompagné dans la cour. Sa voix fêlée si caractéristique m'a distillé un conseil de cardinal, qui était marqué du sceau de la sincérité : « Ne te mêle pas de ça. » Plusieurs mois plus tard, France Télévisions, dont tout le monde connaît la grande indépendance et la capacité à anticiper les ordres qu'on ne lui donne pas, ne renouvela pas mon contrat. Paix à l'âme de Rémy Pflimlin, qui nous a quittés.

En quarante-cinq ans, j'ai beaucoup plus vu Nicolas Sarkozy pour ne pas lui parler de politique que le contraire. Un soir, mon épouse irlandaise, qui aurait inventé la Résistance à elle toute seule, m'a stupéfié. Ça a jailli : « Mon mari ne t'a rien fait ! Fous-lui la paix ! » Dire les choses honnêtement m'est toujours apparu comme une vraie forme d'amitié et d'indépendance. Il le sait.

Assumons encore davantage le charme d'une conversation qui est, dans sa nature même, une sorte de désordre qui s'enchaîne.

« Il est vraiment rare qu'on se quitte bien car si on était bien, on ne se quitterait pas », écrivait Marcel Proust. J'ai connu Marie, la première épouse de Nicolas Sarkozy. Puis la gaité de Cécilia lorsqu'il y a des années, nous allions déguster du bar en croûte de sel, le soir, dans un restaurant à une trentaine de kilomètres de La Baule, face à l'océan.

Ce départ médiatisé, cette incroyable élection où il cherche Cécilia dans la matinée alors qu'il triomphe est quand même une première sous la Ve République. Les tentatives désespérées pour qu'elle revienne vont d'ailleurs à l'encontre de cette constatation de George Sand : « La rupture est faite, l'amour s'est envolé. Bon voyage. » Je me souviens du mariage de Jean Reno aux Baux-de-Provence, Nicolas Sarkozy cherchait la soudure, comme si leur couple ne faisait qu'un, mais *de facto* c'était l'illusion perdue de leur histoire, même si Cécilia est un peu restée à l'Élysée au début.

Aujourd'hui, elle est l'épouse de Richard Attias et vit la plupart du temps aux États-Unis. Nicolas Sarkozy, marié avec Carla, navigue sur un fleuve tranquille et heureux, entre la rue

Pierre-Guérin à Auteuil et le Cap Nègre. Qui peut nier que les familles recomposées sont partout ? Quel historien mettrait en doute notre goût du régicide ? Or, dans le domaine des mœurs, nous sommes d'incroyables hypocrites chrétiens tendance 1793, qui réclamons à la fois la guillotine et un pouvoir sans argent, alors que de l'autre côté de la Manche, le Premier ministre Rishi Sunak est plus riche que le roi Charles III… Presque un milliard de fortune. Et, bien sûr, toutes les femmes de présidents doivent se comporter comme tante Yvonne et rembourser le poulet du dimanche, comme seul Charles de Gaulle le fit !

Moi, je suis transparent. Tu vois, je revoyais l'autre jour dans une émission de télévision, ça m'a bien amusé, l'extrait de la conférence de presse de janvier 2008 où Roselyne Febvre me pose la deuxième question sur Carla. Avec le recul, je n'ai absolument pas honte de moi, quoi qu'en pensent les moralistes. Je suis fier. J'ai dit : « Vous voyez, quand on aime une femme, on la protège. À l'Élysée, on n'a pas de maîtresse et aucun des photographes qui sont ici ne prendra une photo volée. Parce que ce n'est pas ma conception de l'amour. » J'ai joué la transparence totale et l'honnêteté. À la fois dans mon divorce et dans mon mariage. C'était visionnaire.

François Hollande n'a pas été confronté à la même situation, mais au même type de problèmes. Le soir de son élection, beaucoup de commentateurs n'ont pas apprécié le baiser fougueux de Valérie Trierweiler. Puis, la presse people a fait ses choux gras de la rue du Cirque et de l'arrivée de Julie Gayet dans sa vie. Il est inutile de raconter pour la énième fois la double vie de François Mitterrand et les incartades de Jacques Chirac. Comme l'a chanté Bob Dylan : « *The Times They Are a-Changin'* ».

Je demande à Nicolas Sarkozy s'il se souvient que même le *New York Times* est entré dans la danse critique à propos de la vie privée.

Malgré tout le respect que j'ai pour le *New York Times*, j'ai totalement ignoré.

Je lui rappelle également que les sondages, qui étaient hyper favorables, se sont brutalement retournés. Question de style, lisait-on à l'époque…

Je ne peux pas indexer mon histoire d'amour sur les courbes de l'Ifop, d'Elabe ou de la Sofres. Je suis le premier président à avoir divorcé à l'Élysée, le premier président à m'être marié à l'Élysée, le premier président à avoir un enfant à l'Élysée. En un mois, Carla était installée et, un mois et demi après, elle triomphait à Londres. Aujourd'hui encore, quand je sors dans la rue, c'est souvent un long cri d'amour et, simultanément, il y a des gens qui ne m'aiment pas. Ça fait partie d'un destin. Moi, j'ai voulu incarner le pouvoir, le rendre vivant. Je ne suis pas une momie. Donc je n'ai rien caché. Accéder au pouvoir, et encore plus à l'Élysée, même pour une simple interview, c'est se mettre sérieusement en danger.

La rue Pierre-Guérin à Auteuil, fut occupée longtemps par les Séguéla et leur famille avant que les Sarkozy, et d'abord Carla, ne s'y installent. Il se trouve qu'Hubert Boukobza, le patron des mythiques Bains Douches, y avait longtemps séjourné, sous une forme que je qualifierais au minimum de « camping halluciné et hallucinant ». Puisqu'on y croisait, entre Prince et Robert de Niro, une kyrielle de sous-mannequins, avec des mines de cadavres. L'endroit était moins frais que les ruines de Carthage, mais distrayant pour un type comme moi qui venait de divorcer. L'occasion d'une petite digression sur nos jeunesses respectives. Et vlan !

Moi, tu sais, à ta différence, même très jeune, je ne sortais pas, je n'allais pas dans ces trucs-là. Ça me déplaisait énormément, même à dix-huit ans. Je n'allais pas là-dedans, je n'aimais pas les gens qui y allaient, je n'aimais pas les déglingués, je n'aimais pas les boîtes et je pensais que c'était une perte de temps insensée. Suis-je vraiment différent ? J'avais la conscience de l'urgence et de la mort, si tu veux. Pour aller là-dedans, il faut n'avoir aucune conscience, aucune, de la brièveté du temps et de la fin certaine. Mes copains voulaient m'entraîner, je me suis souvent dit, pardonne ma franchise, mais qu'ils sont cons ! Quelle perte de temps ! Quel intérêt médiocre. Tu sais, j'étais particulier. Ils fumaient tous, moi, je ne fumais pas. Ils buvaient tous, moi, je ne buvais pas. Ils allaient tous en boîte, moi je n'y allais pas. Et je travaillais à cette époque-là comme jamais. Je ne dormais pas, je travaillais pour gagner de l'argent comme fleuriste, chez Truffaut, puis j'avançais dans mes études pour faire carrière. Je ne nie pas avoir été toujours intéressé par les filles, mais pas dans les boîtes. Comme je n'avais jamais vécu avec mon père [Pal Sarkozy de Nagy-Bocsa] et que ma mère [Andrée Mallah] bossait toute la journée, personne ne m'a jamais expliqué tout ça.

Au contraire de Nicolas Sarkozy, le pessimiste mais génial Schopenhauer n'est jamais sorti de chez lui. Mais il a conçu cette formule que j'adore, qui construit notre identité hors de tout pathos familial : « Le destin mêle les cartes et nous jouons. » Ce qui terrorise Nicolas Sarkozy, c'est l'ennui. C'est un joueur d'un genre particulier.

En 1975, il rencontre la Côte d'Azur à l'occasion d'un congrès à Nice. Il a le sentiment d'arriver à Hollywood lorsqu'il prend une glace au Negresco. Le samedi matin, il découvre le hall fantastique où va se tenir la réunion du lendemain. Pasqua lui dit : « Vous parlerez peut-être. » Quand il arrive le dimanche matin, on l'extrait de son groupe de copains, à la tribune, il observe Chirac qui lit son nom en l'écorchant. « Écoute-moi, Sirkozy, c'est toi ? Je te donne deux minutes. À deux minutes, je te coupe le micro. »

À l'époque, c'étaient des tribunes de quarante ou cinquante mètres. Je vois les micros, je ne vois pas le public, je ne vois rien. Je me souviens très exactement de ce que j'ai pensé. J'ai parlé pendant un quart d'heure. Même avec un chalumeau, ils n'auraient pas pu me dessouder. Chirac ne m'a rien dit. En descendant, j'ai croisé Catherine Nay et Olivier Todd, qui m'ont donné l'impression d'un couple de cinéma. Catherine m'a demandé : « Mais vous venez d'où ? » Des semaines plus tard, ma mère arrive à 11 h alors que je travaillais chez le fleuriste pour me dire que j'étais attendu à 17 h à Matignon. Je vois une table avec des feuilles d'or, je découvre un tableau de Georges Braque, Chirac est en retard et lorsqu'il entre, ni une ni deux, avec les mains en avant et les doigts écartés, il m'interroge sans même un bonjour : « On s'est occupé de toi ? » Il marque un temps : « Écoute-moi, toi, t'es fait pour la politique, tu vas travailler pour moi. » Je lui réponds : « Non, je suis fleuriste. » Tu connais Chirac, il n'en revenait pas. Il renchérit : « Mais qu'est-ce que tu fous comme fleuriste ? Assieds-toi, tu vas travailler pour moi. » Je me souviens encore lui avoir répondu du tac-au-tac : « Non, Monsieur, je ne travaillerai pour personne. Je veux bien vous aider, mais je ne travaillerai pas pour vous. »

Voltaire affirme dans *Zadig* : « Il n'y a point de hasard. » Même pour un fleuriste, pourrait-on ajouter. Des années plus tard, ce jeune homme devenu président déchaînera les passions et résoudra, notamment avec Gordon Brown et Angela Merkel, la pire crise financière depuis 1929. Les Français ne le rééliront pas. Longtemps, il croira à la possibilité de l'éternel retour. Maintenant, pour lui, la vie est ailleurs.

Depuis cet entretien, la situation a empiré au Proche-Orient et Navalny est mort. Le revoir une demi-heure serait utile. Un rendez-vous fut fixé. Je m'accordai le délai du trouble profond. Pour moi, écrire sur la politique après la souffrance confère une liberté absolue. J'ai délibérément choisi l'aspect humain au détriment de l'analyse. Je n'ai plus le temps ni l'envie de considérer la politique comme une idée platonicienne.

Lundi 26 février 2024, 10 h 30, retour au bureau de Nicolas Sarkozy, toujours rue de Miromesnil.

Le temps est encore maussade. Nicolas Sarkozy est de passage entre deux voyages.

— Ça fait quelle impression de rentrer de voyage et de revenir en France ?

— Je ne sanctifie pas l'étranger, je n'idéalise pas et je ne diabolise pas la France. Moi, j'ai toujours aimé voyager, je voyage beaucoup. Je pars en Côte d'Ivoire dans deux jours, j'étais au Maroc.

— A-t-on l'impression que c'est le bordel quand on rentre en France, après ce qui s'est passé au salon de l'agriculture ?

— Si je regarde l'ensemble de l'Occident, je ne suis pas sûr que le débat politique français ait beaucoup de leçons à recevoir du débat politique américain. Je pense que partout en Europe on est face à la même chose : une montée extrêmement forte, et à mon avis inarrêtable, des nationalistes et de tous ceux qui portent un discours plus épicé. En Europe du Nord comme en Europe du Sud, à l'Est comme à l'Ouest.

— Marine Le Pen va gagner ?

— On verra... Mais c'était une grande erreur de penser que le Brexit n'était qu'un problème anglais. C'est un problème européen. La France avait répondu à Chirac et Raffarin par près de 55 % de non en 2005. Il n'y a pas en France un débat politique médiocre et en Occident un débat politique magnifique, c'est ridicule. J'étais à Abou Dabi il y a deux jours avec l'ancien Premier ministre autrichien, Sebastian Kurz. Même la jeunesse est concernée : il a trente-sept ans, il était Premier ministre à trente-et-un ans. La réalité, c'est que l'axe du monde s'est déplacé vers l'Asie. Il était hier à l'Ouest, il est aujourd'hui à l'Est, et peut-être que demain, il sera en Afrique.

— Quelle a été la pire journée de la crise financière amorcée en 2008 ?

— La pire ? Il y en a eu tellement… Peut-être les nombreux coups de téléphone avec Angela Merkel quand elle refusait d'augmenter le montant du fond de réserve. Le sommet de l'Élysée où, pour la première fois, on réunissait des chefs d'État et de gouvernement de la zone euro, ça ne s'était jamais fait. Le risque pris au moment du discours de Toulon, quand j'ai dit qu'on garantirait sans limite tous les dépôts, ce qui était la conclusion de plusieurs jours de combats, y compris avec mon propre entourage. Le jour où Gordon Brown m'a téléphoné pour me dire qu'il allait nationaliser toutes les banques anglaises, parce qu'il y avait la queue devant les guichets…

— Le jour où tu as fait le deuil de l'idée de la présidence ?

— Je ne suis pas d'un tempérament à faire le deuil des petites morts. Je pense que la mort est suffisamment grande pour ne pas la banaliser en la mettant au pluriel. Il n'y a qu'une mort. « Le deuil », c'est une expression bien trop forte. Je vois toutes les impasses comme des occasions de changer de direction et de renaître. Le soir de la primaire de 2016, mon parti avait été refondé, il était redevenu le premier parti de France, les primaires avaient été un succès, je les avais perdues, bon… Mais je n'anticipais pas une descente aux enfers. J'ai changé de vie.

— N'est-on pas aujourd'hui arrivé au bout du raisonnement d'Emmanuel Macron qui consistait à dire que la politique était responsable du déclin français ?

— Le déclin n'est pas français. Je ne pense pas qu'il ait détruit les partis puisqu'il a créé le sien.

— Oui, mais tout le monde s'en fout.

— La malédiction du second mandat ne s'applique pas qu'à Macron. Elle s'applique à tous. Je ne pense pas que Macron ait tué les partis. Le mien s'est tué lui-même. Le PS est au bout d'un processus, Hollande ne l'a pas tué, même si ça a été catastrophique. Un pays qui a les plus hauts taux de prélèvement et le plus grand sentiment d'injustice… Et comme la base du PS, c'est la redistribution et les impôts, avec l'injustice, ils sont dans une impasse. Macron a habilement saisi le tournant, mais ce n'est pas lui qui a tué les partis. D'ailleurs, je ne pense pas que le Rassemblement national se porte mal.

— Mais si tu compares avec ce qui se passe avec la Grande-Bretagne, les États-Unis, l'Allemagne ?

— La Grande-Bretagne, c'est différent car il s'agit d'un régime parlementaire. Tu élis un parti et les députés de ce parti élisent un Premier ministre. Aux États-Unis, le mandat dure quatre ans, il y a les *midterms* au milieu et la campagne dure un an : à peine arrivé, il faut déjà repartir. Chirac a fait la réforme du quinquennat, est-ce que c'est bien ou pas ? Il l'a fait pour des raisons d'opportunité, il l'a fait pour lui. Mais ça ne l'a pas empêché d'avoir un second mandat difficile. Ça s'appelle l'usure du pouvoir. Tout ce qui charmait en Macron exaspère. Et c'est difficile pour lui de le comprendre. Parce qu'il pense qu'il n'a pas changé. Mais le regard des gens a changé. Un peu comme un magicien : la première fois qu'il fait un tour, tu es ébaubi, la deuxième fois tu commences à t'habituer, et à la dixième tu te dis : « c'est bon, je connais ».

— Est-ce que tu penses que le Qatar et les grandes puissances vont parvenir à régler le problème israélo-palestinien, qui a complètement dégénéré depuis le 7 octobre ?

— Ceux qui règleront le problème de Gaza, ce sont les Israéliens et les Palestiniens. Qui a réglé le problème franco-allemand ? Ce sont les Français et les Allemands.

— Mais pour l'instant, sans l'intervention de puissances extérieures…

— J'ai longtemps pensé que les parrains imposeraient la paix. J'ai eu tort. La paix doit être trouvée par les intéressés eux-mêmes. Les pays ne changent pas d'adresses. Les Juifs et les Arabes vivent ensemble depuis des siècles, ils doivent se tolérer. Et ce sont eux les premières victimes de cette impasse. Il n'y a aucune raison qu'ils ne fassent pas la paix. La Shoah, c'est la responsabilité des Européens, des Allemands, et non pas des Arabes. La meilleure garantie d'un avenir pour les Palestiniens, c'est de laisser Israël vivre en paix et la meilleure garantie pour Israël de vivre en paix, c'est de donner un avenir à ces Palestiniens dont personne ne veut dans le monde arabe. Ce sont eux qui feront la paix. La grande difficulté, c'est de trouver les leaders palestiniens et israéliens qui auront le courage de parler. Je rappelle que Yitzhak Rabin a été assassiné par un Israélien et que l'absence de leadership palestinien a conduit à l'hégémonie du Hamas. On devrait plutôt chercher l'émergence de leaders forts en Israël et en Palestine, plutôt que d'imaginer que ce sont les États-Unis avec Trump, ou la Chine, qui vont régler le problème. Je n'y crois plus.

— Que penses-tu de la disparition de Navalny ?

— La mort de Navalny, c'est un drame. La vérité doit être faite sur les circonstances de cette mort. C'est une erreur pour Poutine parce qu'il crée un mythe. Est-ce que ça doit pour autant changer notre attitude, non pas avec Poutine mais avec la Russie ? La réponse est non. L'Europe et la Russie doivent se parler. La Chine est déjà assez forte, on n'a pas besoin de la renforcer encore avec la Russie. Est-ce que la patrie de Tolstoï et celle de Balzac peuvent durablement se faire la guerre ? Je ne crois pas.

— Tout autre sujet : est-ce que le Conseil d'État a eu raison de se mêler de l'histoire de CNews ?

— C'est extrêmement choquant et je ne comprends pas que la démocratie, pour une partie de nos élites, soit satisfaite. La différence entre la presse de gauche et la presse de droite est très simple : dans un journal de droite, la moitié des journalistes sont de gauche. Dans un journal de gauche, 100 % des journalistes sont de gauche. Un journaliste de droite s'excuse en permanence d'être de droite et ne cherche qu'à donner des gages à ses collègues ou à sa direction. Un journaliste de gauche assume. J'ai vu quantité de journalistes qui m'ont dit : « Je suis de gauche. Mon père était communiste. » Comme si on pouvait dire ça sans avoir honte. J'ai vu assez peu de gens me dire : « Mon père était pétainiste. » Alors que dire : « Mon père était communiste », c'est presque un titre de gloire dans ce milieu.

Suit une liste non négligeable de hiérarques de la presse qu'il flingue avec un mélange de délice et de franchise. À une époque, j'ai dû faire partie du lot. Certains ministres importants ne sont pas épargnés, comme Kouchner et Borloo, qu'il rase de très près. J'ai le souvenir d'une autre tempête que celle évoquée à l'Élysée durant laquelle, soudain souriant et affectueux, alors que j'étais dans les cordes, il enchaîna : « Tu cours toujours au Bois ? Pour moi, c'est vital, comme le vélo. » De tous ceux que j'ai croisés, il est le seul à passer de l'orage à la plage ensoleillée en dix minutes.

— Avant le Conseil d'État, c'est le Conseil constitutionnel qui a censuré tous les amendements de l'opposition sur la loi Immigration. Officiellement, c'est le droit qui s'est exprimé ?

— Le Conseil constitutionnel devra être profondément modifié. J'ai une part de responsabilité. Parce qu'en créant la Question prioritaire de constitutionnalité, j'ai créé les conditions de la première étape vers une Cour suprême. Une Cour au-dessus du Conseil d'État et du Conseil constitutionnel. Donc la composition et les nominations au Conseil constitutionnel ne peuvent plus être les mêmes.

— C'est pour cette raison que tu n'y vas jamais ?

— Oui. Et par ailleurs, ça a été voulu : le général de Gaulle a hésité entre le fait que les anciens Premiers ministres-présidents soient sénateurs à vie ou membres du Conseil constitutionnel.

— Dernière question : malgré tous tes problèmes judiciaires, est-ce que tu te sens quand même heureux, dégagé des pressions de l'engagement politique ?

— La question mériterait d'être reformulée si tu me le permets : « Est-ce que je me sens chanceux ? » Oui, très chanceux d'avoir connu et vécu tout ça, d'être encore si actif, d'être dans cette forme, d'avoir recréé une famille. Être heureux, c'est un autre sujet, complexe, variable. Oui, je suis d'un tempérament heureux, ce qui ne veut pas dire que je suis le ravi de la crèche. En vérité, je m'intéresse assez peu à ce qu'on dit de moi. Je pense que c'est du temps perdu, que les bons articles sur moi ne le sont jamais assez, que les mauvais le sont toujours trop. Donc, assez rapidement, je me suis détaché de ça. Je ne suis pas dans le narcissisme. L'effort d'image incessant, c'est Sisyphe, ça ne sert à rien et c'est même assez humiliant.

— Serait-ce le problème d'Emmanuel Macron ?

— Je suis très différent de lui et lui de moi. Je ne porte pas de jugement. Nous sommes très éloignés. Il faut accepter les gens comme ils sont, ne pas chercher à les convaincre. Ça a été longtemps mon défaut, ça l'est toujours. J'imagine que les gens sont comme moi. Je suis l'inverse de ceux qui prennent la grosse tête. Je ne me sens pas différent des gens. Et donc, je leur prête toujours des pensées qui sont les miennes. Un jour, Villepin, Premier ministre, m'avait demandé : « Est-ce que vous m'avez fait écouter ? » J'avais répondu : « Vous êtes fou de me poser une question pareille ! » Et quand il a quitté mon bureau, je me suis dit que c'était ce qu'il avait fait, lui. L'homme le plus volage est le plus jaloux. Il prête aux autres les intentions qu'il a lui-même. Je n'ai pas de cynisme. Quand j'aime ou que je n'aime pas, je le dis, quand je suis content, je le dis. Et j'accepte qu'on me le dise aussi. Il y a un homme politique important qui est venu me dire au bureau qu'il n'avait pas été content de ce que j'avais écrit sur lui. J'ai accepté sa remarque. « Tu as écrit que j'étais lâche ! » Je lui ai répondu : « Oui, je le pense. » Il est sorti furieux parce qu'au cours de la conversation, il avait fait état de l'énorme tendresse qu'il éprouvait à mon égard. C'est la phrase de Guitry. Une jeune actrice lui dit : « Je vous aime tellement, Maître. » Il lui répond : « Oh, mon petit… Tellement, c'est si peu. » Magnifique. C'est exactement ça : les gens qui disent « Je t'aime tellement », ça veut dire « Je t'aime si peu ». Parce que

« Je t'aime » n'a pas besoin d'adjectif. Je pense que l'enfer, c'est le mensonge et l'incapacité dans laquelle on peut se trouver de faire confiance à ceux qui vous sont proches. Ce n'est pas une question morale. C'est une question de style de vie. Je ne parle pas du mensonge de courtoisie, mais tu ne peux pas vivre avec des gens dont tu ne peux pas croire un mot. C'est très exactement l'enfer.

Lors de son discours d'investiture à la présidentielle, le 14 janvier 2007, Nicolas Sarkozy rendit hommage aux héros de la Résistance et de la France libre qui construisirent son rêve. De Gaulle. Puis Jacques Chaban-Delmas, général à vingt-neuf ans. Achille Peretti. Guy Môquet. Georges Mandel et le visage ensanglanté de Jean Moulin qui meurt sans avoir livré aucun secret, lui qui les savait tous. Vint cette phrase abondamment commentée où Nicolas Sarkozy se définit, entre autres, comme « un petit Français de sang-mêlé ». Dans ses mémoires, Bernard Kouchner s'est dit certain qu'une partie de la fureur qui s'est opposée à Nicolas Sarkozy vient de ses origines juives. Quand on lit celles d'Obama, on est un peu atterré par les mots qu'emploie celui qui reste un modèle pour beaucoup de gens : « Avec sa peau mate, ses traits expressifs vaguement méditerranéens, sa petite taille, on aurait dit un personnage sorti d'un tableau de Toulouse-Lautrec. » Plus loin, Angela Merkel est définie comme la « fiabilité blonde ». L'éditeur français des mémoires de l'ancien occupant de la Maison-Blanche a même atténué la phrase originale lors de la traduction. Obama avait écrit exactement : « à moitié hongrois, un quart juif ». Les Américains ont la franchise des communautaristes, mais comment ne pas y lire autre chose ? Quand il s'est battu, à tort ou à raison, pour l'identité française, on voit bien ce qui lui a été reproché à demi-mot : il nous fait rire, lui qui n'est même pas français !

Notre premier échange s'était déroulé dans un salon-salle à manger dont je n'ai pas masqué la tristesse grisâtre confortable. Cette fois-ci, nous étions dans son bureau, beaucoup plus gai, beaucoup plus moderne, couleur beige-blanc cassé. Comme une couverture Gallimard. En sortant du bureau, je tombe sur un beau quadra à la française. Très mince, musclé, joli costume discret, col roulé, sourire imparable. Mon ordinateur cérébral se recharge lentement avant d'identifier Tony Estanguet. « Tu vois, lui, quatre olympiades, trois médailles d'or ! » Et moi, qui suis-je ? Un amoureux de la littérature, élu par personne. Champion de rien. Encore moins un juge. Tony me rassure d'un beau sourire, avant de prendre place dans le bureau : « Quoiqu'on en dise aujourd'hui, les Jeux vont très bien se passer. »

Nicolas Sarkozy a un rapport très particulier aux sommets et aux abîmes. Il a l'âme d'un pionnier qui s'accroche et qui vous sauve la vie, il n'est pas l'homme des bonheurs immobiles.

MARC LAMBRON

Le plus warholien des académiciens français

Avec Marc, il n'y a pas de lieu. Nous nous sommes vus partout depuis les années soixante-dix, puisque le hasard de la vie nous transforma en jeunes mariés voisins dans le XIIIe arrondissement de Paris. L'immeuble était moderne et raisonnablement moche, donnant sur les jardins du Mobilier national. Marc, fils de militaire, apprit un jour qu'il existait une école où l'on était payé pour faire tout ce qu'il aimait : latin, grec, littérature et toutes les autres formes de cultures sophistiquées. En un tour de main, comme s'il était le Bocuse de l'imparfait du subjonctif et du droit constitutionnel, notre ami fut normalien, major de l'agrégation de lettres et sixième de l'ENA. Le président Emmanuel Macron à un CV poulidoresque à côté de celui de Marc, qu'il pressentit, d'ailleurs, pour être ambassadeur au Vatican.

Mais notre Lyonnais a toujours préféré écrire de beaux romans, comme *L'Impromptu de Madrid*. En 1982-1983, lors de son stage de l'ENA à Madrid, il tombe en pleine Movida. Almodovar n'était pas encore un grand cinéaste. Malgré deux films, il travaillait pour les PTT espagnols tout en partageant la vie d'une sorte de David Bowie local, punk et gay : Fanny McNamara. *L'Impromptu de Madrid* retrace l'odyssée romancée d'un jeune diplomate noctambule. « Je me souviens parfaitement m'être dit : je vais faire comme Paul Morand qui fut avec *Ouvert la nuit*, *Fermé la nuit* ou *L'Europe galante* l'écrivain des Movidas d'après la première guerre mondiale. » Il y eut aussi *Les Menteurs*, sorte de *Nous nous sommes tant aimés*, histoire d'une génération de khâgneux dont les ambitions furent à la hauteur de leurs désillusions. Les livres se sont multipliés.

Il a enterré sublimement son frère mort du Sida en écrivant *Tu n'as pas tellement changé*. Ce livre lui valut brutalement la reconnaissance de la critique branchée qui jusque-là l'ignorait totalement. Il y a des esprits libres qui adorent que vous avaliez des lames de rasoir en buvant de la téquila avant d'ouvrir vos livres. C'est un jeu comme un autre. Marc est devenu académicien français.

Il est exaspérant car il est incollable sur tout : Denis Diderot, son enfance, son œuvre ou, plus prosaïquement, « comment acheter une maison grâce au cabinet Bougardier avec un prêt *in fine* ? ». L'un de ses derniers livres, *Le Monde d'avant*, est un hommage à son grand-père, métallurgiste modeste, très modeste, qui a fini par enfanter, à la deuxième génération, un petit gars brillant qui vit dans le quartier latin et prend un malin plaisir à retoquer des candidats à l'Académie française. Soit parce qu'il les trouve peu dignes, soit parce qu'ils doivent encore patienter, soit parce qu'il doute de leur honnêteté, soit parce qu'ils se sont mal comportés dans les obscurs jeux littéraires du Tout-Paris. Marc est un arrivé qui déteste les arrivistes.

Le problème de Marc reste d'abord et avant tout l'assemblage pantalons framboise-vestes jaunes. En dehors de ça, il officie partout : journaux, radios, grandes interviews. Ce type est né pour la perspective. Il rendrait lumineux un tunnel. Et si Paul Morand a eu un problème de carburateur en 1953, il connaît le nom du garagiste ! Évidemment, ce brio m'exaspère raisonnablement. Je peux néanmoins vous assurer que Marc est l'un des meilleurs amis du monde. Malgré la Coupole, il a la bougeotte. Marc passe d'une exposition Brancusi au marché aux chemises de Saint-Tropez ou à une escapade dont il a le secret dans l'Europe que nous chérissons tant – celle de Zweig, d'Aragon, de Lorca ou de Graham Greene. Malgré son goût pour le couvre-chef, je l'imagine en revanche assez mal seul avec une gourde, menacé par le palu en Sierra Leone. Mais connaît-on vraiment ses amis ?

Son dernier ouvrage, *De vive voix*, le montre avec une barbe à la Hemingway. Et le voici qui baguenaude et dialogue avec Moravia, Vargas Llosa, Danièle Thompson ou Karl Lagerfeld (car il faut quand même connaître la différence fondamentale entre le chic et l'élégance). Je comprends qu'un type qui aime l'orange se pose la question auprès d'un type qui n'aimait que le noir et blanc. Bonnard interroge Malevitch. On y croise aussi une pléiade de chanteurs (Reggiani, Hallyday, Julien Clerc), deux acteurs (Sami Frey et Daniel Auteuil) et un nombre incalculable d'actrices, puisqu'il les a toutes confessées. L'interview est toujours un exercice de séduction. Sauf pour les flics, qui règnent de plus en plus dans notre profession.

Vous allez me trouver exagérément compréhensif à l'égard de son talent, mais cela vient d'une constatation au terme de presque cinquante ans de compagnonnage : aucun sujet ne rebute Marc. De sa caverne mentale et obsessionnelle peut jaillir sur votre portable à 3 h 30 du matin tous les solos d'Eric Clapton dans les salles de concerts les plus imprévisibles. En khâgne déjà, il était Sénèque et Lou Reed.

Que faisais-je pendant ce temps-là ? À vrai dire, pas grand-chose. Alors qu'il décrochait tous les diplômes, je m'acharnais à rater l'agrégation d'histoire en soufflant comme un bœuf dans un saxophone Selmer que j'ai bousillé en Italie, à Bologne, avant même d'avoir fini de le payer. J'errais avec une copine dans un palais somptueux dont l'héritière, Laura, avait un goût prononcé pour les Brigades rouges et le féminisme armé. Ses parents, richissimes, avaient eu le bon goût de mourir en lui laissant un palace, qu'elle transforma en un gigantesque bordel. Un matin, voulant me laver les dents dans une extraordinaire salle de bains du palais, je découvris, au sommet de son activité, un de ses brigadistes chéris. Paolo – au physique potelé et barbu façon Coppola jeune – était à poil dans une baignoire. Son occupation essentielle, en dehors de projets d'assassinats fumeux, consistait à jouer avec un petit canard en plastique qu'il poussait du pied d'un bout à l'autre de la baignoire en marbre.

Mes parents ne s'inquiétaient pas de ces odyssées proches ou lointaines car l'essentiel était préservé : ça ne leur coûtait absolument rien ! Mon père a toujours professé cette phrase célèbre quand j'essayais de quémander quelques francs : « Mon fils, bon voyage ! » Lucien et Nicole restent mes amours irremplaçables. Ils n'ont jamais cru qu'au talent. Le matin de l'agreg', voulant jouer mon Marc Lambron, je m'apprêtais à quitter le domicile familial pour le métro et le centre des examens à Arcueil. Mon papa, très élégant en robe de chambre, me lâcha cette petite phrase ultra motivante, mais circonstanciée et lucide : « Je ne vois pas ce que tu vas faire là-bas, à moins de vouloir expliquer le monde sans avoir jamais le moindre sou pour le visiter. » Il s'est toujours totalement foutu de mes études, trouvant même les diplômés – bien qu'il le fût lui-même – extrêmement suspects. Son père parlait grec ancien à table. Inutile d'être un freudien approximatif pour comprendre.

Marc Lambron fut l'un des premiers, à propos de Michael Jackson, à s'interroger sur une dinguerie américaine qui donne le sentiment, en 2024, de s'amplifier. Souvenez-vous : années deux-mille, premières accusations d'abus sexuels sur mineurs pour Michael Jackson et plus récemment vingt-trois ans de réclusion à l'encontre du producteur Harvey Weinstein pour viols et agressions sexuelles. A-t-il vu le documentaire qui aborde le sujet de son livre, *Vie et mort de Michael Jackson*, paru en 2009 ? Il n'est plus nécessaire de l'interrompre et de gloser.

Nous vivons un #MeToo de la pédophilie avec une incroyable compression du temps : les affaires américaines, le procès Barbarin, le film d'Ozon, le livre de Frédéric Martel, *Sodoma*, sur les pratiques sexuelles du Vatican, le film de Yolande Zauberman, *M*, qui dénonce les abus sexuels pratiqués sur certains adolescents dans les milieux juifs-orthodoxes. Écrivains, journalistes ou poètes : le XXe siècle a accepté les héritiers d'André Gide, de Gabriel Matzneff à Guy Hocquenghem qui prônaient une sexualité ouverte aux mineurs.

Moi qui fus un bon élève, mais à des années-lumière de Lambron, je me souviens parfaitement, en sixième, de la difficulté d'échapper au surveillant général ou à l'abbé d'un grand lycée de l'Ouest parisien. Moi qui fus professeur, je me souviens que le collège des enseignants tolérait, sans s'offusquer, ceux d'entre nous que l'enfance et l'adolescence rendaient fous de désir.

Et Lambron de conclure :

Aujourd'hui, Françoise Dolto écrase André Gide. Jackson est le produit du refoulé, de ce puritanisme américain que l'on vient de vivre avec l'affaire Weinstein. D'un côté, les actrices en noir, qui font semblant de découvrir ce qu'elles savaient. Et à quelques encablures de là, dans d'autres vallées d'Hollywood, la plus grande industrie pornographique du monde. Mais il y a chez Jackson, des choses beaucoup plus profondes et parfois inquiétantes. On voit dans ce documentaire, les mères de ces deux hommes jeunes, James Safechuck et l'australien Wade Robson [35 à 40 ans, abusés entre 7 et 11 ans], littéralement livrer leur enfant à Jackson sans se poser la moindre question. Des caricatures de mères de Miss. On les cajole, elles offrent leur progéniture. On leur offre des maisons ou 20 millions de dollars pour se taire. Elles confessent aujourd'hui avoir été incapables de résister à ce mélange de Walt Disney et d'Edgar Poe. N'oublions jamais que Jackson marque un tournant dans l'histoire de cette musique. Il n'a jamais vraiment été capable de reproduire sur scène les déflagrations qu'il enregistrait. Avec lui, puis Madonna et les autres, c'est la volonté de puissance qui s'installe plus que la vie d'artiste. Ne détenait-il pas depuis 1983 la couronne mondiale du disque le plus vendu de l'histoire du rock et de la pop, *Thriller* ?

Il écrit encore :

Michael Jackson, c'était Dr Jekyll et Mr Hyde au pays du sucre d'orge, un *Bal des vampires* à lui tout seul. Des mélodies de miel, des arrangements en acier, et la nuit, quand le soir tombait, un sexe qui cherchait à se glisser partout. Avec le recul et même les procès, on se rend compte – et les témoins l'avouent – qu'ils étaient à la fois humiliés et amoureux. Embarqués dans une effroyable histoire de favoris de 7 ou 8 ans, de cour néronienne.

Au début, le déni des fans était absolu, malgré les preuves qui s'accumulaient. Et Marc de recourir aux images :

On présentait Mickey, il s'agissait de Lovecraft. Ce qui m'a le plus frappé dans le documentaire, à l'occasion de l'anniversaire du jeune Wade Robson, c'est cette vidéo ultra-sirupeuse qui n'était qu'une introduction au monde de Gilles de Rais.

Cette période est close. Dorénavant, des ecclésiastiques à Michael Jackson, en passant par les éducateurs, les enfants seront protégés, de leurs désirs ou de l'inconscience de parents corruptibles.

Ça paraît difficilement comparable et pourtant, aujourd'hui, Kevin Spacey est à peu près dans la même situation que Louis-Ferdinand Céline après la guerre.

Un énorme talent, mais une culpabilité absolue. Résultat : bien qu'innocenté par la justice américaine en 2022 et par la justice britannique en 2023, sa carrière est foutue.

Notre époque vomit les brillants, quel bonheur de converser avec l'un d'entre eux ! Marc maintient vivaces les célébrissimes *Mythologies* de Roland Barthes. À soixante-sept ans, comme beaucoup d'entre nous, Marc n'est plus le longiligne adolescent qui jouait de la batterie dans un trio de blues-rock à Lyon. Pourtant, en l'apercevant de loin, au pied de l'Académie, je ressens, malgré Miss Hidalgo et le mordant de l'hiver, l'inoubliable parfum de cassis sauvage qui embaume toute *La Recherche du temps perdu.*

Lyon, sa ville de naissance, n'est pas seulement la capitale des Gaules, d'Édouard Herriot, de Raymond Barre ou de Gérard Collomb. Elle eut une scène alternative, poétique, suicidaire et rêveuse. Lyon est la ville du parc de la Tête d'Or. Notre héros du jour, Marco, le littéraire fou d'Eric Clapton, est peut-être le mieux à même de comprendre ce que nous vivons, ou ce que nous subissons : un asservissement culturel assumé à l'égard du monde anglo-saxon.

Il perçoit un danger qui n'ôte pas à une génération, heureusement, l'envie de sortir du carcan machiste et violeur. Le danger d'une société qui deviendrait un énorme tribunal médiatique, où l'on mélangerait pédophilie et homosexualité, liberté et agression sexuelle. Nous avons eu récemment notre grande affaire politique avec DSK. Sorte d'accident industriel présidentiel qui fit le bonheur de François Hollande. Et nous sommes troublés deux fois, la première lorsque Judith Godrèche révèle son passé d'enfant actrice abusée et manipulée. La seconde, lorsqu'on lit Jacques Doillon dans les colonnes du *Parisien*, affirmant qu'une bonne partie de ce qu'elle raconte est faux, même s'il assume sa mort sociale à quatre-vingts ans.

Revenons à moins de morale. Récemment, Fabrice Luchini rendait public son intérêt pour l'Académie française. Or, il a fait marche arrière.

Dommage, il est certainement aujourd'hui le plus grand passeur de notre littérature. Mais peut-être a-t-il eu raison car, en ce moment, les candidatures les plus médiatiques sont rejetées, qu'il s'agisse de Frédéric Mitterrand, Pascal Bruckner ou Luc Ferry.

Et Macron ?

J'ai une sympathie pour le stratège et pour celui qui, au départ, ne doit son pouvoir qu'à une sorte de mérite personnel. Mais comme beaucoup de gens qui l'observent, je constate qu'il a une sorte de névrose d'infaillibilité.

Marc cite le prophète Ezéquiel évoquant le Messie : « Après tout n'a-t-il pas choisi de s'asseoir sous un arbre au milieu des Nations ? » Marc Lambron est le plus warholien des académiciens : il shoote les personnalités qu'il croise avec l'espoir que livres et clichés traverseront la mort. Pour qu'un compagnonnage amical entre deux garçons se poursuive si longtemps, il faut qu'il repose sur l'amour de leurs mères. Nicole, la mienne, nous a quittés en regardant le ciel par la fenêtre, comme l'oiseau maigre qu'elle était devenue. Chaque semaine, dans notre émission sur Radio Classique, qui s'appelle comme par hasard « Bande à part », je demande à Marc, qui va souvent voir sa mère à Lyon, comment elle se porte. Sa réponse a toujours évité les figures de style pour aller à l'essentiel : « Elle a toute sa tête. » Et puis, un jour, en semaine, j'ai reçu un SMS m'annonçant sa disparition et l'impossibilité pour Marc de se joindre à nous pour l'émission. De retour à Paris, pudique, il ne s'effondra point. Puis, dans la foulée, rédigea le discours d'accueil à l'Académie de Sylviane Agacinski au fauteuil de Jean-Loup Dabadie. Ce texte est du Lambron tout craché. Évocation de la jeune philosophe en jupe de gitane, naviguant entre Derrida avec qui elle vécut, et Deleuze, avant de trouver en Lionel Jospin l'homme de sa vie. Petit extrait : « Quels sont donc les sujets de rapport de la philosophie et de la métaphysique avec l'altérité, quand nombre d'augures de la discipline ont postulé l'identité abstraite des consciences ? »

La ligne suivante, il enchaîna sur Landru ! Chez Lambron, il y aura toujours la grandeur des institutions, la littérature comme valeur absolue, l'éblouissement d'une salle de concerts à proximité d'un commissariat de police où les flics, réceptacles de tous les disfonctionnements, écouteraient du blues. La nuit.

YANN MOIX

L'incendiaire

Yann Moix respire la littérature. *Jubilations vers le ciel* en 1996, prix Renaudot pour *Naissance* en 2013 : le garçon est prolifique. Il enchaîne les livres, les films, les émissions de radio et de télé, et donne toujours l'impression d'un adolescent quinquagénaire fiévreux, qui pourrait vous retourner une baffe ou un argument assassin. Laurent Ruquier, puis les chroniques de livres dans le *Figaro* ont transformé cet admirateur de Charles Péguy en polémiste numéro 1 de l'hexagone. Avec lui, le talent n'est pas un enfant du bonheur.

Moins d'un an après la parution de cet entretien, il s'attire les foudres de la critique après s'être dit « incapable d'aimer une femme de cinquante ans ». Aujourd'hui, il se retrouve mêlé à l'affaire Gérard Depardieu. Le film avec l'acteur tourné en Corée du Nord, évoqué dans cette conversation, n'a jamais été diffusé hormis quelques extraits, probablement vendus à la chaîne par le producteur. Tollé après le visionnage de « Complément d'enquête » sur France 2. Emmanuel Macron s'en est mêlé puisqu'il a confié son admiration pour le comédien et rappelé la présomption d'innocence. Tollé numéro 2.

Mars 2018.

Pendant des années, le Berkeley eut la réputation d'un réceptacle de barbouzes mystérieux croisant Greta Garbo ou le duc de Windsor, embarrassés par leurs théières pleines de champagne. Nous sommes dans l'arrière-salle. À 18 heures, un faux rayon de soleil persiste. Symptôme du lounge contemporain, une jeune femme au sourire désarmant nous accueille. Pour un dimanche bientôt pascal, sa poitrine non négligeable tente de disparaître sous une robe à col haut.

Moix a quarante-neuf ans et dix petites minutes de retard. Souriant, il implore un léger pardon et arbore une doudoune de printemps bleu acier. Pourquoi le Berkeley ? « J'habite à deux-cents mètres. J'ai passé dix-sept ans dans le XVIIIe, porte de Clignancourt, au bout du boulevard Ornano. J'en ai eu ras-le-bol. J'ai voulu m'embourgeoiser. » Yann Moix a toujours eu le goût des légendes cinématographiques du quartier. « Delon y rencontra Dalida », me confie-t-il. C'est une veine populaire qu'il aime puisque son film *Podium* sur les sosies de Claude François rencontra un succès considérable : 3 400 000 spectateurs hypnotisés par le génie tragico-comique de Benoît Poelvoorde. Né à Nevers en 1968, origines modestes, père violent à son égard (il l'a raconté dans *Panthéon* en 2006), Moix a fait de solides études : math. sup, math. spé, Sup de Co Reims, Sciences Po, licence de philo…

« Je m'en veux énormément de ne pas avoir dit *fuck* à tout le monde. J'étais le prototype du littéraire contrarié qui entre en math. sup par vanité et orgueil. Tout ça pour me faire humilier en math. spé par des boutonneux, obsédés par les intégrales triples et qui ignoraient même l'existence de la sexualité ou de Pompidou ! »

Ivresse contemporaine. Perrier pour lui, Coca Zéro pour moi. Il va falloir tenter de comprendre pourquoi un type brillant, fou de littérature et amoureux de Céline présente le matin des séminaires sur Heidegger, puis enregistre dans l'après-midi du jeudi « On n'est pas couché » qui lui permet, aux côtés de Christine Angot, de converser avec Sheila ! Le choc des contraires ou plutôt son choix : « Je n'ai qu'une vie, qui va passer extrêmement vite. J'ai choisi la liberté. Avec ce grand écart, tu te fais haïr par tout le monde. Pour une partie du public, je suis un intellectuel prétentieux, alors que pour Alain Badiou ou Marcel Gauchet, je suis un plaisantin, un rigolo. Ce grand écart, cette perception contraire que l'on a de moi est proche de la folie. Et j'y ai mis délibérément les deux pieds. »

A-t-il hésité quand Laurent Ruquier lui a proposé de participer à ce petit théâtre de la cruauté du samedi soir, inauguré par Ardisson, où officient maintenant deux écrivains, ce qui n'a jamais eu lieu à la télévision ? « Pas une minute d'hésitation. J'ai révisé tout l'été 2015. Pour la première émission où nous recevions Houellebecq, je me suis fait immédiatement recadrer par la chaîne et la production qui ont considéré que j'employais un vocabulaire perché. Après, pendant un an, tu as peur d'exister. La deuxième année tu commences à te lâcher, et la troisième, tu es en roue libre. Mais attention ! "On n'est pas couché" est très exigeant car très vu. Même si on ne tourne qu'une fois par semaine, l'obsession est permanente. Pendant deux jours et deux nuits je suis totalement immergé dans la documentation sur mes invités. »

Internet recense ses *clashs*, nombreux, avec Patrick Sébastien, Francis Huster, Mathieu Kassovitz, Nicolas Bedos ou Jean-François Copé qui lui arrache un regret : « Je n'aurais jamais dû lui poser cette question fermée et méchante : "êtes-vous un escroc de petite ou de grande envergure ?" Je l'ai vu blêmir, j'ai regretté. » Et il ajoute : « Pendant la campagne électorale, Fillon a eu peur. Juppé n'a jamais caché son mépris à notre égard, Wauquiez a esquivé et Macron, en qui je croyais comme à un nouveau Giscard, a inventé le fait que je le détestais pour ne pas venir. » « Sniper » est un mot débile qui renvoie à la pratique guerrière, mais je me demande s'il n'y a quand même pas un soupçon de méchanceté dans cette tête de héros de Kafka qui, curieusement, porte pratiquement les mêmes chemises ouvertes à col pointu que Mike Brant grande époque.

« Je suis le contraire du méchant, je combats simplement les vanités contemporaines et tout ce qui, dans le domaine des arts, me paraît insincère ou fabriqué. » Moix déteste le mot « culture ». Il pense que Depardieu est un génie qui a tous les droits. Il a été illuminé par Carla Bruni comme si elle avait le talent de Joni Mitchell. Tout est toujours argumenté, parfois injuste, mais il ne méprise pas les nécessités diplomatiques du show-business. Après tout, n'est-il pas lui aussi réalisateur ? « C'est vrai qu'il y en a certains qui viennent pour qu'on les complimente et toute l'équipe sait qu'on ne peut pas y échapper ; sinon tu les as dans les pattes pendant quinze ans. C'est arrivé trois fois. Je mime l'absence tout en parlant. »

Moix est une fête foraine. Il s'extasie, délirant de miel, sur Polnareff le « Tchaïkovski yéyé », mais massacre (ou tente de massacrer) Michel Onfray ou l'écrivain Laurent Binet, qui en rédigeant *La Septième Fonction du langage* a parodié les intellectuels français des années soixante-dix. « Je déteste ce type, je le trouve faux. Ce qu'il sue me donne la nausée. Son livre est d'une abyssale médiocrité et sa manière de présenter Michel Foucault comme un *fist fucker* avant d'être un philosophe m'est apparue profondément détestable. »

L'explication psychologique qui voudrait qu'un jeune garçon qui a pris des coups à dix ans les rendrait à cinquante participe d'une énorme connerie. Yann Moix est simplement un assassin des soleils factices. Or, le plus célèbre de ces astres bidons est le studio de télévision ! Moix n'y va pas pour le fric. Il est comme Jeff Koons qui a transformé en sculptures gigantesques et provocantes les petits chiens de son enfance provinciale. La télé, c'est la partie heureuse de cette enfance à Orléans. Une version contemporaine de la madeleine de Proust. C'est sa parentèle avec Christine Angot (originaire de Châteauroux) et la raison pour laquelle ils suscitent, l'un comme l'autre, une certaine forme d'incompréhension. Ils ne sont pas du tout dans la logique de départ de l'émission. À l'époque, le para-journalisme régnait avec Éric Zemmour dénonçant la gauche et tous ceux qui haïssaient la France et Éric Naulleau, capitaine Haddock de la culture, flinguant la droite et le seul écrivant génial de sa génération : Michel Houellebecq.

Moix et Angot sont des artistes que l'on peut contester mais qui ne fonctionnent pas du tout sur la même logique que les précédents duos de chroniqueurs. « Deux subjectivités outrancières. D'ailleurs on parle beaucoup d' "On n'est pas couché" cette saison car il se dit que Christine tente de faire quelque chose d'assez phénoménal, non seulement elle essaie des trucs qui ne se font pas à la télé, mais qui sont parfois même inadmissibles dans la vie. Tout est affectif. » C'est là que réside la grande ambiguïté avec le public qui, gangrené par le journalisme, reste persuadé que le viol ou l'inceste sont des problèmes sociaux alors qu'il s'agit d'abord et avant tout d'immenses tragédies personnelles. D'où le clash et l'incompréhension avec l'élue verte Sandrine Rousseau.

Le mystère de la succession reste entier. Yann Moix envisage un film avec Depardieu et sort dans quelques jours *Dehors*, un pamphlet de 300 pages sur la politique migratoire de Macron qui ne risque pas de le faire disparaître d'une scène médiatique violente depuis l'émergence des réseaux sociaux. Christine Angot, mélange de Duras et de Rantanplan, aura un nouveau partenaire, un nouveau Lucky Luke.

Mais l'on regrettera ces deux zèbres du samedi soir qui nous privent de câlins et de lectures puisqu'on regarde tardivement la télévision. Ce fut notamment le cas la semaine dernière, à propos de Brigitte Bardot, idole pour Christine Angot, frontiste décomplexée et folle de toutous pour Yann Moix. Oui, notre interlocuteur, le presque quinqua n'aime pas les soleils factices. Oui, Moix a écrit sur le terrorisme et sur Michael Jackson. Oui, il ne veut même pas entendre parler de ses parents qui pourtant essaient de le joindre par le biais de la production. Ce qui est quand même assez délirant. Une « famille, je vous hais » d'aujourd'hui… Il est ferme sur ce sujet : « J'ai compris qu'ils continuaient de me faire du mal, même à distance. »

L'homme qui nage une heure par jour est redoutable et désarmant. « Je préfère une Asiatique pas très belle à une Occidentale sublime. C'est malsain. C'est ma névrose. C'est récent. J'en suis bouleversé. » Il aime Joseph Conrad, ce génie de la littérature mondiale, Polack terminant sa vie à Londres qui traîna, à vingt ans, comme Rimbaud, sur les quais de Marseille à la recherche d'un avenir et d'une gloire. On pardonne tout à ceux qui aiment Conrad, le Proust de l'action. Moix a l'intention de retourner en Corée du Nord, mais sans Depardieu. L'un de ses prochains projets littéraires est délirant : visiter et écrire sur tous les pays qui terminent par : -stan. Afghanistan, Ouzbékistan… La dernière fois que je l'ai croisé, il avait aussi bonne mine qu'un musicien de studio qui ne serait pas sorti depuis deux mois. Mais une sublime brune aux yeux clairs l'irradiait. Nous prîmes un café.

Et après ? C'est le mystère du Berkeley… Actuellement sur son répondeur, vous entendez, parfaitement imité, l'auteur des *Nourritures Terrestres* : « C'est André Gide, laissez un message. »

FRANÇOIS HOLLANDE

Président des attentats

Mardi 23 janvier 2024, bureau de François Hollande, rue de Rivoli.

Comme président, François Hollande a fait des débuts fougueux sur une estrade grâce à Valérie Trierweiler, l'Ava Gardner de *Paris Match*. Puis la pluie s'est très vite mise à tomber sur le quinquennat après un curieux passage en scooter rue du Cirque. À l'époque de Mitterrand, puis de Chirac, jamais la presse n'en aurait parlé. Dorénavant, un président a-t-il le droit d'avoir une vie sentimentale en plein mandat ? Ma réponse est « oui », celle des Français probablement « non ». Celle des journalistes : « quel pied ! »

Liturgiquement, l'un de ses piliers, Bernard Cazeneuve, qui lui offrit souvent des cravates pour le présidentialiser, confie : « François n'a pas le sens du tissu ! »

Ce matin-là, en montant l'escalier du somptueux immeuble de la rue de Rivoli, je ne peux m'empêcher d'être envahi par une impression de beauf s'en prenant à la retraite des présidents : « Quel endroit incroyable, quasiment place de la Concorde, au quatrième étage, toutes les fenêtres sur les Tuileries ! » Déjà, la rue de Solférino, où j'ai si souvent traîné mes guêtres, n'inspirait pas la pauvreté ou le socialisme. Curieux paradoxe, au troisième, un peu essoufflé, j'ai le sentiment de gravir les dernières marches qui me séparent d'un rendez-vous avec Karl Lagerfeld grande époque ! Ce n'est pas possible, me dis-je, comme si j'éditorialisais sur CNews, que l'empereur des bobos 2012, le député de Tulle, ait une vue si sublime sur la place où l'on guillotinait à tour de bras. Je sonne, je rentre, je suis accueilli par sa conseillère de presse qui me rappelle un peu Katharine Hepburn si elle avait été abonnée aux *Inrocks*. Je suis obligé de constater que bien qu'ayant légèrement regrossi, François Hollande suscite un entourage assez glam, à commencer par son épouse Julie Gayet, que je n'ai jamais vue de ma vie. Ce qui n'a pas l'air de la contrarier.

Dans l'entrée, un très vilain tableau sur des murs très chics, gris et blancs façon Dior. Un chien noir passe, qui semble bénéficier d'une extrême liberté. La phrase qui suit a été rédigée deux millions de fois, mais se vérifie, imparable lorsqu'il s'avance vers moi : « François Hollande est le mystère le plus curieux et le plus sympathique que la république ait jamais enfanté. » Sourire engageant, poignée de main franche. La fameuse cravate de Cazeneuve, cette fois-ci bien serrée, pas comme au début de son mandat. Le costume est sombre, épaule napolitaine, le « Comment ça va, Guillaume ? » n'est pas feint. En même temps, ne l'ayant pas vu depuis longtemps, il eut été bizarre qu'il me souhaite d'entrée une fin prochaine. Ma conviction a toujours été qu'on ne ressemble pas vraiment à ce que les autres disent de nous. Quand je pénètre dans le lumineux bureau en désordre, avec un joli petit déjeuner et les mêmes tableaux affreux, je me suis persuadé que François, Roi des Français 2012, dissimulait derrière une charmante et éternelle béance des maxillaires, une volonté de fer et un petit côté Louis XI qu'on aurait tort de négliger, si on veut faire œuvre sérieuse d'historien !

Première évidence : le chômage, les inénarrables frondeurs, Léonarda, la rue du Cirque, Fleur Pellerin – impasse Modiano, Cahuzac l'invraisemblable menteur, Valls (l'ambitieux ?),

Macron (le traître ?), la loi Travail et la déchéance de nationalité ne furent pas grand-chose à côté de ce qui nous a tous bouleversés, lui le premier : le Bataclan, 13 novembre 2015.

Ce soir-là, je dînais à la Cantina, charmant restaurant italien de l'avenue de Ségur dans le XVe arrondissement. À 21 heures, explosion de portables à toutes les tables. Des rafales d'armes automatiques étaient en train de tuer. Chaque convive, basculant dans l'angoisse, cherchait à joindre ses enfants dans la sombre nuit de Paris.

Les récents quinquennats n'échappent pas à l'imprévisible qui les pulvérise. Nicolas Sarkozy : deux crises financières plus dangereuses que celle de 1929. Emmanuel Macron : le Covid et une dette sans précédent. François Hollande : le terrorisme qui tue massivement.

Il n'a rien oublié. Celui qui a parfois été jugé comme une erreur de casting ou comme un mou est peut-être tout simplement un politicien classique, brutalement plongé dans une tragédie, monopolisant son attention au point que le quotidien en devint aléatoire.

L'horreur reste présente dans ce regard joyeux. Ce que je ne sais pas encore, ce matin-là, c'est que je le reverrai le 29 janvier et qu'il me racontera, avec une grande franchise, que son ambition politique forcenée lui vint incroyablement jeune, à dix ans à peine, et qu'avec Emmanuel Macron, il n'eut jamais la moindre explication claire.

François Hollande présenterait un déficit anthropologique en matière d'autorité, mais ce n'est pas le gentil garçon bonhomme que trop de gens perçoivent. Il suffit de lire ce qu'il dit à propos de Jean-Luc Mélenchon, Vincent Bolloré et quelques autres.

Longtemps Premier secrétaire du PS avec des manières IVe République, personne n'aurait pu soupçonner que sa carrière serait bouleversée par les armes. Il a donné l'ordre de tuer et, dans son imaginaire, le chemin de l'Élysée n'est pas définitivement derrière lui. Est-ce crédible ?

— J'ai vécu mon quinquennat sur le mode de la menace élevée et du risque. À tout moment pouvait surgir une attaque terroriste d'envergure. Obama ayant refusé d'intervenir en Syrie, le pays pouvait attirer des combattants de l'ombre.

— Comment faisiez-vous face à cette menace terroriste omniprésente ?

— Malgré une structure d'informations très solide, il était particulièrement compliqué de suivre tous les individus qui pouvaient attaquer notre pays. Par exemple, les frères Kouachi avaient des ramifications à la fois anciennes et récentes : anciennes parce que le premier avait rencontré en prison des terroristes qui avaient participé aux attentats de 1995 ; et récentes parce que l'autre était parti au Yémen. Il s'agissait donc d'individus très difficiles à identifier, capables de commettre un acte d'une importance considérable, attaquer un journal, décimer une rédaction, des dessinateurs et des journalistes connus…

À la même période, un autre individu était suivi, mais mal suivi sans doute : celui qui fut responsable de la prise d'otages à l'Hypercacher, Amedy Coulibaly, le 9 janvier 2015. Il s'était radicalisé en peu de temps. C'est ça qui rend la chose compliquée… Il ne s'agissait pas d'un de ces terroristes de longue date, endurcis dans cette guerre comme la plupart le sont. Dans ce cas précis, on faisait face à un phénomène d'accélération de la radicalisation et du passage à l'acte.

— Dans quel état avez-vous appréhendé la violence de ce qui était en train de se passer le 13 novembre 2015 ?

— C'était atroce. J'avais eu cette expression d'ailleurs, le soir du Bataclan : « C'est une horreur. » Quand deux ou trois individus pénètrent dans une salle de concert et déciment ceux qui sont là ou qu'ils tirent à bout portant sur des gens qui sont attablés en terrasse, c'est un choc. C'est la rencontre de la barbarie et de la douleur des familles qui vont être touchées au plus près et au plus profond. Mais c'est aussi le moment, notamment la nuit du Bataclan, où on se demande quand cette abomination va s'arrêter. Ça a commencé vers 21 heures au Stade de France où je me trouvais, et ça s'est terminé avec la fin de la prise des otages, qui ont été évacués vers minuit. Mais je me souviens qu'on se demandait si un autre commando n'allait pas encore agir le lendemain ou le surlendemain.

— Quelle était l'attitude à adopter en présence d'une telle panique ?

— Pour un président de la République et pour ceux qui l'entourent, la pression est à la fois liée à l'horreur qui vient d'être commise et à ses conséquences sur une société déjà fragile, inquiète et divisée. Comment le pays va réagir ? Avec les attentats du mois de janvier, la France avait réagi de la plus belle des façons, puisqu'il y avait eu une mobilisation pour la liberté d'expression et contre l'antisémitisme réunissant des millions de gens comme des chefs d'État et des présidents du monde entier. Mais, au mois de novembre, les questions qui se posaient étaient d'un autre ordre : « Pourquoi ça dure ? Pourquoi ça se répète et ça monte en intensité ? Pourquoi ça nous touche ? » Quand tout le monde est visé, toutes les catégories sociales et toutes les nationalités – beaucoup de touristes également –, on se sent face à une situation exceptionnelle. C'est au lendemain des attentats que j'ai choisi de faire un discours au congrès de Versailles, pour prendre des décisions et des mesures qui pouvaient rassembler. C'était à mon sens ce qu'il y avait de plus important : faire en sorte que la société ne se fissure pas, que la politique n'emporte pas tout, que l'extrême droite ne vienne pas butiner…

— Des actes terroristes ont perduré en France néanmoins…

— C'est un poison lent. Et là, je fais allusion à toute la période que nous avons connue avec l'attentat de Nice, l'assassinat du père Hamel dans son église, Beltrame, le meurtre des enseignants, Samuel Paty et le professeur d'Arras. Ceux qui s'en sont pris à nous n'étaient pas des Syriens ou des Irakiens, c'étaient des Français, des francophones, marocains ou algériens, qui avaient été là-bas et qui revenaient sur le sol français pour nous attaquer. La France demeure une cible pour son mode de vie, mais ceux qui nous attaquent sont des individus isolés, radicalisés, instrumentalisés qui ne s'appuient plus sur un groupe structuré. Il y a un attentat qui a été déjoué, dont on a souri parce que c'était presque un sujet de film : le Thalys. Mais en réalité, si le terroriste avait pris son fusil comme il avait prévu de le faire dans les toilettes et s'il n'y avait pas eu les Américains, il aurait décimé tout le train. On ne parle jamais des attentats qui ont été déjoués, celui-là aurait été majeur. Mais cet individu, il faisait partie du même groupe terroriste que ceux qui étaient venus ici. On avait affaire à un grand réseau. Aujourd'hui, les réseaux sont beaucoup plus diffus.

— Vous continuez à suivre ces dossiers aujourd'hui ?

— Oui, avec les informations dont je peux disposer, qui sont celles de tout le monde. Pas celles des services. Et heureusement d'ailleurs, il vaut mieux que ça reste dans la sphère du pouvoir.

— Le pouvoir, vous l'avez incarné…

— Oui, mais ce n'est pas la tradition française de rassembler tous ceux qui ont exercé des responsabilités pour partager des informations.

— Dans le cadre des jeux Olympiques, par exemple…

— Pour l'attribution des jeux Olympiques, il y a sept ans, c'était un argument qui avait été utilisé contre Paris, notamment par la ville rivale, Los Angeles, qui faisait valoir le fait que Paris venait de connaître les attentats. J'avais répondu que personne ne pouvait prévoir quelle serait la situation géopolitique dans dix ans. Aujourd'hui, on le sait : elle n'est pas simple, mais aucun pays n'est à l'abri, les États-Unis comme les autres. Sur les Jeux Olympiques, je pense que notre système de vigilance et de protection est efficace pour faire face à des individus radicalisés susceptibles de tenter quelque chose. Nous avions organisé l'Euro 2016. Il y avait peut-être eu des menaces, certainement, mais aucun incident n'est survenu. Et une fois l'Euro terminé, il y a eu pourtant Nice le 14 juillet. Il faut faire très attention : on peut avoir un système de surveillance, de vigilance, de sécurité de grande ampleur pour les Jeux, mais quelque chose peut survenir tout de suite après. Il ne faut pas relâcher la pression.

— Il était fou à lier, le forcené de Nice.

— Oui, c'est le cas typique : il n'a rien à voir avec un groupe terroriste, il se radicalise très rapidement. Mais, à lui seul, il fait soixante morts. Nice a aussi été une horreur et un violent traumatisme pour le pays.

— Est-ce que vous avez des regrets d'avoir raconté à nos deux camarades journalistes, Gérard Davet et Fabrice Lhomme, que vous aviez contribué à la neutralisation de ces gens dans *Un président ne devrait pas dire ça...* ?

— Vous me posez la question de savoir si nous avons agi quand l'armée, dans le cadre de la coalition en Syrie et en Irak, savait qu'il y avait des groupes de Daesh qui pouvaient nous menacer ? Oui, l'armée a fait son travail.

— Ce livre, avec son titre, vous a desservi...

— En réalité, le livre était plutôt en ma faveur, contrairement à tout ce qu'on a dit. Mais ce n'est pas forcément l'image qu'il a donnée. Les journalistes n'ont pas fait un travail qui pouvait me nuire. Le problème, c'est plutôt l'exploitation qui en a été faite, et ceux qui disaient : « Ah quand même, ce n'est pas normal qu'un président parle », c'était d'ailleurs le titre du livre. Mais je persiste : il faut parler de ce qu'on peut faire et de ce qu'on ne peut pas faire.

— L'extrême droite prospère partout en Europe. Faire un lien entre le terrorisme et la situation migratoire, est-ce un amalgame ?

— Ceux qui ont commis les actes terroristes ne sont pas arrivés hier sur le territoire français. Parmi ceux qui étaient au Bataclan, deux étaient français. C'étaient des Français naturalisés par la naissance. Celui qui a commis le crime horrible contre l'enseignant, le Tchétchène, il est arrivé en France à l'âge de cinq ans. Ça ne veut pas dire qu'il ne faut pas contrôler et maîtriser l'immigration. Mais ce serait trop simple de penser que c'est le dernier immigré arrivé qui va commettre un crime ou un attentat. Les deux frères Kouachi, qui ont commis l'attaque contre *Charlie Hebdo*, étaient français, nés en France et scolarisés en Corrèze.

— Mais encore ?

— Le débat sur l'immigration repose sur l'idée que nous ne maîtrisons plus ce que nous sommes. C'est le thème de l'identité. Après s'ajoute l'idée selon laquelle les immigrés bénéficient d'un système social avantageux et qu'ils vont peu à peu nous submerger.

— C'est une bataille culturelle…

— Oui, et je ne sous-estime pas l'impact d'un groupe de presse et d'édition qui est organisé pour mener ce type de bataille. Beaucoup ont regardé Bolloré comme un entrepreneur, un industriel pétri de valeurs libérales, capable de réussir des coups – il en a d'ailleurs réussi beaucoup. Mais en réalité, ce qu'on n'avait pas vu, c'est qu'au terme de son parcours, il entendait mener une entreprise civilisationnelle. Moi-même, je me disais : « Il est de droite, il a soutenu Sarkozy, il l'a accueilli sur son bateau. Qu'est-ce que ça peut faire ? C'est la vie… » Non, il ne s'agit pas de cela. Son but n'est pas seulement de gagner de l'argent : il se demande quelle trace il peut laisser.

— Vous croyez que Vincent Bolloré a envie de se lancer en politique ?

— Non, mais il a envie de faire élire un président proche de ses convictions, sûrement. Je ne sais pas encore lequel, mais je commence à me faire une idée.

— Est-ce que vous avez l'intention de vous mêler sérieusement de ce qu'il va se passer ?

— M'en mêler pour dénoncer, non. Mais prendre mes responsabilités, oui. Le vide politique offre à l'extrême droite un terrain d'expansion. Cette force politique n'est puissante qu'en raison de la faiblesse des partis républicains.

— Est-ce que cette dégringolade est arrivée avec vous ? À force de laisser faire les frondeurs ?

— Je ne les ai pas laissés, c'est eux qui se sont mis en travers.

— Vous auriez peut-être dû leur coller une baffe et leur indiquer la sortie !

— Comment ? Vous avez les moyens coercitifs de les mettre de côté, sauf de dissoudre l'Assemblée nationale ? Quel est le moyen ?

— Les virer.

— Les virer, ce n'est pas ça qui aurait fait passer les textes. Ils ne votaient pas les textes. Néanmoins, aucun projet de loi que j'ai présenté n'a été repoussé. Aucun. Sauf la déchéance de nationalité parce que la droite ne voulait pas nous offrir cette révision, et qu'une partie de la gauche a considéré que c'était un manquement à nos principes, alors qu'il n'y en avait pas. C'est le seul et unique texte que j'ai retiré.

— Est-ce que vous avez une explication concernant l'évolution de Jean-Luc Mélenchon ? À genoux devant Mitterrand puis Jospin et, tout à coup, se réveillant comme une sorte de révolté du Bounty. C'était prévisible ?

— Il y a deux Jean-Luc Mélenchon. D'abord celui dont le destin était de servir la République. Il l'a fait, ce qui explique qu'il a été le laudateur de François Mitterrand, alors même que François Mitterrand faisait le tournant de la rigueur, Maastricht, etc. Jean-Luc Mélenchon voulait être ministre de Jospin, qui a fini par l'accueillir dans son gouvernement. Arrive le 21 avril 2002 et lorsque cette démarche, cette ambition-là s'effondre, il en conçoit une autre.

— Vous l'aviez senti ?

— Oui, bien sûr, parce qu'au congrès de Dijon, en 2003, il avait construit un courant, Le Nouveau Monde, qui expliquait qu'il fallait rompre avec la mondialisation, rompre avec l'Europe, rompre avec la social-démocratie. Il était alors inconnu du grand public, mais lorsqu'arrive le traité de 2005, sa thèse sur la rupture avec la mondialisation et l'Europe trouve son débouché. Il devient un héros du « Non » en 2005. Il retrouve aujourd'hui ses racines trotskystes et se dit : « Maintenant, le peuple va se lever d'un bond, comme il l'a fait en 2005, et on va faire un soulèvement démocratique qui va culbuter le système. » Quand on commence à être sur une thèse comme celle-là, on dérive progressivement et on s'extrémise.

— Vous le croyez antisémite ?

— Non, je ne crois pas. Mais à force de tenir ce discours sur l'oligarchie, le « système », l'impérialisme, qui n'est pas propre à l'extrême gauche, Israël devient un élément du puzzle. Et après, on peut tenir des propos qui entretiennent l'antisémitisme.

— Aujourd'hui, même l'intervention au Mali qui paraissait logique à l'époque, est critiquée en France et en Afrique comme une forme de néo-colonialisme.

— La thèse générale est : « Tous les fragiles, tous les pauvres, tous les exploités sont solidaires et nous, nous sommes de l'autre côté. » Si je prends l'exemple du Mali, je n'avais pas annoncé dans ma campagne que j'allais intervenir au Mali parce que je voulais que la France puisse rayonner en Afrique de l'Ouest. La vérité, c'est qu'en janvier 2013 je suis appelé par les chefs d'État africains. Si je prends la décision d'y aller, ce n'est pas pour que nos entreprises prennent des marchés au Mali ou pour que nos militaires campent avec leur drapeau dans le désert et à Tombouctou. Il n'y a aucune dimension néo-coloniale. Pourtant, ce qui va être avancé par une partie de la gauche radicale et aussi par nos adversaires comme la Russie ou la Chine, c'est : « Vous voyez, ce sont des néo-coloniaux qui viennent vous voir non pas pour vous défendre, mais pour vous humilier, pour vous occuper. » En ce qui concerne Israël et la Palestine, je n'ai pas relevé, pour le moment, en France, des manifestations avec des centaines de milliers de gens pour la cause palestinienne. À la différence de ce qui s'est produit au Royaume-Uni et aux États-Unis. Ce n'est donc pas la cause palestinienne qui peut générer une mobilisation, c'est l'idée insidieuse que, finalement, derrière Israël se cache l'Occident, et que derrière l'Occident se cache la mondialisation. Le message c'est : « On vous exploite, vous les racisés, vous êtes directement concernés par Israël. »

— En avez-vous terminé avec l'idée ou l'envie de jouer un rôle politique majeur ?

— J'en ai terminé avec un rôle de partisan et pourtant c'est un mandat que j'ai apprécié.

— Alors, président *again* ?

— La question ne se pose pas aujourd'hui. D'abord, il y a mon engagement politique car la situation me paraît extrêmement dangereuse pour la démocratie. Pas seulement pour la gauche, ce serait trop simple…

— On a l'impression que vous n'arrivez pas à reprendre en main les sociaux-démocrates ?

— Le Parti socialiste doit se reprendre et se réanimer. Il n'y a pas d'autre possibilité. Repartir à la conquête d'un appareil vermoulu peut sembler vain. Le Parti socialiste n'est-il pas dans la situation où était la SFIO quand Mitterrand l'a reprise ?

— En vue de la présidentielle ?

— Oui. Les élections européennes avec la liste Glucksmann peuvent être une première étape. L'objectif est de faire le meilleur résultat, pour démontrer qu'il y a un espace entre Macron qui s'est « droitisé » et Mélenchon qui s'est marginalisé. Quand la gauche est dans sa version la plus radicale, elle s'interdit d'accéder au pouvoir et elle se caricature.

— Regardez l'affaire Tesson. Il y a une partie de la gauche qui devient incompréhensible par sectarisme.

— Je connais Sylvain Tesson. Il a ses idées, mais c'est un grand écrivain.

— Et il n'est pas à gauche.

— Mais ce n'est pas le problème. Il s'agissait du Printemps des poètes. Savoir qui présidait le Printemps des poètes ne m'était jamais apparu, quand j'étais aux responsabilités, comme un sujet de polémique. Sylvain Tesson, héritier de Roger Nimier, qu'est-ce que ça peut nous faire ? Il écrit bien, il a du talent, il monte à l'assaut des montagnes… La gauche, c'est la pluralité et la liberté. Pas l'interdit ou la censure.

— Dernière question : je me souviens que je faisais mes courses lorsque Brigitte Macron m'a appelé pour me confier qu'ils ne savaient pas comment vous parler de ce qu'Emmanuel Macron allait faire en 2017. Curieux, non ?

— Fallait m'appeler !

— Ça m'a paru surréaliste.

— Emmanuel Macron s'est présenté à moi deux ou trois ans avant la présidentielle, me disant qu'il voulait entrer au Parti socialiste, qu'il était tout à fait prêt à me suivre si je me lançais. Je l'ai accueilli. Il a été un élément utile dans la campagne. Une fois président, je trouvais légitime que ceux qui m'avaient accompagné puissent être associés aux responsabilités. Il devient donc secrétaire adjoint général de l'Élysée. Puis, à la suite du départ de Montebourg du gouvernement, qui n'était pas spécialement prévu, avec Manuel Valls nous nous sommes interrogés : pourquoi pas ce jeune Emmanuel Macron pour le remplacer ? Il connaissait les dossiers. Puis, progressivement, il fait des déclarations de plus en plus éloignées de ma ligne politique… Il me confiait : « Ce que je fais, c'est pour toi. » S'il avait d'autres intentions, il aurait pu m'en prévenir.

— Il ne l'a jamais fait ?

— Jamais.

— Encore aujourd'hui ?

— Aujourd'hui, je ne lui pose plus la question. [Il rit.] Car la mauvaise conscience peut se cacher derrière la mauvaise foi. [Il rit.]

Le saugrenu est une cure de jouvence. Existe-t-il un rapport entre « Brown Sugar » et François Hollande ? Très curieusement, oui.

Le 29 octobre 2012, 1 600 veinards rallièrent le théâtre Mogador, après un bouche-à-oreille intense, puis des invitations en bonne et due forme. Les Stones répétaient discrètement à Paris leur tournée. Ils venaient de donner à l'improviste un concert dans une minuscule salle de la capitale. Et pourtant les fans transpiraient d'inquiétude : Keith Richards était, à l'époque, tombé d'un arbre quelque part dans les Caraïbes. On l'avait donné pour mort ou gâteux, voire pire : extrêmement fâché avec Mick. Ça doit être amusant d'être une rumeur mondiale et de s'en foutre royalement, car les British, éternellement dévorés par l'envie de la scène, nous préparaient un petit complot dont ils ont le secret : débarquer *on stage* !

Ce sont des ultra-pros. Il était important que les pierres qui roulent réchauffent leurs articulations de septuagénaires avant d'affronter les temples du rock européen. Aujourd'hui, la joyeuse bande pète la santé à quatre-vingts ans, mais porte le deuil de Charlie Watts, leur batteur, amoureux fou de jazz et de costumes sur mesure de Savile Row. Charlie s'est toujours demandé s'il était réellement un Rolling Stone ou un hasard passager qui aurait duré soixante ans. J'aimais éperdument sa placidité. Contrairement à la plupart des batteurs de rock, il jouait simplement avec quelques fûts et cymbales. De grosses baguettes pour compenser son physique fluet. Mais une métronomie précise et inaltérable avec les années.

Keith envoie un riff, Charlie frappe, Jagger miaule et Ron Wood se demande ce qu'il fait là. Avec Paul McCartney, ils sont les seules superstars planétaires qui enjambent les générations comme des chevaux les obstacles. À fond la caisse, toujours. Un Stones ne s'écoute pas souffrir, il meurt ou il écoute du blues. Buddy Guy ou Muddy Waters.

Charmant détour snobish, j'aurais pu faire plus corrézien, me direz-vous. Que vient faire Hollande là-dedans ? Patience.

La nuit était fraîche, sombre comme le deuil de l'été, mais une excitation assez considérable régnait dans les artères adjacentes au théâtre, dans le IXe arrondissement de Paris, entre les grands magasins et l'église de la Sainte-Trinité. Je marchais sur le trottoir de la rue de la Victoire, cette partie du IXe est assez sinistre le soir. Un flot ininterrompu de somptueuses Mercedes et BMW limousines conduites par des chauffeurs déversaient des happy fews aux sourires pleins de dents. Tous ces braves gens revenaient de week-end. Tous ces braves gens avaient oublié depuis longtemps qu'il existe des fins de mois. Mais ne sombrons pas dans le moralisme. J'y étais avec mon épouse ! Mon fils nous rejoignit à l'ultime dernière minute, créant chez moi un stress proche de la perte de mémoire. Je m'énervais qu'il puisse traîner sur le chemin d'une soirée inimaginable : un concert privé des Rolling Stones devant un parterre de banquiers ou de promoteurs à l'initiative du distingué Édouard Carmignac.

Il n'a jamais lésiné sur les moyens pour faire plaisir à ses amis. Chez Édouard – veste caramel et jeans, crinière argentée, malice incontestable –, il n'existe pas de réelle différence entre le client et l'ami. Joueur de polo, financier de haute volée, enfance au Pérou, il a vécu les années soixante-dix et quatre-vingt à New York en plein milieu de l'ère Warhol, ce qui lui a permis de réunir une collection de tableaux phénoménale, notamment des Roy Lichtenstein abstraits que l'on retrouve sur les murs de sa fondation sur l'île de Porquerolles. En affaire, Doudou est implacable, mais c'est un vrai gentil. Quelques mois auparavant, il s'était fendu d'une tribune dans la presse plus que radicale à l'égard du nouveau locataire de l'Élysée. Mais ce soir-là, le bonheur illuminait son visage de patricien qui avait réservé une sacrée surprise à ses invités. Les cartons adressés aux privilégiés ne faisaient pas mention d'un concert des Stones. Beaucoup de gens le savaient, mais il paraissait quand même totalement improbable que, derrière le lourd rideau de scène, puisse se trouver le plus célèbre groupe de rock du monde.

Et François, il arrive quand ?

Dire que j'étais excité est un euphémisme, mais, curieusement, je ne me sentais pas bien du tout lors du cocktail qui précéda l'événement. Jo', le fameux fils, était en retard et je souriais comme un abruti à des gens que j'étais totalement incapable d'identifier – même ceux que je connaissais. On appelle ça le gâtisme, une légère amorce d'Alzheimer ou une montée de stress. J'ai vu les Stones aux quatre coins du monde. Il m'est arrivé d'interviewer Jagger à Londres, dans le pub où ils ont commencé. J'ai signé les commentaires d'un documentaire qui leur est consacré sur TF1, mais ce soir-là, je suis incrédule comme une horloge dérangée. L'horloge incrédule, presque le titre d'un tableau de René Magritte. J'ai passé cette soirée mémorable dans cet état curieux. Entre le bonheur et l'abîme. Qui ne l'a pas connu ?

À un moment, tout le monde rejoint la salle et s'assoit, délaissant les coupes de champagne et les petits fours. Carmignac, tout en triomphe discret, prononce quelques mots devant une assistance assise comme si elle était venue entendre le *Concerto pour la main gauche* de Ravel. De la gauche, il allait en être question.

Je suis en train de péter une durite. Mon adolescence va entrer en scène au milieu d'une sélection de patrons du CAC 40 et de banquiers d'affaires. Moi qui avais hurlé « Satisfaction » ou « Get Off of My Cloud » à la fête de l'Huma…

Le rideau s'ouvre. Ils sont là, les vrais ! Jagger est un magicien. Mince comme un fil, l'Oscar Wilde du rock décoche à l'assistance qui n'en revient pas ce fameux sourire qui lui dévore le visage. Le cheveu est abondant. Keith, son bandana et son arthrose bavardent avec Ron Wood qui, malheureusement, le week-end, se prend pour un peintre. Darryl Jones, le bassiste, est immobile. Chuck Leavell, leur clavier et chef d'orchestre, dissimule comme d'habitude son existence derrière pianos et synthétiseurs. Et le sketch commence. Entièrement habillé en noir, Jagger, qui a dû négocier un contrat pas si faramineux que ça étant donné leur statut, entame un laïus hilarant en français. N'oublions pas qu'il est châtelain à Tours. « Vous avez de la chance, Monsieur Carmignac est très généreux. Je ne le connaissais pas, mais la Reine m'a dit grand bien de lui. Il paraît que c'est quelqu'un de bien. » Informé que le recevant a publié en juillet dernier cette fameuse tribune anti-Hollande, Jagger continue : « J'ai vu que Monsieur Edward a écrit à Monsieur Hollande. » Hilarité générale dans la salle et Mick de poursuivre : « Vous ne l'avez pas invité, Monsieur Hollande ? Vous auriez aimé qu'il fût parmi nous ? » Une chorale de banquiers, c'est musicalement rare. Mais ce n'est pas faire insulte à la profession que d'écrire qu'avec leurs épouses, tout ce beau monde s'est livré à des huées à destination de l'absent, le président de la République.

Au fond, les Stones se moquaient autant du récent pouvoir en place que de cette salle qui leur servait à reprendre la route. Leur incroyable professionnalisme, après des milliers de concerts, est invraisemblable. « Miss you », « It's Only Rock'n' Roll », Jagger a chanté et dansé pendant quatre-vingt-dix minutes comme s'il était au Madison Square Garden, à Hyde Park pour les funérailles de Brian Jones ou sur la plage de Rio devant un million de fans.

Un jour, le plus tard possible, cette génération va disparaître. Franchement, je ne sais pas ce que nous allons devenir. Ni même si cette musique a un avenir après eux. La politique et le rock, j'ai navigué entre ces deux mondes. Constatons aujourd'hui que les dirigeants ne suscitent plus la moindre mythologie. On peut les huer dans une salle de concert ou lorsqu'ils assistent à un match dans un stade. À gauche, Mitterrand n'aurait pas été mieux accueilli par ce type de public, voire pire, mais ils l'auraient fait en sourdine. Car, idolâtré ou détesté, il inspirait la crainte. Appelez ça le respect, si vous préférez. Les platitudes ne sont pas toujours erronées. Jusqu'à Jacques Chirac et l'Algérie, ceux qui nous ont dirigés ont connu la guerre. Ça change tout.

Dès le début de son quinquennat, François Hollande a été l'objet de moqueries. Ce concert en témoigne de manière loufoque. Grâce à l'humour british de Sir Mick.

Pas le moindre état de grâce et pourtant les Français venaient de l'élire. En mai 2012, il avait pour lui l'Élysée, la majorité à l'Assemblée nationale et au Sénat, une bonne partie de la presse. Mais l'erreur fatale et immédiate fut de vouloir installer une « présidence normale ». Les Français la réclament, mais n'en veulent pas. C'est le piège dans lequel il est tombé. Il n'a pas pu se représenter. Tout cela nécessitait qu'il nous donne en personne quelques explications supplémentaires et que je revienne rue de Rivoli. Remontons le magnifique escalier.

Lundi 29 janvier 2024, 10 h, bureau de François Hollande, rue de Rivoli.

— Vous n'avez été que huit à être présidents en soixante-dix ans. J'imagine que vous n'avez pas découvert cette ambition en 2012 ?

— Personne ne devient président par hasard. Mais nul ne devient président en y pensant dès son plus jeune âge, en s'imaginant un destin quasi-divin. C'est une suite de rencontres, de circonstances et de volonté. En 2012, je me suis convaincu que j'étais le mieux placé pour être candidat et devenir président. En 2007, c'était Ségolène qui était incontestablement la plus à même d'être dans cette situation. J'aurais pu ne jamais être candidat si Lionel Jospin avait lui-même été élu président en 2002, parce que ça aurait été difficile de l'être après lui. Mais, contrairement à ce que beaucoup pensent, j'avais décidé de l'être tout de suite après 2007.

— Mais quand vous laissez passer l'Inspection des finances à vingt-deux ans pour aller à la Cour des Comptes, c'est une manière de vous préparer à la politique ?

— Oui, j'étais totalement convaincu que j'allais faire de la politique. Mais pas nécessairement pour devenir président. En 1980, quand je prends cette décision…

— Rarisissime.

— Rarissime, c'est vrai. Ça me faisait plaisir parce que c'était pour Jean-Pierre Jouyet, qui est un ami. Mitterrand n'avait même pas encore été élu. Et quand je suis arrivé à la Cour des Comptes, j'ai clairement dit que j'avais choisi cette maison pour faire de la politique. Les chefs de la Cour ont été un peu crispés, mais beaucoup d'autres avaient eu cette démarche avant moi. Je me suis engagé tout de suite au Parti socialiste. J'ai été candidat aux législatives en 1981. Je n'ai pas été élu, je ne l'ai été qu'en 1988. J'aurais pu faire autre chose entre 1981 et 1988. On me l'a proposé, d'ailleurs. J'avais même un projet professionnel avec Canal+.

— C'est André Rousselet qui vous l'avait proposé ?

— Oui, mais j'ai décliné même si on était en 1986-1987 et qu'il n'était pas évident que la gauche revienne. J'étais déjà en Corrèze. Plus tard des amis m'ont proposé des circonscriptions faciles : « Tu ne vas pas rester en Corrèze, il y a Chirac, etc. » Mais je voulais être en Corrèze, là où j'ai mes fidélités. J'ai bien fait.

— Y a-t-il une date à laquelle vous avez pris cette décision ?

— En 1965. J'avais dix ans et demi, je découvrais l'élection à la télévision, ça m'a passionné. Il y avait Lecanuet, Mitterrand, De Gaulle, bien sûr. Pour moi, c'était une découverte.

— Est-ce qu'il y a un aspect psychanalytique ? Un côté « Papa est à droite » ?

— Non, je remercie mon père d'avoir invité la politique dans les conversations. On peut ne pas avoir les mêmes idées, mais le pire dans une famille, c'est quand on ne parle pas du tout. Mon père parlait sans arrêt de politique pour dire des choses qui, au début, me surprenaient, mais qui m'ont ensuite interrogé, m'ont conduit à essayer de comprendre pourquoi il pouvait tenir ces propos-là. Ma mère avait une autre philosophie, donc c'était intéressant aussi. Je remercie mes parents d'avoir parlé à table. Et étant père à mon tour, j'ai toujours voulu que mes enfants entendent ce que nous disions, même s'ils ne comprenaient pas tout.

— Vos enfants semblent assez cash. Ils ne vous ont pas reproché en 2016, en 2017, d'être trop gentil, notamment avec les frondeurs ?

— Mes enfants trouvaient sans doute que je faisais trop de concessions à l'économie, à la raison, à la techno-structure. Mais ils ne s'en sont pas mêlés. Par affection, par respect peut-être, jamais mes enfants ne m'ont dit « Présente-toi » ou « Ne te présente pas ». Quand j'ai décidé de ne pas me représenter, certains ont eu de la peine, mais ils n'ont rien dit.

— Et vous, vous ne regrettez pas ?

— Je l'ai regretté après. Je trouvais qu'il était ahurissant de m'imposer des primaires et en plus, Macron avait déjà annoncé sa candidature. J'ai pensé que dans mon parti, dans ma famille politique, le système était devenu impossible.

— Vous étiez le président de la République…

— Oui, et alors ? Qu'aurais-je dû faire ? Être candidat contre mon propre parti ? Ça n'avait pas de sens. En réalité, le calendrier était contraire à l'intérêt même du pays. Mitterrand avait attendu le mois de mars 1988 pour se déclarer. C'est exactement ce que j'aurais dû faire, c'est mon seul regret. Au mois de mars 2017, Fillon était dans la situation qu'on connaît, Hamon était déjà perdu et Macron, même s'il avait eu le ralliement de Bayrou, n'avait pas non plus une voie tracée.

— Vous auriez pu taper du poing sur la table !

— C'était trop tard, j'avais déjà annoncé ma décision. Le seul regret que j'ai c'est de m'être imposé un calendrier qui n'était pas le bon. En politique, le calendrier est tout à fait majeur. Ce n'est pas seulement vrai pour une déclaration de candidature, c'est vrai pour tout. Pour un mouvement social : à quel moment vous intervenez, à quel moment vous négociez. En ce qui concerne les agriculteurs, il est évident qu'il fallait arrêter le mouvement très vite. Après, ça déborde.

— Vous avez l'impression que la situation est en train d'empirer ?

— J'ai vécu, à la fin de mon mandat, l'écroulement des deux grands partis de gouvernement. Le système des primaires les a fait éclater. Avant, un grand parti, c'était un parti qui désignait lui-même son candidat naturel. Dès lors que vous inventez une procédure qui n'est plus celle-là, les phénomènes centrifuges se développent. J'ai donc assisté à cette déconstruction. Et depuis, rien ne s'est arrangé de ce point de vue. Rien n'a été fait, du côté des grands partis, pour les réinstaller. Et Macron n'a pas créé non plus une force qui aurait pu lui survivre.

— Mais ça l'arrange ?

— Je n'en suis même pas sûr. En revanche, ça offre au Rassemblement national un espace parce qu'il est le seul mouvement qui reste attaché aux vieilles structures partisanes.

— Imaginons que Marine Le Pen remporte les élections, est-ce que vous pensez que l'administration suivra ?

— L'administration est loyale en France. Elle est républicaine. Elle veillera à ce que rien ne soit illégal. L'Europe fera exactement pareil. Ce sont des machines qui amortissent, elles ne se mettent pas en travers, elles diffèrent et prennent leur temps. Nous n'allons pas nous en plaindre, mais nous ne pouvons pas nous en rassurer non plus.

— On n'a pas le sentiment que le Parti socialiste soit vraiment en train de se réorganiser…

— Pour se réorganiser, il faut plusieurs conditions : d'abord offrir une vision du monde, de l'Europe, de la société française, ensuite bâtir une organisation avec des structures regroupant élus, militants et forces vives. Enfin, il faut une incarnation.

Quand vous ne remplissez aucune des trois conditions, c'est compliqué. Sauf à s'effacer derrière une autre famille politique, ce que le Parti socialiste a fait avec la NUPES. Il faut remettre le Parti socialiste en première ligne.

— Et vous allez faire quoi, concrètement ?

— C'était difficile, dans le mandat qui a suivi le mien, de dire : « Je n'ai pas concouru, mais je vais vous dire ce qu'il faut faire. »

— Et maintenant ?

— Maintenant, c'est nécessaire. C'est pour cette raison, entre autres, que je soutiens Glucksmann. La suite va dépendre de son résultat. S'il fait 12, 13 ou 14 % ou s'il fait 6 %, ce n'est pas la même chose. Je n'agirai jamais pour moi-même, j'entends travailler pour la démocratie car s'il n'y a plus de gauche crédible en France, la perspective du Rassemblement national comme seule alternative au pouvoir actuel s'installe.

— Comment se fait-il que Nicolas Sarkozy ait très mal vécu la transition ? Vous ne l'avez pas raccompagné.

— Il l'a vécu ainsi et je ne doute pas de sa sincérité. Comment ça s'est passé, en réalité ? Plutôt bien. Dans un contexte quand même difficile. J'arrivais après une élection qui avait été âprement disputée. Il me reçoit de façon républicaine, il me parle de la difficulté de la tâche, il évoque le rôle des réseaux sociaux, de leur violence, de ce qu'il a subi, de la vie privée… C'était juste. Ensuite, je le raccompagne. Carla Bruni semblait très affectée, elle était restée en compagnie de Valérie dans une autre pièce. Il y avait forcément de la douleur, je l'ai connue moi-même, c'est normal. Je me suis demandé si l'accompagner jusqu'à la voiture ne lui imposerait pas une présence qui allait le gêner ? Il l'a vécu comme une inélégance. Je plaide, pour ma part, une forme de pudeur.

— Je serais à sa place, je serais comme lui, rancunier !

— Oui, c'est vrai. Pour plusieurs raisons. D'abord, il pensait que si la campagne avait encore duré trois semaines, un mois, il aurait pu gagner. Il était en effet remonté puisque nous étions parti de 60/40 avant de finir à 52/48. Ensuite, parce que le débat lui avait coûté.

— Comment avez-vous vécu le moment de la fameuse anaphore lors du débat ? Était-elle préparée ?

— Oui, je l'avais déjà utilisée dans des meetings. Nicolas Sarkozy a dû penser que j'allais m'épuiser assez vite. Mais je ne m'arrêtais pas et il ne m'arrêtait pas non plus. Le débat était terminé. Et il le savait.

— C'était dû à la fatigue ?

— Débat ou pas débat, c'était fini. On ne peut pas remonter 52/48 entre les deux tours. Dans le débat entre Giscard et Mitterrand, « le monopole du cœur » a peut-être joué… Mais je pense que le débat n'inverse rien. Il confirme.

— Pour les questions de vie privée, il vous a prévenu d'une certaine manière…

— Oui, il m'avait parlé de la violence de ce qu'il avait ressenti. Nous sommes tous les deux de la même génération : nous avons vécu avec la presse écrite, la télé comme éléments majeurs. Et on arrive à un moment où on est bousculés, non pas par les chaînes d'informations, mais par les réseaux sociaux. Il a souffert, et moi aussi, de la violence, de la vulgarité des images.

— Avec qui êtes-vous vraiment ami, à part Jean-Pierre Jouyet ?

— Jean-Pierre Jouyet est un ami de toujours. J'ai encore des amis de lycée. En politique, Cazeneuve est un ami, Le Foll est un ami précieux. Nous nous voyons au jour de l'an, à des fêtes, régulièrement.

— Et Valls ?

— Oui, je le vois aussi. Nous échangeons.

— C'était le bon choix, comme Premier ministre ?

— Au moment où il a été fait, oui. Franchement, j'étais content d'être le chef de cette équipe qui, face aux attentats, a tenu bon, c'est-à-dire Valls, Cazeneuve et Taubira. Une équipe qui a assuré, qui ne s'est pas divisée, qui s'est elle-même révélée.

— Alors d'où vient cette impression, et pour certains cette certitude, d'un quinquennat peu habité par l'autorité ?

— Ce n'est pas vrai puisque c'est sans doute la présidence où ont eu lieu les attentats les plus lourds de la Ve République. On peut me critiquer sur certains de mes choix, mais s'il y a eu un moment où les Français m'ont reconnu de l'autorité, c'est bien celui-là : je suis le président qui a affronté les attentats.

— Comme Sarkozy qui fut le président de la crise financière.

— Oui, comme il sera dit de Macron qu'il fut le président de la crise sanitaire. Il y a un moment où une crise fait que vous incarnez l'autorité. C'est d'ailleurs la vertu de la Ve République : quoi qu'on pense du chef de l'État, c'est vers lui que les Français se tournent en cas d'épreuve majeure. Ils attendent ce qu'il va faire, ils écoutent ce qu'il va dire, ils lui font crédit. Pour De Gaulle, ça a été l'Algérie. Pour Mitterrand, l'unification européenne. Pour Chirac, ça restera l'Irak, pour Sarkozy la crise financière et pour moi le terrorisme.

— Est-ce que le fait d'être marié à une artiste vous a rapproché d'un monde dont on a dit longtemps qu'il vous était indifférent ?

— Je suis allé voir beaucoup plus de spectacles que si elle n'avait pas été là. J'ai rencontré beaucoup d'artistes et peut-être que le jugement qu'ils portent sur moi a changé aussi. Mais dire que je ne lisais pas de livres, que je n'allais ni théâtre ni au cinéma, c'est une légende.

— Les Jeux Olympiques vont avoir lieu en face de votre bureau. Est-ce que vous êtes pessimiste ? Personne n'a jamais fait une cérémonie au milieu de la ville.

— Je ne dis pas ça par idéalisme ou par optimisme invétéré, mais il faut en finir avec les appréhensions, les aspects toujours négatifs. Je suis convaincu que les Jeux Olympiques vont être réussis.

— Vous allez rester ?

— Oui ! C'est quand même formidable. Le décor est exceptionnel. La cérémonie d'ouverture sur la Seine ! Bien sûr qu'on est capables de contrôler, tous les dispositifs sont là. Les gens vont découvrir dans le monde entier les monuments de Paris. Quand vous prenez une péniche ou un bateau-mouche, vous êtes ébloui, même si vous l'avez déjà fait dix fois.

— Quand vous étiez président, avec quel chef d'État vous êtes-vous bien entendu et avec qui ça ne s'est pas bien passé ?

— Je me suis bien entendu avec Angela Merkel. Ça a été difficile, nous n'étions pas forcément d'accord sur les mesures, mais on se parlait sans arrêt, comme elle l'a sans doute fait avec Sarkozy. Avec un temps de latence parce qu'elle examine à qui elle a affaire. Nous avons géré beaucoup de situations compliquées : l'Ukraine, la Grèce, le rapport avec les États-Unis, Poutine. Je trouve que c'est une personne intéressante, une femme intelligente, bien sûr, mais qui n'est pas dénuée d'émotion. Elle va sortir ses mémoires. Elle a un parcours assez inouï ! C'est une femme qui, jusqu'à l'âge de trente-trois ans, a vécu en Allemagne de l'Est. Elle ignorait ce qui se passait de l'autre côté. Et elle est devenue chancelière. Lors de la cérémonie pour l'anniversaire du traité franco-allemand en 2013, elle a entendu pour la première fois le discours prononcé par De Gaulle en 1963. Elle n'a pas toujours été populaire en France, parce que souvent considérée comme un peu austère. Or, elle était toujours prête au compromis, même pour trouver une solution avec la Grèce. Le plus inquiétant, c'est Poutine. C'est celui que j'ai le mieux observé.

— Comment le percevez-vous ?

— Comme quelqu'un qui ne connaît que le rapport de forces, la pression qu'il peut faire peser, la menace qu'il peut proférer, comme quelqu'un qui a l'idée de la revanche. Un nationaliste jusqu'au bout. Son message est le suivant : « J'ai été humilié, la Russie a été écrasée avec l'effondrement du mur, et le temps est venu de vous faire comprendre que c'est fini pour vous, les démocrates, les Occidentaux, les décadents, les pervertis, les dépravés. » Il nous méprise profondément.

— Macron a-t-il raison d'envisager l'envoi de conseillers militaires, même s'il est totalement isolé ?

— En matière militaire, et donc stratégique, mon attitude a été d'en dire le moins possible sur nos intentions et d'en faire le plus possible sur nos éventuelles interventions. C'est le principe même de la dissuasion. Moins on en dit, mieux on agit. Si rien ne doit être exclu pour aider l'Ukraine, c'est Zelensky qui doit le savoir.

— Poutine pourrait-il être l'homme d'un Anschluss généralisé, au-delà des frontières russes ?

— Sa méthode est de nous impressionner et de nous tester. Il pense que les Occidentaux sont faibles et velléitaires et qu'ils ont une sainte horreur des conflits. D'où ces gesticulations à brandir la menace nucléaire. Il ira aussi loin que nous le laisserons agir. Négocier un jour, sûrement, mais après l'avoir fait reculer et l'avoir acculé.

— Votre relation avec Barack Obama ?

— Obama est un leader charismatique qui m'a déçu en n'intervenant pas en Syrie.

— Ça s'explique comment ? Parce que les gens étaient sous le charme ?

— Il a du charme, oui. Mais Obama est surtout un président américain dont l'engagement consistait à en terminer avec les interventions extérieures – l'Irak ayant été une erreur, il fallait se retirer. Pourquoi il décide de ne pas nous accompagner en Syrie ? Parce qu'il ne veut pas se remettre dans une opération extérieure et s'éloigner de sa promesse au peuple américain.

— Qu'est-ce qu'il y a dans votre bureau, en plus de la photo de Jean Jaurès ?

— Une photo de la manifestation du 11 janvier. Je la trouve intéressante. Il y a Merkel qui regarde si le boulevard Voltaire est bien protégé. Là, c'est Tusk, le Polonais, Mahmoud Abbas, le roi de Jordanie, Nicolas Sarkozy.

— Vous avez croisé Nicolas Sarkozy deux ou trois fois. Il vous dit « bonjour » et « au revoir » ?

— Oui. Nous avons formé, pendant un temps, un duo. Lui à l'UMP, moi au Parti socialiste. Puis ce fut un duel.

— C'est un peu le bordel, votre bureau…

— Non, c'est un ordre, le mien.

— C'était mon sujet du bac : « L'ordre vital et l'ordre géométrique ».

— Les gens qui ont un bureau trop ordonné, il faut s'en méfier. Soit ils ne travaillent pas, soit une espèce de méticulosité les enferme.

Avec un sourire entendu que je ne décrypte pas, nous nous saluons. La place de la Concorde, les Tuileries et la perspective des Champs-Élysées restent pour moi la quintessence de la beauté classique.

Après deux ou trois années de journalisme, au début des années quatre-vingt, je restais le matin à Europe 1, j'étais impressionné par les commentaires d'Alain Duhamel et Jean Boissonnat, qui finira sa carrière comme sous-gouverneur de la Banque de France et qui, chaque jour, bien que chrétien de gauche, donnait des leçons d'économie à François Mitterrand et à son équipe. C'était cinglant. Je ne sais pas s'il existe encore dans la presse une autorité morale incontestable. De toute façon, nous avons tous basculé dans l'opinion, avouée ou dissimulée.

Depuis que Manuel Valls, Premier ministre de François Hollande, a parlé de gauches irréconciliables, aucune campagne présidentielle n'est gagnable pour elle. Et pourtant François Hollande a l'air de croire le contraire. Rue de Rivoli, au quatrième étage, l'illusion n'est pas perdue. Il reçoit et consulte à tour de bras et depuis longtemps.

À ce niveau de carrière, un « sympathique » se promène perpétuellement avec un voile sur le visage. Vous auriez tort de vous arrêter à son éternel sourire. « Monsieur H » est « un méchant » comme les sept autres. Aucun sarcasme ne l'arrêtera.

Peu de gens le savent. Ça a commencé comme le songe d'une nuit d'été, devant les émissions politiques télévisées. Il avait dix ans.

JOHNNY HALLYDAY, FRANÇOISE SAGAN, FRANÇOISE HARDY

Le temps des idoles

Paris, janvier 2024.

Seule une brutale amnésie de ce que Johnny Hallyday a représenté pour les gens les plus modestes de ce pays pourrait l'empêcher de figurer dans ce livre. *Idem* pour Françoise Sagan qui, pendant des années, a incarné une partie de l'édition en France. Je n'ai jamais écrit sur lui. Un peu sur Sagan. Ils sont sortis de ma vie par la même porte : la mort. Et ils y sont entrés grâce au même homme : Marc Francelet.

Marc est un phénomène de sympathique grande gueule, retiré à Anglet, près de Biarritz. Cet « aventurier de la Vᵉ République », si l'on en croit le titre de ses mémoires, qui fut la quintessence du Paris Saint-Tropez, vit près des vagues, au pied des Pyrénées. Lui qui fut journaliste à *Paris Match* à seize ans se contente maintenant de lire les journaux. Lui qui fit deux séjours à l'ombre, profite du réchauffement climatique. Lui qui n'a pas détesté frayer avec le milieu en plein jour, le journalisme et les grandes stars du *show-business*, lui qui rencarda Franz-Olivier Giesbert, le patron du *Point*, avant qu'ils ne s'éloignent mutuellement, a travaillé dans l'ombre pour les plus grands journaux. Il faut s'entendre sur la nature de ce travail. S'il lui est arrivé de collaborer directement avec une publication comme *Match* ou *VSD*, il fut d'abord et avant tout un informateur de choix sur tous les sujets. Ça ne se limitait pas à la presse people. Même au *Monde* ou à *Libération*, il a des correspondants. Il fréquente désormais les charcutiers des halles de Biarritz. Et il y gagne !

Impliqué dans l'affaire Lespinasse, un client de mon père, maman le détestait. Réplique immédiate lorsqu'ils se croisèrent dans une maison louée à Anglet : il l'étouffa de baisers, de compliments et de sourires. Rien ne l'a jamais gêné. Marc a toujours été un film d'Audiard à lui tout seul. La bonne humeur incarnée, accompagné par son épouse Myriam.

Car Marc, c'est avant tout « Marco les bons tuyaux », une usine à rumeurs à lui tout seul. Il fut l'indispensable compagnon de Jean-Paul Belmondo, puis de Johnny pendant des années. Hallyday, il l'a même photographié pour *Match* alors qu'il effectuait son service militaire en Allemagne. Avec Sagan, ils se promenaient à fond la caisse en Ferrari dans Paris. Un nuage de Havane les accompagnait partout. Il l'embarqua dans la mauvaise affaire de l'Ouzbékistan au profit d'Elf, *via* André Guelfi pour Loïk Le Floch-Prigent. Aujourd'hui, il regrette sincèrement, mais ça n'a pas arrangé la situation fiscale de la romancière. Elle intervint auprès de François Mitterrand avant d'écoper d'une peine de prison avec sursis, alors qu'elle était déjà très faible.

Françoise lui avait trouvé le plus délicat surnom du monde. Elle appelait Marc « Minou », surtout lorsqu'il allait tabasser en sa présence un éditeur indélicat, qui avait eu la mauvaise et malhonnête idée de transformer une préface consacrée à Botéro en un livre entier. Le germanopratin en a pris plein la gueule, surtout lorsque Françoise, une fois sortie, a susurré à Marc : « Minou, j'ai oublié mon sac », ce qui a permis à notre Lino Ventura, très en forme ce soir-là, de massacrer une seconde fois l'indélicat. Il y a des jours de pluie où la mâchoire rejoint le cerveau.

Marc, c'est tout un roman. Une série noire pour les uns. *Nous nous sommes tant aimés* pour les autres. Le beau brun est devenu à soixante-dix-sept ans le spécialiste mondial de la sieste et des tapas. C'est mon tonitruant préféré. Françoise Sagan lui a dédié plusieurs romans.

J'ai tenté jusqu'au bout, modestement, de l'aider. Elle disparaît le 24 septembre 2004. Une bonne année auparavant, son fiscaliste m'avait appelé : « Guillaume, Françoise a un roman en cours, elle n'y arrive pas. Peux-tu lui filer un coup de main ? Pas pour écrire, mais pour se remettre au travail. Peut-être un livre d'entretiens ? » Comment faire mieux qu'*Avec mon meilleur souvenir* ? Je ne suis ni Florence Malraux, ni Bernard Frank, ni l'un de ceux qui ont vraiment compté dans sa vie. Des interviews simplement, des dîners, des sourires. La sympathie ne s'explique pas. Elle m'a autorisé pendant plusieurs mois à sonner avenue Foch, à la grille du somptueux immeuble où elle vivait avec sa compagne Ingrid. Souvent, j'étais convié à monter. Puis un jour, silence en provenance du grand appartement vert. Elle y naviguait sans un sou, dans un luxe de cristal contrebalancé par un pauvre bas de survêtement et des Burlington. Romancière célèbre, maigrissime, pas très loin du précipice. Un peu comme Annie Girardot aux Césars, son métier l'avait peu à peu laissée tomber, sans qu'elle soit étrangère à ce destin. Trop de came. En la relisant avec attention vous trouverez le fondement de tout. Un brillant éditeur m'a expliqué un jour : « On n'arrive pas toujours à la suivre. Charme et talent absolus, mais c'est aussi une mercenaire et ses romans déclinent. » Elle ne négligeait pas les à-valoir, mais personne n'ignorait que sa générosité légendaire et sa pharmacie particulière lui coûtèrent des fortunes. Consciente qu'elle ne serait jamais Virginia Woolf, elle adorait les romancières anglaises et, parfois, lisant sur le canapé, me demandait : « Et si on demandait à Édouard Baer de venir ? » C'était Castel, la légèreté et la grâce. Le whisky et les glaçons tintinnabulaient. Née en 1935 comme Alain Delon – que Dieu les accueille –, elle me parlait souvent de ces avions allemands dans le ciel de sa toute jeune enfance, à Cajarc. Je n'arrivais pas à la faire écrire. Olivier Nora, le patron de Grasset, nous apporta son soutien, croyant comme moi à la possibilité d'un miracle, mais son corps la trahissait de plus en plus, sans que je m'en rende vraiment compte. Parfois, dans la vie, il ne se passe rien et on garde un souvenir magnifique. Ce fut le cas de ce curieux semestre avenue Foch. Cette proximité vint d'un chagrin d'amour absurde qui me poussa à chialer comme une cascade en me promenant au bois de Boulogne, parce qu'une jeune femme m'avait quitté pour un sublime héritier vénézuélien sur les plages de Los Roques. Lors d'un déjeuner, l'auteur de *Bonjour tristesse* me fit la leçon : « Guillaume, c'est absolument ridicule de pleurnicher comme une âme en peine à votre âge, et surtout de tenter de la joindre au téléphone, ce qui est le sommet de l'exaspérant pour quelqu'un qui s'amuse. Vous êtes un âne ! Foutez-lui la paix une bonne fois pour toutes, elle reviendra. Le soleil toute la journée, c'est assommant, même au bras d'un type sublime. » Elle avait raison. Des mois après, l'aimée revint, mais j'étais totalement guéri. Lorsqu'elle me suggéra, alors que nous roulions rue de Passy, d'aller dîner – implicitement de reprendre notre vie commune –, j'ouvris grand la porte de ma voiture et la déposai sur le trottoir, avec la gaité du mufle vengé. Merci Françoise.

Après la guerre, des dizaines de milliers de Français ont eu besoin de lire l'élégance de Françoise Sagan. Beaucoup de nos aînés s'étaient tellement mal comportés qu'il était urgent de faire un tour à Saint-Tropez pour boire un verre et oublier. Mais ce sont Équemauville et la Normandie qui la virent pour la dernière fois.

Elle écrivit une chanson, « Quelques cris », pour l'album le plus vendu de Johnny Hallyday, *Sang pour sang*, musique de David. Redoutant considérablement le crochet du gauche de Marco, j'ai écrit, après sa disparition, une simple préface à un recueil de ses meilleures citations. L'une de mes préférées : « Tout ce que j'ai fait pour moi est contre moi, c'est assez épouvantable. L'insouciance est le seul sentiment qui puisse inspirer notre vie et ne pas disposer d'argument pour se défendre. Si tout était à recommencer, je recommencerais, bien sûr, en évitant quelques broutilles : les accidents de voiture, les séjours à l'hôpital, les chagrins d'amour. Mais je ne renie rien… »

Je me suis senti totalement incapable d'aller à son enterrement. *Idem* pour Alain Robbe-Grillet. Scandale de la mort, il n'y avait pratiquement personne. Depuis les assauts de Houellebecq, le Nouveau Roman n'a plus bonne presse. Sagan était brillante, Alain Robbe-Grillet d'une méchanceté et d'une intelligence féroces. Cinéaste intermittent de ses fantasmes et de ceux de son épouse, maîtresse sadomasochiste, il donnait des conférences aux quatre coins du monde puis venait se reposer dans sa demeure du côté de Caen. Les universitaires américains adoraient son flingage tous azimuts du réalisme balzacien. Il pouvait réciter des chapitres entiers de Flaubert, son maître, ou installer la salle de montage d'un film avec Arielle Dombasle dans une clinique où il fut immobilisé pour un triple pontage. Le garçon était assez autoritaire ! Lui aussi, je l'aimais beaucoup, car on ne peut pas dire que le milieu littéraire français produise énormément de romanciers hilarants ! Un pépiement sortait de la bouche de Françoise Sagan, Alain Robbe-Grillet, son exact opposé en littérature, expulsait une voix de basse qui pouvait virer à la colère. Le tout clôturé par un rire hénaurme, notamment lorsqu'il racontait les petits secrets de l'édition. Il eut à ce propos quelques déboires avec Marguerite Duras dans l'antre des éditions de Minuit :

> Un jour, elle nous apporte un manuscrit intitulé *Les Bals*. Puis propose comme titre *Détruire*, ce qui était beaucoup mieux. Conseiller littéraire de Jérôme Lindon en qui elle avait une confiance absolue avant de se fâcher avec lui, j'ai proposé de sortir du livre la phrase exacte qui était « Détruire, dit-elle »,

ce qui était plus beau et typique de la prosodie durassienne. Je me suis bien gardé de lui dire que l'idée venait de moi car nous n'étions pas au mieux. Elle n'était pas très commode et elle pensait qu'elle était le plus grand écrivain du monde, ce qui était vrai.

Et c'est là où Robbe-Grillet est irremplaçable et irremplacé car l'auteur des *Gommes* et de *La Jalousie* n'incarnait pas l'humilité : « Moi aussi, j'étais le plus grand écrivain du monde. Beckett était le plus grand écrivain du monde. Claude Simon était aussi le plus grand écrivain. » Et de balancer sa conviction profonde, qui le concernait directement : « Un écrivain modeste, je m'en méfierais. » C'était le cas de Françoise Sagan.

En amitié, une histoire à deux est souvent une histoire à trois. J'étais un jeune homme perdu lorsque j'ai connu Jean-Marc Roberts, qui triomphait à seize ou dix-sept ans. Notre lien commun s'appelle toujours Jean-Michel Attal, notaire de son état, avec qui Jean-Marc était au lycée. Très vite, Jean-Marc est devenu éditeur, très vite il a eu le prix Renaudot pour *Affaires étrangères*, qui a été adapté au cinéma avec succès. Très vite, il est devenu un personnage du Tout-Paris, alors que je végétais avec mes cousins et l'un de mes frères, dans une chambre de bonne orange, qui nous servait parfois de quartier général. Mon voisin du dessous portait le ravissant nom de Léon Crétin, il haïssait mon cousin Philippe qui jouait « Lady Madonna » en pleine nuit. Crétin fut emporté par un malaise, Philippe fut sa dernière vision, les yeux dans les yeux. Ce qui pour Léon incarnait le cauchemar terrestre avant le cauchemar des pompes funèbres.

Qu'est-ce qu'on s'est marrés durant ces nuits improbables qui inquiétaient terriblement ma mère ! Nous parlions peu de littérature. Jean-Marc passait de Bernard Pivot à Jacques Chancel, quand mon principal interlocuteur était le boulanger de la rue. En plus, lui et Jean-Michel me ratissaient aux cartes.

Le plus souvent, il était question de baby-foot, de poker, de football et plus tard, de nos problèmes de jeunes mariés. Car ça tanguait sec pour tout le monde. Quand il est passé du Seuil à Stock, nous nous sommes perdus de vue. Je n'ai su que très tard qu'il était malade, lors d'un dîner que donna Jean-Michel dans un excellent bistrot italien. Je n'ai pas pu m'empêcher de sortir dans la nuit pour brusquer sa pudeur, lui qui portait un chapeau noir pour camoufler les dégâts de la chimiothérapie. Il en voulait à mort à ses médecins de lui avoir fait croire à une rémission.

De deux ans mon cadet, il mourut le 25 mars 2013. Toute la littérature française vint à la cérémonie, au cimetière Montmartre, par un froid terrible sous le soleil. Modiano était immobile dans un imperméable, Régine Deforges arriva sur le tard. J'ai fui, j'avais trop de chagrin. Et surtout aucune envie de parler à qui que ce soit.

Les livres ne tombent pas du ciel comme des abstractions typographiques. Je suis toujours allé au-devant des gens. J'ai sonné à la porte de Romain Gary peu de temps avant qu'il ne se suicide. Je voulais le connaître, j'aurais fait pareil avec Camus, Hemingway ou Fitzgerald. J'avais préparé un laïus sur son double Émile Ajar. Il me claqua la porte au nez. J'aime les romanciers, j'aime les peintres, j'aime les musiciens. Surtout s'ils appartiennent à la catégorie des « monstres ». Indispensables et inexplicables.

Un jour, mon excellent confrère, Ludovic Perrin, me convia à commenter une exposition consacrée à l'idole des jeunes dans un des bâtiments de la porte de Versailles. Je lui ai accordé une interview qui, au-delà des anecdotes, résume bien mes sentiments à l'égard de Johnny.

C'est à ses obsèques que l'on a pu mesurer l'impact que ce garçon avait eu sur la société. Depuis Victor Hugo, la France n'avait pas vu une telle foule se déplacer pour assister à des funérailles. C'était en décembre, il faisait un froid terrible. J'avais enfilé un costume chic et sinistre car je pensais me rendre à un enterrement spectaculaire, mais classique. Après quelques centaines de mètres avenue d'Iéna, je déboule sur les Champs-Élysées en direction de la Madeleine. Le temps est lumineux et glacial. Presque immédiatement, je suis stupéfait. Des milliers de personnes marchent, stationnent dans des bars et entonnent « Je suis un chanteur abandonné ». Des gens que l'on ne voit jamais : le public de Johnny. Un peuple ouvrier, jamais représenté. La télé et la politique donnent souvent la parole aux bobos, aux fachos, à l'extrême pauvreté, aux Français de l'immigration, mais les gars de la métallurgie, des arsenaux et leurs familles, on ne les voit plus. C'était bouleversant, y compris les sosies approximatifs. Ce fut une longue marche, ralentie par le froid et l'envie de chanter avec eux, en prenant des cafés pour se réchauffer. Toute autre ambiance, assez ahurissante également, à proximité de la Madeleine. D'abord, un service d'ordre pour accéder à l'église et vérifier que votre présence était attendue. Et cette foule, partout, énorme. Stupéfiante.

À l'intérieur de l'église, j'ai ressenti immédiatement que la tension familiale allait rejaillir sur l'ensemble de la cérémonie, qui dura pratiquement trois heures. À l'époque, on ne savait pas grand-chose des déchirements qui opposaient Laeticia à Laura et David, déclenchant une véritable guerre des clans. Ce fut presque un enterrement de chef d'État. Trois présidents : Macron, Hollande, Sarkozy, la quasi-totalité du show-biz français et une partie du patronat, comme Xavier Niel et son épouse Delphine Arnault. Depuis ma place – car c'était un enterrement placé –, je n'avais qu'une vue partielle. Prirent la parole, entre autres, Philippe Labro, l'académicien Daniel Rondeau, Jean Reno. Il y eut un moment de grâce lorsque les guitaristes Matthieu Chedid, Maxim Nucci, Yarol Poupaud et Robin Le Mesurier jouèrent « Je te promets ».

À part *Pour moi la vie va commencer*, acheté en quarante-cinq tours, à onze ans, je n'ai jamais possédé de disque de

Johnny Hallyday. C'est en le voyant en 1971 sur la scène du Palais des Sports avec Michel Polnareff au piano que j'ai mesuré la dimension scénique du bonhomme. Deux ans plus tôt, j'avais assisté à un concert de Led Zeppelin à l'École centrale, qui devint la matrice, pour le reste de ma vie, du concert exaltant et vénéneux. Johnny pouvait porter ça parfois. Contrairement à ce que prétendaient certains critiques, on ne pouvait pas le réduire à la caricature d'un chanteur de variétés adaptant parfois le rock de Los Bravos (« Noir c'est noir ») ou des Animals (« Le Pénitencier »). Johnny était doté d'une voix inouïe, assimilable à un hurlement puissant comme un haut-fourneau. Souvent, des journaux tels que *Libération* débattaient, à travers lui, de la question de la prostitution du rock'n'roll et de son dévoiement par le Belge le plus célèbre de France. Johnny a travaillé avec des dizaines d'auteurs comme Michel Berger. C'est l'enfermement classique de nos chanteurs : leur audience est essentiellement, *via* la langue, francophone. On peut faire une petite exception pour Gainsbourg en Angleterre ou pour des aventures incroyables comme Adamo en Asie. Le seul, après Maurice Chevalier, à avoir fait une vraie carrière internationale – il fut d'ailleurs l'une des idoles de Bob Dylan –, c'est Charles Aznavour. Je l'ai souvent vu dans les bandes annonces de CBS, NBC ou ABC, au même titre que les superstars américaines.

Dans la dernière partie de sa carrière, Johnny a vraiment souhaité se recentrer sur ses racines musicales. N'oublions pas que la seule chanson qu'il ait écrite mentionnait cette célèbre phrase : « Toute la musique que j'aime, elle vient de là, elle vient du blues. » Je me souviens l'avoir entonnée avec lui, sur la scène de Nulle part ailleurs au festival de Cannes. J'étais pathétique. Il m'avait promis de chanter, mais j'ai tout de suite vu qu'il n'était pas au mieux et il m'a vite fait comprendre que si je n'y allais pas, il n'irait pas non plus. Or la foule le réclamait. On ne peut pas tout à fait dire que notre duo laissera la même trace que Montserrat Caballé-Freddie Mercury ou

Armstrong-Fitzgerald. D'ailleurs, quand le programme s'est terminé, j'ai senti autour de moi le malaise des grands jours, à peine éclipsé par la présence de la Méditerranée.

Johnny adorait ce genre de pari stupide, mais obligatoire comme un défi à l'amitié. Bien avant que sa consommation me soit interdite, j'ai toujours détesté la bouffe très épicée. Lui, à table, se faisait toujours préparer un mélange de tous les piments imaginables, un vrai bol de dynamite qui auraient tué un régiment de Mongols. Un soir, à Miami, il attrape à la volée un soi-disant rouleau de printemps qu'il trempe dans sa sauce écarlate, avant de me le fourrer, sans discussion possible, dans la bouche. J'ai vu des rats bleus, mon cœur joua de la batterie plus vite qu'Elvin Jones. Et lui se gondolait. D'ailleurs tout le monde se gondolait. Car déjeuner ou dîner avec Johnny Hallyday se pratique le plus souvent à une dizaine de personnes.

S'il ne chantait plus « Laura » sur scène, ce n'était pas à cause de brouilles familiales, mais tout simplement car il ne voulait plus jouer que du rock. En 1998, il inaugure en tant qu'artiste le Stade de France avec les musiciens de Paul McCartney, et notamment Abraham Laboriel Jr, un géant en short qui accompagnait tous les monstres vivants. Robin Le Mesurier lui a été fidèle pendant des années après avoir bossé pour Cat Stevens, Elton John, Ron Wood et surtout Rod Stewart. Johnny poursuivra l'hiver de sa vie sur scène avec Yarol Poupaud. Mais le fait qu'il souffre était indécelable. Laeticia confirma plus tard qu'il était complètement accro à la cortisone pour tenir. Il n'a jamais cherché à expérimenter une veine post-rock comme Bowie ou d'autres, il restait fidèle à une vision traditionnelle que l'on retrouve dans des titres comme « Gabrielle » ou « La Bagarre ». Aujourd'hui, il aurait quatre-vingts ans et je suis sûr qu'il repartirait sur les routes s'il était encore en vie, comme les Stones qui ne se posent pas la question de l'âge. Jusqu'au bout, d'après ce qu'on m'en a rapporté, Johnny confiait à ses proches : « Je ne partirai pas. » En revanche, pour les épreuves, les traversées du désert, il a donné.

Je suis allé le voir, lorsqu'il vivait seul, sur son bateau, avec son préparateur physique au pied des Twin Towers, à Manhattan. Commercialement, on ne donnait plus très cher de sa peau à cette époque : il ne savait plus du tout où il en était. Énormément de questions le travaillaient sur la tournure qu'allait prendre sa carrière. Il avait des problèmes de label, de maison de disques.

Je me souviens lui avoir proposé de dîner avec mes enfants alors que j'étais de passage à New York. C'était dans un bon asiatique, le très chic restaurant Indochine situé Downtown Manhattan. Crevé à cause du décalage horaire, je lui avais proposé de nous retrouver à 20 heures. « Si tu veux dîner à cette heure-là, appelle Sardou ! » me répondit-il en me raccrochant au nez violemment. Finalement, il se pointa à 22 heures, habillé en Crocodile Dundee comme un Américain d'opérette, avec son préparateur physique affublé d'une veste en jeans sans manche. À cette époque, la tendance à New York était aux costumes noirs griffés Yamamoto.

Tandis que mes enfants s'empiffraient de raviolis, il commandait les plus grands millésimes de Bordeaux en les renvoyant sans cesse en cuisine au motif qu'ils étaient bouchonnés ! « *This wine is* bouchonné. » Du Hallyday dans le texte. Le serveur, snob comme un pot de chambre, n'en revenait pas. Des bouteilles à 2 500 dollars pièce, peut-être plus… Il en renvoya trois ou quatre. Entre temps, mes deux bambins avaient ingurgité quarante-cinq plats. Puis vint le moment solennel de régler l'addition. Johnny a toujours été la quintessence de la générosité. Comme Eastwood chez Leone, il dégainait toujours le premier et tendait sa carte de crédit. Ce qui nous laissa le temps de le remercier jusqu'au moment où toutes les alarmes d'Interpol, du FBI, de la CIA et de la Banque mondiale se mirent à hurler : paiement refusé. Le majordome asiato-new-yorkais qui nous prenait pour des branques étant donné nos tenues, changea de registre. Il passa immédiatement au dégoût pour ces Français infréquentables et vulgaires que nous étions.

« T'as une carte ? » me demanda Johnny. Je la lui confiai avec le code, dans la gaité et l'inquiétude, étant donné le montant probable de la douloureuse. Ce qui devait arriver arriva, crispant un peu plus le Confucius local : refus également. C'est à ce moment-là que nous fûmes rejoints par Philippe Chatel. Johnny devait enregistrer pour lui une version d'« Émilie Jolie ». « Hey, salut Philippe ! T'as ta carte ? » Et c'est ainsi que le pauvre Philippe Chatel paya notre note, que l'on pouvait supposer monumentale. Le dîner fut si long que ma mémoire est floue. Avec Hallyday, on se souvient rarement de ce que l'on a dit car il peut lui arriver d'être extrêmement taiseux, puis joyeux, puis profondément mélancolique, le vin blanc aidant. On se remémore simplement que quelque chose qui s'appelle l'amitié circule toujours.

Je me trouvais à Miami lorsqu'il a rencontré Laeticia. On était toute une bande. Avec Marc Francelet, on se baladait en décapotable, on prenait le soleil, Johnny était heureux. Un soir, il a croisé Laeticia dans une boîte et le surlendemain, on la vit débarquer au petit déjeuner. Une jeune fille charmante avec de jolies boucles et des taches de rousseur. À aucun moment, je ne pouvais imaginer que je témoignerais de leur union avec Jean-Claude Camus et Philippe Labro à la mairie de Neuilly, sous la houlette de Nicolas Sarkozy. À l'époque, il avait une coiffure très bizarre, limite mulet, couleur or jaune. Dans ce domaine, je n'ai jamais vraiment été très exemplaire.

Nous étions voisins. Il vivait Villa Molitor, comme un bon bourgeois du XVIe, et moi boulevard Exelmans. La seule différence entre nous, c'est qu'il y avait toujours trois cents personnes qui l'attendaient devant l'impasse menant à sa maison. Un jour, il me proposa d'aller chez le tailleur Cifonelli, situé au numéro 31 de la rue Marbeuf : au bout de trente secondes, tout était bloqué. Je n'avais jamais vu ça. Il n'y a aucun équivalent en France. Ni Delon, ni Belmondo, ni Deneuve n'ont provoqué ce genre d'attroupements. Où que nous allions, ça se savait aussitôt. Johnny partageait ce point commun avec les présidents et les monarques : une énorme puissance d'attraction. D'ailleurs, il en avait pleinement conscience. Il repérait les gens qui pouvaient lui être utiles comme ceux qui lui semblaient néfastes. Sachant parfaitement jouer la comédie, il les testait en soufflant le chaud et le froid. Après leur avoir asséné des remarques horribles, il les rassurait en disant qu'il plaisantait. Ensuite, on ne savait plus sur quel pied danser. Il avait ce côté roi Lear.

Johnny pouvait rendre des gens extrêmement heureux, puis très malheureux quand il les répudiait. La liste est infinie. Camus, qui a été le grand producteur de sa carrière, a connu l'exil avant de retrouver le chemin de Johnny à la fin de sa vie. Ça a également été le cas de sa cuisinière, de sa doublure vocale, de certains photographes, de gens prêts à donner leur vie pour lui. Comme en politique, en définitive... Johnny a-t-il été pire que les autres ? Toutes les rock stars changent d'environnement quand elles changent de vie. S'il fut une sorte de roi Lear, Laeticia, qui n'était pas aveugle, a appris à ses côtés cette manière particulière de vivre qui consiste à condamner parfois des proches à l'oubli. Elle a clairement milité pour en faire disparaître certains, puis leur couple s'est recentré sur Los Angeles et Saint-Barth.

Je ne venais pas de son milieu, moi. Je n'étais pas musicien, je n'avais pas de chanson à lui vendre. J'étais juste un compagnon de dîner et de rigolade. Comme Daniel Rondeau ou Philippe Labro, je représentais à ses yeux un côté littéraire, un peu cinéma par mes amitiés. Mais l'homme était aussi un réaliste, il savait depuis le début de sa carrière qu'il avait besoin de la télévision. Ami ou utilité ? Certainement les deux à la fois. Son métier était impitoyable et il n'avait jamais envisagé de faire la course ailleurs qu'en tête. Ils n'ont rien compris, ceux qui l'ont pris pour un benêt. Johnny était une montagne de lucidité. Lorsque je le surprenais chez lui en fin de matinée, je le retrouvais toujours dans la même position : celle du penseur de Rodin ! Sauf qu'il était habillé, clope au bec (et un verre à la main si Laeticia n'était pas là).

Johnny était un enfant du rock, mais idolâtrait le cinéma. Jusqu'au bout du bout de sa vie, il s'est enfermé pour voir des films.

Au printemps 1998, Robert De Niro venait de terminer à Paris le tournage du film *Ronin* de John Frankenheimer. J'étais alors à Canal+. Apprenant que l'équipe de production ne trouvait pas de lieu assez discret pour la fête de fin de tournage, je leur proposai de les accueillir chez moi. J'habitais un grand appartement vide boulevard Lannes et ma femme était en train d'accoucher de mon cher Joseph. C'était le cas aussi de De Niro, dont l'épouse était à la clinique à New York. « Que faire ? » Question éternelle posée par ce petit comique de Lénine. J'ai mis en route une plâtrée monumentale de spaghettis. Tout d'un coup, l'équipe débarque, Robert De Niro, Jean Reno, Frankenheimer et ses assistants, la ravissante Natascha McElhone mais aussi Francis Ford Coppola, et une pléiade d'acteurs américains qui étaient de passage à Paris sans pour autant jouer dans le film. C'était Hollywood chez les Durand. J'étais totalement débordé et honteux de servir à Coppola des spaghettis improbables, heureusement réhaussées d'un Bourgogne à son goût. Johnny était comme un gosse. Il avait toujours eu une envie profonde de cinéma et il se retrouvait soudain face à tous ces acteurs et metteurs en scène qu'il considérait comme des dieux.

À un moment, Jeanne Moreau nous rejoignit. Une foule avait envahi l'appartement. J'avais invité quelques camarades de Canal qui n'en revenaient pas que Coppola puisse jouer les portiers. Nous étions dans la pièce du fond quand Jeanne, pas très grande, a tout d'un coup fait toc-toc contre l'épaule de Robert De Niro, en grande discussion avec Georges Kiejman, son avocat. Jeanne et Robert avaient joué ensemble dans *Le Dernier Nabab* adapté de Scott Fitzgerald par Elia Kazan. Il ne la reconnut pas d'emblée puis, soudain, poussa une sorte de cri étouffé : « Jeaaaaanne ! » Ce fut particulièrement émouvant. Johnny était aux anges. Il chanta. Il me reste des photos incroyables de cette soirée. Mon fils était né.

Point extrêmement sensible qui le faisait souffrir : les caricatures qui cherchaient à le faire passer pour une andouille. Quand je l'invitais à Canal+, invariablement, il me répondait : « Écoute, je ne viendrai pas à cause des Guignols. Les “Ah que coucou”, Laura se les prend toute la journée à l'école. Elle ne supporte plus ces moqueries. » Je lui suggérai alors d'appeler Bruno Gaccio, l'un des auteurs des sketchs. Je pense qu'il a dû apprécier que Johnny lui parle directement plutôt que de passer par un intermédiaire. Je suis certain qu'à un moment, je n'ai pas échappé à la disgrâce. Je ne sais pas trop pourquoi. Mais quelle importance ? On ne s'accroche pas aux gens qui ne veulent plus de vous. Et puis, par capillarité, Lear avait fabriqué avec Laeticia une sorte de lady Macbeth. Tout est relatif. Elle avait compris que la gloire était un métier. Johnny serait à elle et à l'entourage qu'elle lui choisirait, de l'autre côté de l'océan.

Il fallait que je travaille, je n'avais pas les moyens ni l'envie d'aller à Los Angeles juste pour déjeuner ou à Saint-Barth pour dîner. Même l'ultra proche Pierre Billon ne le voyait plus. Cette vie d'avant était quand même particulière… Les tournées qui n'en finissent plus, les fêtes, les nuits blanches, les filles, les épouses : ça défilait. À l'exception de la période calme auprès de Nathalie Baye, parfois dans sa résidence de la Creuse. Je ne sais pas si « Marco les bons tuyaux », lui aussi totalement répudié pour une histoire d'article dans la presse, me raconte la vérité, mais il prétend qu'à certains moments, Johnny allait se planquer dans des bistrots pour lui téléphoner : « J'en peux plus de la Creuse, on s'fait chier. » Quel que fût son amour pour Nathalie et Laura.

Le couple qu'il a formé avec Laeticia n'a pas été de tout repos. Il fut beaucoup plus complexe qu'on ne le pense. Elle écrit actuellement ses mémoires avec le romancier Simon Liberati. On en saura donc plus. Je reste persuadé qu'elle lui a fait beaucoup de bien à une période où il aurait pu sombrer, comme tous les gens qui vivent à tombeau ouvert. Aux États-Unis, alors qu'il aurait rêvé faire carrière, il a découvert la tranquillité. Il aimait aller chez son tatoueur avec son copain Mickey Rourke et qu'on lui fiche la paix.

La tournée des Vieilles Canailles, avec ses vrais amis Eddy Mitchell et Jacques Dutronc, enseigna deux choses : une voix peut transcender un corps à bout de souffle et celle de Johnny était phénoménale. Ceux qui étaient en coulisses témoignent tous d'un courage hors-norme.

Johnny est mort vivant.

*

* *

Ma dernière conversation téléphonique avec Françoise Hardy m'étrangla. Qui est-il, celui qui, depuis des années, lui imposa ce martyre ? Lymphome, cancer du larynx. Atrocité qu'elle conjura en proposant « Tant de belles choses », manière de dire à Thomas Dutronc : « L'amour est plus fort que le chagrin, même si je veille d'une autre rive. »

Françoise Hardy est née le 17 janvier 1944, lors d'une alerte à la bombe. Couple séparé, mais son père lui offre une guitare. Bac à seize ans. Études d'allemand à la Sorbonne. Conservatoire de Mireille, puis l'Olympia en 1963, au mois de décembre. Immédiatement, on comprend qu'on a affaire à une fausse yé-yé, comme une chanteuse de bossa nova glacée et mélancolique. Elle raconte en trois minutes la souffrance et la passion aussi bien que Sautet ou Antonioni. Françoise est plus belle photographiée par Jean-Marie Périer que tout *Blow-Up* ! La grâce, l'incroyable visage moderne qui rendra dingue le capricieux Dylan, exigeant qu'elle vienne le rejoindre lors d'un concert, sinon pas de rappel ! En septembre 1992, je vous l'ai déjà raconté, à l'occasion de « Trafic » sur France 2, j'accueillis David Bowie et Damon Albarn de Blur qui lui firent un triomphe. Elle rentra sur le plateau, cheveux de neige, enthousiaste et toujours aussi mince. Bowie confia qu'il fut passionnément amoureux d'elle. Les androgynies s'attirent.

Quand Françoise démarra, habitant rue d'Aumale, elle se présenta chez *Vogue*, après cette réflexion d'un culot phénoménal pour une discrète : « Ils ont lancé Johnny Hallyday, c'est tellement mauvais qu'ils vont s'intéresser à moi. » Ce fut le cas du producteur Jacques Wolfsohn. Non seulement le succès est international pour un titre comme « Tous les garçons et les filles » mais l'égérie s'impose : chandail à l'envers, mini-jupe, robe en acier. Le vouloir tout en ne voulant rien. Si ce n'est, avec force, Jacques Dutronc. En compagnie de Berger, elle propose :

> Je suis seule à crever, et je sais où vous êtes
> J'arrive, attendez-moi, nous allons nous connaître
> [...]
> Mais si tu crois un jour que tu m'aimes
> Ne crois pas que tes souvenirs me gênent
> Et cours, cours jusqu'à perdre haleine
> Viens me retrouver.

Verlaine n'est pas loin. À chaque phrase, Françoise monte au ciel car elle écrit magnifiquement bien la chronique de ce couple inversé. C'est elle, le Scott Fitzgerald de *Tous les jeunes gens tristes*, Dutronc est sa Zelda corse.

Dès 1968, elle arrête de chanter en live, mais adore les séances studio. En France, les musiciens de ses premiers albums ne l'enthousiasmaient pas. À Londres c'était autre chose avec Jeff Beck, John Paul Jones et Jimmy Page... Et évidemment Gainsbourg. En 1997, miracle, pour ses cinquante ans, Julien Clerc la convainc de remonter sur scène. Au téléphone, il me confie qu'il a insisté comme jamais : « Françoise, chanter est devenu agréable avec les techniques modernes. » Elle résiste puis cède. « Je lui ai présenté plusieurs musiques qu'elle a accueillies à la Françoise : "Ça ne m'inspire pas du tout !" Je lui propose une ébauche, qu'elle saisit immédiatement. Elle me renvoie une cassette avec sa voix, les paroles et une lettre : "Tu ne changes rien". Naissance de "Fais-moi une place", qui était pour un amoureux inconnu et disparu ».

Je n'oublierai jamais notre coup de téléphone d'il y a deux ans. Je voulais lui offrir mon livre sur Édouard Manet.

Beaucoup de mes amis sont venus des nuages
Avec soleil et pluie comme simple bagages
Ils ont fait la saison des amitiés sincères
La plus belle saison des quatre de la terre.

À jamais, Françoise Hardy.

ROLAND DUMAS

Fils de fusillé

Roland Dumas a cent deux ans. Je suis totalement gérontophile. Le jeune sûr de lui me hérisse le poil, puisque je le fus.

Roland Dumas a toujours été diablement intelligent. Le diable est son registre pour ceux qui ne l'aiment pas. Mon respect est infini pour ce fils de fusillé par les nazis, pour ce résistant de la première heure et de la première jeunesse, pour cet homme qui aimait les femmes et que Truffaut aurait pu filmer. Depuis que je le connais, il a toujours été beau. Profondément sympathique et drôle. D'une incroyable fidélité à François Mitterrand avec qui il complota dès les années cinquante. Il fut un bon ministre des Affaires étrangères car il était polyglotte, ce qui, en France, tient du miracle absolu. Et puisque vous aimez les secrets d'alcôve, peu avouables aujourd'hui, j'ai l'ai vu lors de conférences de presse, chevelure flamboyante, sourire Hollywood, avec une pochette discrète sur son impeccable costume : la petite culotte de son amour du moment !

Roland Dumas n'est pas d'un naturel discret. Un jour, il apostrophe une jeune femme russe, qui se prépare dans une pièce adjacente. « Chérie, viens saluer Guillaume. Il est là pour une interview. » Une réponse, probablement moscovite, fuse en cyrillique que je vous traduis immédiatement : « Je ne suis pas encore vraiment habillée... » Roland parle couramment russe et enchaîne : « Ce n'est pas grave, viens. » J'imagine que la dame est loin d'être nonagénaire. Est-elle venue ? Débrouillez-vous avec la réalité !

Que son épouse Anne-Marie me pardonne, elle qui rejoignit souvent Danielle Mitterrand dans le combat difficile et douloureux des femmes officielles que l'on n'abandonne pas. Je me contenterai d'un souvenir. Le président me reçut à l'Élysée pour un déjeuner, peut-être à l'occasion d'une interview pour *Paris Match*. Le volubile Guillaume resta tétanisé par le costume noir présidentiel. Son « asseyez-vous » martial, l'œil fixé sur son assiette, bloqua toute initiative de conversation. Pitoyable, je fus ! Lui, comme un gros chat, attendait que la souris s'ébroue. Pendant un temps, qui me parut aussi long que le haut Moyen Âge, il ne se passa rien. J'étais le muet du sérail, ce qui est quand même très emmerdant pour un interviewer. Je fus sauvé par un huissier solennel qui ouvrit la porte, après autorisation, en annonçant : « Monsieur le président, votre épouse. »

Le chat leva doucement la tête vers la souris pour lui susurrer : « Guillaume, voilà les Kurdes ! » J'ai failli m'étrangler. Le reste fut gai et méchant, le temps qu'il réceptionne le dossier que Danielle lui destinait. Je n'ai jamais rencontré Anne Pingeot, Danielle Mitterrand plusieurs fois. Durant la période 1940-1942, sa famille, les Gouze, ont hébergé des membres du réseau de résistance Combat. Elle s'est personnellement investie dans la lutte contre les nazis à dix-sept ans. Grand respect.

Dumas, l'époux d'Anne-Marie et l'amant de Christine Deviers-Joncour, est un roman qui passe par Giacometti, Picasso et un cabinet d'avocats. Il n'a jamais refusé la moindre mission secrète, voire limite. D'où ce mot attribué à François Mitterrand – mais est-il vrai ? – : « J'ai deux avocats : pour le droit, c'est Badinter, pour le tordu, c'est Dumas. »

Je le vis gaiement, pour la dernière fois, en juin 2014.

4 juin 2014, 19 heures, 19, quai de Bourbon, l'île Saint-Louis, à Paris.

À quatre-vingt-onze ans, la tension de Roland Dumas est toujours à 13/8 ! Seules les jambes flageolent. Il habite un rez-de-chaussée, dans l'ancien atelier de Camille Claudel, qui lui fait office d'appartement-bureau. Une jeune femme russe accompagne sa vie avec un bonheur qu'il ne dissimule pas : Svetlana. Rendez-vous a été pris pour évoquer le Débarquement et la Résistance. Immédiatement j'ai eu le sentiment de plonger dans un roman de Modiano raconté par une sorte de Belmondo grimé en ministre des Affaires étrangères ! La gaîté, l'insouciance et la tragédie mélangées.

Je suis invité aux cérémonies, mais je n'irai pas. J'y ai été comme résistant, puis comme ministre, mais je vieillis. Cette période me déchire. Je ne veux pas pleurer devant les gens. Je n'ai plus tellement le goût du cirque officiel, par contre je n'ai jamais manqué une seule fois la commémoration de la mort de mon père à Brantôme dans le Limousin.

Drame définitif. Dumas a vingt ans, son père Georges, chef du réseau sud-ouest, est arrêté sur dénonciation le 24 mars 1944. Un sous-préfet infiltré dans la Résistance l'a balancé.

Il a été fusillé deux jours plus tard, le 26, à 47 ans. Vingt-cinq morts en tout. Exécutés en représailles. La plupart d'entre eux étaient juifs, mais certains sont morts par hasard, puisqu'ils ont raflé un pauvre adolescent qui revenait d'un match de foot.

Cette exécution ne passe pas.

Ma mère m'a téléphoné pour m'expliquer qu'il avait disparu. J'ai attendu… Puis j'ai été chez un collègue de mon père, M. Dubois, à l'administration des Finances, rue de Rivoli. Il m'a donné un verre de rhum, il tournait autour du pot. Une très jeune et très jolie femme agrégée d'anglais était présente. Elle s'est mise à pleurer. Dubois m'a dit, alors que je le taraudais de questions : « Non, il ne va pas être jugé, non, il ne va pas être déporté… Il ira plus loin. » J'ai compris. J'étais un jeune clandestin qui n'avait brutalement plus de père.

Aujourd'hui, Roland Dumas fait partie du Club des 22, qu'on qualifie abusivement de premiers résistants de France (Yves Guéna, Daniel Cordier, Charles Pasqua et quelques autres). Lui-même souligne qu'il n'a pas fait partie des vingt premiers, mais qu'il fut adoubé comme caution de gauche.

Au début, au lycée de Limoges, je piquais les tracts pétainistes et on les transformait en « Vive de Gaulle ». En 1941, j'ai été arrêté. Une peur terrible. Jugé par des Français sous surveillance allemande. On m'a envoyé dans la région de Grenoble, le fort Barraux, dans une vallée enneigée surveillée par la police allemande et italienne. Je me suis évadé.

Puis Dumas devient clandestin à Paris.

Je participais à des opérations tout en me cachant chez un professeur de la Sorbonne, rue du Regard, dans un immeuble habité aujourd'hui par Lionel Jospin. La planque était au premier étage. De temps en temps, j'allais, entre deux coups de main, me réchauffer dans la bibliothèque de Sciences Po.

Un autre étudiant le croise et lui propose d'aller trouver des papiers à la préfecture de Police auprès d'un dénommé… René Bousquet ! Cette nuit-là, le jeune Roland ne dort pas et finira par renoncer au rendez-vous. Les papiers définitifs, il les obtiendra tout à la fin, en 1944, chez l'un des grands pontes de la Résistance : Claude Bourdet. C'est d'ailleurs dans ses bureaux (du côté de l'avenue de l'Opéra) qu'il rencontra pour la première fois François Mitterrand, qui cherchait lui aussi des papiers. Dumas est certain qu'à partir de 1943 Mitterrand a résisté, même si cette amitié avec Bousquet, le collaborateur, et sa révélation a empoisonné la fin de sa vie à l'Élysée :

> Mitterrand m'a toujours dit que je me trompais sur lui, qu'il avait rendu des services. Un jour nous avons déjeuné avec Bousquet à la banque de l'Indochine dans une petite pièce couverte de boiseries.

Dumas n'a pas la mémoire qui flanche :

> J'ai tout de suite vu que c'était un sale type, désagréable, goguenard. Je n'ai jamais voulu le revoir.

Tout le monde se souvient des images fortes de juillet 1992, quand l'ancien président commémore sous les huées les cinquante ans de la rafle du Vel' d'Hiv' :

> C'était hyper violent. Mitterrand était blanc comme la feuille de votre papier. Les jeunes juifs l'insultaient. Badinter s'est très bien comporté. On entendait : « Salaud, Vichy. » Il s'est interposé et a prononcé la fameuse phrase : « Vous me faites honte. » Pour Mitterrand, ce matin-là a été une véritable épreuve.

Un autre souvenir resurgit :

> En 1956, je me suis cassé la jambe. J'étais un jeune député et Mitterrand venait me voir quasiment tous les jours dans une clinique à Neuilly. Il dessinait des cercles de plus en plus grands pour m'expliquer, schéma à l'appui, comment il allait prendre le pouvoir, comment il allait régler la question des communistes, comment il allait s'opposer à de Gaulle – son obsession. Vous vous rendez compte ? En 1956 ! J'aurais dû garder les dessins.

Dans le petit bureau où nous devisons, on trouve des photos de Jean Genet, de Mazarine, de François Mitterrand, de lui avec Zhou Enlai et Mendès France lors d'un voyage en Chine.

Roland Dumas trouve au passage que François Hollande se comporte « comme un ado en faisant du scooter pour rejoindre une femme ». Et Dieu sait que les femmes ont joué un rôle considérable dans sa vie et sa carrière. À un moment, il évoque une certaine Madame Lespinasse, la femme de l'industriel de Banania qui, semble-t-il, était magnifique et avait quelques spécialités qui réjouissaient les jeunes parlementaires de sa génération, particulièrement un député de Normandie.

Mitterrand adorait qu'on lui raconte des histoires que je qualifierais pudiquement de « privées ». Comme ministre, il m'a toujours laissé gérer librement ma vie. Les présidents d'aujourd'hui, après de Gaulle et depuis le départ de Mitterrand, manquent de la densité qui est liée à cette période où on ne savait pas le matin à 5 heures si c'était la Gestapo ou le laitier qui sonnait à la porte. Chirac était habile, beau garçon, combinard, mais ce n'était pas un génie de la politique. Pas d'imagination.

La victoire de 1981 ?

Giscard a totalement perdu les pédales avec l'affaire des diamants [Dumas était l'avocat du *Canard Enchaîné*]. Ils m'ont fait écouter la fameuse cassette où on entendait Bokassa dire : « Non seulement il a pris mes diamants, mais il a pris ma femme. » Cette cassette, ils l'ont, paraît-il, encore. Il recevait le procureur général le matin pour essayer de contrer l'affaire, et l'après-midi on savait tout.

Et Sarkozy ?

À droite, il n'y en a pas d'autres que lui. J'ai vu l'émission avec Tapie récemment. Il en a monté des coups, Sarkozy ! Mais vous savez, la vie publique n'a pas changé. À mon époque comme aujourd'hui, quand les affaires sortent, c'est qu'il y a un feu vert de la politique. Tout ça est un petit peu navrant, d'autant plus que la situation économique est catastrophique.

Avec François Hollande dans les mois qui viennent, ils vont se manger le foie tellement ça va être violent.

Il évoque Kadhafi, Assad, son lien chaleureux avec les communistes qui date de la Résistance, Vergès son copain de vadrouille et d'affaires en Afrique :

Il n'a absolument pas disparu pendant dix ans. Il organisait lui-même son propre mystère. Après un voyage en Indochine et au Cambodge, il est tout simplement resté pendant des années dans un petit appartement à Montmartre avant de reprendre sa carrière d'avocat.

Pendant l'affaire Elf et les interrogatoires de Madame Joly, persuadée que Dumas cachait de l'argent pour François Mitterrand, l'ancien ministre ne nie pas qu'il ait songé au suicide. Il habitait déjà quai de Bourbon. Une nuit, seul, totalement déprimé, il tombe sur la canne de son père qui provoque une sorte de catharsis. Le vent de la révolte sonne, il ne se laissera plus faire par la presse et les magistrats.

On ne peut pas quitter le quai de Bourbon sans évoquer la reine Elisabeth II qui est en France, et qu'il connaît bien puisqu'il l'a accompagnée tout au long de son voyage d'État en 1994.

La reine a été très sympathique. Elle parle très bien le français. Je me souviens, à Bordeaux, elle avait repéré des baguettes de pain particulièrement appétissantes, introuvables en Angleterre. Au moment de reprendre l'avion, j'arrête le cortège et je demande à un policier d'aller chercher trois pains bien chauds qu'elle a immédiatement mis dans son sac. Mon homologue anglais, Geoffrey Howe, les a tout de suite planqués pour que nous puissions passer les troupes en revue. Pour les gens de ma génération englués dans cette période atroce, le roi et la reine d'Angleterre incarnaient le *summum* de la liberté.

Il sourit, je me lève, comprenant que nous n'irons pas plus loin. L'espace d'une seconde, je croise un regard inhabituellement perdu. Une vraie mélancolie. À jamais celui qui a souvent été décrit comme un aventurier de la politique restera un fils de fusillé par les nazis. Au fond, je n'éprouve de profond respect et de complexe que vis-à-vis de ceux qui se sont battus. C'est un peu viriliste, mais j'appartiens à une génération qui n'a jamais débarqué nulle part.

MICHEL DRUCKER

Le rescapé

La dernière fois que j'ai vu Michel Drucker, ce fut à l'occasion des Lauriers d'or, le 26 février 2024, dans le magnifique théâtre Marigny, à Paris. Finaliste de la meilleure émission culturelle avec mes camarades normaliens de « Bande à part » sur Radio Classique (Marc Lambron, Karol Beffa et Laurent de Wilde), nous avons évidemment perdu derrière France Culture et un portrait de Michel Ciment, grand écrivain du cinéma devant l'Éternel, qui n'est plus parmi nous. Samuel Blumenfeld et Philippe Gault complètent notre équipe toutes les semaines. Chez France Culture, on obtient des trophées toute la journée, mais on ne vient pas les chercher. Ce serait beaucoup trop vulgaire.

Michel, tout en noir, tee-shirt de jeune homme, le cheveu gris, est collé à Delphine Ernotte, la présidente de France Télévisions. C'est normal, il incarne la télévision pour la majorité des Français qui la regardent : les vieux ! Ne croyez pas que je me désolidarise de cette catégorie. Delphine Ernotte jubile. Sur les dizaines de trophées décernés, le service public obtient quasiment tout, à une ou deux exceptions près, qu'il s'agisse de radio ou de télévision. Le privé, comme le valet Planchet, n'est là que pour cirer les pompes du d'Artagnan public. Un torrent de larmes ne m'envahit pas, nous le savions d'avance. Avec « Mimiche », nous faisons une petite photo. D'une voix plus caverneuse que d'habitude, il me prend par l'épaule devant l'objectif et me susurre un peu à la Tom Waits : « Nous sommes des rescapés. J'ai failli mourir deux fois. » Pour un mec qui n'a jamais rien bouffé de sa vie depuis que je le connais, c'est triste d'avoir l'aorte et les ventricules au bord du collapse définitif. Tout le monde vous fera le numéro du grand professionnel et du carnet d'adresses irremplaçable dans le show-business. Moi, j'aime Michel pour une autre raison : en fait, il est aussi gentil que Clint Eastwood dans *Dirty Harry*, mais la profession le prend pour Blanche-Neige. Les naïfs !

Le 27 juin 2014.

L'année où ce portrait paraît dans la presse, Michel Drucker est un professionnel comblé et un homme heureux. Il pète la forme ! Nous nous croisons parfois du côté de Saint-Rémy-de-Provence et de Maussane-les-Alpilles. Lui monte le Ventoux sous le cagnard, moi je cherche un caviste pour trouver quelques bouteilles de l'extraordinaire domaine de Trévallon à Saint-Étienne-du-Grès. Hypocondriaque et hyper occupé, il officie chaque semaine depuis 1998 sur le fauteuil rouge de « Vivement Dimanche ». Après quatre feuilles de laitue et un œuf poché, il est comblé. Mais ne sait pas encore qu'il subira en 2020, puis à nouveau en 2023, deux lourdes opérations cardiaques pour soigner une sévère endocardite infectieuse récidivante. Il a aujourd'hui retrouvé son rendez-vous télévisé hebdomadaire avec les Français. Michel est inoxydable.

À la télévision, Dieu a obtenu avec beaucoup de difficultés « Le Jour du Seigneur » le dimanche. Michel Drucker aussi. Alors arrêtez de nous emmerder avec le monothéisme ! Ce soir-là, l'homme qui a commenté cinq coupes du monde arbore une esthétique de commandant de bord : chemisette bleu ciel, pantalon taille de guêpe et œil précis. Il s'assoit face à votre serviteur après un dîner qui a dû être, comme toujours, extrêmement léger puisqu'il s'est terminé à 20 h 45. Michel n'a jamais été le roi des noctambules. Et puis France-Équateur l'attend chez lui, rue de l'Université, de l'autre côté de la Seine. Appartement « hommage » à la rue Cognacq-Jay qu'il intégra en 1964 pour pousser la porte de Léon Zitrone. Appartement « hypocondriaque », car Dieu n°2 a beau être un ascète et éviter les cacahuètes comme la peste, notre ami a dans son portable la plus belle liste de médecins toutes spécialités confondues, joignables à toute heure et sur tous les continents : « T'as mal quelque part ? Je reviens du Québec, j'ai passé mon temps au téléphone avec mon pneumologue en France et là, je viens de trouver un médecin pour Aznavour. »

Dans l'euphorie de nos retrouvailles, il me propose même une liste exhaustive de gynécologues (bizarre dans mon cas…), cardiologues, neurologues avant de revenir au commentaire de l'une de ses passions : le foot.

> Nasri et Ribéry ne nous manquent pas. L'équipe de France est hyper jeune. Benzema va peser sur toutes les défenses. Il est bon, il marque, il fait marquer. Zidane au Real est derrière sa récente transformation. Et puis, tu sais, Deschamps est la star réelle du groupe. Il n'y a pas un footballeur au monde qui ait un palmarès plus beau que le sien. Il a tout gagné et beaucoup plus que des stars qui ont marqué le ballon rond.

Dieu n°2 enchaîne :

> De toute façon, l'Allemagne, la Hollande ou la France, l'une des trois sera au bout. Pour le Brésil, ça va être très dur car ils ont une pression énorme avec le climat social. Et puis… Tu as vu ? Les Italiens, les Anglais, les Espagnols sont arrivés totalement carbonisés après leurs championnats.

Michel est un classique qui n'a pas fait d'études. Il doit pouvoir être aussi méchant que Saint-Simon mais sa lucidité sur les hommes se cache derrière le paravent d'une éternelle bienveillance qui lui est souvent reprochée. À le voir de si près, à l'observer de l'autre côté de la table, il me fait immédiatement penser à un mélange de Jean-Paul Belmondo et de Jean-Luc Lagardère : il incarne l'optimisme souriant à la française des années soixante-dix et quatre-vingt. Michel a la chance d'avoir évité la tragédie de l'homme mûr. Lui qui fut viré en 1968 manifesta avec Cohn-Bendit, fut pistonné par Pompidou et Michèle Arnaud (sa productrice de l'époque) pour revenir à la télé et s'y installer définitivement. Aujourd'hui encore. Le garçon peut être poétique quand il évoque le Festival de Cannes avant Canal : « Je faisais des émissions avec Mastroianni, Scola, Claudia, Sophia Loren, Alberto Sordi, Antonioni… » Une nostalgie qu'exprimait sur grand écran *La Grande Bellezza* de Paolo Sorrentino, Oscar du meilleur film étranger à Hollywood.

Drucker est un jeune septuagénaire actif qui garde le passé perpétuellement en mémoire. Le foot est son marqueur : « En 1982, après la demi-finale tragique perdue contre l'Allemagne, j'étais dans le bus avec Hidalgo, les joueurs, Lino Ventura et Julien Clerc. Un silence de mort. Tous hébétés, K.O. debout. Je crois qu'ils ont mis des mois ou des années à récupérer. » On perçoit un amour tendre pour la bande à Platoche : « Le meilleur milieu de terrain du monde pendant dix ans avec Tigana, Giresse, Fernandez, Bossis, Trésor et les autres. Pour Michel c'est dur car il est la seule superstar du football avec Johan Cruyff à n'avoir jamais gagné la Coupe du Monde. »

Tout d'un coup, le fils d'Abraham Drucker perçoit chez moi un léger agacement et me balance cette question saugrenue : « Tu as mis de la crème hydratante ce matin sur tes pieds ? » Je n'osais pas le dire mais sa chienne, Ysia (grande amatrice de Neutrogena), pratiquait sous la table, depuis un certain temps, une sorte de lavage-graissage de mes chevilles particulièrement exaspérant, même pour un type à la sexualité ouverte. Pour aller jusqu'au terme de l'interview, j'ai évité de donner un violent coup de pompes à la charmante petite bête ! D'autant plus que notre grand homme me confie le numéro de fax de son épouse, Dany Saval, grande avocate de la cause animale :

> Au début des années quatre-vingt, j'ai commenté un match au Maracana, à Rio de Janeiro. J'avais lutté pour obtenir un pass et emmener Dany. À la fin de la rencontre, comme je suis perfectionniste, je lui ai demandé ce qu'elle avait pensé de mon travail et elle m'a lâché cette seule et unique phrase : « C'est effrayant ce que leurs shorts sont mal coupés ! »

France-Équateur se rapproche. Drucker me confie :

> Sarko n'ira à la guerre que s'il a un sondage en poche qui lui donne toutes les chances de gagner. Ils sont incroyables, ces politiques… Il ne faut pas avoir le goût du bonheur pour faire ce boulot. Tous les jours, je pense aux fils de Sarkozy, de Hollande, de Cahuzac, aux enfants de Chirac, à Mazarine. Quand tu vois ce qu'ils prennent dans les journaux comme dommages collatéraux tous les jours, je me demande comment ils font.

Michel, serais-tu fragile après l'absorption d'un potage pékinois ?

> Tu sais, en ce moment je passe les qualifications de pilote d'avion en six mois. J'adore le silence la nuit au-dessus des nuages. J'ai besoin de faire tourner la machine tout le temps : 3 500 km de vélo par an, je nage deux fois par semaine, j'ai la même femme depuis 42 ans et je suis aussi provençal que parisien. À 72 ans, je dois nourrir mon stress. Mon père était comme ça.

A-t-il un meilleur ami, cet hyperactif qui a croisé le monde entier dans ses émissions ? Il évoque quelques noms : Aznavour, son voisin dans le Midi, Philippe Alain, Françoise Coquet avec qui il travaille et puis un dénommé Lulu qui sort de nulle part et qui fut photographe à la grande époque de *France-Soir*. Drucker que vous aimez comme un paysage familier, c'est ça : un petit frère de Pierre Lazareff, Pierre Desgraupes, Marcel Jullian et Daniel Filipacchi. Les apôtres du grand public, les anti-ricaneurs.

Je me souviendrai toujours du 18 avril 2003. Son frère, son double, Jean, venait de mourir d'une crise d'asthme dans cette Provence qu'ils aiment tant. À Orly, à l'aube, j'avais croisé Michel Drucker convulsé et en larmes. Je me suis trompé : l'impitoyable Harry, lui, ne pleure jamais.

FRANÇOIS FILLON

Coupable ou insondable ?

En mai 2014, la France est entre deux élections. Aux municipales de mars, le Front national a remporté onze villes, ce qui a conduit à la démission du Premier ministre Jean-Marc Ayrault, auquel a succédé Manuel Valls. Les Européennes de juin se profilent et les sondages prédisent déjà une victoire de l'extrême droite (le FN arrivera, effectivement, en tête). Ce que j'écris en 2014 résonne encore aujourd'hui, pile dix ans plus tard. Mais, cette année-là, comme le fredonnait Cloclo, François Fillon préparait déjà les présidentielles de 2017. Toujours impeccable. Je n'ai jamais croisé un homme politique de la Ve République mieux peigné. Nicolas Sarkozy l'a gardé cinq ans à Matignon, malgré une haine feutrée, réciproque et tenace. L'homme est incontestablement intelligent. Il a tout encaissé, au profit parfois d'un effroyable mal au dos. Lors des primaires qui se sont clôturées le 27 novembre 2016, il a littéralement pulvérisé ses adversaires. Et pas des moindres : Nicolas Sarkozy, Alain Juppé, Bruno Le Maire, Jean-François Copé, Nathalie Kosciusko-Morizet et… Jean-Frédéric Poisson. 4 400 000 participants. Fillon l'a emporté avec un peu moins de 70 % des voix. Ce qui fut une surprise car, au début, personne ne le donnait gagnant. Tout s'est déroulé comme dans une partie d'échecs. Sur tous les sujets, il a collé un échec et mat foudroyant à tout le monde, en gardant un calme moelleux où perçait quand même le goût de la revanche. Sauf que…

Peu de temps après, François Fillon devint « l'affaire Fillon ». Penelope, son épouse, et ses emplois contestés, puis les costumes offerts par Robert Bourgi, puis les enfants. Une tempête française. Il décida de se maintenir dans la course lors d'un meeting devenu quasiment mythique au Trocadéro. Temps maussade, foule compacte du XVIe arrondissement, puis la pluie des mauvais jours. La presse et le Parlement sont déchaînés. L'opinion grogne. La gauche s'indigne. Mais dans la France des lodens et des barbours, on crie au complot du parquet national financier qui obéirait à la gauche pour voler une présidentielle promise à la droite.

Arrivé troisième au premier tour, Fillon se retirera de la politique. Il est condamné en appel en 2022 à quatre ans de prison dont une année ferme. On attend le verdict de la Cour de cassation. Entre temps, il a eu l'idée, peu judicieuse, de travailler pour la Russie, avant d'interrompre cette collaboration qui, elle aussi, fit couler beaucoup d'encre. Depuis ce séisme, je ne l'ai croisé qu'une seule fois, à l'aéroport de Biarritz, avec un officier de sécurité. Il portait un blouson, se tenait à l'écart. Comme une crainte de la vindicte. Mais il n'est pas allé jusqu'à jouer l'ignorant. Il est venu me saluer gentiment. Quelques mots avant le vol. Si la Cassation l'exonère des affaires familiales, ce qui est loin d'être certain, il aura payé très cher quelques costumes Arnys piégés.

Mai 2014, un mardi, 13h30, dans le bureau de François Fillon à l'Assemblée nationale.

Né au Mans le 4 mars 1954, François Fillon serait notre hypothétique Winston Churchill ! Évidemment, les ricaneurs ont beaucoup de mal à imaginer qu'un Churchill local puisse jaillir de la Sarthe pour révolutionner le pays. Mais, après tout, le dossier mérite d'être examiné. François Fillon ne cache pas une anglomanie vestimentaire avec son camaïeu de bleus finement rayés. Une allure de jeune homme de soixante ans. Nous prenons place autour d'une table en verre sans charme et immédiatement il enchaîne, entre le rire et le sérieux.

> À chaque fois que je te vois, je pense à Canteloup… Tes lunettes en écailles de serpent, tes stylos en platine (j'écris avec un Bic et travaille à Radio Classique) et ton caviar à la louche.

Et frère François de se gondoler ouvertement :

> Moi, je ne hurle pas à la victoire après les municipales… Je me souviens qu'en 2004 on a pris une telle déculottée aux régionales que même dans la Sarthe, il fallait des CRS pour tenir les meetings.

Et il ajoute :

> La colère est contre Hollande, mais la colère est contre tout le monde pour une raison simple : nous sommes sérieusement menacés de déclin. Regarde, le chômage ne s'améliore pas ! Il n'y a pas un repreneur français pour Alstom tellement l'ambiance est mauvaise et le matraquage fiscal décourageant.

On sent une offensive intellectuelle qui ne mollit pas malgré les sondages personnels effondrés de ces dernières semaines. Pourquoi n'a-t-il pas voté les cinquante milliards ?

> Valls raisonne bien. C'est un bon manœuvrier, un excellent communicant, mais les 21 milliards d'économies pour la seule année prochaine sont impossibles pour une bonne et simple raison : toutes les prévisions de croissance sont fausses jusqu'en 2016.

Durand à l'offensive !
Ira-t-il jusqu'au bout de son ambition présidentielle ?

Il n'y a pas d'autre solution que la révolution culturelle. Le temps des artistes de la politique à la française est terminé. Le meilleur bateleur, le meilleur menteur, c'est fini. Hollande a raconté n'importe quoi pendant la campagne.

Et il s'empresse d'ajouter le concernant :

Tu crois que Cameron, Merkel, Schröder et Thatcher sont des artistes ? Et sur la scène, je ne vois personne qui propose une vraie rupture. Alain [Juppé], avec qui je m'entends très bien, a une autre vision que moi, plus modérée. Quant à Nicolas, j'entends bien qu'il dit un peu partout qu'il est impossible d'être élu président de la République avec mon programme.

Est-ce qu'ils se parlent tous les deux ?

On se reparlera.

En attendant, depuis un déjeuner il y a un an, rien… Aucun contact. J'enchaîne. Notre Churchill-Fillon serait-il un mou ? L'accusation glisse. Il sait d'où elle vient.

À l'exception du bac, sur ordre de Chirac, je n'ai jamais reculé une seule fois sur les réformes que j'ai portées : retraites, école, université, France Télécom.

Mais alors, ses fameuses différences avec Nicolas Sarkozy sont camouflées sous du velours ?

C'est vrai que lorsque j'ai parlé d'État en faillite [le 21 septembre 2007], il y a eu huit jours, peut-être quinze, de relations épouvantables entre lui et moi.

Après trente minutes de conversation, on comprend bien que François Fillon n'a plus du tout l'intention de se lancer dans une bataille de petites phrases contre Copé et Sarkozy. Il est persuadé que des mots lâchés inconsidérément à la presse aboutiront à un suicide collectif de la droite. Je réclame aimablement un café. Pause pour regarder ce bureau sobre. De jolies photos impressionnistes prises par Fillon lui-même : des étangs de la Sarthe, de Manhattan, de son épouse, Penelope. « Elle est très forte. » Il convient que la seule manière d'encaisser la violence extrême de la politique reste d'avoir une vie de famille stable. Il a été marqué par le mystère assez insondable de la personnalité de son grand frère politique, Philippe Séguin, qui occupa ce bureau : « Je me souviens du discours de son soixantième anniversaire. C'était prenant et presque triste. La voix profonde, il nous a dit : "Je ne suis pas fier de ce que j'ai fait, mais fier de mes amis." »

Soudain, un portable sonne : « Oui, Édouard, je passe te chercher »... Le discret François ne cache pas qu'il va récupérer son fils pour profiter avec lui des dernières neiges à Val-d'Isère. L'Italie, la course automobile et la montagne sont ses trois passions avec Stefan Zweig et Chateaubriand. Dans la pièce, entre les livres et les photos, on remarque un volant de Formule 1 et une pièce de la Matra de Jean-Luc Lagardère qui gagna les 24 heures du Mans avec Henri Pescarolo et le magnifique Graham Hill. À l'époque, les pilotes mourraient comme des héros mythologiques.

Une part de la personnalité de François Fillon se trouve dans cet univers romanesque. Si Nicolas Sarkozy avait été réélu en 2012, peut-être que l'ancien Premier ministre serait devenu banquier. Il aurait vécu une autre vie qu'il ne connaîtra jamais : « J'aime le confort, mais l'argent ne m'intéresse pas. Il faut savoir vivre détaché. » Aujourd'hui, François Fillon a comme objectif les primaires, au risque de les perdre. Il les considère comme inexorables pour qu'un candidat de droite soit au second tour en 2017. Sinon, pense-t-il, ce sera Marine

Le Pen face à la gauche, même décrédibilisée. En bon gaulliste, il ne croit qu'à trois choses : une certaine forme de solitude (Fillon se méfie des bandes), une forte détermination et des circonstances favorables. Pour le reste de sa course personnelle, il s'inspire de Chateaubriand : « Je ne sais pas ce que le ciel me réserve… mais le péril s'évanouit quand on ose le regarder. »

JACQUES ATTALI

Le sur-brillant maladroit

Je ne vous cache pas que vous allez être surpris. Je le fus. Dans les semaines qui précèdent cet entretien, Matteo Renzi est devenu, à trente-neuf ans, le plus jeune chef de gouvernement de l'Union européenne. À une année près, c'est l'âge qu'avait Jacques Attali lorsque François Mitterrand fit de lui son conseiller spécial et son « sherpa » pour les sommets européens et le G7. Figure incontournable de son règne, il n'a cessé de côtoyer le pouvoir depuis et d'être sollicité par les politiques, de quelque bord qu'ils soient. Jacques Attali parle, parle, parle. Il a écrit un nombre invraisemblable de livres, ce qui paraît inhumain. Pour ses ennemis, une performance peu crédible. D'après La Fontaine, « aucun n'est prophète chez soi ».

Au domicile privé de Jacques Attali, avenue du Roule,
à Neuilly-sur-Seine, mardi 1er avril 2014.

Suis-je le seul à savoir que Jacques Attali, chez lui, à 22 heures, ressemble à Peter Sellers dans l'inénarrable *The Party* ? À peine arrivé, je suffoque déjà dans une chaleur de vivarium. Il ouvre une fenêtre. Dès la deuxième question, cet homme courtois habillé comme Gandhi fait valser la jolie bouteille de bordeaux qui attendait mes lèvres impures de journaliste. Heureusement, le canapé beige est épargné, les multiples ordinateurs et portables sauvés de la noyade ! Nous conversons à propos de son dernier roman, *Notre vie, disent-ils*, alors que Pierre Moscovici l'abreuve de textos mystérieux qu'élégamment il ne me dévoile pas. « De toute façon, il ira à la Commission à Bruxelles avec l'appui du président. »

Le voici face à moi, debout, en chaussettes noires, épongeant son parquet des traces de sa gaucherie. L'oracle fait le ménage ! Jacques s'en veut : « La maladresse, c'est tout moi. » Il revient du Nigeria, part à New York, tout en répétant le concert de musique classique qu'il va diriger, avec quatre-vingt-dix musiciens, dans trois semaines à Paris. Celui qu'on prend tellement au sérieux serait-il une sorte de Pierre Richard né en Algérie ? Il n'évite pas la question. « Major de l'X, conseiller spécial de François Mitterrand, on m'a enfermé exagérément dans une image qui n'est qu'une partie de moi. » Son rêve : qu'on ne l'oublie pas. Internet est violent avec les hommes célèbres et brillants. Sur certains sites, Jacques Attali est décrit comme un homme politique juif et un écrivain plagiaire. Racisme et calomnie. Il reconnaît que tout cela est odieux, que la machine numérique qu'il a prophétisée dans *L'Homme nomade* est folle : « Dans dix ans, Google n'existera plus… Trop puissant… L'État américain va le casser. Comme pour AT&T [géant des télécoms aux États-Unis]. » Avec le recul, on attend toujours ce démantèlement qui ne vient pas. Attali serait-il un prophète limité ?

J'enchaîne sur sa vie personnelle totalement méconnue. « Bonne question, mais je ne souhaite pas qu'on en parle. Je n'en ai jamais parlé. Jamais. » Si je me suis amusé à raconter ce cocasse début d'entretien, c'est pour trancher avec l'habituel fond d'autorité médiatique de celui qui représente une partie de la geste mitterrandienne : la *dream team* des années quatre-vingt à deux-mille. Notre homme invita Védrine, Fabius, Bianco et une pléiade de conseillers à l'Élysée le 10 mai 2011 dans son jardin pour célébrer les trente ans de l'arrivée de la gauche au pouvoir. François Hollande, qu'il « voi[t] souvent aujourd'hui », était là. Deux absents : Ségolène – en froid avec François – et Jean Glavany, qu'il ne supporte visiblement pas. Encore aujourd'hui, ce loft en bois couvert de livres, de masques africains, de peintures aborigènes et d'une extraordinaire collection de sabliers exhale un parfum d'Élysée *bis*. Fabius ? « Je sais, mais je ne veux rien dire. Il n'avait aucune envie d'aller à Matignon. »

Romanesque. Comme le héros de son livre, Tristan, brillant professeur de maths à Princeton, Attali est un prescient. Il sent les crises et pronostique « une explosion de la criminalité dans les zones de non-droit de la planète ». Internet ne fait qu'aggraver la situation. Même s'il chuchote comme Françoise Sagan, Attali a un côté James Bond. Des catastrophes et des méchants rôdent. Son texte est construit comme un scénario. Le roman démarre en janvier 2015 lors d'une conférence à Genève. Tristan tombe sous le charme d'une mystérieuse Asiatique d'origine allemande après avoir parlé devant les élites du monde entier de la théorie des formes. La suite fonctionne comme un *page-turner* à l'américaine. Suspense et amour garantis. Sexe évoqué.

Pourquoi a-t-il embrassé ces multiples vies au risque d'agacer ? Il hésite et paraît sincère : « Je ne sais pas. » Il se souvient qu'il a échappé à la mort à vingt-cinq ans en Afghanistan, lors d'une mission pour les Nations unies, à cause de « deux pilotes russes totalement ivres ». Écrire ses mémoires aujourd'hui ? « Non, ce serait mettre des clous au cercueil. » Un absolu en art ? « Le 16e quatuor de Beethoven. » Fidèle à sa légende, il va dormir quatre ou cinq heures dès que j'aurai déguerpi. Dans l'ascenseur, Attali-Gandhi m'apostrophe curieusement : « Elles sont bien tes chaussures ! »

Des petites Berluti toutes simples ! Comme Roland Dumas. « Un type formidable », m'avait-il dit au cœur de notre conversation. Romanesque comme lui. Dans la rue à 23 heures, je cherche un taxi. Neuilly, la nuit, c'est sinistre.

NKM

La disparue

En cette fin d'année 2014, Nathalie Kosciusko-Morizet évoque la morosité ambiante qui règne en France, loin d'imaginer le climat de panique que va susciter l'attentat de *Charlie Hebdo* trois semaines plus tard.

Même si elle a été battue aux municipales de Paris en mars par Anne Hidalgo, NKM continue de jeter toute son énergie dans la vie politique de son pays. La vice-présidente de l'UMP, brillante et habituée aux joutes oratoires, va néanmoins perdre les primaires de la droite en 2016, en récoltant seulement 2,56 % des votes de son parti. Après un nouvel échec, cette fois aux législatives de 2017 dans la deuxième circonscription de Paris, elle se retirera de la politique et poursuivra sa carrière professionnelle chez Capgemini à New York.

Aux dernières nouvelles, pas de nouvelles.

Un vendredi matin humide de décembre 2014.

Commençons par la fin. Après une heure d'entretien, Nathalie Kosciusko-Morizet sort pour héler un taxi dans cette rue solennelle et sinistre, à proximité du parc Monceau. Une voiture s'arrête. Je constate, par la vitre, qu'un type venu de nulle part lui subtilise le taxi. Le mufle parfait. Elle ne s'offusque pas et relève le bras vers le ciel pour tenter d'arrêter un autre chauffeur. Personne ne conduit la vice-présidente de l'UMP. Pas de G7 Affaires, pas de VTC, pas de voiture de fonction. Sa génération a peut-être compris, comme les Européens du Nord, qu'on pouvait être un hiérarque politique sans se trimballer avec un gyrophare et deux gardes du corps pour se rendre au moindre rendez-vous.

Le bar de l'hôtel du Collectionneur est un *summum* de faux chic : moquette à motifs et banquettes de velours rayé grenat. Atroce. Elle commande un café crème, forcément indigeste, dont elle doit raffoler, tombe un joli caban bleu et découvre un pendentif sombre sur un pull rouge étroit, col en V. D'un point de vue capillaire, sa période *Game Of Thrones* des municipales semble révolue. Cheveux plus courts, la dame n'est pas fragile. L'a-t-elle été ?

En bon lourdaud, je lui demande d'entrée des nouvelles de son copain de bureau, Laurent Wauquiez, à propos de leur bisbille immobilière… Ni une ni deux, elle me rétorque qu'elle part en Normandie dans sa maison d'Écoquenéauville :

> On l'a voulue avec mon mari [Jean-Pierre Philippe, ex-fabiusien, ex-EADS, porté disparu lui aussi], pour revenir au même endroit avec les enfants. Il pleuvra probablement, mais ça m'est complètement égal. Je m'occupe du jardin et de mes pommiers. Je suis très amie avec un pépiniériste, celui du jardin du Roy à Versailles, qui s'appelle Éric Dumont… Vous connaissez ces variétés de pommes anciennes, Calville du roi, Court pendu gris ?

Je n'ai pas croqué une pomme depuis quarante-cinq ans ! Je retente, en sourdine, après une gorgée de Coca light… Et Wauquiez ?

> J'ai vu au théâtre *Le Fils du comique* avec Pierre Palmade, qui est assez touchant, bien écrit. *Les Cartes du pouvoir* aussi ! Mais ces textes politiques me rappellent un peu trop le bureau

et la rentrée a été assez dure après l'élection de Nicolas, car il y a un énorme travail pour tout remettre sur pied…

Je ne prononce plus le nom de ce cher Laurent, je le susurre.

Je suis très impatiente d'inaugurer la Philharmonie de Paris. Je me suis beaucoup battue pour que la mairie ne leur sucre pas tout leur financement…

Elle élève une barrière de mots :

Vous saviez que Bruel allait chanter en janvier devant plus d'un milliard de Chinois à la télé ? Je suis impatiente de lire le prochain Houellebecq. Je me suis même gardé, pour Noël, un documentaire Of Men and War, un doc incroyable sur la guerre, les hommes et les syndromes post-traumatiques.

Sa voix m'a toujours fasciné. Un marshmallow sonore qui a permis aux émissions satyriques de la cataloguer une bonne fois pour toutes chez les bourges. Ce qui est assez typique d'un traitement que l'on réserve d'abord et avant tout aux femmes. On est en train de jouer à « Je me tape de tes questions, voici mes réponses ! » C'est sans agressivité, à la limite du marivaudage. Soudain, brusques secousses. Elle me regarde bien en face :

Je n'ai pas du tout l'intention de commenter cet événement sans intérêt. Je ne vais pas être vice-présidente de l'UMP pour faire de la figuration. Et, au cas où vous ne l'auriez pas encore compris, je ne suis plus la porte-parole de Nicolas Sarkozy !

Elle ne chatouille plus le pommier sous la pluie, elle le secoue.

Je participe à cette aventure pour défendre mes idées et je continue à penser que l'abrogation de la loi Taubira est impossible et qu'elle n'est pas souhaitable. Parfois, Nicolas Sarkozy aimerait que tout soit déjà fait avant que ça ne soit fait. Dans notre famille politique, nous n'avons pas tous les mêmes idées.

Et le Code du travail ?

Il est hors de question de l'amender. Il faut le réécrire totalement dans ses principes, comme Napoléon l'a fait avec le Code civil. Et puis, après, les branches négocieront. Il y a un véritable dérapage des coûts de l'Aide médicale d'État (AME). Je crois que les gens ont envie de radicalité, mais pas d'extrémisme. J'ai aussi une divergence très importante avec ceux qui font de la surenchère dans la réduction des dépenses (Fillon : 150 milliards, Juppé : 100 milliards). Faire ça brutalement, ça n'a jamais marché dans l'histoire de l'économie mondiale.

Et elle avance sur ce thème une formule :

L'urgence, c'est de faire descendre le niveau des impôts par l'ascenseur pendant que les dépenses descendent par l'escalier.

Dix ans plus tard, tout le monde aurait intérêt à prendre le toboggan pour éviter la cata.

On a tout ici : nos ingénieurs sont géniaux, notre pays est magnifique et je vous garantis que ceux qui sont partis reviendront. Il faudra faire vite, parce que même si les perspectives de l'INSEE s'améliorent, il n'y a aucune traduction dans le pays d'un retour à la croissance. Les gens sont lassés.

Je lui suggère que François Hollande a l'air de prendre les chiffres de l'INSEE au pied de la lettre. Un signe de sang-froid ?

Ou un manque total d'empathie !

Elle s'emballe.

Cet homme est lisse. Rien ne l'atteint. Tout lui passe au-dessus. J'ai l'impression que tout est *fake*. C'est d'ailleurs le portrait qu'en fait Valérie Trierweiler. À gauche, ils nous ont fabriqué une France sinistre. D'ailleurs, l'autre jour, Manuel Valls était très mauvais sur France 2, il avait l'air totalement perdu.

Nous marquons un temps. Ingénierie politique. La conversation fait une embardée de l'auteure de *La Pesanteur et la Grâce* au marché de Noël.

Dimanche dernier, en allant faire des courses, j'ai été effarée par l'ambiance. À quinze jours de Noël, pas d'énergie, pas de magie. 2015 peut trouver un écho politique grave.

Sur le ton de l'ironie, je lui demande quand est-ce que l'UMP aura sur tous ces sujets des idées claires ?

Une réunion est prévue dès le 7 janvier, j'ai toute une liste de propositions et je veux qu'elles soient entendues en 2015 et pourquoi pas retenues en 2016.

Depuis l'échec des municipales (soutien mitigé de sa famille politique) elle a compris ce que pouvait être un vrai rapport de force.

S'ils ne veulent pas de mes idées, je les défendrai aux primaires... Moi je suis ingénieur de formation (elle était polytechnicienne à vingt ans). J'ai appris à expliquer le monde pour pouvoir le transformer.

Sous-entendu : la politique littéraire, le psychologisme vaseux, c'est comme les voitures avec chauffeur, c'est terminé !

J'ai été très marquée par les pages sur l'aliénation dans le *Deuxième sexe* de Simone de Beauvoir. Je n'ai pas du tout l'intention de me laisser envahir par les critiques qui me sont adressées, sinon je ne porterai plus aucun projet. En politique, quand tu es une femme, tu as toujours quelque chose de trop.

À l'avance, elle répond aux multiples remarques formulées par la presse sur le thème NKM trop bien née ! NKM polytechnicienne ! NKM bas-bleu ! NKM sucre d'orge de Sarkozy ?

Pour l'instant, les émissions auxquelles il a participé n'ont pas été décisives. En 2015, il doit réunir tout le monde et incarner de nouvelles espérances. Dans ce cas-là, un vrai nouveau départ sera possible pour lui.

Je prolonge : les fans de Sarko ont l'air de considérer qu'Alain Juppé se dégonflera ! La dame lâche une rafale qui préfigure le documentaire qu'elle verra à Noël :

Je n'en sais rien mais, franchement, ce psychologisme qui envahit la politique devient insupportable. Le côté « mon enfance est un destin » m'exaspère. Place aux idées et à leur réalisation !

Sentant la proximité des adieux, je lui soumets une phrase absurde, pour voir… « Le mafieux est un littéraire qui dérape. »

C'est amusant ce que vous dites. J'ai chez moi la correspondance entre un mac de la rue des Lombards et une fille qui tapinait pour lui. Ça appartenait à mon grand-père, Jacques Kosciusko-Morizet, qui commandait en second la libération de Paris en 1944. Ce type combattait sous ses ordres… C'est assez beau, assez violent. Il fait croire à la fille qu'il l'épousera et lui demande de faire plus de passes pour qu'il puisse se payer des choses au front.

Le grand-père normalien et le mac, tous les deux dans la Résistance et contre les collabos. En un instant, elle est dehors. Décidément, on ne sort pas de l'Armée des ombres, toujours présente dans le livre.

JACQUES SEGUELA

90 ans

Le 31 mars 2014, le président Hollande nomme Manuel Valls Premier ministre pour succéder à Jean-Marc Ayrault. Une semaine plus tard, à l'issue de son discours de politique générale, Manuel Valls obtient la confiance des députés et dès la fin du mois d'avril, l'Assemblée nationale valide son plan d'économie de cinquante milliards d'euros sur les dépenses publiques. Dans ce contexte, Jacques Séguéla revient sur la prestation médiatique de François Hollande, en direct sur BFM TV.

Mai 2014, un mardi à 19 h 32, Han San,
Restaurant chinois, au 192 avenue Victor-Hugo, à Paris.

D'habitude, « Jacquot » porte au début du mois de mai une sorte de combinaison de ski Prada d'un noir intense : Jacques l'ultra-frileux. Or, quelle surprise, quand il pénètre chez Han San, temple du nem bourgeois, notre ami arbore un ensemble léger gris, qui accompagne parfaitement les quatre-vingts ans qu'il vient de fêter, le 23 février 2014.

Le Perpignanais – qui a la même couleur de peau que Duke Ellington (sans UV, contrairement à la légende) – ne perd pas de temps. Nous sommes là pour parler de l'intervention de François Hollande chez Bourdin. Séguéla sort, en s'asseyant, une très jolie feuille de papier bleu ciel où tout est écrit :

Oui, il a réussi ! C'est la suite de son *coming out* idéologique. Il est dos au mur et l'écart de popularité avec son Premier ministre est dangereux. Il joue son va-tout.

Séguéla a des informations :

Il a laissé un petit mois à Valls pour exister. Et là, avec la séquence JDD et BFM, François Hollande a brutalement fermé la porte. S'il échoue, Valls échouera. Contrairement à ce que raconte tout le monde, je ne crois pas qu'il puisse partir en cours de route sans être taxé de lâcheté.

Et Jacques Séguéla d'inventer une expression que lui seul connaît : « S'il le fait, c'est un crime de mer… » Jacquot s'est trompé, comme quoi la voyance reste un métier sérieux. Dans l'imaginaire de l'homme passionné par les bateaux, le « crime de mer » est assimilable, chez nous les terriens, au braquage de vieille dame. Mais il y a un ordre dans la réflexion du vice-président de Havas, toujours au boulot tous les matins à quatre-vingts ans :

Je trouve qu'il a été bon parce qu'il est en train d'acheter du temps. Si la croissance se retourne et s'il fait les économies prévues, la droite sera dans l'embarras. Il n'a pas d'affect. Il va très bien supporter l'impopularité.

J'avance une petite question : « Peut-on se représidentialiser en intervenant chez Bourdin ? » Au moment où il allait entamer sa réponse, arrive Sophie, son épouse. Et c'est elle qui répond :

Moi, je l'ai trouvé bon parce qu'il a retrouvé un ton de campagne. Il ne fait absolument pas président ! Et dans ces conditions, il est audible. Même s'il n'annonce strictement rien.

Jacques acquiesce et suggère une vengeance :

Il est très malin. Tout ça est une pierre lancée dans le jardin de Martin Bouygues. Tout Paris sait que TF1 proposait à François Hollande une émission avec des Français. Et là, j'ai le sentiment qu'il a rendu à Martin la monnaie de sa pièce sur Alstom en préférant aller à BFM-TV, chez Alain Weil.

J'essaie désespérément de boire une petite bière.

En plus, il est très habile, car Bourdin et Valls se sont un peu construits ensemble dans les médias. Quand celui-ci a reçu celui-là après le discours de politique générale, les deux ont été très mauvais. Là, il y avait une agressivité théâtralisée dans l'air, ce qui ne peut que servir François Mitterrand... Euh, non, François Hollande !

Le lapsus ! L'ombre de « Dieu », mort en 1996, plane sur la conscience de Jacques Séguéla. Mais une fois les chakras bien ouverts, rebelote !

C'était assez digne comme émission de la part de François Mitt...

Jacques, reprends-toi ! Une sorte de Gong Li s'avance et, pour refermer ce rideau qui s'est ouvert brutalement sur son théâtre mental, notre ami publicitaire commande du riz et ajoute : « Pour le plat, le patron sait parfaitement ce que je veux. » Si l'homme peut se prendre les pieds dans sa Rolex, il est intellectuellement organisé autour d'une seule passion : la pub et la communication. Quasiment vingt-sept livres sur le sujet, vingt campagnes présidentielles à travers le monde, une seule défaite, en 2002. En 2024, on en est à quarante livres sans ghost writer. Je ne l'ai jamais entendu dire une seule fois qu'il était écrivain. Le soi-disant mégalo est modeste.

Je n'en ai pas dormi pendant trois mois. Il aurait dû aller chez Drucker, fendre l'armure. En plus, Jospin est un type formidable ! En revanche, je n'ai jamais voulu travailler avec Ségolène...

Enfin, Jacques, vous avez publié un livre pour chanter ses louanges avant de l'abandonner entre les deux tours ! Il s'enflamme sans avoir touché un gramme de riz :

> Mais sa fin de campagne était lamentable ! Surtout ce débat ridicule avec Bayrou ! Et puis je ne le cache pas, Sarko m'a appelé en me disant qu'il avait besoin de moi. À l'époque, je le connaissais à peine.

Je lui suggère que les gens peuvent prendre ça comme une trahison :

> Ma principale qualité, professionnelle et personnelle, est de ne pas toujours être d'accord avec mon avis. C'est la gauche qui m'a trahi. Moi, j'ai toujours été un social-démocrate mitterrandien, même si je soutiens Nicolas Sarkozy – à mon avis, le seul homme d'État.

C'est lui qui a abordé le sujet, j'y vais : « Sarko doit-il aller chez Bourdin ? »

> Alors là, non ! Qu'il écrive un texte, qu'il publie un article !

Et 2017 ?

> C'est banal, mais il ne reviendra que s'il a toutes les chances... et on n'a jamais toutes les chances !

Et il ajoute, à l'égard de son ami Nicolas Sarkozy :

> Je constate depuis deux ans que 40 % des Français veulent son retour, mais ça ne bouge pas.

L'amitié n'est pas feinte. Il se souvient, à l'automne 2007, de visites à un Nicolas Sarkozy triste, empêtré dans sa vie personnelle, sans pouvoir sortir de l'Élysée. Et puis il y eut ce dîner coup de foudre, chez lui.

> Luc Ferry a tout filmé avec son iPhone. Carla et Nicolas étaient dans une sorte de bulle. Chaque fois que je les revois, il existe la même tendresse perceptible entre les deux.

Trêve de sentiments, à 20 h 45, Jacquot pique une colère contre Hollande !

> Moi, si mon fils part à l'étranger, je l'en rendrai responsable ! C'est une catastrophe, le même mois : Publicis, Alstom, Lafarge disparaissent de l'hexagone !

On a tout dit, parfois tout reproché à Jacques Séguéla. Mais avec le drapeau, ce fils de pharmacien ne rigole plus. Il dit « rêver » d'union nationale. Les attaques ne l'ont jamais touché, car son âme est perpétuellement en bateau. Il est porteur d'une religion laïque : l'amitié. Dans sa vie, il a croisé Dalí, Lazareff, Gainsbourg, Coluche, une pléiade de patrons, des présidents, et a même failli être le publicitaire de Vladimir Poutine. Au fond, il y a un côté *Désert* de Le Clézio chez Jacques, ou un côté Bardot à la Madrague : le soleil, la mer, le sable, le vent, quelques amis qu'il emmène partout. Vers 22 heures, nous quittons les aimables représentants de l'Asie.

Il serait vulgaire de réécrire *Le Vieil Homme et la Mer*, mais la générosité de Séguéla est connue dans le Tout-Paris qui chante et qui pétille. À Sperone, ce somptueux domaine au-dessus de Bonifacio, il a accueilli Tapie sortant de prison, César mourant mais beau comme la tristesse. Le spaghetti est toujours prêt, le blanc sec aussi. La Sardaigne à portée de jet-ski. Point très important : la piscine ne sert strictement à rien. Car il existe une condition qui n'est jamais précisée au départ. Tout ce beau monde pense passer des vacances à proximité du sublime port de Bonifacio, or Jacques a une tout autre vision du sujet. Lui, passe ses vacances dans les bouches de Bonifacio ! Ça n'a aucun rapport. On ne va pas à la plage, pourtant si tentante. À peine levés, tous à bord de *L'Écume des jours*, que le Perpignanais conduit à fond la caisse. Et plus il saute dans l'air, plus il surfe sur les vagues, plus on vomit ou on sourit à ses pieds. Ça dépend des natures. Lui jubile, la casquette et les lunettes inflexibles. Ce petit homme, manœuvrier sur terre, n'a peur de rien en mer. Depuis une dizaine d'années, il navigue plutôt du côté d'Ibiza. Les traversées sont plus douces.

Jacques Séguéla a trois obsessions : aimer Sophie à la vie à la mort, aller au bureau tous les matins vers 9 h 30 jusqu'à cent ans, et déménager le plus possible. Être invité à dîner chez lui relève de l'enquête. On se doute qu'on peut le trouver entre l'avenue Victor Hugo et Neuilly. Pour le reste, il vaut mieux se renseigner avant de partir. Chez Jacques, l'immobilier tient de la religion passagère.

BERNARD KOUCHNER

Indiana Jones

Plusieurs fois ministre, haut représentant de l'ONU au Kosovo, Bernard Kouchner s'est toujours montré à la fois profondément humaniste et indigné, revendiquant le droit d'ingérence face à la barbarie. Il n'a eu de cesse de se rendre auprès de populations martyrisées comme ce fut encore le cas à l'automne 2014 au Kurdistan en Irak du Nord ou à Kobané en Syrie, où les Kurdes luttaient contre l'État islamique.

Mercredi, 10 heures, à son domicile de la rue Guynemer, face au jardin du Luxembourg à Paris.

L'étage est important quand on a rendez-vous avec l'aventurier de l'arche perdue à la française ! Bernard Kouchner habite depuis 35 ans au deuxième. Locataire d'une institution catholique qui a abrité pendant des années, au quatrième, Tonton, *alias* François Mitterrand ! Lorsque je m'installe, avec mon petit crayon, sur la table de la salle à manger, je ne peux m'empêcher de penser à l'un de nos mystères politiques les plus croustillants : l'Observatoire, tellement loin (dans le temps) et tellement proche (visible de la fenêtre). Le 4 de la rue Guynemer donne sur le Sénat.

Discrète, Christine Ockrent reste dans son bureau. Une employée de maison a gentiment pris mon manteau, puis nous apporte des cafés. Comme mon assistante est là, l'aventurier tient déjà un meeting devant deux personnes… Kouchner, c'est ça ! Une tornade de mots. On arrive avec des *a priori* vengeurs à la Aymeric Caron et on repart nappé d'une sauce chaleureuse : l'Humanitaire, comme il existe la Béarnaise ! Finalement un truc français qui a un sens pour le monde entier, fût-ce pour être combattu. Incontestablement, Kouchner l'incarne.

Né en 1939 (il fait incroyablement jeune), le septuagénaire à crinière blonde revient de deux voyages au Kurdistan :

> Les mecs ne veulent pas qu'on leur envoie des troupes au sol pour lutter contre Daesh ! Ils veulent des armes !

On est trois autour de la table, les phrases décollent :

> Dans l'avion du retour, j'ai croisé un responsable de l'OMS qui, lui, était à Mossoul prise par les islamistes. Il m'a dit que j'avais changé sa vie. Pourquoi fait-on ça depuis des années ? Ça vient probablement de la judaïté [ses grands-parents ont été déportés à Auschwitz]. Une manière de tester ses limites, ses valeurs et de prouver au monde qu'il n'y a pas que des assassins. J'ai toujours été révolté. Indigné par l'oppression, les massacres et le racisme. C'est ma façon de faire de la politique.

Dans une pièce attenante, son bureau, farci de livres et de photos. J'y découvre, au mur, une reproduction de l'appel du 18 juin et un texte de la Commune. Il y a dix jours, Kouchner était invité à un bel anniversaire. Plutôt des artistes.

> J'étais sonné, je revenais de Kobané. Depuis des années, les retours sont difficiles. À chaque fois, c'est la même histoire : l'invraisemblable contraste entre le dénuement total de la guerre et, tout d'un coup, un dîner d'anniversaire joyeux. Ici on ne voit rien. Les Français ne voyagent pas. Sauf de temps en temps avec le Club Med ! Quand je pense qu'on discute de l'ouverture des

magasins le dimanche alors que le monde a totalement changé, que les pauvres en ont marre d'être pauvres ! Ici, en France, 80 % des gens vont bien. Nous sommes des nantis par rapport au reste du monde. La loi Macron est peu compréhensible, mais on est condamné à la réforme si on ne veut pas se faire pulvériser par des pays comme le Brésil. Décrire Merkel comme la grande méchante de l'Europe est une absurdité : elle fait les réformes qu'on n'a pas le courage de faire.

Il assène l'argument qui tue :

Les Chinois viennent de racheter l'aéroport de Toulouse, vous voulez qu'ils rachètent tout pendant qu'on reste assis sur nos avantages acquis de cheminots, de médecins ou de notaires ?

Et il enchaîne sur son théorème politique du moment.

De toute façon on est condamné à faire une alliance UMP-PS si on veut réformer le pays et si on veut battre Marine Le Pen. On a besoin de ça, mais il y a d'énormes résistances dans les partis. Sarko a déjà été président et il fait semblant d'être nouveau. Il n'a peut-être plus la même grâce, lui qui a pourtant pratiqué l'ouverture. Il a été très sympa. À l'époque, on se marrait bien. Mais une partie de son entourage était impossible, [comprendre Claude Guéant, car il bute sur le nom]. Juppé ? Je ne le défends pas, mais bizarrement, j'ai l'impression que lui, le gaulliste, est en train de comprendre des choses, comme la nécessité de l'union, le droit d'ingérence.

Et le président actuel ?

Tout ça, Hollande le sait, mais mystérieusement il ne le fait pas. Il est resté dans la pesanteur du Parti socialiste.

Il risque un pronostic qu'il ne veut pas que j'écrive noir sur blanc.

Sarko ne sera jamais réélu. Peut-être que je me trompe. Les gens en ont marre de le voir s'agiter. De toute façon, je n'ai jamais voté à droite. Sauf pour une liste Barnier aux européennes.

On a oublié que Bernard Harrison Kouchner avait envisagé une candidature présidentielle en 2007 et qu'il fut pulvérisé par Ségolène Royal. Ayant été ministre pendant dix-sept ans, il adopte la posture « Je ne suis candidat à rien ! », et comme il ne manque pas d'autodérision :

> De toute façon, personne ne m'appelle !

Ce qui ne l'empêche pas d'avoir croisé le monde entier, comme son copain Alpha Condé avec qui il était en terminale à Turgot. Il vient de finir un hôpital en Guinée, dont il est devenu le président après trente ans d'opposition. Chez Ruquier, les sémillants Pierre Péan et Aymeric Caron ont reproché à Kouchner ses travaux africains et ses missions de conseil.

> Je ne travaillais pas pour Bongo ! Je travaillais pour mettre sur pied un système de santé ! De toute façon, chez Ruquier, ils m'ont coupé, je me suis levé et j'ai failli lui en coller une… à ce Caron.

La gestuelle et l'allure restent identiques. Qu'il s'emporte ou qu'il réfléchisse, Kouchner tempête avec le sourire. Au-dessus de la table, deux peintures anciennes, assez sombres, représentant la baie de Naples. Christine Ockrent les a choisies. On a connu Naples plus gaie ! À tous ses détracteurs, le populaire fondateur de Médecins sans frontières et de Médecins du monde oppose une vie entière : la sienne. Pas un conflit où il n'ait posé un pied. Quand on lui demande pourquoi les Français ont le sentiment d'un appauvrissement du personnel politique, il reprend une constatation de Roland Dumas :

Depuis Mitterrand, ils n'ont pas connu la guerre. L'épreuve des conflits, des dangers, de la mort changent un homme. Mitterrand avait des défauts que tout le monde connaît, mais il n'était jamais vulgaire et prononçait des mots d'acier avec sang-froid et, parfois, une ironie glaçante. Je me souviens minute par minute du voyage qu'on a fait à Sarajevo. Le péril en hélicoptère. Sa colère à l'égard de Mladić et Karadžić. Le danger le sortait de sa routine. Lui ne pratiquait pas vraiment l'union nationale, mais pour revenir à la conversation de tout à l'heure, c'était quand même un homme de droite qui s'est emparé du pays en prenant le pouvoir à gauche.

Il faut bien une fin à toutes les conversations. Bernard Kouchner, qui est un malicieux, trouve que le loyer qu'il paye depuis trente-cinq ans est un peu cher. Tout en me faisant remarquer que François Mitterrand avait la réputation de ne pas vraiment payer le sien pour le quatrième étage. Au milieu des canapés beiges, des sculptures africaines et des moquettes amorties, sous des tapis improbables et bariolés, Christine Ockrent nous a rejoints.

Dix ans plus tard, ils sont séparés.

Qui pouvait prévoir aussi que sa fille, Camille, révèlerait dans *La Familia grande*, les agressions incestueuses de son beau-père à l'égard de son frère jumeau. Dans *L'Obs*, elle déclara : « Bien sûr, j'ai pensé que mon livre pouvait paraître obscène à cause de la notoriété de la famille. Puis je me suis dit : c'est justement pour ça qu'il faut le faire. » Bernard Kouchner, le baroudeur, fut secoué.

PHILIPPE TESSON

Voltaire

> « Il ne portait point de masque – il y avait trop de vie en lui, et un masque n'est qu'une chose sans vie ; mais il se présentait essentiellement comme un acteur. »
>
> Joseph Conrad

À part un recueil de critiques de théâtre et des milliers d'articles, Philippe Tesson n'a jamais écrit de livre. J'ai toujours eu l'impression, l'illusion, qu'il en avait rédigé cent.

Il est né le 1er mars 1928, à Wassigny, pour disparaître le 1er février 2023, à quatre-vingt-quatorze ans, à Chatou, dans les Yvelines. En dehors de ma famille, Tesson aura été mon plus grand bonheur ces quinze dernières années. Son irrespect total, enveloppé dans du cachemire beige, son front haut et sa conduite dans Paris à 120 km/h, avec une obligation première : ne jamais s'arrêter aux feux rouges. « À mon âge, ce serait ridicule. »

Philippe est le prototype – dorénavant je m'interdis d'employer l'imparfait – du baroque du Nord. Lorsque nous sortons de Radio Classique, il promet à tous un grand dîner dans son « grenier ». Sans que l'on sache exactement s'il s'agit de Paris, de Chatou, de sa maison en Normandie ou d'une pièce surplombant son agence de voyages, qui est elle-même installée à une adresse inconnue. Que je sache, le Théâtre de

Poche, qui est toute sa vie et qui lui coûte une fortune, n'a pas vraiment de grenier. De toute façon, lorsqu'il descend l'escalier, Philippe s'en contrefiche car il n'a pas la moindre intention de nous inviter, ni à court ni à moyen terme. Qu'on ne se méprenne pas, Voltaire est à l'opposé du radinisme. Il n'a seulement pas le temps. Il est au théâtre tous les soirs et le jour il vadrouille d'un média à l'autre, proférant les paradoxes les plus sonores de l'histoire récente de la profession : « J'aime profondément Nicolas Sarkozy, comme mon fils, mais c'est un psychopathe. » Avec Philippe, il y en a pour tout le monde. Il adore croiser François Hollande dans son restaurant fétiche, Le Récamier, à Saint-Germain-des-Prés. Surtout depuis sa contribution non négligeable à sa défaite puisqu'il a passé cinq ans à l'insulter, pour finalement consentir à cette phrase que vous apprécierez à sa juste valeur : « C'est un type charmant et très intelligent. Il n'y a qu'un seul problème : il est complètement nul. » Lorsque son fils s'est cassé la gueule à Chamonix, le père a feint le fatalisme et enfermé ses larmes.

Avec ses bons mots immédiats et sa manière de vivre, il y a un côté Truman Capote chez Tesson. Pour une raison qui m'échappe totalement, j'ai rendez-vous chez lui rue des Saints-Pères. Prosaïquement, je lui demande le numéro précis de la rue. Tout aussi prosaïquement, il me répond : « À partir de Grasset jusqu'à la fin, tout est à moi. Il te suffit de monter. » Je croise en montant les meilleurs tailleurs de chez Arnys, qu'il héberge moyennant un loyer confortable. Comme toutes les apparitions qui ont duré quatre-vingt-quatorze ans, Philippe est impossible à résumer. Cheveux blond vénitien, large front intelligent, regard de sale gosse cultivé : sur d'anciennes photos, dirigeant un orchestre en smoking, il est beau comme un héros de Visconti. Il a vu Gérard Philippe. Le Théâtre est sa vie. Son épouse Marie-Claude, malheureusement disparue, a fait fortune avec *Le Quotidien du médecin*. Je ne vais pas écrire qu'ils s'aimaient, car ce serait à l'imparfait.

À droite, toujours à droite parce qu'il le faut bien, c'est la *doxa* de Voltaire.

Combat entre 1960 et 1974, *Le Canard enchaîné*, France Inter puis Radio Classique, Itélé (ex-CNews), *Le Figaro*, France 3, mais surtout *Le Quotidien de Paris*, le journal le plus délirant que l'on puisse consulter dans les archives. Avec Dominique Jamet, il écrit tout. Engage des jeunes comme Claire Chazal ou Éric Zemmour.

Sylvain, lorsqu'il est monté prononcer son hommage à l'église Saint-Germain-des-Prés, a tout dit en quatre mots : « Philippe Tesson est mort. » Propos nécessaire parce que personne ne le croit même si, avec les années, son corps s'est noué tout en restant mince, son visage s'est creusé tout en restant souriant, son cachemire s'est usé tout en restant neuf.

Un jour, un peu contraint, j'organise une émission autour de Bernard Tapie, alors roi du monde. Je cherche un contradicteur. Tout le monde est sous la table, de peur de se faire pulvériser. Sauf Philippe qui accourt pour une guerre des deux mondes. D'un côté, Aubervilliers reconverti dans les biftons, porté par un bagout phénoménal. De l'autre Philippe, spadassin de la bourgeoisie, qui n'a peur de rien, lui l'enfant qui a connu la guerre. Le fragile n'est pas celui qu'on croit. Pour une raison très simple : Philippe est un acteur manqué. Le studio est son palliatif. Il cabotine ? Non, il existe.

À Radio Classique, il vient toutes les semaines affronter le seul rescapé des conseillers élyséens (avec Alexis Kholer), Bruno Roger-Petit, transfuge mitterrandien tendance Michel Sardou au pays d'Emmanuel Macron. Bruno, bon connaisseur de la vie politique, est un assez redoutable débatteur. Le journal *Libération* le considère comme le père Joseph de l'actuel Élysée. La méthode Tesson ? Très simple : il est 8 h 30, nous sommes à l'antenne, il dort. En général, Bruno démarre, quel que soit le sujet et les questions idiotes que je lui soumets. Philippe soupire, puis soupire, puis soupire pendant que l'autre évoque je ne sais quel ministre de la IVe République, qui aurait un rapport avec le sujet du moment. Et là, « le dormeur du val » – qui a déjà largement plus de quatre-vingts ans – se déploie tout en évitant soigneusement de parler dans le micro pour s'adresser à son interlocuteur habituel avec les mots suivants (il se fout royalement du sujet) : « Te rends-tu compte de ton incroyable bêtise, de ton abyssale médiocrité ? Je veux dire, de cette intelligence qui ne sert à rien, si ce n'est d'espérer quelque chose qui ne viendra jamais. Mon pauvre Bruno, tu es aussi nul que les présidents que tu soutiens. » À l'époque, François Hollande. Et de reprendre : « Tu ne connais pas la musique. Tu ne connais pas la littérature. Tu ne vas pas au théâtre. Seule la petite politique, cet art dégénéré, te passionne. » Ne croyez pas qu'il s'agisse de victoires oratoires faciles car Bruno Roger-Petit, toujours un peu tassé, sait être redoutable et méchant. Beaucoup de gens s'en sont aperçu à l'Élysée, avant de disparaître, et pas forcément par la porte d'entrée.

Voltaire ment comme il respire car monsieur Tesson adore le potin, l'épiphénomène, la psychologie des hommes qui font de la politique. Rien ne lui fait plus plaisir que François Hollande faisant du scooter rue du Cirque.

Ne cherchez pas un déjeuner avec lui, je l'ai dit, 80 % du temps, il est avec Elisabeth Quin, le reste du temps est consacré à la famille. Daphné, Stéphanie et Sylvain, quand notre écrivain détesté par le Printemps des poètes n'est pas à l'autre bout du monde.

Au départ, son amour pour Emmanuel Macron est total. Jeune et théâtral, il est le président dont il a toujours rêvé. Il l'encense. Notre ami baroque n'est pas un pourfendeur absolu de la traîtrise qui, comme le mensonge, constitue selon lui la base nécessaire de toute civilisation solide. Marivaux, Saint-Simon, sortez de ce corps ! Et puis les choses se dégradent. Pourtant, il déjeune avec Madame. Se retient de fumer comme un pompier. Croise Monsieur dans les couloirs. Le grand débat avec les Français, lancé le 15 janvier 2019, sera pour Tesson le tombeau de l'enfant-roi président. Il déteste la tournure que prend ce quinquennat car il reste formellement gaulliste. Sur le fond, il ne l'a jamais vraiment été, mais Phiphi préfère le stratosphérique au « en même temps ». Duras à Durand.

Il aime les lointains, ceux qui le dominent. Et puis ces dialogues avec les Français ne sont pas signés Beckett, Sarraute ou René de Obaldia… Philippe suscite des vocations. À la télévision, j'avais reçu Florian Zeller pour son premier roman, *La Fascination du pire*. Peu de temps après, il l'a littéralement porté vers le théâtre avec le succès que l'on connaît : Oscar, Anthony Hopkins, Los Angeles. Notre héros, lui, préfère sa bastide de Chatou. On ne sait rien des gens qu'on voit souvent. Lors d'une soirée en sa mémoire en début d'année au Théâtre de Poche, un petit film fut diffusé le montrant cabotinant, jeans en velours et chemise blanche retroussée, au milieu d'un public conquis. Une forme olympique, il avait quatre-vingt-dix ans. On lui prête ce mot : « La mort n'est pas faite pour moi. »

La scène est le seul dieu de Philippe. J'aime sa légendaire mauvaise foi. À l'époque du *Quotidien de Paris*, il a fait campagne tous les matins pour dézinguer la naissance de Canal+ répétant à longueur de colonnes et de semaines : « Décodeurs, pièges à cons. » Ça n'a pas raté : un jour, il croise, chez moi, André Rousselet et se précipite vers lui pour tenter de lui expliquer avec un énorme sourire qu'il ne s'agit que d'un jeu sans conséquences. Le patricien le dévisage comme le tueur élégant qu'il est. Ce jour-là, peut-être, un frisson désagréable s'est emparé de Voltaire.

Les tribunaux l'ont convoqué à plusieurs reprises, notamment pour avoir insinué que les musulmans étaient difficilement compatibles avec la République. Il ne le pense pas, mais il le pense. Le théâtre et son double.

Contrairement à ce que l'on raconte, il y a beaucoup de journalistes intelligents, j'en ai même rencontré. Mais je n'en ai connu qu'un seul glorieux : Philippe Tesson. Jamais à l'imparfait.

MES CHERS DISPARUS

Avec l'âge, la souffrance, les regards deviennent indifférents. La cérémonie des adieux commence. Quelques enfoirés jettent déjà des couronnes, mais me connaissent-ils vraiment ? Je me suis toujours méfié des fleurs, surtout des larges bouquets qui ne servent qu'à camoufler l'absence de larmes, comme dans les films de mafieux. Il n'y a pas que la rage de vivre qui me motive, il y a surtout l'amitié, impératrice des sentiments. Mon portable est un tombeau : Francis Le Belge, parrain à la française intéressé par les émissions littéraires († 2000), Philippe Prévost, l'aîné de mes cousins, imparable sur « Lady Madonna » au piano, cancer († 2003). Le duo Henri Krasucki (CGT) et Marc Blondel (FO), syndicalistes Picasso : opéra et tauromachie († 2003 et † 2014), Jean-Luc Lagardère, industriel, papa *bis* († 2003), Françoise Sagan, romancière soucieuse de mes peines de cœur († 2004), Jean-Marie Lefèbvre, mon partenaire et très cher ami à Europe 1, grand spécialiste de politique étrangère, une sorte de De Gaulle du journalisme, qui adorait les potins († 2010), Isabel Ellsen, grand reporter ayant le danger comme amour († 2012), Jean-Marc Roberts, écrivain, empereur du flipper, possédant tous les talents, il fut longtemps mon complexe, cancer († 2013), Johnny Hallyday, chanteur, Roi Lear militant dans le rock'n'roll, cancer († 2017), Philippe Gildas qui m'a tout appris, même la mauvaise foi, sourire et crinière intacts, cancer († 2018), Alix Chevassus, playboy version gaz hilarant († 2019), Lucien Durand, père, marchand de tableaux, spécialiste des vestes à carreaux († 2020), Jean-Marc Domange, premier beau-frère, charismatique polytechnicien, empereur des cimenteries, autoritaire et émouvant, je l'ai connu dans sa période « péniche pétard », cancer († 2020), Henri Weber, trotskyste agrégé génération Cohn-Bendit, puis cerveau du Parti socialiste, charmeur charmant, brillant, covid († 2020), Jean-Paul Belmondo, acteur et tellement plus pour les Français – j'ai été le prof d'histoire de son fils Paul – irrésistible même dans *Léon Morin, prêtre* († 2021), Étienne Mougeotte, grand patron de presse, sans lui rien ne serait arrivé, je fus son visiteur du soir jusqu'au bout, cancer († 2021), Nicole Durand, mère humoriste beckettienne, « le trottoir, c'est pour ta femme », hurla-t-elle à quatre-vingt-quinze ans à un automobiliste qui cherchait à l'écraser parce qu'elle ne traversait pas assez vite († 2023), Hervé Temime, avocat pénaliste, possédant tous les talents, même les maths, charmeur absolu, manque terriblement à une quantité incroyable de gens, sa famille mais aussi à Maïwenn, au clan Deneuve et à d'innombrables amis. Comme ma mère ou mon père, il m'arrive d'appeler le portable d'Hervé, comme s'il n'avait pas disparu († 2023), Daniel Cohen, économiste lumineux, parlant comme une mitraillette, m'évitant de tomber dans la bêtise crasse lorsque nous nous croisions en vacances († 2023), Gérard Leclerc, journaliste, frère de Julien, mon autre famille, sa mort dans un accident d'avion m'a atterré († 2023), Philippe Tesson, journaliste, il n'y en eut qu'un : lui († 2023), Laurent Max, producteur de Bourgogne, je ne savais pas que Marlon Brando habitait Beaune († 2024). On en trouve encore une vingtaine d'autres au registre des disparus. Jim Morrison, voisin de tablée pendant des semaines au King Club († 1971). J'ai commencé mes premiers cours de disparition avec Jérôme († 1971), puis son père Jacques Duhamel († 1977). Mes Kennedy du lycée.

C'est consternant, mais l'oubli n'existe pas. Des fantômes ? La liste de ceux qui vont sonner à ma porte s'allonge, mois après mois. La majorité d'entre eux aurait mérité un chapitre entier. La définition de la disparition la plus réconfortante reste celle de l'omniscient Blaise Pascal : « La mort est un déménagement. »

BRUNO LE MAIRE

Ange exterminateur ?

Préambule. Le 9 octobre 2014, Patrick Modiano reçoit le prix Nobel de littérature. Ça n'a pas échappé au seul ministre considéré par la critique. Ne tournons pas autour du pot, Le Maire a un vrai talent textuel. C'est peut-être dans le sexuel qu'il reste du boulot. Son ami Houellebecq pourrait lui prodiguer quelques conseils. Mais Michel est surprenant, il ne se trouve pas très bon dans ce domaine, attribuant la Palme d'Or à Philippe Djian, dont l'œuvre n'est qu'une vaste zone érogène. Un jour, les lecteurs de ce pays se rendront compte que l'un de leurs meilleurs romanciers, vit discrètement près d'Anglet, Pyrénées-Atlantiques.

Député de l'Eure, ancien ministre, pulvérisé aux primaires, n'ayant aucun atome crochu avec Laurent Wauquiez, il bascule dans l'« en même temps », créant un mini-séisme en devenant ministre de l'Économie et des Finances d'Emmanuel Macron. S'agit-il d'opportunisme ? Le Maire est un être complexe qui passe pour un premier de classe trop lisse. Au commencement, il y eut Villepin, dont il fut le plus célèbre collaborateur. Il lui voue toujours une grande admiration. Puis il a fallu se chercher un destin. Avant d'arriver à ce qu'il a dans la tête en 2024, il n'est pas inutile de se remémorer un petit rendez-vous, dix ans auparavant.

Un lundi de novembre 2014, à 11 heures, brasserie Le Concorde, boulevard Saint-Germain, Paris VIIe*.*

Le sémillant Bruno Le Maire et son collaborateur Dimitri ayant un petit quart d'heure de retard, j'absorbe un double déca à côté d'un type qui dévore déjà une purée maison noyée dans la sauce. Renée, la taulière du Concorde, aime arborer son porte-clés RPR garanti d'époque et son tee-shirt rouge tomate XXL à la gloire de Bruno Le Maire ! Ici ça sent le gaullisme, le formica, la banquette en velours et le poulet chasseur.

Je suis au fond de la salle. Bruno débarque, costume gris bien coupé, chemise bleue, cravate sombre. Il s'excuse pour les minutes de retard liées au sprint final de l'élection. Est-il éreinté ?

> Malgré 95 déplacements depuis juin, je ne me sens pas du tout fatigué, mais affûté ! Un dernier coup de rein et ça va passer.

Bruno, mon ami (formulation adaptée au VIIe arrondissement proustien), Bruno, vous blaguez ?

> Pas du tout. La victoire est possible. Je ne suis parti de rien. Pas un député, pas un élu local et aujourd'hui j'ai 57 parlementaires derrière moi qui ne craquent pas. Même ceux, qui ont été reçus rue de Miromesnil [Q. G sarkozyste] comme Damien Abad, Alain Chrétien, Franck Riester, Thierry Solère, Anne Grommerch, sont restés. Il y a une aventure qui se construit autour de moi. La victoire est à portée de main.

Je lui fais remarquer qu'on lit partout que Nicolas Sarkozy serait prêt, pour calmer son ambition, à lui proposer le secrétariat général du parti. L'ami Bruno, l'énarque, l'agrégé, l'ancien joufflu, balance son missile.

Hors de question, je n'accepterai aucune responsabilité, aucun poste qui me mettrait dans une cage et qui m'empêcherait d'exprimer ce que j'ai à exprimer.

Je reviens à la charge… Mais après ?

Certainement pas. Jamais !

Vlan ! Rumeurs balayées ! Quitte à être pendu par les sarkozystes à l'issue du vote ?

On verra. Pour être accroché à un croc de boucher, il faut être mort et je me sens très vivant.

Chez Ovide, Kafka et Richard Strauss, la métamorphose est d'abord une discipline qu'on s'impose.

C'est une vraie ascèse personnelle, une transformation physique. En six mois, les gens qui me connaissent ont observé que je suis moins rond, plus offensif. La campagne depuis le 11 juin exige des renoncements et un comportement éthique qui, seul, permet de redonner à la politique sa dignité.

Il égratigne au passage Nicolas Sarkozy.

Je ne juge personne. On m'a proposé beaucoup de conférences, bien moins payées, j'ai tout refusé. J'ai démissionné de la fonction publique et abandonné certains droits à une retraite confortable…

Et l'intrusion des médias dans sa vie personnelle ?

On est dévasté quand on accepte d'être dévasté.

Même les attaques prêtées à Nicolas Sarkozy ?

Il ne peut pas s'en empêcher ! Ça me fait rire ! « Bac +18 » et surtout « Bernard le Maire ». Il faut avoir de l'humour. C'est ce qui manque à la plupart des hommes politiques.

Je fais remarquer que ce fiel souligne son inexpérience de chef.

C'est absurde. J'ai quarante-cinq ans et quand vous comparez avec les autres pays européens, ce n'est pas si jeune. J'ai une expérience de dix ans au pouvoir. Avec Dominique de Villepin, je me suis consacré aux affaires internationales pendant la crise irakienne. Et aux affaires de l'État quand j'ai dirigé le cabinet du Premier ministre. À l'époque, ce poste avait un poids considérable. J'ai été, avec plaisir, et je l'espère, compétence, ministre de Nicolas Sarkozy. Simplement je ne suis pas un marchand d'illusions.

Une impression s'est installée : malgré un goût affiché pour la gloire de la France, Bruno Le Maire en a par-dessus la tête des monarques républicains.

Nous sommes à la fin d'un cycle de trente ans. Celui des demi-dieux qui pouvaient dire des choses et faire le contraire. Les gens ont cru que le mensonge était consubstantiel à la politique. Mais maintenant c'est terminé.

L'élu de l'Eure me fixe comme Steve McQueen (cow-boy de son état).

Le pays s'est effondré. Il exsangue sur le plan industriel et agricole. Nous n'avons pas pris le train de la mondialisation. Le chômage explose et on se fait piquer des marchés partout. Si la droite ne se réinvente pas une pensée et un programme, elle court à la catastrophe face au Front national.

Le temps qu'il avale un croissant, je l'interroge sur les raisons de fond qui le poussent à prendre de tels risques. L'argumentaire fuse.

J'ai fait une partie du projet de la campagne de 2012. On m'a dit que j'allais trop loin. Qu'il ne fallait pas toucher à l'indemnisation du chômage, ni au Code du travail. Tout ça, retoqué par Nicolas Sarkozy et la majorité de l'époque. Je m'en souviens parfaitement. C'était en octobre 2011 à Marseille. J'ai fait mon discours et j'ai été débranché le lendemain. Ne vous étonnez pas que je défende toujours ces idées.

Et il ajoute :

J'en ai marre qu'on tape sur Schengen pour se faire applaudir, alors que tout le monde sait qu'en matière d'immigration clandestine, il va falloir prendre des décisions avec les autres Européens. En face d'une foule hostile, je ne varie pas sur le mariage pour tous.

N'est-il pas en train de tomber dans le piège classique de la guerre à droite ?

À droite, personne n'a quelque chose de neuf à dire aux Français. Quant au gouvernement actuel, c'est effrayant. La radicalité de son mensonge explique la radicalité de son échec. Les électeurs de gauche ont l'impression d'avoir été trahis et les électeurs de droite ont le sentiment qu'on leur ment à répétition. Tout ça alimente dangereusement les extrêmes qui se nourrissent de la vacance du pouvoir. La présidence Hollande est une présidence illusoire.

Comprend-il que Nicolas Sarkozy puisse en avoir par-dessus la tête que certains de ses principaux collaborateurs passent leur temps à contester son leadership et à dépecer son bilan ?

On n'écrit pas l'avenir sur la nostalgie. Il a été président de la République et il a dirigé le parti il y a dix ans. Mais je vais être clair avec vous, je ne fais pas obstacle à la candidature de Nicolas Sarkozy à la présidence de la République ! Au contraire, si je suis président de l'UMP et que Nicolas Sarkozy veut concourir aux primaires avec François Fillon, Alain Juppé et Xavier Bertrand, il aura toutes les garanties avec moi d'y participer dans des conditions d'équité totale. Je le respecte. Je ne me suis jamais laissé aller à des attaques personnelles contre lui. Pendant son quinquennat, il n'a jamais dévié de ses convictions européennes. Jamais. En revanche, on a souvent renoncé sur le plan économique. Par exemple, en 2007, il n'y avait pas encore le poids de la crise mondiale et on a abandonné la TVA sociale en quelques heures pour une simple passe d'armes entre Laurent Fabius et Jean-Louis Borloo à la télévision.

Et Bygmalion ?

Si je suis élu, les militants connaîtront la vérité.

La facilité consisterait à écrire que ce brillant écrivain, jésuite de formation, ne serait qu'un parricide transparent.

Après cette élection, en janvier, je réunirai parlementaires et élus qui me soutiennent et nous tirerons toutes les conséquences de cette campagne. Le soi-disant premier communiant s'est doté des armes nécessaires pour que l'on ne le prenne plus comme tel. Je suis un premier communiant armé.

Steve McQueen ne sait pas ce qui l'attend. Il paye mon déca avec le sourire. Résultats pour la présidence de l'UMP : Sarkozy élu au premier tour avec 64,5 % des voix. Bruno Le Maire devant se contenter de 29,18 %. Je serais pour ma part allé me planquer en Camargue pour écrire des polars sous pseudo en chassant le moustique. Bruno, pas question.

Nous voici dix ans après.

Bercy est une ville au bord de la Seine. L'autre centre du pouvoir en France. J'ai toujours trouvé ce gigantesque ensemble architectural d'une laideur para-stalinienne effrayante. À partir de décembre 1982, deux cent cinquante entreprises ont travaillé sur ce site pourtant érigé par de grands architectes (Paul Chemetov, Borja Huidobro et Emilio Duhart Harosteguy).

C'est un peu comme si les Beatles avaient accouché d'une version colossale de « Besoin de rien, envie de toi ».

En se baladant là-dedans, on se croirait dans un film de science-fiction, dont le réalisateur se serait barré en plein milieu du tournage, laissant faire des cameramen de chez Bouygues et Dumez. Béton, métal, solennité. L'immeuble ministériel est gardé par des officiers des douanes plutôt charmants. Je patiente devant l'ascenseur, entouré de murs en contreplaqué où sont affichées les trombines de tous les ministres du Budget et de l'Économie de la Ve République. Casting perdant pour les Oscars, surtout quand on tombe sur la tronche de Michel Charasse, roi du coup tordu, le Eli Wallach du Budget, Couve de Murville en sinistre, Macron sans cravate, Dominique Strauss-Kahn avant le Maroc et le Sofitel, Valéry Giscard d'Estaing au cimetière, Sarkozy à l'assaut. Quant à Jacques Chirac, une simple photo démontre qu'il voulait distribuer des baffes, sans savoir encore à qui.

On vient me chercher. Un monsieur avenant m'offre un café au lait pour patienter au milieu de canapés oscillant entre le rouge et le bordeaux, d'une moquette grisâtre et de lampadaires noirs. C'est esthétiquement très particulier. Les coupables sont en fuite. Est-il grave que le pouvoir échappe à la beauté ?

J'ai bu la moitié de la tasse, le temps d'assister à un ballet de gens plutôt jeunes et beaucoup plus compétents que moi en matière d'ordinateurs quantiques et de stagflation. L'un d'entre eux lâche cette phrase en sourdine, que je capte au vol : « Dans moins d'une heure, les Chinois sont là. » Enfoncé dans mon canap', j'ai le sentiment d'être Bernard Menez au centre opérationnel de la NASA.

Tous ceux qui sont passés par Bercy décrivent une épreuve et un stress phénoménal. Le Maire, accompagné du fidèle Dimitri, désormais conseiller politique, arbore le sourire du serein. Pourtant les enjeux sont faramineux. L'été dernier, à Bidart (décidément tout se passe au Pays Basque !), il a affirmé que le principal constructeur chinois allait bientôt livrer l'équivalent électrique et esthétique d'une Ferrari pour la modique somme de 25 000 €. Razzia sur l'Europe. L'économie mondiale, qu'il côtoie tous les matins au bureau ou en voyage, n'est plus une bataille, mais la guerre sous toutes ses formes, avec la possibilité que Trump revienne et qu'il nous file, lui aussi, des coups de hache. Quand on pense qu'il y a cinq ans on parlait à peine d'intelligence artificielle…

Malgré leur ressemblance physique, Bruno Le Maire n'a plus aucun rapport avec l'homme qui paya mon déca au Concorde. Je m'assois. Il est déjà assis. Chic, bon genre. Terminé le côté boy scout premier de la classe, grand commis de l'État. Le gars ne tourne plus autour du pot.

— Emmanuel Macron, c'est qui ?

— C'est le président de la République, je suis son ministre des Finances. C'est la relation que j'ai avec lui et je tiens à cette relation-là, qui est très simple, très directe. Je ne cherche pas à en faire un ami, ce serait déplacé. Je pense avoir un rapport fonctionnel, c'est ce qu'il y a de plus sain. Ce qui n'exclut pas d'avoir de l'admiration et de l'affection. Je ne suis pas là pour sonder l'âme du président.

— En sept ans, tu n'as jamais dîné avec lui en dehors du boulot ? Ça paraît totalement invraisemblable.

— Une seule fois. C'était à l'Élysée. Un dîner en tête-à-tête, en sept ans.

— C'est torride, comme relation ! L'été précédant son élection, un 15 août à Biarritz, Emmanuel Macron m'avait dit en parlant de toi : « Il est fou, il fait le tour de la France. Moi, je ne fais qu'une photo avec ma femme dans *Paris Match*, et c'est parti. »

— Il avait parfaitement raison. C'est très bien d'avoir fait ce travail-là. Ces milliers de déplacements en France, c'est ce que j'ai fait pendant cinq ans, mais ce n'est pas comme ça que ça marche. L'erreur n'est pas de sillonner le pays, c'est très important de le connaître par cœur. Il n'y a pas une ville, un petit village ou une commune où je ne sois pas allé. Au bout de vingt ans de politique, tu reviens aux mêmes endroits et c'est comme ça que tu t'imprègnes du pays. Mais l'élection, c'est le moment où tu mets ton cœur, à vif, sur la table.

— Accepter, à l'époque, les primaires de la droite, c'était une absurdité totale ?

— Je ne me remettrai jamais dans un mécanisme de primaires. Jamais. Les primaires m'ont tué, elles m'ont rétréci. Je pense qu'après sept ans au ministère de l'Économie et des Finances, à porter des choses dures, à affronter des crises absolument majeures en évitant le pire aux gens, ceux auxquels je m'adresse ce sont les Français et seulement les Français. Et aucun parti politique ne reviendra me mettre le grappin dessus. Aucun.

— Bercy, c'est la forteresse centrale de l'économie française, avec notamment la direction du Trésor. Est-ce que toute cette administration que tu diriges suivra Marine Le Pen si elle est élue ?

— Je pense que cela créerait de sérieuses difficultés à beaucoup de fonctionnaires. C'est une administration d'élite, au sens le plus sain et le plus noble du terme, et il est bon qu'un peuple ait des élites, contrairement à ce qui se dit dans la vulgate aujourd'hui. Ce sont des gens qui ont des qualités exceptionnelles, qui sont complètement dévoués, qui pourraient gagner beaucoup plus d'argent ailleurs, et qui, du fonctionnaire à la direction générale des finances publiques, en passant par le directeur général du Trésor, ont l'État chevillé au corps. C'est un atout majeur pour la France contre le populisme ambiant qui dézingue tout, notamment cette élite administrative exceptionnelle. Je doute qu'elle s'enthousiasme pour Marine Le Pen. Et pour être encore plus clair, mon sentiment est que la grande majorité ne suivra pas le mouvement.

— Dans ta famille politique, tout le monde dit depuis vingt ans qu'il faut arrêter avec les dépenses publiques. Ça devient une blague puisqu'on bat tous les records.

— Première remarque : dans l'histoire du ministère des Finances, la responsabilité c'est d'équilibrer les comptes, en général contre le chef de l'État. C'est une zone de tension.

— Tiens, revoilà le président !

— Par définition, le chef de l'État veut dépenser, qu'il soit de droite ou de gauche, qu'il soit souverain, monarque ou empereur, et c'est légitime. Le ministre des Finances, lui, refuse la dépense. Et il y a des tensions qui font qu'à un moment donné, le rééquilibrage se fait par la réalité des chiffres. Deuxième remarque : je pense que ce qui a toujours manqué à cette idée de réduction des dépenses, c'est de savoir pourquoi ? Pour quel modèle ? Je vais te donner le fond de mon sentiment. Je pense que l'État-providence, c'est mort, et qu'il faut l'expliquer.

— Ça va être extrêmement dur, voire impossible. Une grande partie de l'opinion assimile la France comme l'exemple même de l'État-providence ?

— Moi, je veux porter autre chose. L'État-providence était indispensable dans l'histoire du XIXe et du XXe siècle, à un moment où le capitalisme industriel le plus brutal ne protégeait pas suffisamment les gens. Je pense que le défi désormais est ailleurs. Il faut toujours avoir un temps d'avance en politique, pas un temps de retard. L'État doit être un État de justice, de sécurité, de protection, de protection physique et de protection des frontières contre un problème migratoire qui est devenu majeur en France et en Europe. L'erreur est dans les termes. Je n'attends pas la providence de l'État. C'est une conception complètement dépassée.

— Il faut revenir à Kennedy et à sa fameuse phrase de l'investiture du 20 janvier 1961 : « Ne vous demandez pas ce que votre pays peut faire pour vous, demandez-vous ce que vous pouvez faire pour votre pays » ?

— Revenir à Kennedy, ça me va très bien. Il faut fixer un horizon aux gens. Si tu réduis les dépenses pour réduire les dépenses, ils ne comprennent pas. Troisième remarque : nous l'avons fait. Je rappelle qu'en 2017, j'ai pris des décisions très difficiles, y compris contre un certain nombre de gens de la majorité, sur les emplois aidés, par exemple. On a supprimé tous les emplois aidés. L'emploi aidé est l'incarnation même de l'État-providence : « Je te paye ton salaire, tu vas repeindre une cage d'escalier. Tant pis si ça ne rapporte rien, c'est État-providence qui te donne un emploi ». On les a remplacés par de vrais emplois. Entre 2017 et 2020, on a rétabli les comptes publics. Après ça, on a eu les deux crises les plus importantes que la France ait connu depuis 1929 et 1970 : le Covid et l'inflation ! Je rappelle qu'on s'est payé des taux d'inflation à plus de 20 % sur les produits alimentaires, ce n'était pas arrivé depuis cinquante ans, depuis les années soixante-dix. Donc j'ai eu à gérer deux crises, qui sont les plus graves que la France ait connues économiquement depuis un siècle.

— Nicolas Sarkozy te dirait que 2008 et 2009 n'étaient pas mieux.

— C'était une crise financière. Là, je te parle de deux crises économiques qui touchaient le pouvoir d'achat des gens, durant lesquelles la survie des PME, des restaurants, des hôtels était en jeu. On a complètement oublié tout ça, on efface tout de nos mémoires.

— Comme dirait Bruno Le Maire, « les Français sont drogués aux chèques qu'on leur envoie ».

— Je me souviens d'être allé à Lourdes.

— Capitale de la dope !

— Tous les hôtels et les restaurants étaient fermés. Il fallait apporter de l'aide et c'était nécessaire. L'inflation, on a réussi à en sortir en deux ans. Je revendique les décisions qu'on a prises pour protéger face au Covid et à l'inflation. Maintenant, on doit revenir à la normale.

— On ne peut plus être dans les mots. Les marchés nous surveillent. Les cyberattaques se multiplient. C'est le tournant ?

— Oui, c'est maintenant. Parce que la grande habitude française depuis cinquante ans, c'est de considérer que lorsqu'il y a une nouvelle dépense publique, même exceptionnelle, elle devient un acquis social. Eh bien, non. Je suis contre. C'est un vrai combat politique de signifier qu'une dépense exceptionnelle doit rester exceptionnelle.

— Faire 10, puis 20 milliards d'économie, par rapport à la masse globale des dépenses sociales, du budget et des dépenses publiques, ce n'est rien. Fillon parlait de faire 150 milliards d'économie.

— Entre 150 milliards qui sont théoriques et 10 qui sont réels…

— Les gens n'ont pas aimé. En plus, 10 milliards par décret.

— Le réel, c'est toujours dur. C'est la différence entre être candidat dans l'opposition et être au pouvoir. Donc, on fait les 10, on fait les 20. Et là où je te rejoins totalement, c'est que ce sont des décisions qui sont responsables. Ce n'est pas l'austérité, c'est simplement refroidir la machine, ralentir les dépenses quand les recettes sont moins bonnes, pour rééquilibrer les comptes.

— Ça ne peut que durer ? Ça va être 10, puis 20, puis 50 milliards d'économie ?

— Il n'est pas question de faire 50. La vraie difficulté, c'est d'inscrire notre effort dans le temps. Si on a de bons résultats économiques, c'est qu'on a appliqué la même politique économique depuis sept ans. Du coup, on a de la croissance et des emplois. Il faut faire la même chose pour les finances publiques. Entre 2024, où l'on sort du Covid et de la crise inflationniste, et 2032, l'objectif que j'ai fixé est de rétablir les comptes publics. Tranquillement, sereinement, mais fermement. C'est à la fois un tournant et un engagement formel.

— Tu préférerais le prix Goncourt ou l'Élysée ?

— Il y a dix ans, je t'aurais répondu « les deux ». Aujourd'hui, je vis les choses différemment. Je veux être fier de ce que je fais, c'est tout. À peine un livre terminé, on se dit déjà « c'est raté », et il faut en écrire un autre. Ça vient des tripes, du plus profond de soi. Je vis la politique exactement de la même façon. Je veux juste me dire : « J'ai réussi à faire ça. » Et je suis arrivé à faire avancer mon pays dans la bonne direction. Est-ce qu'après, ça t'amène à être candidat ? Peut-être.

— Évidemment.

— Sans doute. Mais ça ne se construit que comme ça. Ce n'est pas un hochet, c'est une conquête sur soi et une conquête qui engage le peuple français. Je pense que tous ceux qui pensent les choses en termes de hochet, de prix, de reconnaissance n'ont aucune chance.

— Qui a écrit le discours de l'ONU ? Chirac, Villepin, Le Maire ou Antonin Baudry ?

— C'est Villepin.

— Qui va le croire ?

— Dans les ateliers des peintres des XVe et XVIe siècles comme Raphaël, Michel-Ange ou Giorgione, ce sont eux les génies. Derrière, ensuite, il y a des gars qui prennent les pinceaux pour compléter ici ou là. Mais l'inspiration, c'est-à-dire le trait de génie qui fait que tout d'un coup on touche juste, ça n'appartient qu'à Villepin, comme ça n'appartient qu'à Raphaël ou à Michel-Ange. Très sincèrement, c'est à lui que ce discours appartient.

— Tu partages sa vision du monde actuel ?

— Non, parce qu'on a une différence d'appréciation. On reste très proches, c'est quelqu'un pour lequel j'ai une affection et une reconnaissance immenses. J'adore le voir, discuter avec lui. Mais il y a un point sur lequel j'ai un désaccord, c'est sa vision du Sud global. Je ne crois pas au Sud global. Je pense que c'est une alliance d'intérêts bien compris, de personnes qui ne partagent absolument pas les mêmes enjeux stratégiques. Voir l'Inde et la Chine côte-à-côte, c'est totalement absurde. L'Inde veut devenir la première puissance mondiale et ne supporte pas la Chine. Faire front commun avec l'Amérique du Sud n'a aucun sens non plus, car New Delhi est en rivalité avec une partie du continent sud-américain. Ce global n'existe pas. J'en suis certain puisque je passe mon temps à voyager.

— Comment se fait-il que quelqu'un qui écrit des romans et vit avec une peintre, Pauline, ne quitte pas Bercy pour aller gagner beaucoup d'argent chez Lazare ou ailleurs ?

— Je ne suis pas un homme d'argent. C'est surprenant de la part d'un ministre des Finances de dire ça. J'essaye de suivre le mieux possible les comptes publics, mais à titre personnel, je ne suis pas un homme d'argent.

— Tu ne feras jamais d'argent ?

— J'estime que quand tu as de quoi vivre, te nourrir, te loger, te déplacer, t'occuper de ta famille, payer les études de tes enfants, ça suffit.

— D'où vient cet ascétisme ?

— Je ne sais pas, mais c'est un bon terme. J'aime bien une forme d'ascèse. J'ai une vie qui est assez ascétique dans son organisation, son calendrier. Je me couche tôt, je me lève tôt, je ne déroge quasiment jamais à cette règle. Je ne suis pas un homme d'argent. Évidemment, j'aimerais être un peu plus à l'aise, mais ce n'est pas grave, ça viendra le moment venu. Je ne gagnerai jamais des sommes considérables et je vis très bien avec ça. En revanche, je veux pouvoir regarder ce que j'ai fait, aussi bien du point de vue littéraire que politique, et que ça puisse m'inspirer un minimum de fierté.

— Qu'est-ce que tu penses de la nouvelle menace des agriculteurs de ne plus livrer à partir du printemps ?

— Il faut prendre cela très au sérieux. J'ai été trois ans ministre de l'Agriculture. J'ai un profond respect pour eux. Comme tu le sais, il y a des agriculteurs dans ma belle-famille, dans le Gers. Je connais très bien ce monde-là. Tous ces gens bossent comme des dingues, prennent très peu de congés et, à la fin du mois, n'ont pas grand-chose. Ça rejoint la situation de beaucoup de salariés, d'entrepreneurs, de patrons de PME. Dans le fond, c'est un modèle global de société qui est remis en cause. Les gens ne veulent plus payer pour ceux qui ne travaillent pas. Je rencontre beaucoup de patrons de PME industrielles qui me disent : « On aimerait bien manifester parce qu'on produit et on ne gagne pas assez, on est exactement comme les agriculteurs. » Il faut bien comprendre ce qui se passe : ce mouvement a le soutien de 90 % de la population française. Il y a un attachement culturel à la qualité des produits, aux terres, à la façon dont les paysages sont façonnés par notre agriculture, à une tradition française. Mais surtout, il existe un profond ras-le-bol de gens qui bossent et ne vivent pas assez bien. Ils finissent par avoir une haine de l'assistanat ou des tricheurs.

— Les Jeux Olympiques démarrent bientôt. Peut-on envisager de gagner de l'argent ou allons-nous tomber dans un gouffre sans fin comme à Montréal, à Athènes ou ailleurs ?

— La seule chose qu'il faut qu'on gagne, c'est la fierté collective. C'est le seul enjeu. On ne gagnera pas d'argent avec les Jeux Olympiques, mais on peut gagner de la fierté collective et ça a beaucoup de prix aujourd'hui. J'ai fondamentalement un esprit de combattant et d'optimiste. Je suis en combat perpétuel, quotidien, contre le pessimisme français, que je ne partage pas. Notre pays est merveilleux, c'est le pays le plus agréable à vivre. Très franchement, si j'abandonnais ma carrière de diplomate, je ne pourrais pas habiter à l'étranger.

— C'est ce que disait NKM et elle habite à New York maintenant…

— La différence entre elle et moi, c'est qu'elle est partie à New York et que je suis resté en France. Je suis dans une carrière française, je suis viscéralement attaché à mon pays. Et là où l'enjeu des Jeux Olympiques est considérable, c'est qu'en France les deux faces de la même pièce sont la détestation de soi et l'arrogance. Et, dans le fond, je préfère qu'on tombe du côté de la fierté, de l'arrogance et du succès collectif façon Coupe du Monde 1998, plutôt qu'on tombe du côté du pessimisme et du défaitisme.

— Quand Riner aura flingué tous les Japonais. Et Léon Marchand largué tous les nageurs américains, les Français vont applaudir. Nous sommes versatiles.

— C'est la versatilité totale. C'est une partie fondamentale de la psyché française : cette capacité à s'enthousiasmer sans limite devant un succès collectif. C'est la responsabilité politique de tendre ce miroir-là aux Français. Tout le combat politique, au-delà des questions techniques, consiste à porter une ambition française positive. C'est le cœur du combat politique aujourd'hui. Le vrai combat contre le Rassemblement national, c'est le combat contre la capitulation, le défaitisme.

— La présidentielle est une autre forme de Jeux Olympiques. Wauquiez, Le Maire, Attal, Philippe, Braun-Pivet : qui va l'emporter contre le Rassemblement national et Jean-Luc Mélenchon ?

— Au stade où on est, tout le monde participe aux Jeux Olympiques. Au moins pour les présidentielles. Il y a autant de candidats que de responsables politiques.

— Je m'adresse à Bruno Le Maire.

— Je pense d'abord à bien faire mon job aujourd'hui. Je ne suis pas dans la situation de certains autres qui sont dans l'opposition. Je suis depuis sept ans ministre de l'Économie et des Finances, ce qui n'est jamais arrivé sous la Ve République. Ma responsabilité, c'est de consolider l'économie, de rétablir progressivement les finances publiques et de rendre la France plus attractive pour les autres nations de la planète lorsqu'elles veulent placer leur argent. Nous avons réussi à le faire et c'est un exploit. De l'argent à travers la planète, il y en a beaucoup, je préfère qu'il vienne en France plutôt qu'ailleurs. Des ambitions, est-ce que j'en ai ? Oui, bien sûr, sinon je ne ferais pas ce métier. Mais ce sont des ambitions pour mon pays. Je considère que chacun est légitime à se présenter à des élections s'il le souhaite. Il n'y a qu'une seule personne qui fait le tri, c'est le peuple français.

— Est-ce que la prise du pouvoir façon Macron est le nouveau modèle ?

— J'aurais peut-être répondu différemment il y a dix ans. Il n'y a pas de modèle. Le seul modèle, c'est ce que tu ressens au plus profond de toi-même. Et quand tu commences à dévier de ce que tu ressens dans tes tripes, tu échoues. Pour l'instant, ce que je ressens au plus profond de moi-même, c'est que le job n'est pas fini. J'ai engagé un certain nombre de chantiers auxquels je suis très attaché, on vient d'en parler : les comptes publics, la simplification, la réindustrialisation. À un moment donné, tu sens que le travail est fait et tu peux passer à autre chose. Je n'en suis pas encore là.

— Est-ce que travailler, travailler, travailler sans cesse au même poste depuis des années, est la bonne façon de réaliser le hold-up de la présidentielle, comme a pu le faire Emmanuel Macron ? Est-ce que ça ne conduit pas à une sorte d'enlisement ?

— Il faut savoir se renouveler sans cesse. Et tu le fais, parce que tu as d'autres enjeux qui arrivent. Le fait de récupérer, par exemple, le périmètre de l'énergie, ça t'oblige à savoir comment ça fonctionne. Comment est-ce qu'on développe des parcs éoliens ? Qu'est-ce que l'énergie hydraulique ? Repenser certaines questions conduit à se renouveler. Autre point, le plus important : rien n'est pire qu'une personne dont on connaît tous les recoins. C'est totalement inintéressant.

— Les gens ne te connaissent pas ?

— Je pense que non. Tant mieux. Les très proches me connaissent, ma femme, mes enfants, certains amis. Mais il faut garder sa part de mystère. Tout dévoiler tout de suite, ça n'a aucun intérêt.

— François Hollande, d'une certaine façon, cachait son ambition.

— Je pense que tu ne gagnes pas une élection sans garder cette part d'inconnu, que tu réserves pour le moment où tu es candidat. Je me rappelle que j'ai gagné trois élections sur mon nom, dans un territoire du Rassemblement national, qui est la première circonscription de l'Eure. J'ai été élu pour une bonne raison : j'ai sillonné cette première circonscription en long, en large et en travers, je connais toutes les communes par cœur. Les électeurs de l'Eure me connaissaient. Le jour où je suis parti, la circonscription a immédiatement basculé en faveur du RN. Ma grande erreur entre 2012 et 2017 a été de vouloir me dévoiler tout de suite.

— Quels sont les secteurs humains du pays où nous sommes totalement à côté de la plaque ?

— Les deux métiers qui doivent être revalorisés, à mon sens, ce sont les métiers de création et les métiers de soin et d'accompagnement. On va avoir un vrai sujet si, dans notre société de plus en plus individualiste, on ne reconnaît pas davantage la valeur des personnes qui nous soignent et qu'on a de plus en plus de mal à recruter.

— Beaucoup de créateurs ne comprennent pas pourquoi le cinéma a un statut particulier, qui n'existe ni chez les écrivains, ni chez les danseurs, ni chez les peintres ?

— Je suis très attaché à ce qu'on garde une création vivante en France. Ça a un coût. C'est un bon investissement. On va trouver de l'argent au CNC. Mais garder un dispositif qui garantit qu'il y a encore un cinéma français, des réalisateurs français, c'est très précieux. Le contre-modèle absolu pour moi, c'est l'Italie. L'Italie a foutu en l'air son cinéma, qui est l'un des plus poétiques de la planète, en abandonnant des aides financières. C'est un drame. Je ne veux pas que ça arrive en France.

— Entre l'Italie qui est devenue un quasi-désert après Scola (n'oublions pas quand même Sorrentino, Moretti, Bellocchio, Rohrwacher, Garrone et les autres), et la France qui produit 300 films par an, il y a une marge…

— Qu'on produise trop, certainement.

— Même Catherine Deneuve le dit.

— Je n'ai pas beaucoup le temps d'aller au cinéma, donc je vois des films dans l'avion. J'ai regardé *Anatomie d'une chute*. Dieu sait que je n'ai pas apprécié les déclarations de la réalisatrice à Cannes. Mais c'est un film magnifique. J'ai regardé *Le Règne animal*. Je ne suis pourtant pas un grand fan de science-fiction. J'ai trouvé ça remarquable, le jeune acteur est éblouissant, Romain Duris ultra convaincant. Et je peux en citer comme ça des dizaines. Je pense à mon ami Antonin Baudry qui réalise en ce moment un nouveau film sur De Gaulle. Son *Chant du loup* était un film merveilleux. Je tiens beaucoup à ce qu'on garde ça. On pourrait être un peu plus économe, plus sélectif. Mais notre capacité de création est une des choses uniques qui nous différencie des autres pays du monde. Justine Triet vient de ce système.

— Et les écrivains, dont les droits d'auteur plafonnent entre 10 et 15 % ?

— C'est délirant. Ça n'a pas bougé depuis cent ans. La reconnaissance du créateur est pour moi un des grands défis du XXIe siècle. L'intelligence artificielle va faire tous les travaux répétitifs à notre place, elle va collecter, rassembler et traiter les données mieux que nous. Celui qui crée et qui invente, qui apporte de la curiosité, devrait être mieux rémunéré.

— Quel est le roman que tu aurais aimé écrire ?

— Je n'ai pas de chef-d'œuvre absolu. Ou bien j'en ai beaucoup trop. Mais je vais t'en citer un, qui n'est pas français : *Un artiste de la faim* de Kafka. Ce gars qui est enfermé dans une cage, qui maigrit, qui disparaît. Ce texte n'a pas un mot, pas une virgule en trop. Ses scènes sont toutes d'une puissance visuelle incroyable. C'est tout simplement extraordinaire !

— Et le poème ?

— Peter Handke, « Lorsque l'enfant était enfant ». C'est l'un des plus beaux poèmes que j'aie jamais lus. Je t'en lis un extrait : « Lorsque l'enfant était enfant, les baies tombaient dans sa main comme seules tombent des baies, les noix lui irritaient la langue et c'est toujours ainsi. Sur chaque montagne, il avait le désir d'une montagne encore plus haute, dans chaque ville le désir d'une ville plus grande encore et il en est toujours ainsi. Dans l'arbre, il tendait des bras vers les cerises, exalté comme aujourd'hui encore, il était intimidé par les inconnus et il l'est toujours. Il attendait la première neige et il l'attend toujours. Lorsque l'enfant était enfant, il a lancé un bâton contre un arbre, comme une lance, et elle y vibre toujours. » C'est sublime, ce texte.

Par son expérience, Bruno Le Maire est le personnage politique qui connaît le mieux l'État. Diplomate, directeur de cabinet, ministre de deux présidents, il a connu la députation, les Affaires européennes, l'Agriculture, l'Économie, le Covid, le « quoi qu'il en coûte », l'École normale supérieure, l'ENA. Il oscille sans cesse entre son épouse, ses quatre enfants, ses voyages incessants, ses livres remarqués, des beignes retentissantes et, pour l'UMP devenue LR, un passage à l'ennemi ! Le teint reste rosé, les balafres intériorisées. L'amoureux du chef d'orchestre Carlos Kleiber et du génial Horowitz sait, pour avoir lu Platon que « la plupart des hommes au pouvoir deviennent des méchants ». Le Maire a décidé que la citadelle de Bercy était son actuel paradis. Quant aux serpents qui rôdent en politique, les bas de plafond, les charismatiques, les récidivistes, les jeunes (hommes ou femmes), les modérés, les fachos, ils ne lui font dorénavant ni chaud ni froid. Il est persuadé qu'il va les battre. Un nuage passe.

Il était totalement opposé à la dissolution, expliquant au président et à son Premier ministre qu'il était certain, avec l'apport d'une trentaine de parlementaires LR, de faire passer le budget. Il s'est fait envoyer paître. Conversation éminemment surréaliste puisque ni lui, ni Gabriel Attal, n'auraient été au courant de l'explosion nucléaire.

Héritier d'Emmanuel Macron, même d'un point de vue plus que distancé, voire critique, reste une position extrêmement fragile pour qu'un avenir se dessine. Comme l'a écrit Anatole

France à propos de la Révolution : « Les Dieux ont soif. » Les Français aussi. Bruno, lorsque tu rencontreras comme souvent Robert de Niro lors de tes déplacements à New York, demande-lui quelques conseils « scorcesiens » en matière d'exécution.

Il faudra un jour que l'ange jésuite devienne exterminateur.

DANIEL COHN-BENDIT

Des barricades à LCI

Octobre 2018.

À la fin du mois d'août, Nicolas Hulot annonçait un matin, à la radio et à la surprise générale (et peut-être même à la sienne), qu'il démissionnait de son poste. J'ai vécu ça comme un grand moment comique, car au même moment, en direct, j'apprends la nouvelle à Marlène Schiappa sur Radio Classique, qui pense, soyons francs, que je me fous littéralement de sa gueule. *Que nenni*, Marlène !

Les regards se tournent vers Daniel Cohn-Bendit, soutien d'Emmanuel Macron lors de sa campagne présidentielle, qui fit savoir dès septembre qu'il n'intégrerait pas le gouvernement, laissant François de Rugy s'y installer. Mais la tempête Hulot n'est rien à côté de la tornade Mélenchon.

Nous sortons d'une semaine inouïe. Titre du film : *L'Invraisemblable perquisition.* Jean-Luc Mélenchon et Sophia Chikirou sont-ils de simples insoumis ou les répliques contemporaines de Jules Vallès et Rosa Luxembourg ? Jean-Luc Mélenchon, l'homme sacré, est-il victime d'une odieuse police politique au service du diabolique Macron ? Fait-il dans le génie en se filmant pendant la perquisition, comme l'a expliqué Madame Chikirou chez Ruth Elkrief ? J'adore sa phrase : « Pour me faire baisser les yeux il faudra me les crever. »

On dirait *Le Chien andalou* revu et corrigé par La France insoumise. Les flics ont plutôt l'air de penser qu'ils ont affaire – filons la métaphore cinématographique – aux *Bonnie et Clyde* de la facturation complexe.

Tous les partis politiques, tous les leaders sont passés par là. Il suffit de voir Sarkozy renvoyé en correctionnelle pour l'affaire Bygmalion. Mais avec certains dirigeants de LFI, un certain ton et une logorrhée certaine veulent faire croire que la révolte gronde, qu'un nouveau Mai 68 se prépare ! Dans ce domaine, les économistes ne servent pas à grand-chose. Les historiens sont trop sérieux. Et il est impossible d'interviewer Robespierre puisque même Stéphane Bern sait qu'il est mort… Et si j'allais voir un ex-vrai révolté du *Bounty* ? Daniel Cohn-Bendit, Dany le rouge, le vert, l'homme aux quatre mandats européens, le fils de militants antinazis souvent pourchassés qui fréquentèrent, à Paris comme en Allemagne, Hannah Arendt, Walter Benjamin, Bertolt Brecht et Bruno Bettelheim. Pas exactement le même monde que François Ruffin et Danièle Obono. Sauf que…

Nous sommes, là encore, au cœur d'un roman. Commençons par le début. Avant même que j'envisage d'écrire une ligne, je tombe sur un chauffeur de taxi complètement barge qui m'emmène vers le cimetière du Montparnasse. Le type me confie qu'il adore Cohn-Bendit : « Il sourit tout le temps, il adore le foot, ça me donne la patate ! Contrairement à Hulot qui a toujours fait la gueule. » Le Bébert au volant est inarrêtable. « Je suis un passionné de barbouille ! » Il sort de l'exposition Basquiat, disserte sur Céline et Bernard Buffet en traversant le XIVe arrondissement comme une sorte d'Ayrton Senna qui conduirait en lisant la Pléiade. Entendre la G7 évoquer Mai 68 et *Mort à crédit* prouve qu'il existe toujours un miracle français.

Aucun d'entre nous ne peut croiser Cohn-Bendit sans revenir à sa propre histoire. Passion ou détestation. Élève Durand, au parloir !

Aller à la rencontre d'un homme qui a bousillé vos études a un charme particulier. J'étais un bon petit gars appliqué dans un lycée peu révolutionnaire de Paris lorsqu'au carrefour des années soixante et soixante-dix, sont apparus, quasiment en même temps, Daniel Cohn-Bendit et les guitares électriques. Bonjour les dégâts ! Je suis passé brutalement des classes préparatoires aux pétards, à la chevelure Robert Plant et aux vestes en mouton. Merci Daniel !

Ce type, depuis soixante-treize ans, est un bâton de dynamite souriant. Comme le héros du *Théorème* de Pasolini, vous lui confiez une famille bourgeoise, la France – la France qui électrise Éric Zemmour – et, en un rire célèbre adressé à un CRS, il arrête le cours de l'histoire. Pavés, barricades, tout le monde dans la rue. À cette époque, même les marchands de tableaux mimèrent la colère. Mai 68 devint la Commune sans morts des baby-boomers. Et le général de Gaulle, notre légende, qui n'avait jamais entendu parler de Dany et encore moins écouté les Rolling Stones, se retrouva propulsé à la retraite sur la lande irlandaise par un juif allemand (et français depuis 2015), né à Montauban le 4 avril 1945, quelques mois après le débarquement de Normandie.

Des centaines de livres, des milliers d'articles, des dizaines de documentaires ont raconté cette histoire qui a enflammé Jean-Paul Sartre, puis déchaîné les critiques de Luc Ferry. Bizarrerie du destin, le seul qui s'en fout, c'est Daniel Cohn-Bendit lui-même. Je le retrouve assis sur un petit banc austère au rez-de-chaussée d'un très modeste hôtel écolo du XIVe arrondissement de Paris (90 euros la nuit). Cohn-Bendit passe dix jours par mois en France. Le reste du temps il vit à Francfort avec sa femme, Ingrid Apel.

Ce jour-là il faisait beau. Prémonition ultime : une barricade et des flics barraient Boulard Street comme dans un flash-back.

D'entrée, il est clair :

J'ai 73 ans, j'en aurai 74 pour les élections européennes et si j'étais ministre ou quoi que ce soit, j'approcherais les 80 ans. Je ne veux surtout pas qu'on demande « Pourquoi ce vieux schnock veut revenir ? » Je vais seulement participer à un comité de pilotage car il faut trouver des idées nouvelles comme l'extension du droit de *veto* français. Quand j'arrive dans des réunions ou des meetings de La République en marche, ils sont tous déprimés. Mais ils finissent par ressortir avec la banane. Finalement, mon rôle, c'est d'être la voix extérieure.

Cohn-Bendit a maintenant l'âge du gourou. Concentrez-vous, chers lecteurs, sur les dialogues car, dès la première gorgée de café, je le branche sur Jean-Luc Mélenchon.

Le mec est complètement déglingué… C'est Tartuffe, Ubu et les Marx Brothers mélangés. C'est l'héritier de Marchais qui a passé une partie de sa vie au Sénat. Dans les années soixante-dix ce n'était pas du tout mon monde. Il appartenait aux trotskystes les plus dingos de l'Alliance des jeunes pour le socialisme. Qui peut imaginer sérieusement Mélenchon président de la République ? Ce serait une véritable catastrophe.

Aux européennes de 2009, Daniel a obtenu un score jamais égalé par les écolos, supérieur à 16 %. Il reste convaincu, suivant la formule de Chirac, que la Terre brûle.

Si on n'arrive pas à inverser la tendance, la planète que nous laisserons à nos petits-enfants sera ultra-menaçante. Mais nous avons un problème démocratique, contrairement aux chinois autoritaires et ultra-pollueurs. Eux tentent une marche arrière dictatoriale alors que nous, les démocrates, nous n'arrivons pas à faire accepter aux gens un changement de comportement, l'abandon du diesel et du glyphosate qui sont de véritables catastrophes. L'impopularité actuelle de Macron, c'est moins son comportement que les propriétaires de diesel additionnés au monde paysan et à ceux qui s'inquiètent pour leur pouvoir d'achat.

Puisque nous refaisons l'histoire, que pense Dany du remplacement avorté d'Hulot ?

Nous sommes la dernière semaine d'août. Hulot démissionne un mercredi ou un jeudi. Je reçois un texto laconique de Macron : « Maintenant, il faut bouger. » Presque immédiatement, il envoie Goupil (cinéaste et copain inséparable de Daniel) pour me convoquer le vendredi à Paris. J'ai senti le truc tout de suite. N'ayant aucune envie de devenir ministre, mais connaissant nos liens d'amitié depuis un débat à la Sorbonne lorsqu'il était à l'Économie, je me suis dit : « Si tu vas à Paris, t'es cuit, il va te marabouter. » J'invente donc que je ne peux pas y être avant dimanche. Castaner et Griveaux s'en mêlent pour faire pression. La presse s'interroge. Mon portable est envahi de messages type Ariane Mnouchkine : « Vas-y Daniel, juste un an… Pour mes petits-enfants ! » Mais Macron, lui, a vite compris que la politique institutionnelle c'était terminé pour moi. Il m'a appelé dès le samedi pour qu'on trouve une porte de sortie et qu'on n'ait pas l'air de se faire la gueule. Il a trouvé l'argument tout simple : tu perdrais ta liberté. Ce serait ingérable puisque, dans des affaires comme celle de l'Aquarius, nous ne sommes absolument pas d'accord.

Avant de poursuivre sur la situation politique et économique actuelle qui est un peu explosive, je lui demande pourquoi il a refusé de mythifier son passé. Il pourrait être comme Delon, éternel témoin de lui-même et d'un monde perdu.

C'est très simple, c'est à la fois une question de tempérament et de métamorphose du jeune homme de Mai 68 en combattant de l'Europe. Les gens aiment la sincérité. Je n'ai jamais été un idéologue et dans l'aventure des idées, je peux piocher souvent à gauche, mais parfois à droite. Au Parlement européen, j'ai tout de même fait quatre mandats.

Sur Google et ailleurs, vous trouverez que Daniel a été un des plus présents sur toute cette période : 90 % du temps. Ce qui est rarissime chez les parlementaires à Strasbourg. Cohn-Bendit a cette phrase curieuse :

> Macron, c'est un spontex. Parfois personne n'y comprend plus rien, mais son tempérament c'est d'être Jupiter et les tontons flingueurs à la fois. Il croit profondément qu'il faut être cash. Il croit à la verticalité de De Gaulle ou de Mitterrand. Mais Macron n'est pas un aventurier émotionnel comme l'a été François Mitterrand et, à cause de son âge, il n'a rien à voir avec de Gaulle qui n'avait pas une femme de vingt ans de plus que lui dans son lit. Le grand problème de Macron, c'est qu'il déteste les béni-oui-oui mais, en même temps, il n'a confiance qu'en son cercle rapproché – ceux que la presse appelle avec mépris les « Mormons ». Et ça, c'est très dangereux ! L'enfermement.

Je le prends au mot. Wauquiez, Mélenchon et Le Pen pronostiquent une désintégration de la Macronie depuis l'affaire Benalla. Parfois même avant la fin du mandat.

> C'est n'importe quoi ! Que tu sois un vieux roublard comme Chirac, Mitterrand, Hollande ou Sarkozy, tu fais des tas d'erreurs à l'Élysée. Macron n'échappe pas à la règle, il fait des conneries. Mais il y a une énorme différence : Wauquiez n'a pas décollé, Marine Le Pen n'est plus crédible et Mélenchon… J'ai dit ce que j'en pensais. Les journalistes et les politiques sont très violents contre Macron parce qu'ils se sont tous trompés pendant la campagne, même s'il y a eu un incroyable concours de circonstances avec Fillon. Macron a deux qualités indéniables : il est le premier à avoir réussi à casser le rapport binaire gauche-droite et, malgré la fatigue et 550 jours au pouvoir, il est habité par une incroyable confiance en lui.

Daniel Cohn-Bendit prend sa respiration, marque une pause, lui qui n'a commandé ni verre d'eau ni café. Un jeune homme présent dans le petit hall de l'hôtel prête l'oreille.

Il sait qu'il ira jusqu'au bout, qu'il obtiendra les résultats escomptés.

Et puis cette phrase qui ne mérite pas la Pléiade mais qui veut bien dire ce qu'elle veut bien dire :

Il ne doute pas. Il fera un second mandat.

Malgré le chômage qui ne baisse pas ? Malgré les retraités en colère ? Malgré notre titre de champions d'Europe des impôts ?

Macron est parfaitement conscient de tout ça, mais il a 40 ans, il dort cinq heures par nuit et, contrairement à ses prédécesseurs, il n'a pas du tout renoncé à renverser la table. Même si les temps sont violents.

Je me jette sur le tutoiement. A-t-il pu parler avec le président de l'affaire Benalla ?

C'est d'une simplicité incroyable. Pendant toute la campagne, c'est l'homme à tout faire, dans le bon sens du terme. Il portait les valises, il organisait tout. Un lien d'affection s'était installé, d'où les sous-entendus les plus ignobles qui ont été écrits sur le trio avec Brigitte. À lire certains papiers, tu te demandais si Benalla n'avait pas une liaison avec l'un ou l'autre. Non seulement c'est totalement faux, mais Macron a découvert que ce mec avait totalement déconné. Comme il était en Australie et qu'il l'aimait bien, il n'a pas voulu l'enfoncer. C'est humain ! Le soir où j'ai décidé de ne pas être ministre, j'étais à l'Élysée, Brigitte est passée. On a discuté une heure et elle m'a dit : « Tu comprends, il nous aidait à garder un minimum de vie privée, pour aller au théâtre, au cinéma, déjeuner tranquillement avec une copine. » Il faut comprendre que le couple sortait de l'invraisemblable rumeur de la liaison d'Emmanuel Macron avec Mathieu Gallet, l'ancien président de Radio France, qui n'est pas du genre à rester longtemps sans mission. Des gens comme Mitterrand, Chirac, Sarkozy ou Hollande ont mis trente ans ou plus à devenir présidents de la République. Ils se sont préparés. Ils avaient des réseaux. Les Macron ont débarqué dans un univers qui leur était totalement étranger trois ans auparavant. Normal que ça tangue.

Dany n'a jamais négligé le sentimental. L'homme marié d'aujourd'hui, lorsqu'il était jeune, avait pour fantasme Jean Seberg qui lui téléphona en 1979 pour parler d'un projet de film avec les Palestiniens. Époque magnifique, époque de cintrés.

> Nous avions rendez-vous un mercredi, on l'a retrouvée morte dans le coffre d'une voiture le lundi ou le mardi d'avant. T'as essayé de te mettre dans un coffre ? C'est quand même curieux…

Daniel Cohn-Bendit, qui prépare un documentaire sur Israël et a réalisé avec Romain Goupil un film sur Macron, a souvent fréquenté les cinéastes.

> Je suis très copain avec Volker Schlöndorff et son ex-femme, Margarethe Von Trotta. Mais, surtout, j'ai une relation on ne peut plus émouvante et folle avec Jean-Luc Godard. Il m'a aimé, puis détesté, puis engueulé. En ce moment, c'est un homme très seul qui va mal, mais on s'est revus avec plaisir. J'ai le sentiment qu'il a de nouveau envie de discuter et d'être gentil avec quelques personnes. Je l'ai rencontré plusieurs fois à Rome et il semblait désolé de ne pas avoir rendu sa femme heureuse. « J'ai tout raté dans ma vie », m'a-t-il dit. C'est quand même bouleversant.

Notre hall d'hôtel devient émouvant comme une projection à la Cinémathèque qui verrait réapparaître le fantôme d'Orson Wells. Comme un remake d'*À la recherche du temps perdu*. Les artistes dans notre vie et notre mémoire prendraient définitivement le pas sur la politique. On tartine (moi le premier) à longueur de journées sur Sarkozy, Hollande, Macron, Wauquiez, Le Pen et Mélenchon, mais il n'en subsistera pas grand-chose. Alors que Godard le mystérieux reste et restera un des mythes incompréhensibles de la culture contemporaine. Je range mes questions. Je m'installe au premier rang d'un spectacle donné par le conteur Cohn-Bendit qui évoque la jalousie de Godard lorsqu'Anne Wiazemsky le quitte. Elle a écrit deux romans magnifiques sur cette période avant de s'éteindre, le 5 octobre 2017. Michel Hazanavicius en a adapté un, sous le titre *Le Redoutable*. Mais Cohn-Bendit, c'est tellement mieux. Il parle comme un roman impossible à interrompre.

En 1970, on a tourné *Vent d'est* en Italie. On était un groupe d'une trentaine. On voulait réaliser un film en assemblée générale. On était un peu barjots et malades. C'est là qu'Anne a quitté Jean-Luc pour Bernard, un copain, qui s'est suicidé après… Tout le groupe a décidé de ne pas tourner. On est allés à la plage. Jean-Luc est arrivé car il voulait retrouver Anne. Il m'en a reparlé il y a un mois, il m'a dit : « Dany, tu es le seul à être venu me voir et à me dire : ça suffit, elle est partie. » Il a une mémoire incroyable. Autre truc complètement dingue : je venais d'être élu député européen en 1994-1995, il sort *For Ever Mozart* sur la Bosnie. Un cinéma d'art et d'essai de Strasbourg me propose d'animer le débat d'une avant-première. J'accepte, évidemment. Après la projection, les gens disent qu'ils n'ont rien compris au film et engueulent Jean-Luc sur l'estrade. Je prends la parole : « Vous êtes fous ! Vous êtes en face d'un génie, l'un des plus grands du cinéma ! Peut-être n'avez-vous rien compris, mais on peut se parler autrement. C'est quand même lui qui a fait *À bout de souffle* ! » Et là il me dit : « *À bout de souffle* ? C'est le film le plus dégueulasse que j'aie réalisé. Si je le pouvais, je détruirais toutes les copies ! » Après ce débat, on va au resto avec les acteurs qui commencent à lui demander pourquoi les gens ne comprennent rien. Tout d'un coup, une actrice dit :

« Tu sais, Jean-Luc, nous non plus on n'a rien compris au film pendant tout le tournage. » Il demande alors : « Mais pourquoi vous ne m'en avez pas parlé ? » Elle répond : « Mais tu sais, on ne pouvait pas te parler. » Et là, il est imparable : « Et vous, vous m'avez demandé pourquoi j'allais mal ? » Puis, des larmes, des cris… Il s'est levé. Il est parti. On ne s'est plus parlé pendant dix ans. Son dernier film, à Cannes, il me l'a montré chez lui à Rolle, en Suisse, au bord du Lac Léman. Il y a des fulgurances incroyables et une réflexion sophistiquée sur le cinéma… Quand il dit « Je serai toujours du côté de ceux qui prennent des bombes », comment nier que ce type est fondamentalement émouvant ? Picasso, avec quelques autres, a déconstruit la peinture pour la rendre moderne et la sortir du classicisme. Godard s'est chargé à lui seul du cinéma. Qui peut le nier ?

Je ne m'étais jamais rendu compte que la rue Boulard aboutissait au cimetière du Montparnasse. Tout ce que vous venez de lire s'est déroulé en moins d'une heure. Gaieté, mort et nostalgie mélangées. Daniel Cohn-Bendit, exemplaire unique.

ÉLISABETH GUIGOU

Poutine déjà

En mars 2014 démarre ce qui va devenir la pire crise diplomatique avec Moscou depuis la chute de l'URSS : un referendum plébiscite le rattachement de la Crimée à la Russie, malgré la contestation de l'Ukraine et des Occidentaux. L'Europe redoute un embrasement de la région, opposant les séparatistes pro-russes aux Ukrainiens. Le conflit retient toute l'attention d'Élisabeth Guigou, ancienne garde des Sceaux et désormais présidente de la Commission des Affaires étrangères de l'Assemblée nationale.

Mardi soir, le 8 avril 2014, à la présidence de la commission des Affaires étrangères, 33 rue Saint-Dominique, Paris.

À 20 h 07, mardi dernier, en sortant du bureau d'Élisabeth Guigou, sur le trottoir, un irrépressible cri jaillit de mon âme fatiguée : « Halte à la mort ! » Car la diaphane Élisabeth s'anime au souvenir de nos chers disparus, de Mitterrand à Jack Kerouac, mais reste classique, mesurée lorsqu'elle évoque l'actualité.

Jusqu'à présent ça va, Manuel Valls a très bien réussi son discours de politique générale… Les élections européennes sont toujours difficiles pour une gauche émiettée.

Comprendre : la raclée n'est pas à exclure. Elle enchaîne :

> Le président est préservé par les institutions. On fera le bilan en 2017.

Au passage, elle se montre très chaleureuse à l'égard du francophile Martin Schulz qui va diriger la campagne des socialistes. Dame Élisabeth en a par-dessus la tête que l'opposition reproche à Hollande de ne pas être allé voir Poutine comme l'avait fait en 2008 Nicolas Sarkozy à propos de la Géorgie.

> Suffit la gesticulation, François parle à Poutine tous les deux jours et je viens de quitter Laurent Fabius qui devait téléphoner à John Kerry à 16 h 45 ! C'est la diplomatie européenne qui est inexistante ! On a promis n'importe quoi aux Ukrainiens en 2008, l'entrée dans l'Union et l'appartenance à l'Otan et depuis, on paye les pots cassés.

Et elle conclut :

> J'y suis allée deux fois ces dernières semaines. Ça peut déraper si les autorités de Kiev ne gardent pas leur sang-froid, mais je ne crois pas à la guerre civile car même les candidats russophones sont hostiles à toute forme de sécession.

Et notre présidente de Commission au joli tailleur bleu marine et à l'intense regard azur d'ajouter :

> Poutine ne cherche qu'à déstabiliser cette présidentielle.

Si on attaque le chapitre de son enfance, de ses parents, de sa ville de naissance (Marrakech, 6 août 1946), de Giscard (demi-mort) ou de Mitterrand (mort incontestablement au début de l'année 1996), ce n'est plus la même personne. Ses jolies mains se mettent à parler. On la sent délivrée de son rôle de femme responsable. Élisabeth Guigou représente une minorité fort rare : la pied-noire blonde cultivée ! Sa chevelure cendrée, quasi unique dans le Maroc « européen » des années cinquante, vient d'un grand père piémontais, *Quinto Flecchia* ! Quand elle évoque Marrakech où elle n'a plus rien, les fleurs, les parfums, le lycée Victor-Hugo, le jardin Majorelle, la toute petite entreprise de son père qui livrait des olives et des abricots, on la sent rajeunir.

> On n'avait pas d'argent, je lisais Françoise Sagan, puis très vite Faulkner, Henry Miller et toute la littérature américaine.

Élisabeth est très vite *on the road* ! D'abord, le papa, ancien combattant de Monte Cassino, qui trimbalait la famille en caravane, en passant le détroit de Gibraltar, pour aller voir ses clients au Portugal, en Espagne, en Italie. Jusqu'à Hambourg-la-détruite ! À 19 h 47 pétantes, les révélations s'enchaînent :

> J'ai connu le *Swinging London* ! En 1968, avec mon mari, nous avons passé trois mois aux États-Unis : New York, San Francisco, Big Sur, Berkeley, la route 66, Beatles, Stones et Keith Jarrett… En revanche, Goa ne m'a jamais attirée.

Je me transforme en chroniqueur politique pervers : « Et les pétards, la drogue ? » Elle ne botte pas en touche.

> Jamais, je déteste perdre le contrôle. J'ai écrit une thèse sur la Beat Generation à Montpellier. J'en ai un peu honte car ça été vite fait pour avoir le diplôme, mais j'en ai gardé un exemplaire.

À ce jour, elle reste la seule avec Philippe Séguin à avoir intégré l'ENA en préparant le concours à Aix-en-Provence !

> Mes parents ne voulaient pas m'envoyer à Paris pour faire Sciences Po à 17 ans.

Trop jeune, trop jolie ! Vadim aurait pu roder. Elle a récupéré, pour sa fonction, le bureau que Pierre Paulin avait dessiné pour Mitterrand. Très simple, célèbre, cuir bleu à liseré rouge. Tonton, comment l'oublier ? Des photos de lui sont là, sans ostentation. Elle se souvient qu'il l'a privée de ses trois jours de vacances du mois d'août pour la convoquer à Latche. Elle se souvient d'inénarrables gueuletons-promenades en 1988 autour du lac Chauvet avec Maurice Faure et l'ancien président. Elle se souvient probablement qu'elle l'aimait. Qu'elle était éblouie par son immense culture. Elle se souvient de Giscard car elle avait participé en 1992 à un meeting avec lui en Alsace.

> Il m'a quand même superbement ignorée ! Il aurait quand même pu dire bonjour. Mais je respecte beaucoup ses convictions européennes.

Ce livre commence avec Monique Lévi-Strauss et se termine par Aurore Clément. J'ai pourtant conscience que les femmes ne sont pas suffisamment représentées. Ce qui est curieux car, si je me réfère à toutes les années d'émissions littéraires de France 2 qui datent de l'époque, nous recevions, sans faire le moindre compte, aussi bien Annie Ernaux que Philippe Sollers, Virginie Despentes que David Foenkinos, Christine Angot que Michel Houellebecq, Marie Nimier que Philippe Djian… En France, la politique fut l'un des derniers bastions à résister à la parité. Nous n'avions ni Margaret Thatcher, ni Indira Gandhi. Huit présidents, huit hommes.

Dans la rue, hélant un taxi, je repense à ce visage. Élisabeth Guigou, comme Charlotte Rampling, aurait dû être photographiée à Londres par David Bailey.

GERARD LARCHER

Humaniste attentif

Lors de mon premier entretien avec Gérard Larcher, la France est encore bouleversée par les attentats de *Charlie Hebdo* et la prise d'otages de l'Hypercacher. Entourés par des chefs d'État venus du monde entier, les Français ont manifesté par millions contre la barbarie. Le président du Sénat, Gérard Larcher, est sous le choc.

Fin janvier 2015.

Comme le défunt Philippe Noiret, à qui il ressemble étrangement, Gérard Larcher est un acteur de plein air !

> Je suis né dans le monde rural et forestier, je sens les choses. Mon père, industriel dans le textile, est devenu un éleveur passionné à Flers, dans l'Orne. J'ai vite eu envie de devenir vétérinaire. J'ai eu comme instructeur à cheval un ancien de Saumur. Un sous-off autoritaire. J'ai gardé la devise du général L'Hotte, l'historique grand patron du Cadre noir et théoricien de l'équitation de manège : « En avant, calme et droit ! »

Ce sont d'ailleurs les vœux que le président Larcher a tweetés il y a dix jours. Morale fondamentale de ce protestant converti, né le 14 septembre 1949. Peu de gens savent que le jeune vétérinaire Larcher, vingt-cinq ans à l'époque, fut le médecin de l'équipe de France de jumping qui remporta la médaille d'or olympique à Montréal en 1976 avec Marcel Rozier, Hubert Parot, Michel Roche et Marc Roguet, les Beatles du canasson de haut vol. Le président du Sénat passe pour avoir une mémoire d'éléphant.

> Notre capitaine était un type invraisemblable : Jean d'Orgeix, grand cavalier, vainqueur de nombreux concours, mais aussi acteur, acrobate, cinéaste, champion du monde de voltige aérienne, guide de chasse en Afrique, auteur de nombreux livres.

L'histoire ajoute qu'Orgeix fut l'un des premiers militants du Front national. Enfant, le jeune Durand se souvient, sur le chemin de l'école, rue Camou, près de l'avenue Rapp, dans le VIIe arrondissement, qu'il n'était pas rare de croiser d'Orgeix, le crâne chauve, promenant sa panthère en plein Paris à 8 heures du matin ! Les chiens et les chats du voisinage pétaient de trouille. Moi aussi.

Ce soir-là, avant de pénétrer dans son bureau, deux semaines après les attentats de *Charlie Hebdo*, les gendarmes sont nombreux et les armes sont sorties. L'administration vérifie avec affabilité les papiers d'identité. Mon assistante et moi gelons. Dès le pas-de-porte effacé, nous plongeons dans une atmosphère de miel et de chaleur où nous attend un personnel républicain en grand uniforme noir. De la tapisserie, des escaliers grandioses et quelques meilleurs ouvriers de France reçoivent les représentants de nos territoires et du monde entier. On sent une France parisienne qui aime la province.

Le 7 janvier, il était assis derrière son bureau lorsqu'un membre de son cabinet lui a passé un mot, l'informant du drame de la rue Nicolas-Appert.

> J'ai été tout de suite là-bas, peu de temps après le président Hollande. Ça m'a rappelé l'atmosphère de Beyrouth en 1994, il y avait des sirènes et du bruit. Nous étions dans une sidération

silencieuse. Jeannette Bougrab pleurait sur l'épaule de Christiane Taubira. Le hasard est invraisemblable. Je tombe sur un médecin de la sécurité civile qui me dit qu'à l'intérieur c'est terrible... Puis il ajoute : « J'ai été le témoin du mariage de votre fille. » Encore plus inattendu... Celui qui protégeait Charb et qui a été assassiné était un copain de mon officier de sécurité. Une incroyable fraternité tragique s'est installée.

Larcher évoque Cabu qu'il avait reçu pour déjeuner. Le caricaturiste enfantin de soixante-seize ans l'avait croqué, entouré de deux molosses humains, en train de faire un jogging, inondé de sueur (après le malaise de Nicolas Sarkozy en 2009) avec ce titre hilarant : « Larcher prépare l'intérim ! » Il est vrai que le président du Sénat n'a pas l'air fasciné par la diététique, même si nous carburons, ce soir-là, à l'eau et au Coca Zéro.
Comment trouve-t-il l'attitude d'Hollande ?

Il a fait sa maille de la crise, comme disent les pêcheurs. Il s'est très bien comporté. Je lui ai dit ironiquement : « Vous pouvez remercier la Ve République, car si on était sous la VIe voulue par certains de vos amis, vous n'auriez pas pu faire grand-chose ! » De toute façon, l'économie va reprendre le dessus. Hollande a fait une campagne déconnectée des réalités financières, économiques et sociales. Il n'a aucun résultat.

Larcher martèle :

Zéro résultat ! D'ailleurs il devrait plus souvent lire *L'Opinion* pour sortir de la crise.

Est-il certain qu'il n'y a pas, au Sénat, des djihadistes planqués dans des emplois subalternes ?

Je n'ai jamais rencontré quelqu'un qui ne partage pas les valeurs de la République. On contrôle. Pour être embauché, il faut un casier judiciaire vierge.

Puisque nous abordons les questions qui fâchent, que répond-il à ceux (l'économiste Marc Touati) et à celles (Marine Le Pen) qui veulent supprimer le Sénat ? Il me regarde comme un sanglier.

Et pourquoi pas supprimer le Parlement pendant qu'on y est ? Je suis certain que les deux élus du Front national ici pensent exactement le contraire. Marine Le Pen, on ne peut pas dire qu'elle se soit illustrée ces derniers jours. Elle a raté le coche.

Avouons sans la torture. Malgré ma carte de presse n° 45713, je n'ai que rarement mis les pieds au Sénat. Le commun des mortels – une bande d'abrutis selon Michel Audiard – reste persuadé, à tort, que la haute assemblée n'est qu'un cénacle pour ripailleurs de la République. Larcher a vite perçu mon inexpérience sénatoriale. Durand prend une leçon.

Nos rapports, qu'ils s'agissent des autoroutes, d'Écomouv, des tests ADN, de l'encellulement personnel, des filières terroristes ou de la situation économique sont souvent les meilleurs rapports parlementaires. Valls en tient compte. Par son identité et son rythme d'élections, le Sénat est à l'abri de la réplique sismique qui caractérise les législatives depuis le quinquennat. Et puis, ici, nous sommes des indépendants forcenés.

Son fief fut Rambouillet, où il succéda à l'inénarrable Jacqueline Thome-Patenôtre qui, édile richissime de centre gauche à l'œil bleu clair, circulait en Cadillac !

Une femme incroyable. Une des premières femmes ministres. Elle croisa Léon Blum, Aristide Briand, Barthou. En 1983 elle m'a soutenu plutôt que le candidat socialiste.

La divine Jacqueline finit sa carrière au parlement européen en 1989. Décidément, Rambouillet peut-être un destin.

Matois, Larcher me rappelle qu'une grande partie de la presse parisienne ne le donnait pas favori.

Quitte à paraître présomptueux, je pense que j'aurais gagné de toute façon.

Ses opposants lui reconnaissent un humanisme attentif.

Avant de vous recevoir, j'étais avec les ambassadeurs de la ligue arabe. Le Sénat doit renouer avec l'Europe, Junker, Schütz et Berlin. J'ai prévu d'aller en Russie. Fillon a raison d'évoquer les changements d'alliance si l'on veut lutter efficacement contre le terrorisme.

Croit-il à un retour difficile pour Nicolas Sarkozy ?

Il faut qu'il retrouve ses marques. Pour l'instant, il s'est bien débrouillé, c'est pas facile. Et on ne peut pas me suspecter d'un sarkozisme béat. Depuis l'élection, il essaye de rassembler, je le mets à son crédit, il écoute, même si ça lui coûte [rire et sourire mélangés].

L'entretien touche à sa fin. Brutalement, le président Larcher me prend par la main et s'envole dans les escaliers, tel une mouette cravatée, pour me montrer une œuvre de Niki de Saint Phalle représentant la mosquée Sainte-Sophie d'Istanbul.

Gérard fan de Niki ! Qui l'eût cru ?

Octobre 2018.

Plus de trois ans nous séparent de notre premier rendez-vous. En octobre 2018, Gérard Larcher vient d'être élu président du Sénat pour la troisième fois. S'il a finalement appelé à voter pour Emmanuel Macron après la défection de François Fillon aux élections présidentielles de 2017, le troisième personnage de l'État discute âprement avec le président de la République du projet de révision de la Constitution.

L'œil vieillissant, mais précis comme un pèse-lettre, je pénètre dans le bureau de Gérard Larcher pour constater la disparition de quelques kilos présidentiels, malgré l'ébouriffante recette des tripes à la fertoise qu'il finira par me confier, avec ferveur, à l'issue de ces cinquante minutes de conversation politique. À soixante-neuf ans, Gérard Larcher garde le goût des recettes de l'enfance. C'est du Maïté pur jus : « Le meilleur des tripes, c'est un parfum donné par des morceaux de bois, des pommes de terre confites, une cuisson lente et un soupçon de Calvados. »

Le Sénat n'est pas l'empire du quinoa. Néanmoins, Gérard Larcher connaît bien Méluche l'insoumis.

> Mélenchon a été un bon ministre de la Formation professionnelle, mais il nous fait une petite prise de terre de temps en temps. Je l'aime beaucoup… bien qu'il soit insupportable. Comme président du Sénat, ce n'est pas moi qui suis sacré, mais la République. Je ne savais pas qu'il avait sombré dans une forme de déisme le concernant. Toute cette séquence est déraisonnable. Nous ne sommes pas dans un pays où l'État de droit est bafoué. Parfois, Mélenchon – qui n'est pas un homme sans qualité – est totalement incompréhensible. Nous avons été élus le même jour au palais du Luxembourg, en 1986, mais je trouve que j'ai mieux tourné que lui !

Ce jour-là, grâce au réchauffement climatique, régnait un temps de rêve. Les services du président sont dans un bâtiment construit pour Marie de Médicis qui n'inspire pas la vulgarité mais l'histoire. C'est la république version luxe, calme, volupté et poignards sous les tentures. Une sorte de Vatican républicain. L'huissier, qui m'apporte gentiment un café, est silencieux.

J'arrive à 16 heures après le président du Conseil national slovaque, Mister Danko. Et avant Michel Barnier, négociateur européen du Brexit. Deux urgences flottent. La bataille des territoires avec Macron et le risque de se faire pulvériser par les populistes aux européennes. Gérard Larcher est un homme qui frappe en souriant. Il sort d'un sérieux bras de fer avec le président de la République sur la diminution du nombre de sénateurs.

> Je lui ai pris l'exemple de la Polynésie : dans sa logique, il n'y aurait plus qu'un seul député et un seul sénateur, pour un territoire grand comme l'Europe. Absurde ! Allez aussi expliquer aux Néo-calédoniens, qui vont confirmer le 4 novembre leur attachement à la France, que l'on va baisser le nombre de leurs représentants. Impossible ! Je crois que le président a compris le message : il est inacceptable de supprimer des départements et pas question non plus d'accorder le scalp de 30 % de parlementaires français.

Xavier Bertrand s'agite, Wauquiez flingue Macron comme s'il était Clint Eastwood alors que Larcher fait du Lino Ventura en parcourant la France profonde qu'il cajole comme le vétérinaire qu'il fût. La mélopée est toujours la même :

> Ne vous inquiétez pas, chers élus de la droite et du centre, la famille se reconstituera. Soyons lucides ! Nous avons des jeunes talentueux. Valérie Pécresse [4,78 % aux présidentielles 2022…] appartient toujours aux Républicains. Bruno Retailleau collecte des idées pour un programme. Et si Xavier Bertrand n'est plus là, il reviendra lors des prochaines échéances et notamment pour la présidentielle.

Nous sommes face à face. Installés sur des fauteuils adjacents à son imposant bureau, à proximité de trois téléphones et d'une kyrielle de dossiers. Une photo de De Gaulle, juste avant son départ en Irlande, intimide. Je souligne que

Wauquiez a tendance à accélérer la cadence en pariant sur la désintégration de la Macronie et la médiocrité du remaniement. L'homme de Rambouillet sait rester calme :

> Lorsqu'on remplace les numéros 2 et 3 du gouvernement, les ministres de l'Agriculture, de la Culture, on n'est quand même pas dans la marginalité ! Moi, je ne suis pas dans l'affrontement systématique. Je constate que Macron se glisse avec bonheur dans les institutions de la Ve république qui le protègent. Mais il a besoin de mieux intégrer la séparation des pouvoirs, ce que je lui ai fait clairement comprendre lorsqu'il m'a téléphoné au moment de la commission d'enquête sur Benalla.

On imagine que vieux et jeunes tontons flingueurs se sont parlé cash. La commission d'enquête a bien eu lieu et fût d'une autre qualité que celle de l'Assemblée nationale. Vainqueur : Larcher. Costume bleu européen, chemise rayée, il s'inquiète :

> Sur les élections européennes, il ne peut pas y avoir une bataille entre le bien et le mal. Ça ne peut pas se résumer à un combat entre Macron et Salvini. En revanche, lorsque je lis que le président envisage l'extension du *veto* de la France au Conseil de sécurité à d'autres pays européens, notamment l'Allemagne, je reste interdit. Qu'on se consulte, qu'on parle, d'accord, mais il est hors de question de changer les traités, sinon les populistes vont s'engouffrer dans la brèche.

Il y a quelques années, Gérard Larcher a préfacé un beau livre, *Bestiaux*, avec photographies en majesté des animaux de la ferme, réalisées par Yann-Arthus Bertrand. Notre ami Gérard oscille entre l'amour des bêtes et l'énervement :

Les végans sont comme Mélenchon. Il faudrait qu'ils acceptent l'État de droit : toutes ces destructions de boucheries sont inacceptables. Bien sûr qu'il faut contrôler l'abattage industriel. Comme vétérinaire, je sais mieux que personne que l'animal souffre, mais ça ne le fait pas accéder à la pensée humaine ! Nous vivons ensemble depuis des millions d'années. Nous devons respecter ceux que nous avons domestiqués.

En sortant, je constate que toutes les chaises et les fauteuils Empire qui nous entourent sont tapissés d'un bestiaire souriant. J'étais assis sur un lapin pas très loin d'une oie, d'un coq et d'un renard. Chez Larcher, Ikea s'appelle Jean de La Fontaine.

> Regardez cette race de mon enfance, la Normande, elle est absolument exceptionnelle, liée au bocage et à ses traditions comme le Pont-l'Evêque ou le Livarot. Il n'y a qu'elle qui sache produire ces fromages fabuleux.

Notre hôte est finalement plus proche du libéral et réformateur Jérémy Bentham, précurseur du droit des animaux, que de Descartes qui ne faisait pas de différence entre une bête et une pierre. La vache que regarde et admire Larcher a presque une âme.

Mais il ne faut pas confondre le président du Sénat avec la béatitude Walt Disney. Comme opposant, comme gaulliste social, il envisage en souriant de coller progressivement quelques raclées à Macron pour les prochains rendez-vous électoraux. Pourtant, depuis l'Élysée, d'invisibles rumeurs l'envoient parfois jusqu'à Matignon. Solide comme un chêne, rustique d'apparence, Larcher engendre tout un imaginaire. Comme dans la fable, il se garde bien de vendre la peau de l'ours, mais constate que l'hémorragie de l'électorat de droite vers Macron est terminée. Après 534 jours à l'Élysée, on peut même constater un très net recul.

Sur le perron, Gérard Larcher me décoche un sourire à la Philippe Noiret. « Relisez "Le Lièvre et la tortue" : elle allait d'un "train de sénateur"... »

AVIS DE TEMPÊTE

Pourquoi me suis-je affranchi, dès les premières lignes de ce livre, de l'affaire Bygmalion, des mensonges de Cahuzac et autres gaités de la Ve République qui nous passionnent tant ? D'autres que moi l'ont fait et le font encore très bien. L'annonce totalement imprévisible d'un cancer de la mâchoire vous éloigne ordinairement du sordide qui est la quintessence de tous ces scandales. Ces règlements de compte programmés à chaque échéance électorale m'intéressent de moins en moins, voir plus du tout.

Quatre cent mille Français, de plus en plus jeunes, sont touchés chaque année par le cancer. La sublime soprano belge Jodie Devos a été emportée à trente-cinq ans par une tumeur au sein. Cent cinquante mille morts par an : trois fois le nombre d'Américains morts au Vietnam ! Et vous voudriez que je m'appesantisse sur les déclarations de Jérôme Lavrilleux ou la manière dont Roland Dumas a « refilé » l'affaire des diamants au *Canard Enchaîné* ?

Comme rescapé de cette guerre, je peux vous assurer que nous ne sommes ni informés ni suffisamment mobilisés pour aider un monde médical qui ne prétend pas à l'héroïsme mais reste en tout point exemplaire face à l'explosion des cas. Même si les guérisons se multiplient. Je ne suis pas médecin, je ne suis pas moraliste, je ne suis pas romancier, je reconnais que

Fritz Zorn a écrit avec *Mars* un livre déterminant et magnifique sur ce sujet, mais que je déteste au plus haut point. Ce fils de grands bourgeois suisses allemands, pourri par la culpabilité de classe, finit par nous faire croire que cette maladie atroce est d'une certaine manière, si l'on cherche bien, absolument méritée ! *Bande à part*, c'est ce qui m'est arrivé, comme à un demi-million de Français chaque année : le cancer.

Les nuits du malade peuvent être tragi-comiques. Souvenirs. C'était l'été, il y a un peu plus de trois ans.

En réanimation, la nuit n'existe pas. Tout clignote. Les infirmiers vérifient sans arrêt les perfs, les paramètres. Je sais et je sens que je suis drogué à mort. La morphine est mon amie. Je déteste cette sensation.

Tout le personnel est adorable. Un soir, j'ai essayé de tenir le coup en regardant France-Suisse, quart de finale éliminatoire du Championnat d'Europe, qu'on finira par perdre malgré un but phénoménal de Pogba. Un jeune Guadeloupéen s'est assis à côté de moi dans la pénombre, comme si j'étais son confident. Et lui un adolescent rieur et perdu. On menait 3-1. Je n'avais pas la force d'en placer une.

— Vous savez, Mr Durand, que je devrais être avec eux sur le terrain ! Deschamps, il me connaît bien. J'étais International cadet, puis junior au Havre. Avec des potes, on a connement braqué un magasin de fringues. Je m'en suis sorti mais plus personne n'a voulu de moi, ni en France ni à l'étranger, alors que j'avais déjà une bonne petite réputation comme milieu de terrain.

J'ai simplement posé ma main la moins perfusée sur la sienne avant de sombrer. Je ne connaîtrai le score du match que le lendemain.

La chimie cherche à flinguer ma colère par tous les moyens. Trois semaines s'écoulent. J'ai interdit toute visite.

Premier plateau repas. Sous une cloche en plastique, un poisson nage dans une sauce citronnée dégueulasse parsemée çà et là de câpres. Je ne sais pas très bien si la Sodexo tente, grâce à cette recette imparable, la réanimation du poisson, qui est indéniablement mort, ou la mienne. Magie de la gastronomie hospitalière : la purée qui accompagne le cousin non identifié du merlu sera ma seule bouchée. La première depuis des lustres.

J'ai beaucoup aimé, au milieu de tous ces tuyaux, mon premier contact avec le kiné. C'était le beau mec classique. Blouse blanche, tee-shirt branché, Nike impecs. Des cheveux charbon surmonte un sourire « je passe Noël à Marrakech ». Il me caresse la joue tendrement et trouve le moyen, au bout de trente secondes, alors que je vais probablement tenter de me jeter par la fenêtre, de me parler de son incurable jalousie. Adrien est au bord des larmes parce qu'il vient de découvrir des photos de sa nana sur Instagram en train de faire la fête à Saint-Trop'. Et de me montrer des photos et des photos de boîtes de nuit, dont je n'ai strictement rien à foutre, ce qui ne le perturbe pas une seule seconde. C'est moi qui meurs d'envie de crever mais c'est lui qui pleurniche. Pour calmer l'homme à vif et peu perméable à son malheur, il me promet bientôt une toilette intégrale dont il se chargera personnellement avec les infirmières. Au fond, c'est un homme charmant. Adrien est sur le point de me conseiller une sophrologue asiatique géniale, lorsqu'un bataillon de réanimateurs le fout à la porte en pénétrant sous ma tente de survivant.

Ils vérifient tout, parlent entre eux. Le chef est un frisotté à peine aimable qui vit avec la mort nuit et jour et m'assène des mots inattendus : « Vous devez connaître cette phrase de Nerval... » Il se prend subitement pour Luchini. « La mélancolie consiste à voir les choses comme elles sont. » Ils sortent ensuite, lui et sa troupe, mini-légion compacte et silencieuse de blouses blanches, inaptes au réconfort.

La morphine se dissipant, je me souvins brutalement être tombé quelques jours plus tôt, en ouvrant mon portable, sur un extrait d'America's Got Talent 2021. Sur scène, un ange à cheveux courts débarque. Une fille magnifique, extrêmement mince, bizarrement métissée alors qu'elle s'appelle Jane Marczewski. Tee-shirt et boots noirs, jean blanc déchiré. Une douceur, une beauté invraisemblables. Jamais je n'ai regardé The Voice et les concours de ce type à la télé, mais là, j'ai immédiatement mis le portable à l'horizontale pour suivre le dialogue entre Jane, la candidate, Simon Cowell, Heidi Klum et les deux autres jurés. Un dénommé Mandel lui demande comment elle va.

— Génial ! Je suis tellement heureuse d'être là. Mon nom est Jane, quand je chante je m'appelle Nightbirde. Je viens de Zanesville, dans l'Ohio. J'ai trente ans.

Les quatre crétins du show-biz comprennent qu'il se passe quelque chose de bizarre.

— Ton rêve, c'est d'être chanteuse ?

Elle leur décroche un sourire Bahamas sans répondre.

— Et que vas-tu nous interpréter ?

Les deux jurés masculins sont des faux jeunes branchés, tee-shirt pour l'un, veste cintrée et lunettes de couleur pour l'autre. Les mecs sont pleins de dents, sans une canine d'origine. Les deux filles sont bronzées, pleines de seins, pleines de cheveux. Ils et elles ne comprennent rien à ce qui va leur tomber sur la gueule : la beauté du malheur.

— Je vais vous interpréter une chanson que j'ai écrite, qui s'appelle « It's Ok ».

Et le chœur des crétins de renchérir :

— Et que raconte « It's Ok » ?

Jane raconte qu'elle est venue seule, qu'elle ne fait rien dans la vie. Et toujours souriante, elle ajoute qu'elle ne travaille pas parce qu'elle se bat contre un cancer.

— Oh, nous sommes désolés, répondent trois des quatre imbéciles. Le taulier, Simon Cowell, semble plus inquiet. Il est plus silencieux.

En fait, comme tous les mecs de télé, il se demande en temps réel si cette fille va lui plomber son show ou si, au contraire, elle va le faire exploser. Il attend. Il est sur la défensive.

— Tu vas bien ? demande le chauve à veste.

Jane est inouïe.

— Oui, je vais très bien !

Son sourire illumine l'ensemble du théâtre et du public plongé dans l'obscurité. Les gens sentent, comme moi, qu'il va se passer quelque chose de totalement inédit. Cowell qui est un pro et qui veut absolument reprendre la main, rajoute une petite cuillérée de sordide pour faire monter la sauce. C'est Tartuffe avec du gel.

— Je peux te poser une question ? Tu en es où, là, en ce moment ?

— La dernière fois que j'ai fait des analyses, j'avais un cancer des poumons, de la colonne vertébrale et du foie.

La salle est tétanisée et Jane semble de plus en plus belle. « It's Ok » est extrêmement court, bouleversant, avec un accompagnement très discret. La chute est brusque, le silence généralisé. L'espace d'un instant, je me sens plus ébranlé qu'en écoutant un trio imaginaire formé de Joni Mitchell, PJ Harvey et Kate Bush. Comme je suis seul dans mon pieu, je me repasse la scène une dizaine de fois. Jane, c'est atroce. Cette solitude. Ce courage. Ce talent pour rien. Si ce n'est pour morfler.

Un psychiatre m'a dit un jour qu'il fallait baisser les épaules pour traverser la vie. C'était un jésuite génial et défroqué qui habitait un rez-de-chaussée, rue de Naples : il s'appelait Pierre Roustang.

LAURENT FABIUS

L'Anglais ?

Le 30 septembre 2015, sous couvert de viser Daesh, la Russie lance une vaste campagne de bombardements aériens en Syrie, offrant ainsi son appui militaire au régime de Bachar al-Assad. Laurent Fabius, alors ministre des Affaires étrangères, s'est montré un diplomate engagé contre le dictateur syrien. Mais en l'absence d'Obama et de diplomatie européenne, on connaît le résultat. Bachar al-Assad est toujours dictateur à Damas. Et sa ravissante épouse continue à faire ses courses à Londres *via* Internet !

Avant de quitter son poste pour prendre la présidence du Conseil constitutionnel en 2016, Laurent Fabius aura eu le temps de diriger la Cop 21, marquée par la signature des Accords de Paris.

Lundi 19 octobre 2015, 17 h, dans son vaste bureau du 1er étage au Quai d'Orsay.

Il bruine sur les quais de Seine. J'ai rendez-vous avec le ministre des Affaires étrangères. La République offre parfois le mieux à ses brillants sujets, comme Laurent Fabius : Janson-de-Sailly, Louis-le-Grand, Normale Sup, agrégation de lettres modernes, Sciences Po, l'ENA. Laurent est premier partout depuis l'enfance. Lorsque je gravis les dernières marches pour accéder à son bureau, ma mémoire oublie délibérément les quelques ringards notables qui ont occupé ce poste tenu brillamment par Briand, Couve de Murville, Villepin, Védrine et autre Juppé. Sans oublier les écrivains diplomates : Chateaubriand, Gary, Claudel, Morand, Alexis Saint-Léger *alias* Saint-John Perse.

Lorsque l'huissier m'ouvre la porte, je tombe sur l'homme qui a été Premier ministre de la France à trente-sept ans en juillet 1984. La chemise et la pochette sont blanches, le pantalon anthracite, les Weston noires. Pour la veste, un magnifique camaïeu de gris et de bleu sombre, chef-d'œuvre de discrétion cachemirisée. Se souvient-il de ses premiers pas à Matignon ?

Je me souviens très bien ! François Mitterrand m'avait invité à l'Élysée pour un déjeuner comme ça arrivait de temps en temps, nous étions seuls. J'étais assez libre avec lui.

Il l'imite ou, mieux encore, il évoque son timbre à la fois vachard, sépulcral et mielleux, me donnant l'impression que le sphinx défunt est là avec nous.

— Vous savez que je m'apprête à changer de gouvernement, qu'est-ce que vous en pensez ?

— Euh… Je lis la presse, monsieur le président (le nom de Fabius est évoqué partout pour succéder à Mauroy). Je ne suis pas le mieux placé pour vous répondre.

Mitterrand insiste :

— Vous avez peut-être une idée, non ? [Long silence entre deux bouchées]. En tout cas, moi, j'ai une idée !

— Ah bon ? lui répond Fabius, faussement naïf. Et quelle est cette idée ?

— Écoutez, je crois que cette idée, c'est vous ! (Le chat Mitterrand doit intensément rigoler du jeu qu'il mène).

La souris cherche à en savoir plus, sans se démonter :

— Et c'est prévu pour quand ?

— C'est prévu cet après-midi ! Je vous appellerai.

Et Fabius de conclure ce sketch historique :

Il ne m'a jamais appelé ! J'ai officiellement appris la nouvelle par le secrétaire général de l'Élysée. Mais, vous savez, je suis plutôt meilleur aujourd'hui, moins enthousiaste qu'à l'époque, mais, sincèrement, je maîtrise mieux les choses. J'ai eu la chance extraordinaire de connaître et de pratiquer la plupart des postes importants de la République.

Ne pas avoir été président de la République ne vous manque pas ? Vous pourriez être à la place de Hollande…

Pas du tout. Je n'ai essayé qu'une fois, en 2006. Lors des primaires, qui ont été favorables à Ségolène Royal, les militants socialistes ont eu la grande sagesse de considérer que je n'avais pas la compétence pour occuper ces fonctions…

Il sait que je me marre intérieurement de cette absurdité de l'histoire, ce qui lui permet d'absorber une gorgée de son tilleul de 17 heures. Fabius est un Anglais qui vit en France. Comme Churchill, il a compris que le succès se construit sur de multiples échecs surmontés par l'humour.

Il ne faut pas écarter les gens qui ont connu des échecs.

Comme Sarkozy ?

Spontanément, je ne pensais pas à lui !

J'aborde le sujet qui fâche, puisque nous sommes au pays des rumeurs proustiennes. Sait-il que tout Paris parle d'une maladie le concernant ? Est-ce que ça l'indiffère ? Souplement, il élève un bras destiné à fixer mon regard.

Comme vous le voyez, j'ai un Parkinson très important ! Comme je le dis souvent : « Physiquement ça va, c'est intellectuellement que c'est plus difficile… »

Il a décidé de m'assassiner à la sauce ironique pimentée. Il ajoute :

Toutes ces rumeurs proviennent de la grosse grippe que j'ai eue il y a deux mois. Je fais 40 000 km par mois, mais je reste sur les horaires français. Les journées sont parfois longues, mais je suis en très bonne forme. C'est vrai qu'il m'arrive de dormir, certains disent à des moments où il ne faudrait pas [en juin 2014, il s'est endormi lors d'un discours du ministre algérien de l'Industrie]. Je leur réponds que certains font mieux en dormant que d'autres en restant éveillés !

Il insiste. Il est à la limite de la provocation pour quelqu'un qui défend les intérêts de la France dans le monde et va présider la COP 21 à partir du 30 novembre. Avec 3 000 journalistes, 20 000 délégués attendus, il s'agit de la plus grande conférence jamais organisée sur notre sol.

On dit parfois ça avant d'avoir un infarctus… Je touche du bois, ça va très bien. C'est aussi lié au fait que dans ma vie personnelle je suis très heureux. J'ai la chance d'avoir une personne que j'aime et qui m'aime [Marie-France Marchand-Baylet, directrice générale de la communication de l'Occitane, actionnaire majoritaire du groupe de *La Dépêche du Midi*].

Le bonheur alors. Comme François Hollande ?

Je ne me lance pas dans les affaires privées.

J'abandonne mon petit ton de Pierre Desproges taquinant Françoise Sagan et lui demande s'il pense que le régime d'Assad va enfin tomber.

Soyons clairs, jusqu'à présent l'intervention de la Russie et de l'Iran est faite pour le renforcer. L'essentiel des frappes est contre l'opposition syrienne modérée. Nous parlons et nous négocions avec tout le monde pour obtenir une solution politique, mais il va falloir qu'il parte. Si vous dites aux Syriens que leur avenir, c'est encore Bachar al-Assad, tout le monde va basculer dans le terrorisme.

Je remarque qu'à New York, quand on a appris la nature exacte des premières frappes russes, qui n'étaient pas destinée à Daesh, Laurent Fabius avait presque l'air en colère. Il répond avec une voix qui n'est plus du tout contaminée par la douceur du tilleul :

Je ne psychologise pas les choses. Bachar al-Assad est responsable de 250 000 morts depuis trois ans et demi. Or, au début du Printemps arabe, il n'y avait qu'une petite dizaine de manifestants. C'est lui qui a tout fait dégénérer. C'est lui qui est responsable de tout. J'en parle avec les Russes, les Américains, les Arabes, les Iraniens : nous devons trouver une solution politique.

Je lui fais remarquer que François Fillon, Dominique de Villepin et Hubert Védrine souhaiteraient une alliance plus marquée avec les Russes. Je retrouve immédiatement le cacique de Normale Sup, le premier du concours. Il leur répond en citant successivement Shakespeare, Danton et Clemenceau. Fabius, haute voltige, en live :

Shakespeare dans *Le Marchand de Venise* : « S'il était aussi facile de faire que de dire ce qu'il faut faire, les chaumières seraient des palais. » Danton : « Il parle et il croit qu'il agit. » Clemenceau, face à un de ses opposants au Parlement : « Vous savez tout, et rien d'autre. » Trêve de citations, je reconnais qu'il y a des nuances, mais je me suis fait comme religion de ne plus commenter la politique intérieure. Et, d'ailleurs, je rends hommage à l'opposition qui, bon an mal an, soutient la politique étrangère française. Soyons encore plus clairs : je m'entends très bien avec François Hollande. Nous avons les mêmes intuitions et nos collaborateurs travaillent très bien ensemble.

Pourquoi Fabius, l'européen convaincu, a-t-il appelé à voter non en 2005 ? La réponse fuse :

Parce que les textes n'étaient pas bons. Aujourd'hui, je crains l'issue du référendum anglais et, concernant l'accession possible du Front national en PACA et dans le Nord, je constate qu'à l'étranger, on me demande : « Mais qu'est-ce qui arrive à la France ? » Peut-être un déficit d'explication. Tous les petits entrepreneurs qui s'apprêtent à voter Front national doivent savoir que la dette va s'alourdir et les taux d'intérêts s'envoler de 25 %. On n'est plus dans le rationnel. J'ai maintenant la charge du tourisme, secteur fantastique. Un milliard de personnes circulent dans le monde. Deux milliards dans quinze ans. C'est 7,5 % du PIB, ça va être assez difficile de faire venir les touristes étrangers chez nous si vous commencez par leur dire que ces mêmes étrangers doivent être foutus dehors.

Nous serions donc candidats à une certaine forme de suicide ? J'ai à peine bu une gorgée de café froid qu'il enchaîne :

Je vais vous raconter une anecdote marquante. Il y a plusieurs mois, j'ai reçu tous les dirigeants de partis, et notamment Marine Le Pen, qui était assise dans le canapé rouge face à nous. Je lui ai dit que son programme de sortie de l'euro était absurde et ne tenait pas debout. Je lui ai même dit : « Madame Le Pen, c'est comme si vous étiez dans un avion et que vous décidiez de sauter sans parachute. » Vous savez ce qu'elle m'a répondu ?

Il me regarde fixement.

Elle m'a répondu : « Et pourquoi pas ? » J'aurais dû faire venir la presse.

Dernier sujet qui fâche, on lit partout qu'après la COP 21, Laurent Faubius aurait convenu avec François Hollande de partir pour présider le Conseil constitutionnel :

Je lis ça dans les gazettes, mais je suis très bien ici. J'ai un travail et une fonction magnifiques. Je suis très bien dans un domaine qui est approuvé par les Français.

J'insiste lourdement. Est-il partant ou pas ?

On se connaît suffisamment, Guillaume ! Ne me faites pas « Belle marquise, d'amour mourir vos beaux yeux me font ». Je ne peux pas empêcher les gazettes de gazetter ! Mais il est vrai que depuis l'extension de ma fonction, mon poste intéresse beaucoup de monde…

Sous-entendu : Lang, Royal, Guigou, Védrine.

Tout n'est pas réglé, mais le sommet sur le climat a été très bien préparé. Plus de 150 pays (sur 195) ont rendu leurs propositions et leurs engagements, il nous reste beaucoup de travail, beaucoup de négociations, mais ce ne sera pas comme l'échec de Copenhague en 2009 où les sommités mondiales sont arrivées au dernier moment pour n'arriver à rien.

À presque 18 heures, on sent que le monde l'attend et qu'un huissier va pousser diplomatiquement Durand à retrouver l'air frais. Laurent Fabius ne se départit pas de son humour, notamment en regardant mes pompes avachies de simili-smoking.

Ils sont bien, vos chaussons !

Je tente une dernière fois de le déstabiliser. Se souvient-il de son sujet d'oral à Normale Sup ?

Parfaitement ! Mon examinateur était Michel Serres, qui est resté un ami. Ça s'est plutôt bien passé (il ne veut évidemment pas dire qu'il a eu 25/20). Le sujet de philo était « Le héros ».

FRANÇOIS BAYROU

Cyrano à Pau

Le début de l'année 20017 est marqué par l'actualité internationale avec l'élection de Donald Trump aux États-Unis. En France, la campagne présidentielle a pris une tournure inattendue avec, d'une part, les révélations du *Canard Enchaîné* le 25 janvier qui déclenchent l'affaire Fillon et, d'autre part, le soutien du MoDem à La République en marche.

Mercredi, 11 h 30, au siège du MoDem,
133 bis rue de l'Université, à Paris.

Ici Londres ! Enclave dans le VIIe arrondissement de Paris. Le siège du MoDem est au troisième étage d'une ancienne imprimerie, au bout d'une allée. À l'extérieur, les briques sont repeintes en blanc. Dépaysement quasi british : nous sommes à South Kensington ou à Mayfair. Très chic. Cour intérieure avec table en bois pour l'été. À la limite du cottage bio ! Vue sur des jardins. Tout le bloc d'immeubles appartient au MoDem qui sous-loue deux étages. Dans un bureau sobre avec table en verre et bibliothèque noire garnie, l'ami François m'attend.

Dans le bureau surchauffé, il tombe la veste et ouvre une fenêtre. Sa chemise en oxford bleu est impeccable. Cravate de rigueur. Lui est-il déjà arrivé de craindre pour sa santé ? Après tout, la politique est un sport dangereux…

Jamais ! Je suis très amoureux de la vie. Je n'ai jamais pris le moindre somnifère, ni le moindre excitant. Il m'est arrivé de très peu dormir, mais je me drogue au kiwi-pamplemousse !

Nous savions depuis longtemps qu'il était l'anti-punk. Adepte de la messe le matin à Pau, et moi, parfois, de celle de Saint-Pierre-de-Chaillot le dimanche soir. Ça le surprend.

Je n'aurais jamais cru ! Vous allez vraiment à la messe ?

Ses ennemis le décrivent comme le spectre du début d'*Hamlet*. François Bayrou, lui, jubile sans sourire.

En cinq jours, les intentions de votes pour Emmanuel Macron ont pris six points. Deux tiers des Français retrouvent confiance.

Sans le dire, il s'attribue une partie de ce retournement, après la colère déclenchée par le voyage d'Alger du leader d'En Marche ! Sur le visage de ce général de mousquetaires béarnais se lit une évidence : il a trouvé son d'Artagnan ! Levons des mystères.

Mercredi dernier, je lui ai téléphoné deux heures avant mon intervention, ici même, dans mon bureau, pour le prévenir. Mais rien avant, parce qu'il fallait que nous demeurions libres tous les deux. Il fallait aussi garantir l'effet de surprise.

Le patron du MoDem ne veut pas entendre parler de ralliement et évoque une alliance.

En août, après une première rencontre sur une étape du tour de France, à Pau, nous avons échangé des SMS fâchés. Vraiment fâchés. Je ne renie rien de ce que j'ai dit en septembre. Je prendrai toutes les précautions nécessaires pour éviter que la politique ne se dissolve dans les grands intérêts financiers.

Comprendre : nous ne sommes pas aux États-Unis, mais chez Henri IV. Emmanuel, en garde !

Huit jours avant ma déclaration, nous nous sommes vus.

Où ? Quand ? Comment ? Adorant *Les Trois Mousquetaires*, je me rue sur cette réincarnation du comte de Tréville. François Bayrou, lui, touche son rêve gaullien. Un « peu importe » théâtral m'impose un léger silence.

Je suis sûr de mon sens du secret et lui aussi. Nous ne dirons rien sur les circonstances précises de ce rendez-vous.

Mais alors de quoi a-t-il parlé avec celui qu'il critiquait il y a encore quelques jours ?

Sans évoquer la moindre alliance, j'ai défendu quatre urgences que tout le monde connaît maintenant. Des amis constitutionalistes travaillent en ce moment même sur la possibilité d'instaurer la proportionnelle dès le lendemain de la présidentielle pour les législatives de juin, mais ça paraît peu probable.

J'insiste lourdement. Pourquoi l'homme aux trois candidatures a-t-il adoubé d'Artagnan-Macron ? Il réfléchit. C'est après un long silence qu'il délivre sa vérité.

Y aller m'aurait fait plaisir, je suis sûr que le score aurait été honorable, mais ma candidature aurait fait baisser la sienne. D'ailleurs, vous ne pouvez pas savoir le nombre de responsables politiques importants de gauche et de droite qui m'ont encouragé à y aller pour, en fait, affaiblir Macron.

Des noms ! Le spectre se mue en sphynx et refuse de céder à la dénonciation, mais reconnaît que la situation l'a obligé à changer.

Se faire plaisir n'aurait eu aucun sens. Tout mon combat depuis des années est de repousser les extrêmes et de mettre fin à l'échec de la bipolarisation politique depuis cinquante ans. Je vais vous faire un aveu…

Je lui suggère, le connaissant, que l'on peut douter de cette version.

Vous auriez tort ! Je vais vous raconter une histoire que personne ne sait et qui explique ma position aujourd'hui. En 2007, au seuil de 23 % d'intentions de votes, un des leaders historiques de la gauche a failli basculer avec moi. S'il avait basculé, j'aurais pu gagner l'élection présidentielle. J'en ai à la fois le souvenir et le regret. Nous nous sommes vus trois fois, mais au dernier moment, il est resté dans le moule…

Encore une fois, je lui demande de dévoiler une identité. « Non ! » Je décide de ne pas me laisser faire et lui jette à la figure, brisant une atmosphère tranquille, le nom de Michel Rocard. Puis je l'observe. Sa bouche s'entrouvre, mais il refuse d'avouer ce qu'il m'a suggéré. J'en conclus, pour l'histoire, qu'il s'agit bien de Michel Rocard. C'est cet échec et ce souvenir amer qui ont forcé sa décision de la semaine dernière et qui va peut-être faire basculer la présidentielle.

On vit depuis la Ve république avec l'idée néfaste que le Parlement doit être aligné sur le président. Alors que tous nos voisins fonctionnent sur des coalitions qui seules permettent de réformer un pays.

Donc nous assistons à un meurtre ritualisé de la Ve République ?

Mais non ! Ce que je veux défendre, c'est le retour aux fondamentaux de la Ve République. Tout retour à la IVe est heureusement impossible, à cause du statut du président de la République qui bénéficie du droit de dissolution, du référendum et du 49-3.

Je me permets de signaler que Jean-Louis Borloo laisse pourtant entendre que ni le Front national ni En Marche ne peuvent envisager la moindre majorité parlementaire…

Borloo… Borloo…

Soudain, prudent, il ralentit...

Je le connais.

Il enchaîne pour ne pas délivrer le fond de sa pensée.

C'est aux Français d'être cohérents. S'ils élisent Emmanuel Macron, ils lui donneront une majorité.

Et si ce sont les Républicains qui remportent les législatives ?

N'oubliez pas qu'en 1988 François Mitterrand a été réélu avec une assemblée sans majorité. Mais nous n'aurons pas besoin de toutes ces références. La menace du Front national va obliger tout le monde à trouver un champ d'alliance minimum et c'est comme ça que la France va changer.

Né le 25 mai 1951, François Bayrou est agrégé de lettres classiques. À ce palmarès de jeunesse paysanne s'ajoute l'obtention, peu connue, d'un premier prix de diction au Conservatoire national de Bordeaux. Un peu comme dans *Le Discours d'un roi*, il fallait tuer le bègue au fort accent béarnais. Lors de cet entretien, celui qui s'adresse à moi n'a pas cherché ses mots. Même s'il horripile la droite sarko-filloniste, il est persuadé qu'il est l'incarnation d'un gaullisme qui aurait rencontré Cyrano. La politique est un théâtre moral.

C'est l'heure du rassemblement. Le programme de Fillon était incompatible avec la situation. On ne peut pas s'accorder autant de privilèges et demander des sacrifices aux gens. J'ai profondément cru à la candidature de Juppé. J'y voyais une voie de rassemblement. Les sarkozystes nous ont accablés de sarcasmes pour le discréditer quand je le soutenais, mais finalement qui a disparu de scène ? Nicolas Sarkozy.

Corinne Lepage, ancienne ministre de l'Environnement, prétend dans un livre que la secrétaire de François Bayrou a été payée avec des fonds provenant du Parlement européen… J'interroge Cyrano.

> Faux, totalement faux. Tous mes collaborateurs ont toujours été payés de manière transparente. Me concernant, tous les paiements ont été effectués par le MoDem. Même à temps partiel.

Finalement, François Bayrou est comme les gens qu'on voit trop. On finit par ne plus savoir qui ils sont. Les lectures définissent un homme. Le président du MoDem connaît par cœur le début de *La Diane française* de Louis Aragon, écrite pendant la guerre.

> « Mon pays devenait un grondement profond et sourd comme la mer quand elle approche des falaises… Mon pays arrivait dans la nuit, vers les régions où commence la lumière. »

Il est ensuite question de sanglots, de sang et de chants.

> « Alors la Diane Française sonna. »

François Bayrou est une maison de province. Il est aussi l'éternel disparu qui réapparaît. Il résiste depuis trente ans à Paris à la violence de la politique et aux quolibets des dîners en ville. N'en déplaise à ses ennemis, il est bien décidé à aider Emmanuel Macron à devenir président de la République. Ce sera le cas, et même deux fois de suite. De Gaulle, Mitterrand, Chirac et Macron. Certaines rumeurs propulsent les Pyrénées à Matignon un jour...

MANUEL VALLS

La vie est-elle belle ?

Octobre 2017.

Après avoir été ministre de l'Intérieur, puis Premier ministre sous François Hollande, candidat malheureux à la primaire socialiste de 2017 (il a été le seul Premier ministre de la Ve République à se présenter à la place du président sortant), le député Manuel Valls regarde vers sa terre natale. Depuis des mois, la Catalogne est le théâtre de nombreuses tensions et manifestations dans le but d'obtenir le statut d'indépendance. Tout début octobre 2017, la tenue d'un référendum est annoncée, en dépit de son interdiction par la justice espagnole. En 2018, Manuel Valls sera même candidat à la mairie de Barcelone où il obtiendra un poste de conseiller municipal.

La gauche sociétale d'aujourd'hui ne lui ressemble pas. LFI encore moins. À soixante-deux ans, il en paraît dix de moins, mais toutes les portes se sont fermées, sauf celle de l'amour avec Susana Gallardo Torrededia, riche héritière qu'il épousera le 14 septembre 2019.

On m'avait annoncé un grand blessé dépressif, un Roi Lear catalan, abandonné de tous. J'ai bien été obligé de constater que Manuel Valls n'avait rien perdu de sa niaque lorsqu'il m'a serré la main à 16 h 53 : « Ça doit te faire un drôle d'effet de venir par ici ! » Sous-entendu : l'Avenue d'Iéna débarque, contrainte, dans le XIe.

Valls tutoie, mais sait parfaitement que parfois le *tu* tue. En tout cas affaiblit. L'endroit est sympa. On se croirait à Brooklyn-sur-Seine, un restaurant-café sous une grande verrière avec des types qui tapotent sur des ordinateurs et des filles qui tapotent sur leurs portables. Ou l'inverse. La clientèle a entre trente et quarante ans : « C'est un peu le QG d'Anne » [Anne Gravoin, son ex-épouse, violoniste à succès]. Le tube local reste le parmentier de canard, à consommer sans modération car, pour la conversation, c'est complexe : sous la verrière règne un bruit de fond digne de la gare Saint-Lazare. J'ai pris un Coca Zéro, lui un Perrier rondelle.

L'Espagne menace d'imploser et le terrorisme est partout. Blazer bleu, chemise blanche, Valls arbore désormais sa légendaire petite barbe entre le duc de Guise et Philippe IV d'Espagne : « Je la laisse pousser pendant les vacances, mais cette fois-ci, Anne m'a demandé de la garder. Je vois que tu t'intéresses aux sujets importants. » Et vlan, deuxième beigne.

C'est la mode actuellement chez les politiques de flinguer le journaleux. Pour Wauquiez, je suis un agent de Macron. Pour Macron, je suis un microcéphale. Et pour nos amis de La France insoumise, je ne suis qu'un minable supplétif de la finance. Manuel Valls, si vous le prenez tel qu'il est, c'est-à-dire un grand lecteur de Zweig, de Tolstoï, de Koestler ou d'Orwell, a le grand mérite de croire à la beauté. Et à la peinture, symptôme majeur de toute civilisation. Art que pratiquait son père, Xavier, grand rival d'Antoni Tapies, au pinacle des artistes catalans. « Pour moi, la filiation vitale, c'est Velasquez, Goya, Manet et Picasso. » C'est peut-être à ce titre qu'il exclut tout soutien à la scission catalane.

> La Catalogne fait partie de l'Espagne et inversement. Dissocier ces deux destins, c'est porter à la dislocation l'un des trois plus

vieux États-nations d'Europe, avec la Grande-Bretagne et la France. Vous imaginez la catastrophe européenne après le Brexit si l'Espagne implose ?

Il tente d'expliquer.

Les indépendantistes nous font croire à un destin qui n'existe pas. Il faut absolument reprendre le dialogue. En fait, tout vient du moment où le Conseil constitutionnel à Madrid a censuré le statut équilibré qui avait été voté en 2006. Depuis, la vie catalane est partie en vrille, et il ne faudrait pas substituer au bon sens la *rauxia*, le sang chaud.

Hypothèse farfelue : se voit-il en médiateur ? La réponse fuse : « Non ». Mais il sent le danger et la violence.

En à peine dix minutes, on touche l'essentiel de ce qu'il est : un tragique. Manuel Valls a les paupières d'un Modigliani, les oreilles du docteur Spock, le cheveu dru et noir d'un adolescent de 55 ans. Mais quand sa bouche se pince en accent circonflexe, quand sa carnation rougit, ce n'est pas l'angoisse qui frappe à sa porte, mais un excès de sérieux titillé par la colère. Comment a-t-il pu laisser s'échapper Macron et ne pas lâcher plus tôt Matignon pour mieux préparer une candidature présidentielle ?

On peut toujours tenter de réécrire cette période-là. Je démarre un livre, mais ce n'est pas le moment. Il faut du recul. Quand tu occupes ces fonctions, tu ne peux pas partir. Partir c'était déserter. Je ne pouvais pas laisser Cazeneuve, et d'une certaine manière François Hollande, seuls face aux problèmes posés par le terrorisme. Ce qui s'est passé à Marseille [deux jeunes filles massacrées au couteau] valide cette attitude. On a quand même vécu cinq années de violence rampante. Le matin du Bataclan, 13 novembre 2015, je confiais à l'un de vos journalistes, Stéphane Grand, craindre un attentat de grande envergure. À Matignon, hasard incroyable, on a même répété dans la matinée une simulation d'attentat. Et le soir vers 21 heures, tout explose. Drame absolu. J'étais chez moi, pas très loin d'ici.

Brutalement, il se tait, lui qui parle facilement. Notre conversation disparaît derrière le bruit de fond du restaurant. « J'ai mis du temps à sortir. C'était effrayant. Pire que tout ce que j'avais imaginé. » L'un des cafés qui a été mitraillé, La Belle équipe, se trouve à moins de cinquante mètres de l'endroit où nous réalisons cette interview. Tragique, disais-je. Valls n'est pas un naïf qui ignore et méprise les manœuvres. À propos de Macron :

> François Hollande a cru que le missile était pour moi alors qu'il était pour lui. Par élégance je m'abstiendrai de commenter les raisons de cet aveuglement. Sur le fond, c'est un échec politique dans sa relation avec les Français et surtout une absence de gestion des frondeurs du PS qui ont miné le quinquennat. Vous savez, en 2012, nous l'avons emporté grâce à l'anti-Sarkozisme. Mais nous sommes arrivés au pouvoir sans avoir réglé aucun des problèmes qui étaient posés depuis des années à la social-démocratie. Je ne pouvais pas, là où j'étais, résoudre toutes ces contradictions, incarner le dépassement, j'étais attaché au sol, à Matignon, à l'histoire du PS.

Au fond, ce que Valls veut dire c'est qu'on ne peut pas régler les problèmes de ligne politique quand on est au pouvoir. C'est trop tard. Quand on est au pouvoir, on gouverne et on assume. Même l'absurde :

> Je ne pouvais pas échapper à la primaire même si j'étais l'un des premiers à pronostiquer la mort du Parti socialiste. C'était un piège auquel je ne pouvais pas me dérober. Je suis allé au bout de cette histoire des socialistes. J'ai commis des erreurs, mais il faudra du temps pour l'introspection.

Pendant la campagne, les équipes de Macron l'ont clairement soupçonné d'être à l'origine d'un tas de rumeurs, de coups bas. En un quart de seconde, il se cabre d'indignation :

C'est insupportable d'entendre ça. C'est totalement faux, éloigné de ma pratique du pouvoir et salissant. C'est moi qui ai proposé le nom de Macron fin août 2014 pour qu'il devienne ministre de l'Économie. On ne peut pas nier une rivalité, mais aujourd'hui comme député et ancien Premier ministre, je soutiens sa politique, y compris sa réforme fiscale et sa vision de l'ISF. Président des riches, c'est une caricature. Il ne faut quand même pas oublier qu'avec sa victoire, en mai dernier, on a échappé à la droite dure et au populisme.

Mélenchon a donc tort ?

Mélenchon, profondément, c'est un populiste. Lors de son apparition face à Édouard Philippe durant L'Émission politique sur France 2, il a bizarrement tenté d'adoucir son propos, comme s'il lui fallait marquer une pause pour rester crédible.

Lors d'une remise de légion d'honneur à un ami, il a croisé Nicolas Sarkozy qui lui a confié que depuis longtemps, il ne lisait plus les journaux. À Matignon, Valls a été attaqué de toutes parts, comme une sorte d'antéchrist de la gauche. Sa méthode est la même que celle de l'ancien président : ne pas lire les livres qui le concernent, ne pas trop lire les journaux. En revanche, s'il réfute être accro à la presse, il confesse qu'il a regardé les journaux télévisés consacrés à Marseille ou à Las Vegas. Le tragique l'habite, le tragique l'attire. Valls est un petit-fils de *Guernica*.

En cinquante minutes de conversation, on peut seulement ressentir une impression. Manuel Valls n'est pas un confessionnal sur pattes. Il va, suivant la formule célèbre, « donner du temps au temps ». Et du temps à ses cinq enfants. « Je n'ai aucune envie de travailler dans le privé, je n'ai rien contre l'argent, moi qui n'ai pas d'argent. Je me suis battu à Évry presque au bord du vide pour éliminer les islamo-gauchistes. » Il n'est pas non plus un type qui croit aux amateurs ou aux générations spontanées dans la vie politique. Il admire plutôt les caïds du *come-back* : Clemenceau, Churchill, Mitterrand, ces grands maîtres de la traversée du désert. La politique est sa passion bizarre et absolue, lui qui, enfant, rangeait méticuleusement ses chaussons au pied de son lit. À travers la fameuse baie vitrée, j'aperçois un garde du corps qui marque la fin de l'entretien.

En 2024, où est-il ? Que fait-il ? Je l'ai rencontré pour la première fois lorsqu'il était responsable de la presse pour Lionel Jospin, bien avant Matignon. Le type était un peu raide. Des restes de militantisme avec Cambadélis à Tolbiac. Mais une mélodie et un humour se sont infiltrés en lui au fur et à mesure des années. Ne l'ai-je pas croisé un soir tragique pour dîner ? Le matin-même, j'apprenais que j'avais un cancer. Il me réconforta sincèrement.

Manuel Valls incarne parfaitement mes doutes concernant l'avenir de la Ve République et de ses dirigeants. Plus les années passent, plus elle envoie au bûcher des gens qu'on croyait inexpugnables de la scène politique. Manuel Valls ne parvient pas à se rétablir. Des wagons de ministres disparaissent dans la nuit et si l'on prend le cas, aujourd'hui, de Gabriel Attal, qui peut être certain que la dissolution ne l'a pas condamné ? Macron l'a tué et l'hypothèse d'un come-back à la Churchill est peu probable.

Comme me l'a dit, en hurlant de rire à la cantonade, le bouillant catalan, lors de ce fameux dîner : « Et pourtant, je suis prêt à travailler pour tout le monde. »

Second degré qui en cache évidemment un premier, derrière le rire ?

LAURENT WAUQUIEZ

Un carnassier de la politique

Octobre 2017.

Emmanuel Macron a entamé son second quinquennat en mai 2017 et, comme annoncé lors de sa campagne, certaines réformes, contestées ou non, arrivent à maturité. Le 23 septembre sont publiées notamment les ordonnances réformant le Code du travail. Laurent Wauquiez ne s'attarde pas sur le sujet, tout entier focalisé sur l'élection du nouveau président des LR prévue en décembre. Les sondages le donnent gagnant.

Bizarrement, en cette matinée d'automne régnait un ciel de Mexique près de l'esplanade des Invalides. Trois nuages. Un soleil éclatant. Pas le moindre canyon à l'horizon. Et pourtant un parfum de poudre imaginaire flotte dès que l'on entre dans le bureau de campagne archi-spartiate (une table, des chaises) de Laurent Wauquiez. Le seul objet de la pièce est un petit Lucky Luke posé sur une cheminée qui ne sert à rien. N'en déplaise aux cinéphiles et aux puristes qui vont me traiter de timbré, Wauquiez c'est ça : le sourire ravageur de Burt Lancaster dans *Vera Cruz*. Physiquement, il y a du western chez Wauquiez. L'homme a un côté *Règlements de comptes à O.K. Corral* version hauts plateaux d'Auvergne. La région qu'il préside. Ces derniers temps, il a blanchi.

Ce matin-là, son grand corps Chiraco-Eastwood porte un costume bleu, ni clair ni sombre, un ceinturon noir et une chemise blanche. L'inévitable parka rouge est au vestiaire. À son poignet de gaucher (les plus créatifs) trône une imposante montre de jogger et d'amoureux de la montagne.

Dans la vie, il n'y a jamais d'objet posé par hasard : pourquoi ce Lucky Luke ?

Laurent Wauquiez est un carnassier de la politique. Une sorte d'anti-Don Juan qui met un point d'honneur à déplaire à l'*establishment*. Dans sa génération, à droite, de Jean-Christophe Lagarde à Bruno Le Maire, de Valérie Pécresse à Xavier Bertrand en passant par Nathalie Kosciusko-Morizet, il insupporte tout le monde. Lui considère, je le cite, que « Bruno Le Maire et Thierry Solère ne sont que des Rastignac mous ».

Dès 2015, dans un portrait du *Monde* au vitriol, Laurent Wauquiez fut décrit comme le bad boy de la politique française. Même pas gêné !

> Dans *Bad Boy*, Will Smith domine un couple de flics qui démantèlent des truands. Je ne suis pas opposé à ce type de figure du héros qui franchit la ligne rouge à condition que ça soit pour le bien.

Dans l'art du XXe siècle, c'est le western qui a le mieux exprimé ce balancement : par-delà le bien et le mal. Ne croyez pas que Laurent soit simplement un amateur de navets (*Vera Cruz* est un chef-d'œuvre). Il est très loin d'être ce que les autres disent de lui. La semaine dernière, Valls exprimait son admiration pour Vélasquez et Goya. Wauquiez idolâtre lui aussi la peinture.

> Dans ma chambre, je collectionne des cartes postales et des reproductions de Memling, de Rubens, la délicatesse de la chair et les auteurs de BD de la ligne claire.

Revenons au duel dans la Sierra française sur le thème bien connu que je lui soumets : « Macron fait ce que la droite n'a jamais fait, qu'il s'agisse de l'ISF ou du Code du travail ? »

Il faut qu'il revienne sur Terre, Jupiter. Nous avons fait les retraites, la réforme de l'enseignement supérieur, le service minimum et la rupture conventionnelle. Donc, calmons les prétentieux. Au cas par cas, nous regarderons ce qui est proposé, mais, si je pensais un seul instant qu'Emmanuel Macron pouvait incarner la droite et le futur de la France, j'approuverais. Je vous le dis assez solennellement… Cette overdose de communication d'un type qui veut réformer la France sans les Français va nous amener directement au chaos. D'ailleurs, ça dérape tellement qu'ils organisent des séminaires gouvernementaux en urgence le dimanche.

Wauquiez peut devenir un poil sentencieux quand il pronostique la catastrophe.

Si les Républicains ne sont pas là, le choix se fera entre Mélenchon et les Lepenistes.

Et ça, le pistolero n'en veut pas.

Mon département est le seul où le FN recule, quant aux hiérarques du FN, je ne les vois pas et je n'ai aucune intention de les voir. Que les choses soient claires.

Et il ajoute :

Je connais par cœur la musique car on l'a déjà jouée à Nicolas Sarkozy. Pour décrédibiliser la droite, on clame tout haut que c'est l'extrême droite, et emballez c'est pesé, dans la sphère médiatique.

N'oublions pas le cursus universitaire hallucinant de celui qui fût secrétaire d'État et porte-parole du gouvernement en

2007, chargé de l'emploi en 2008, des affaires européennes en 2010 et de l'enseignement supérieur en 2011. Accrochez-vous, les cancres ! Il est entré 14e à Normal Sup' (Macron, sa cible, son ennemi : deux échecs), un très léger passage par Sciences Po, puis major de l'agrégation d'histoire et de l'ENA. Ajoutez une thèse sur *Les Mille et une Nuits* et la maîtrise de quelques langues européennes et de l'arabe… Je vous avoue que je n'ai pas vérifié sa fluidité linguistique ayant pour ma part échoué à HEC et rebroussé chemin sur le trajet de l'agrégation d'histoire pour ne pas rater un concert de Led Zeppelin.

Sans le moindre suspense, il sera président des Républicains fin décembre. On croirait une élection présidentielle en Algérie ou Chirac prenant la tête du RPR ! Sourire et dents du bonheur.

> Tout s'est réglé quand Valérie Pécresse et Xavier Bertrand ont renoncé car ils savaient pertinemment qu'ils n'étaient pas en position de gagner. Est-ce ma faute ?

Il ne s'attarde pas. Le vrai danger qui menace la politique et la France c'est le techno. Pire que les coups de feu dans la plaine.

> Je ne me suis jamais fait bouffer par Paris même si j'ai été élève à Henri IV et Louis-le-Grand. Je n'ai jamais pensé que les énarques étaient plus intelligents. Au contraire, la techno-structure, que je connais bien, est dangereuse. Et puis la Haute-Loire m'est passée à travers le corps. Je ressens ces territoires meurtris par la mondialisation et qui sombrent dans la misère et le communautarisme.

Il y a des lectures marquantes chez Wauquiez : *L'Étrange défaite* (1946) de Marc Bloch, *Les Confessions d'un enfant du siècle* (1836) de Musset ou le *Siddhartha* (1922) d'Hermann Hesse. Pourquoi ont-elles eu une résonance si profonde chez le jeune étudiant ? Laurent est un des innombrables enfants des grandes dynasties industrielles du Nord : les Mulliez, Toutlemonde, Arnault, Pollet, Agache, Tiberghien, Lepoutre et autres Bonduelle. Lui est un Motte par sa maman Éliane et un Wauquiez par son père Philippe. En 1960, les Motte régnaient sur trente et une usines du côté de Roubaix et Tourcoing et les Wauquiez dirigeaient des chantiers navals.

Et soudain… l'écroulement. Wauquiez fait faillite et les Motte s'effondrent face à la crise du textile et à la concurrence chinoise. Laurent l'agrégé connaît par cœur cette histoire industrielle qui a fait vaciller la gauche de François Mitterrand, de Pierre Mauroy vers Laurent Fabius.

> On ne peut pas comparer strictement les deux périodes, mais brader Alstom et STX à nos concurrents est quand même le marqueur de notre absurde lâcheté.

Vacillement, écroulement : Laurent Wauquiez n'est pas un théoricien du chaos, mais il le pressent. C'est ça, pour lui, le cœur de la politique : sentir l'avenir et la menace. Notamment la montagne de dettes qui règne encore aujourd'hui sur le monde. Plus qu'en 2007. Le corps est subitement tranquille et la phrase littéraire.

> Je décris l'abysse pour que vous n'y plongiez pas. J'ai cette vision pour tout reconstruire, comme De Gaulle ou Blair.

Puis, redevenu modeste (est-ce si sûr ?), il bouge pour dégainer le *Riot Gun*.

> Je crois que ma mission est de remettre le pays à l'endroit…

Globalement sa mère, sa grand-mère et son grand-père étaient peu favorables à son entrée en politique. Sa mère lui aurait dit : « Franchement, faire autant d'études pour frôler la prison comme tous les politiques, faut être malade ! » L'entourage a fini par accepter l'ambition du benjamin de l'Assemblée nationale à condition qu'il se sente investi par un combat.

> L'actuel pouvoir est une illusion totale. Je sais qu'Emmanuel Macron ne fera pas ce travail de redressement car il s'aime trop. Il s'aime tellement.

Pas un moment vous ne pourrez lui arracher un quart de phrase d'admiration pour la victoire macronienne de 2017. *Riot Gun again.*

> Il n'est de nulle part, c'est un non-lieu politique. Un peu le *Bel-Ami* de Maupassant prêt à oublier tous ceux qui l'ont construit et porté, mais sans résonance réelle avec le pays, autrement, jamais il ne parlerait de « fainéants » et de « bordel ». Parfois je suis d'accord avec des gens de gauche : Macron, c'est le mépris incarné !

Manière grandiloquente de se réapproprier le thème de la vengeance. En substance, il l'attend du côté du Rio Grande en 2022. En préparant l'entretien, j'ai désespérément cherché un papier flatteur le concernant. Il n'en a cure.

> Générer des anticorps est bon signe. J'aime Séguin, Pompidou, Pasqua. J'ai pris la décision de la liberté. Je ne cherche pas à plaire aux censeurs et à la presse. C'est un choix conscient.

Et dans un éternel sourire au bord du rire, Burt concède paradoxalement qu'il ne prend aucun plaisir à cette violence :

> C'est douloureux, mais il y a des limites à la mystification. On a quand même écrit n'importe quoi sur moi. Que je m'étais teint les cheveux en gris pour faire plus vieux (il propose un test

capillaire), que je n'avais jamais rencontré sœur Emmanuelle (il propose des photos et des témoignages de proches), que je passais ma vie avec Patrick Buisson alors que je l'ai rencontré une dizaine de fois (il ne propose rien).

Certains ont même prétendu qu'il n'était pas à l'enterrement de Jacques Barrot, son mentor.

J'étais au premier rang, placé par la famille (il propose le numéro de téléphone de la veuve pour vérifier), mais je n'ai jamais nié les différends qui nous ont opposés.

On est aussi venu le chercher sur sa retraite après quelques mois seulement passés au Conseil d'État.

J'ai tout de suite corrigé les choses car je sais trop bien que ces machines-là tuent. J'ai 42 ans. Mon job n'est pas d'être un professionnel de la politique, ça s'arrêtera un jour. Ne me demandez pas d'abandonner la haute fonction publique, c'est mon métier.

Il a beau aimer Sarkozy, son mentor, et la victoire de 2007, il est quand même conscient que la droite en France a explosé en plein vol à cause des affaires, alors que la dernière présidentielle lui était promise. Fillon attend son procès et Nicolas Sarkozy est depuis cinq jours clairement menacé.

L'acharnement va au-delà du raisonnable, Nicolas Sarkozy a tout mon soutien.

Inutile de vous dire que Laurent Wauquiez a déjà balancé au fin fond du canyon toute idée de primaires pour la présidentielle de 2022. Retour à un grand classique du western de la droite : celui qui tient le parti tient l'élection. Dans *Vera Cruz*, Burt Lancaster est un brigand attirant. Et Laurent le vorace, qui est-il ? Lui se voit « comme une force qui va ». *Hernani*, acte III, scène 2. En le quittant à 11 heures du matin, j'ai retrouvé le soleil dans la rue de l'Université. Putain, quel bonheur d'avoir raté les concours !

BERNARD CAZENEUVE

Costume croisé

Octobre 2017.

À la mi-septembre 2017, la première étape de la loi pour la moralisation de la vie publique est promulguée. Cette volonté de réforme fait écho au scandale politico-financier de 2013 lié à Jérôme Cahuzac, alors ministre délégué au Budget dans le gouvernement de Jean-Marc Ayrault. Après sa démission retentissante le 19 mars, c'est Bernard Cazeneuve qui le remplace. Il sera ensuite ministre de l'Intérieur dans le gouvernement de Manuel Valls (2014-2016) et enfin, Premier ministre nommé par François Hollande le 6 décembre 2016, jusqu'à l'élection présidentielle d'Emmanuel Macron.

Si le parc Monceau était de gauche (hypothèse absurde !), Bernard Cazeneuve serait son François Mauriac. Son livre, *Chaque jour compte*, retrace son passage de cent cinquante jours à Matignon. Curiosité supplémentaire chez ce lecteur des passions violentes de Thérèse Desqueyroux, le divin Bernard, costume croisé sombre et pochette impeccable, est en promo. C'est toujours bizarre de voir un homme qui a protégé les Français de la mort se livrer au même exercice que Julien Doré, Stéphane Bern ou Jean d'Ormesson !

Ça donne des moments surréalistes : Cazeneuve comme un personnage de Magritte chez Delahousse ! Le Proust du maintien de l'ordre au détour d'un portrait de *Libé*. Ou ce grand amateur de bœuf bourguignon avec la joyeuse bande de « C'est à vous » ! Toujours mesuré, toujours poli, toujours porteur d'un mystère sur ses intentions avec un self-control qui lui est propre : « Si vous vous effacez devant l'État, il vous galvanise. L'État vous rend ce que vous lui donnez. » Nous sommes assis dans une pièce qui donne sur la belle avenue de Messine, à Paris. Le soleil flatte les arbres d'automne. La célèbre galerie Maeght/Lelong qui a exposé Juan Miro, Francis Bacon et actuellement Pierre Alechinsky n'est pas loin. Bernard a tombé la veste mais gardé sa cravate. Il fait chaud.

Sur son bureau de style empire trône une monumentale collection de stylos à plume. Plusieurs dizaines. Il commence *moderato* :

> J'aurais été très confortable avec François Mitterrand et sa relation tellurique avec le pays. J'aime chez Mauriac ces passages où les sentiments s'emparent des souvenirs. Mon livre ne porte pas sur l'échec de la gauche au pouvoir, mais plutôt sur l'irresponsabilité des uns [les frondeurs] ou l'ambition démesurée des autres [Macron].

La politique serait-elle une littérature en action ?

> On trouve dans la politique tous les ingrédients paroxystiques de la littérature : des personnages incroyables, des psychologies dissimulées, des scènes de genre que j'ai notées sur un carnet ou des bouts de papier au fur et à mesure des mois. Mais ce qui constitue la littérature, c'est le regard porté sur les choses et les gens, et sa vérité. J'ai choisi les mots. Par exemple, nous avons été beaucoup trop complaisants [il pense à François Hollande mais ne mentionne pas son nom] à l'égard des frondeurs et la déchéance de nationalité a été une erreur politique. J'ai écrit un livre de foi dans la notion de respect, marqué par la nostalgie qui m'habite, celle des madeleines

de Proust, mais qui n'est pas simplement la restitution des sensations éprouvées. C'est d'abord et avant tout le tremplin d'une énergie vitale.

Le Paris politique s'interroge sur le mystère et les intentions réelles de Cazeneuve à l'égard du futur Parti socialiste. Là encore, il répond *moderato*, mais on n'est pas obligé de le croire : « Il faut qu'une nouvelle génération émerge et j'ai bien l'intention de les aider. » Pourrait-il être le François Mitterrand d'après la débâcle ? Je comprends vite que, même sous la torture, il ne dira rien. Au détour des pages, les portraits sont savoureux. Jean-Yves Le Drian, par exemple : « Je l'ai toujours entendu dire qu'après les élections, quoi qu'il arrive, il retournerait en Bretagne… » Pim, pam, poum, Le Drian est ministre de l'Europe et des Affaires étrangères. Curieuse retraite au pays du kouign-amann pour un socialiste qui travaille avec Édouard Philippe.

Pour Mélenchon, Cazeneuve s'éloigne de Proust et se rapproche de James Ellroy, le volcanique moraliste du polar.

> Mélenchon, c'est une outrance dans la violence et l'insulte. Il voudrait que la colère envahisse la société alors que l'espérance a toujours été le moteur de la gauche. Tous les électeurs de gauche ont intérêt à le comprendre. Il n'est pas le chef de l'opposition, il est le chef des faire-valoir de l'actuelle majorité : son récent faux débat à la télévision avec l'actuel Premier ministre en témoigne. Mélenchon est une impasse absolue.

Comme sa carrière, Bernard Cazeneuve est tout sauf une évidence. Attitude d'Anglais pour un pied-noir d'ascendance corse qui a passé son enfance à Senlis. Soyons francs : dans le Landerneau politique, personne n'aurait parié un centime en mai 2012 sur son ascension à Matignon en 2017. Chargé du budget et des affaires européennes, c'est au ministère de l'Intérieur qu'il a marqué le pays. Il en tire son souvenir le plus puissant, le 9 janvier 2015. Nous sommes après l'assaut dramatique de l'Hypercacher, en direct sur les chaînes d'info. La tragédie et la violence le disputent à l'indécence. Cazeneuve raconte :

> J'arrive face à une soixantaine de policiers masqués (RAID et BRI) cernés par les caméras. On sort d'une tension effrayante. Je ne vois que des yeux. Malgré les cagoules sombres, leurs regards percent, empreints de fierté, de larmes et d'émotion. C'est une intensité qui renvoie à la République. Tous ceux qui ont pu être sauvés l'ont été. Le terrorisme meurtrier a marqué tous les jours de ce quinquennat.

Et il ajoute car nous abordons la zone sensible :

> Sur ce sujet, comme sur l'intervention au Mali, François Hollande a été extrêmement courageux.

Le livre vous emmène en voyage : en Tunisie, en Algérie, à Jarnac sur les terres de François Mitterrand, ou auprès des arbres de Souzy-la-Briche, l'un des châteaux de l'État français. Au fil des pages, vous partagerez des promenades en forêt avec des amis comme dans un film de Claude Sautet. D'ailleurs, quand je lui demande bêtement quelle est son actrice préférée, il répond, en un demi-sourire extatique : « Romy Schneider ! » En revanche la balade en sous-bois avec Emmanuel Macron n'est pas pour demain…

> La politique n'a pas commencé avec lui et, contrairement à ce qu'il laisse parfois à penser, ses prédécesseurs n'ont pas été des rois fainéants. Dois-je rappeler que Nicolas Sarkozy a présidé l'Union européenne et sauvé l'euro ? Dois-je rappeler le pilotage de la crise grecque par François Hollande, Pierre Moscovici et lui-même à l'Élysée ? Dois-je rappeler la création de Frontex, transformée en agence européenne de garde-frontière

et de garde-côte ? Emmanuel Macron n'est pas arrivé dans un monde vierge. Le reconnaître serait élégant de sa part. J'ignore pourquoi il ne le fait pas.

Et Bernard Cazeneuve d'enfoncer le clou :

Que le président de la République veuille rénover la politique et lui donner de la jeunesse, je trouve ça formidable. Je ne reprendrais pas cette expression absurde de « Président des riches » car un président élu est forcément le président de tous les Français.

Mais, mais ? L'homme ménage son suspense.

Il suffit de décortiquer les récentes mesures fiscales pour voir à qui profitent la réforme de l'ISF et la *flat tax*, et qui est pénalisé par la CSG ! Il ne peut pas y avoir « ceux qui réussissent » et « ceux qui ne sont rien », sinon la société française va se fracturer.

Là réside encore son mystère. Est-ce qu'il s'agit d'une probité intellectuelle face à des journalistes défaillants et lèche-cul ? Ou est-ce qu'il y a, derrière ces mots acérés, une envie politique ? Le style Cazeneuve n'est pas l'aveu. Quand on lui parle de ceux qui considèrent que Macron est narcissique, il répond :

On ne peut pas seulement être dans une relation à soi-même parce que soi-même n'est pas l'essentiel. Ce qui fait notre désaccord, c'est la relation aux institutions, et ça, c'est essentiel. Par ailleurs, il y a un manque dans la relation aux autres qui est quand même un des fondements de la politique.

Et il poursuit en déposant une grenade dans le berceau de Wauquiez : « Je ne sais pas si Macron s'aime plus que Wauquiez s'aime lui-même. » Il y a du Séguin chez ce

Cazeneuve, pied-noir lointain, qui aime passionnément la France. Il y a aussi une certaine forme d'autodérision :

> J'aurai été le plus bref Premier ministre de la Ve, mais comme j'ai parfois le sentiment que nous sommes revenus à la IVe, je resterai l'un de ceux qui a passé le plus de temps à Matignon.

Et il sourit avec malice en évoquant les avocats de la VIe, de Mélenchon, l'omniprésent, à Montebourg, le disparu, sans oublier Benoît Hamon, le naufragé. Jolie vacherie : « La VIe République, c'est le désordre de la IVe sans les talents. » Et vlan ! Monsieur Cazeneuve peut avoir le sous-bois vengeur.

FRANÇOIS BAROIN

Magicien de lui-même

Novembre 2017.

Le 12 octobre 2017, l'astéroïde 2012TC4 est passé à un peu plus de cinquante-mille kilomètres de la Terre. C'est le premier astéroïde observé qui croisa notre planète deux fois de suite. François Baroin a gravité au plus près du pouvoir : ministre de l'Outre-mer, puis de l'Intérieur sous la présidence de Jacques Chirac, ministre de l'Économie sous celle de Nicolas Sarkozy. Certains attendaient l'ancien journaliste à l'Élysée. Il est resté maire de Troyes depuis 1995 et constitue un ailier droit assez efficace pour les matchs de foot amicaux.

Personne n'échappe au *Poids des apparences*, titre du livre du sociologue Jean-François Amadieu. Avec son physique à la Johnny Depp mâtiné de Laurent Delahousse, François Baroin est un des jolis irradiés de la dernière présidentielle thermonucléaire. Le garçon s'efface volontairement de la vie politique : « La tuyauterie des partis, j'ai donné, je n'ai plus envie. Je voterai pour la présidence des Républicains en décembre, mais sans dire pour qui. » À cinquante-deux ans, François Baroin souligne les valises sombres qu'il porte sous les yeux, mais garde le style « chemise blanche-costume bleu nuit » du type qui, depuis vingt-cinq ans, enchaîne les rendez-vous.

Magicien de lui-même : il disparaît sans disparaître. Et reconnaît son appartenance à ce qu'on appelle, bêtement, « l'ancien monde ».

Macron, comme François Hollande, je ne l'ai pas vu venir. En tout cas, je n'y ai pas cru. Ni à sa candidature, ni à sa victoire les premiers mois. Nous sortons d'une séquence ahurissante de l'histoire de France. Nous venons de vivre une présidentielle totalement pipée par les affaires et qui, sur le papier, était imperdable par la droite.

François Baroin n'est pas Jean-Paul Sartre mais, ce matin-là, soleil d'été radieux, il m'attend à la terrasse du Flore et me salue d'un « Comment ça va, mon vieux ? » qui signe mon déclin et une certaine forme de fraternité qui n'est pas feinte chez lui. Parmi les grands fauves de la politique nationale, il est le seul à ne pas avoir tué. Il vient de publier une *Histoire de France par les villes et les villages*. Un joli livre sur tout ce que la province recèle de secrets et d'évidences : l'art à Auvers-sur-Oise pour Van Gogh, Quiberon pour la plus ancienne scène de crime, la farce intellectuelle de Mai 68 à travers Strasbourg, la lutte perdue contre la pornographie à Tours. Une joie qu'il essaie de faire partager aux lecteurs à travers des chapitres et des intrigues, tout en restant élu et patron de l'Association des maires de France depuis novembre 2014. Vérités et légendes : avec François Baroin, nous y sommes en plein.

Avant d'enclencher le dictaphone de l'iPhone, nous quittons la terrasse des touristes et des frimeurs pour le premier étage des habitués. Au-dessus de notre banquette beige est exposée une gigantesque photo en noir et blanc de Frédéric Beigbeder et de sa bande : une quinzaine de quinquas de l'édition et des médias. Bien qu'enfant de la bourgeoisie et journaliste à ses débuts à Europe 1, François Baroin est à la fois l'exact contemporain et l'exact opposé de ces bourgeois-bohèmes que symbolise le talentueux Frédéric. La raison est simple : on ne peut pas jouer avec la vie comme ces apprentis Fitzgerald lorsque le tragique frappe à votre porte dès l'âge de vingt ans. En quelques semaines, François assiste à la mort de sa sœur, renversée par une voiture, et apprend celle de son père, le tout-puissant et romanesque Michel Baroin qui disparaît dans un étrange accident d'avion au Cameroun alors qu'il venait de quitter Denis Sassou-Nguesso, l'inamovible homme fort du Congo-Brazzaville. Nous étions le 5 février 1987. Le jeune François a choisi l'autre versant de l'angoisse : la rationalité.

> Je suis un hyperrationnel. Je connais tous les livres qui ont été faits, mais je veux m'en tenir aux rapports d'experts. Sinon tu peux déraper et totalement changer de vie. Toute cette histoire m'appartient et fait partie du cœur absolu de mon jardin secret.

Le qualifier d'éternel adolescent au seul prétexte que ses cheveux dansent encore abondamment au-dessus de son front serait une gigantesque connerie. Ne pas s'emparer du flingue ou du poignard ne veut pas dire qu'on ne l'a pas vu passer. L'occasion pour moi de lui demander des nouvelles du parrain de sa famille politique : Jacques Chirac.

> C'est compliqué, chacun connaît le mal qui le contraint. J'appartiens ouvertement au camp des discrets. Même si je trouve Macron extrêmement brillant, même si d'une certaine manière il est l'avenir de la droite, je n'aurais jamais pu trahir mon camp, celui de Chirac, celui de Sarkozy. C'est d'ailleurs une présidentielle de la trahison et du débauchage. Bayrou a sauvé Macron du déclin lors de la dernière ligne droite avant le premier tour. Et après, notre camp a enregistré défection sur défection lorsque François Fillon a commencé à commettre des erreurs dans sa défense. Là aussi, on est dans le jamais vu. L'histoire dira un jour quand se sont exactement noués les contacts entre Macron et ceux qui l'ont rejoint au gouvernement (Édouard Philippe, Bruno Le Maire, Gérald Darmanin).

Ayant vaguement enseigné l'histoire aux alentours de 1412, je saute sur mon interlocuteur pour qu'il nous raconte, lui qui était aux premières loges, ce qui s'est passé, dans les coulisses du fameux week-end du Trocadéro lorsque François Fillon s'est shooté aux lodens verts de Sens commun. François Baroin ne se planque pas.

> C'est un marché de dupes historique ! François Fillon stressait énormément avec l'annulation du Salon de l'agriculture. Dans l'état-major, on enregistrait les premiers départs, comme Solère et Stefanini. Je ne supporte pas les trahisons car je les ai déjà vécues avec Chirac en 1995. Ça me paraissait normal d'accompagner notre candidat jusqu'au bout.

Sur toutes les images du Trocadéro, on le voit juste derrière François Fillon en train de participer, muet, à une sorte de polar politique.

> En fait, les trois [Fillon, Sarkozy, Juppé] se sont parlé très tard. Vendredi soir, Sarkozy et Fillon se parlent, Sarkozy me dit : « On va se voir tous les trois lundi. » Nous sommes à un moment où l'on pense que Fillon va abandonner et que la manifestation va être annulée.

Suspense !

Or, Fillon me rappelle en me disant : « Je ne peux pas annuler la manifestation. Je te rappelle dès que j'ai pris une décision. » Sarkozy croit que Fillon va partir et m'en fait part… Mais à ce moment-là, Juppé et Sarkozy ne se sont pas parlé et moi je n'ai pas eu Alain. Ça se complique ! Juppé appelle Sarkozy le fameux samedi soir, sauf que c'est le match du PSG et que Sarkozy ne répond jamais au téléphone lors d'un match de Paris, même si c'est Carla. Ce qui énerve prodigieusement Juppé. Finalement, tout le monde convient de se voir lundi sur la base d'un rassemblement.

Et alors ?

Sarkozy est d'accord pour qu'on fasse un ticket Juppé en 1 et moi en 2 au nom de l'intérêt général. Et c'est sur cette base que je pars au Trocadéro soutenir François Fillon qui vit quand même un drame personnel terrible en direct sur toutes les chaînes d'info. Je suis au Trocadéro en étant persuadé qu'il va partir le soir même et qu'on écrira l'histoire le lendemain, sans lui. Et là tout bascule : face à la foule, Fillon, renforcé par l'idée qu'il a battu Juppé et Sarkozy à la primaire, trouve la force nécessaire. Cela étant, sa défense a été naïve, il était trop tard, il a commis beaucoup d'erreurs, résultat : Macron président.

Si, dans un délire, je devenais un dirigeant de droite, j'abandonnerais toute idée de rassemblement au Trocadéro qui a déjà porté une poisse terrible à Sarkozy en 2012… Dites-moi, Monsieur Baroin, vous n'avez pas eu une petite crise de paludisme en vous autoproclamant Premier ministre d'Emmanuel Macron lors de la campagne du second tour ?

Ça n'avait pas d'autre objectif que de tenter de gagner les législatives…

Et il ne vous a pas téléphoné ou contacté entre les deux tours en utilisant ce charme qu'on appelle la victoire ?

Monsieur Guillaume [il sourit], vous êtes trop journaliste. Je suis insensible à ce charme et au charme en général ! La politique est un vrai métier avec ses codes où l'efficacité prime. Ces grands animaux, je les connais par cœur, je les sens venir. Pour moi, ce sont des collègues de travail. Et Macron comme les autres, même si je l'ai vu récemment pendant 1 heure 30 avec plaisir, bien qu'il soit beaucoup trop centralisateur pour moi. La colère des territoires va être son problème majeur. Mais le donjuanisme, oubliez ! C'est vraiment un truc de journaliste. On s'est tout simplement fait voler la présidentielle par un de ces types ultra-brillants que la France de l'Inspection des finances produit à chaque génération. Macron a fait preuve d'un opportunisme et d'un sens stratégique hors-normes. Depuis quand se préparait-il en secret ? Là encore, l'histoire le dira.

Un bon journaliste se doit d'être un peu vulgaire et lourdingue. Je demande à Baroin comment vont ses trois enfants, Constance, Jules et Louis. A-t-il partagé avec Michèle Laroque, sa compagne, la décision de faire un pas de côté dans la vie politique ? Là, François le Troyen sort un petit calibre muni d'un silencieux.

Je ne vais jamais sur ce terrain-là.

Et il me balance une jolie flatterie au curare, témoignage de notre passé commun sur Europe 1.

Même si je t'adore !

Je me dois d'attaquer une dernière fois : Sarkozy est-il l'homme de l'ombre qui a flingué Fillon grâce au *Canard enchaîné* ?

La thèse Sarkozy est une faribole ! Je n'y crois pas une seule seconde. Il faut plutôt regarder du côté du pouvoir sortant car ce qui est bizarre dans cette affaire c'est moins *Le Canard enchaîné* que la décision du Parquet national financier d'ouvrir une enquête trois heures plus tard… Ça, c'est du jamais vu. On aurait pu s'en sortir si tout le monde était resté solidaire. Aujourd'hui, j'adore mon métier d'avocat. Je fais essentiellement du pénal, j'ai un sentiment de liberté, j'ai fait beaucoup de figures imposées, je veux passer aux figures libres.

S'il n'y a pas de « nouveau monde », il y a cependant une nouvelle vie qui semble l'enthousiasmer, ce matin-là, au premier étage du Flore. Mais il y a toujours, revenant du passé, le voile du père. Et pourtant je ne suis ni Freud ni Lacan ! Lorsque Michel Baroin est mort, des agents de la DGSE étaient à bord du Learjet 55 qui a explosé sans la moindre explication crédible. Allait-il acheter une forêt de 300 000 hectares ? Allait-il exfiltrer le leader tchadien Goukouni Oueddei en pleine guerre avec la Libye ? A-t-il eu une conversation orageuse avec Omar Bongo ? Sommes-nous face à la fatalité ou en plein drame de la diplomatie parallèle ? Michel Baroin tutoyait Chirac et Rocard à Sciences Po, avait travaillé avec Edgar Faure à l'Assemblée nationale après des passages à la DST et aux RG où il filait le train des partisans de l'OAS. Cet homme, son père, fut une ombre de la République, patron de la toute-puissante GMF, président de la Fnac, le tout en commençant sa carrière comme commissaire de police en Algérie. Il fut surtout grand maître du Grand Orient de France en 1977. Comment voulez-vous qu'un fils s'exonère de ce passé ? François lui-même le reconnaît.

> Je n'ai pas voulu être Monte-Cristo, j'ai refusé de l'être. Ça aurait été beaucoup trop angoissant. J'ai emprunté le chemin le plus éclairé qui m'a été proposé, malgré un penchant personnel pour le romantisme de Châteaubriand et de Victor Hugo.

Pendant cinq ans, François Baroin s'est promené avec une épaule déglinguée qui l'a empêché de pratiquer l'une de ses passions : le tennis. Je lui suggère (je ne suis toujours pas Freud ou Lacan) qu'en marginalisant la politique, on retrouve la santé. Les lutteurs à tout prix, les survivants, les réélus, comme Mitterrand et Chirac, finissent entre l'extrême douleur et l'extrême-onction. Baroin l'a compris, mais fait mine d'ignorer la tragédie de ce sacré métier qu'est la politique. Il me balance une petite phrase, je le sens subitement pressé : « Je ne compte pas mes points de retraite. » Et Wauquiez ?

Notre électorat, comme notre famille politique, a une profonde nostalgie de Nicolas Sarkozy comme leader. Mais ces dernières années, nous avons totalement raté la réunification des deux droites : la droite dure et les modérés.

Ça porte un nom : le boulevard Macron !

JULIEN CLERC

« La vie sans musique est un exil »

Mai 2021, Vaucresson.

Julien est beau et célèbre depuis l'âge de vingt ans. Ça rendrait n'importe qui cintré. Lui affiche une normalité presque inquiétante, qui dissimule une curieuse singularité. Depuis deux ans, il ne jure plus que par le Japon. Même le riz doit être japonais. Son cœur balance entre Paris et Londres. On l'a cru revenu, il est reparti.

Plus élégant que lui, humainement, ça n'existe pas. Si quelque chose cloche, il préfère le silence. J'ai partagé avec son demi-frère, Gérard, mes débuts dans le journalisme à Europe 1. Fou d'aviation, Gérard est tombé du ciel, à l'issue d'un court vol entre Poitiers et La Baule. Drame sans réelle explication, peut-être un malaise. Il n'était pas seul à bord. J'ai déjeuné avec Julien très peu de temps après, il m'est apparu comme un homme qui maîtrisait sa peine, sur la terrasse d'une jolie maison, un peu dans son jus, à Vaucresson. *Idem* à l'égard de son fils Barnabé, qui s'est entiché de sports de combat et notamment de boxe thaïlandaise. Un jour, il me montra une vidéo de Bangkok : spectacle ultra-professionnel, musique locale à fond, bandana autour du crâne, Barnabé, que j'aime comme mon fils, faisait son entrée en scène pour un combat qui terrifierait n'importe quel père. Il en est sorti vainqueur avec une dizaine de points de suture et une tête gonflée de coups. J'aurais mordu la moquette de douleur et de rage en insultant cette passion ridicule. Julien Clerc, lui, n'en pense probablement pas moins, mais n'en montre rien. Combien de fois l'ai-je vu entrer en scène, entièrement habillé de noir, le sourire éclatant, alors que je savais pertinemment que rien n'allait ? « Souffrir par toi n'est pas souffrir », chante-t-il sublimement. Bien se tenir relève chez lui de l'esthétique, du comportement, de l'éducation. Pour Julien, celui qui donne la leçon doit être exemplaire. C'est aussi une manière de se protéger du monde et des siens car, comme tous les artistes, il n'a qu'une seule peur : que ses mains posées sur le piano perdent le sens de la mélodie.

Dans les multiples maisons où je l'ai connu, le piano est au centre de tout. Il lit beaucoup, cuisine, affectionne les comédies musicales londoniennes. Indécrottable spectateur de football à la télévision, il fut un moment très ami avec Jean Tigana. Dans un coin, chez moi, trône une photo où il porte une chemise aux couleurs des tournesols de Van Gogh, à bord du caïque ventru et magnifique qui lui permit, pendant de nombreux étés, de devenir turc, grec, napolitain, avec le sourire ravageur de l'homme qui bronze et qui nage. Deux bonheurs extrêmes pour lui, l'enfant de Bourg-la-Reine : la mer et la scène. Il a longtemps cherché à obtenir une autre satisfaction, beaucoup plus vicieuse : me battre au tennis grâce à une éventuelle crise cardiaque, un malaise ou un évanouissement nés de nos horaires de vie fondamentalement différents. Avec la radio à l'aube, j'étais vite épuisé, lui en pleine forme. Avant de pénétrer sur le court, nous échangions sur nos enfants et nos amours, mais Ju' (surnom des copains intimes) n'avait qu'une obsession : m'emporter dans un troisième set mortel, que je contrecarrais en pilonnant son revers de merde. Ce qui avait quand même le don de très légèrement exaspérer l'idole !

Aime-t-il l'art du portrait ?

J'aurai réussi, pendant cinquante ans, à donner ce que je voulais, en gardant une part importante de mystère, sans affectation ni calcul. Je suis comme ça. Je suis plus ouvert depuis quelque temps. Mais les interviews tournent plus souvent autour de votre vie et de votre vie privée qu'autour de la musique.

Pourquoi ?

Parce que c'est complexe. Je compose avec ma voix. Paradoxalement, j'ai un petit savoir musical qui a abouti, tout au long de ma carrière, à des enchaînements harmoniques très compliqués.

Il confesse que souvent, dans les répétitions qui précèdent les tournées, ses différents pianistes-arrangeurs lui réapprennent intégralement des chansons anciennes qui se sont un peu envolées.

Julien est né le 4 octobre 1947 à Paris. Cinq frères et sœurs. Des compagnes célèbres. Deux épouses. Hélène depuis 2012, qui vient de monter à l'étage pour travailler sur ses scénarios. Léonard, le dernier enfant bouclé, comme son père à vingt ans, est parti pour son cours de guitare. Mais il vient de bifurquer violemment vers la gastronomie haut-de-gamme, en suivant assidûment des cours chez Guy Savoy à Paris et Hélène Darroze à Londres. Le gosse a une collection de couteaux japonais qui ressusciterait Hitchcock. La légende du régime à la Julien Clerc est galvaudée puisque nous venons d'enfourner un confit de canard avec pommes de terre sautées. À peine assis sur le canapé, l'homme aux vingt-six albums studio et aux treize live m'emmène vers son piano noir, accompagné d'un synthétiseur sur lequel il joue la nuit, au casque, pour ne pas déranger les étoiles.

Vanille, autre enfant, fait de la musique. Sa maman, Virginie, reine blonde des jumpings, championne de France et longtemps épouse de Julien, habite du côté de Montmartre.

Un curieux brillant bassiste brésilien, longiligne, taiseux, souriant et affamé, est passé dans la vie de Vanille, lui laissant un bébé avant de repartir à l'autre bout du monde. Dans le clan, on a l'art alchimique de transformer toutes les tristesses en gaité. Les paroliers de Julien ont plongé dans ce monde particulier. Il suffit d'écouter ses titres. Jeanne, qu'il eut avec Miou-Miou, triomphe comme réalisatrice, Angèle qu'il adopta après la mort de Dewaere, écrit des scénarios.

> Avec la pandémie, on a sacrifié toute une génération alors que c'était aux populations à risque de faire attention. C'est en tout cas ce que je fais, moi qui appartiens à cette catégorie. À vingt ans, j'ai eu la chance de connaître deux choses essentielles : l'amour et la musique. Je ne peux m'empêcher de penser qu'on a sacrifié une partie de la jeunesse actuelle qui risque de ne jamais se remettre de ce traumatisme.

Ce qui est magique à Vaucresson, au milieu des arbres, sur une terrasse, avec un café, c'est la profondeur du silence.

Amis lecteurs, je vous le confirme : Paul-Alain Leclerc est chiant. Impossible de trouver, à part une vague élongation au bras, une trace de vieillissement. Sa voix touche, émeut. Il reconnaît sans problème « qu'elle peut agacer ». La maison est louée à un producteur français qui vit à Hollywood. Aucune trace de luxe. Au rez-de-chaussée, quelques images décorent le salon-salle à manger : des panthères façon Douanier Rousseau, un très joli poster de Bob Dylan et la photo de quatre types qui ont changé sa vie, les Beatles. Il a l'air soulagé qu'on puisse parler enfin de musique à l'occasion de la sortie de *Terrien*, son vingt-sixième album studio, qui a été encensé par *Le Monde*, *Les Échos*, *Le Parisien*, *La Croix* et par le public, puisque vente et streaming se sont vite envolés.

D'où viennent le son et la mélodie Julien Clerc ? Ce n'est pas une recette, mais une histoire.

Je m'ennuyais à la fac. Je vivais à Bourg-la-Reine. Je gagnais un peu d'argent en chantant dans les boîtes ou les rallyes du XVIe arrondissement. Ma belle-mère, Ghislaine, me disait toujours : « Arrête de taper sur ce piano ! » J'arrivais à reproduire Dylan à l'oreille, les Beatles un peu moins, les accords de blues ça allait, mais je ramais sur « Georgia on my mind ».

Le jeune homme de *Hair* ou le séduisant septuagénaire se caractérise par une certaine obstination.

Dès le début, j'ai eu un respect énorme pour les brillantissimes études de mon père normalien et je voyais ma belle-mère travailler toute la journée ses partitions de Bach. J'ai pris des cours de piano pour sortir de l'approximation. Pas très bon en solfège, donc les premiers doutes sont apparus lorsque j'ai voulu composer.

Comment s'est-il débloqué ?

Avec Roda-Gil, Maurice Vallet, puis Carla Bruni ou Clara Luciani, j'ai vite trouvé un fonctionnement qui n'a jamais changé : je vais où les auteurs m'emmènent. Par exemple, pour Clara, qui a vraiment énormément de talent, la simple calligraphie des textes qu'elle m'a adressés a provoqué mélodies et harmonies.

Il utilise le piano pour me faire la démonstration de toutes les possibilités d'accords de do. Il ne joue pas avec la virtuosité de Franz Liszt ou d'Oscar Peterson, mais, parfois, un doigt s'égare sur une note imprévue et le double miracle mélodique et harmonique se produit.

J'ai adoré passer des soirées avec Gainsbourg parce que c'était un type très cultivé. Insuivable jusqu'au bout de la nuit à cause de la boisson, mais qui puisait son répertoire dans une connaissance très précise du jazz, de la poésie et de la musique romantique du XIXe siècle. Moi je suis plus intuitif.

Julien Clerc écoute-t-il tout ce qui sort ?

Oui, avec mon fils Léonard, nous écoutons toutes les générations. On plonge dans Spotify, mais je suis évidemment mes contemporains. Je sais qu'Elton John est plus savant que moi. Avec les Beatles, je suis obligé de reconnaître que McCartney a encore aujourd'hui une liberté phénoménale. Il fait la course avec Taylor Swift à 78 ans en jouant lui-même de tous les instruments sur son album !

Une petite photo de Jean-Loup Dabadie est posée sur le synthétiseur. Disparition brutale, le 24 mai 2020. Il était à l'Île de Ré. Malaise, hôpital de la région, retour à Paris. Avant de monter au paradis.

Heureusement, je l'ai eu au téléphone une dizaine de jours avant la fin. J'ai senti un épuisement. Il était l'élégance personnifiée. Je ne lui prenais plus de textes depuis plusieurs années, il ne m'en a jamais voulu. Il aurait pu car il avait quand même signé pour moi des merveilles : « Ma préférence », « L'Assassin assassiné », « Femmes, je vous aime », « Je suis mal » ou « Elle danse ailleurs ».

Julien est un nietzschéen qui s'ignore. Pour lui, la vie sans musique est un exil. Est-ce que ça s'explique ? Non. La musique répond à la musique. Les tournées aux tournées. Jeanne Cherhal lui a écrit un texte magnifique sur la souffrance des femmes violées : « Combien de filles en flammes brûlées adolescentes sont devenues des femmes vacillantes » ? Avec sa culture immense, sa fascination pour les révolutions, sa crinière blanche immaîtrisable, Étienne Roda-Gil restera irremplaçable. Parfois, en plein été, étouffants, nous ouvrions des bouteilles dans d'interminables dîners hilarants avenue Gourgaud. Étienne portait un curieux perfecto noir sans manche, très laid, découvrant les bras blancs d'un magicien des mots et du tabac. Toujours à la limite du compréhensible.

Mélodie imparable : « Être soi, être rien. Mais pas n'importe quoi. Une charpie de chapka. »

Quand Miou-Miou a quitté Dewaere, il attendait la nuit pour déchirer de douleur les affiches de Julien. Toute cette « joyeuse » bande a quand même interprété dans la vraie vie d'innombrables versions de « Femmes, je vous aime ». Sur Carla Bruni : « Finalement, c'est incroyable, nous travaillons ensemble depuis vingt ans. Elle est mon auteur le plus ancien. Elle incarne une fidélité qui est la qualité que j'apprécie le plus. »

Julien sort de cinq ans à Londres où il a enregistré le tiers de ses albums. Un jour, avec Hélène, ils sont partis. Ils avaient le goût des parcs, de la gaieté autour des bières, du football, des musiciens, de ces frères différents que sont les Anglais. Le prétexte fut un enregistrement. Hélène avait envie de cet éloignement. La petite famille s'est fondue dans cette excentricité qui s'est terminée en Brexit.

> Je ne peux pas oublier ce qu'ils ont fait pendant la guerre. Lors d'une exposition Goya, une voix off nous a appelés au silence pour commémorer l'armistice. Ce fut un garde-à-vous général. Là-bas, le cérémonial rejoint la beauté pour des raisons inexplicables. Puis la foule est diverse, bigarrée. J'ai adoré traverser Regent's Park le matin dans la brume pour emmener Léonard à l'école ou au sport.

Alors pourquoi est-il revenu ?

> Le Brexit a rendu les choses compliquées. Beaucoup de ceux que nous aimions sont revenus. Mais nous gardons nos amis anglais.

Julien est de nature sobre. Il ne boit plus et confirme la légende attribuée au grand patron de Virgin, Richard Branson, qui lui aurait dit pour faciliter sa signature : « Si tu étais anglais, tu aurais fait une carrière mondiale comme Elton John car tu es aussi doué que lui pour la mélodie. » Il est très convaincant lorsqu'il explique ce qui caractérise sa génération, celle de Souchon, Le Forestier, Johnny et lui :

> La pop et le rock ont tout changé. Mais nous étions aussi poussés, pour les textes, par Ferré, Barbara, Brel. Johnny était parfaitement capable de chanter Brassens. C'était enthousiasmant de chanter en duo avec lui, nous avions la même tonalité.

François Mitterrand aimait beaucoup Julien. Il chanta même à l'Élysée et interpréta « Terre de France » lors du débat de la Sorbonne face à Philippe Séguin. Le président vint dîner chez lui plusieurs fois. Au menu, vacheries et littérature. « Sans équivalent », pense Julien, qui est aussi ami avec Nicolas Sarkozy.

> C'est une chance d'avoir rencontré, grâce à mon métier, ces gens qui ont compté pour les Français.

Il faut revoir la vidéo du 15 octobre 2016, quand l'Élysée lui a demandé d'interpréter « Utile » après les attentats de Nice.

> J'avais peur de me planter. Et j'ai vu mon pianiste, Alain Lanty, verser des larmes dès les premiers accords.

Il y a des types qui traversent le temps comme on traverse un nuage. Aznavour, Gainsbourg et d'autres. Julien n'est jamais aussi impressionnant qu'au théâtre des Champs-Élysées. La dernière fois, l'orchestre s'est tu, puis le pianiste classique Alexandre Tharaud a fendu le rideau rouge pour venir jouer l'introduction de « Fais-moi une place ». Ce n'était plus le même piano, plus la même partition, plus la même chanson. La salle était pétrifiée d'émotion.

Après une heure d'entretien, Julien Clerc m'accompagne vers la sortie en me recommandant d'assurer l'avenir de mes enfants. Pourquoi ce jeune homme grisonnant venu de la banlieue sud incarne-t-il une certaine forme de dignité aristocratique ? Parce que depuis l'âge de vingt ans, il a ouvert la porte à toutes les passions et à toutes les souffrances. Il est comme un grand frère : dès qu'il me regarde sans rien dire je comprends que j'ai fait une connerie.

Julien a transformé tous les petits bals perdus en musique classique.

JEAN CASTEX

Énarque rustique et chaleureux

Août 2020.

Toujours sous la menace du Covid, la France déconfinée depuis le 11 mai connaît des records historiques de chaleur. Le Premier ministre Jean Castex est sur tous les fronts. Rencontre à Matignon.

En France, « la peur gronde dans le courage », écrivait Alain. Nous y sommes en plein. Santé publique France est formel. N'en déplaise aux sceptiques, aux fêtards et à nos amis les jeunes qu'il ne faut surtout pas culpabiliser, on constate une hausse exponentielle de contaminations depuis le 17 août, même si les tragédies en réanimation sont aujourd'hui limitées. Jean Castex n'est pas un Cyrano fragile avec accent. Il se bat et avertit :

> Si la pandémie réexplose, si les services de réanimation saturent, le chaos économique – c'est vous qui prononcez le mot – pourrait être beaucoup plus mortel que la crise sanitaire. Les médecins spécialistes ont raison de dire que nous ne sommes pas face à la grande peste ! Mais il faut à tout prix agir vite et fort pour éviter la crise sociale, l'arrêt de la production et le chômage de masse qui pourraient naître d'un reconfinement total. Depuis mars-avril 2020, l'État a sorti des amortisseurs

forts, beaucoup de cartouches pour préserver les entreprises et les ménages français.

Il précise immédiatement sa pensée pour que les boudeurs du masque comprennent l'enjeu sans précédent.

Oui, les 100 milliards arrivent, c'est historique. Mais pour relancer la France, nous avons besoin que tout le monde se mobilise pour que cette crise sanitaire passe.

C'est pour faire passer ce message que le plan de relance a été décalé d'une semaine alors qu'il devait être révélé le 25 août. Je fais part au Premier ministre d'une conversation avec Renaud Muselier, le président de la région PACA, qui craint pour Marseille un vent de révolte, avec ce couvre-feu à 23 heures pour les restaurants.

Je ne crois pas. L'État ne décide jamais seul depuis Paris ! Ce n'est pas moi qui peux dire ce qui se passe à 3 heures du matin sur la Canebière. Ce sont les autorités locales et le préfet. C'est vrai qu'il y a une nouvelle municipalité. Rien n'a été décidé sans de nombreux échanges avec les élus. Personne n'est stigmatisé. Il est juste logique de prendre des décisions préventives pour des zones de grande densité de population dans lesquelles le virus circule fortement.

J'insiste parce que depuis l'irruption de Didier Raoult sur la scène publique, Marseille est presque devenue un cas à part.

On ne le dit pas assez, mais à Marseille, on a pris des mesures plus fortes parce que le nombre de cas positifs rapportés à la population est particulièrement élevé, chez les jeunes mais aussi, et c'est le point qui nous a le plus inquiétés, chez les personnes âgées. Tout le monde le sait, y compris Monsieur Raoult. Politiser le débat serait irresponsable.

Le président Macron bouge beaucoup. Le Premier ministre Castex bouge énormément. Un vrai tour de France à lui tout seul. Déjà vingt-sept étapes depuis sa prise de fonction. Les cinéastes et les acteurs à Angoulême ce week-end, le Medef la semaine dernière, conférence de presse sur la rentrée scolaire : le premier miracle, qui ne durera peut-être pas, est là.

Bien qu'inconnu du grand public, cet énarque rustique, maire de Prades dans les Pyrénées-Orientales, me rappelle cette phrase de Georges Pompidou : « La politique française est tellement baroque que souvent les corniauds sont beaucoup plus intelligents que les chiens de race. » On ne perçoit pas la vérité d'un homme en une heure, en partageant un verre d'eau. Mais le Premier ministre me rappelle, poids de la simplicité, l'immense Bourvil. À la fois *Le Cercle rouge*, *La Grande Vadrouille* pour le côté populaire, et en même temps la résistance aux attaques, aux critiques, aux réseaux sociaux et un sérieux goût pour l'autorité.

Je lui demande où il était lorsque le président de la République l'a appelé pour Matignon.

> Monsieur Durand, vous êtes gentil, mais il ne s'agit plus d'une affaire personnelle entre Emmanuel Macron et Jean Castex. Nous sommes l'État. Et ma conception de l'État, aussi vieux jeu qu'elle soit, comporte des zones de silence. Cette règle institutionnelle existe depuis 1962.

Puisqu'il me fait la leçon, je cherche les emmerdes en poursuivant : « Vous n'étiez tout de même pas nu dans votre salle de bains ? » Il me regarde. Très difficile de déchiffrer derrière son masque.

> Je serai muet comme une tombe.

La gaîté revient alors qu'une curieuse tondeuse automatique se balade silencieusement sur la pelouse d'un des plus célèbres jardins de France où tous les Premiers ministres ont promené leur anxiété et leur manque de sommeil. Castex habite sur place.

> Je vous fais une petite confidence : si mon épouse Sandra n'avait pas été d'accord, je n'aurais pas accepté. Sans elle, je ne serais rien.

Les deux plus jeunes de leurs quatre filles, ainsi que leur chien Luna, habiteront aussi à Matignon. L'ancien muet parle beaucoup depuis quinze jours, mais il a raison d'être prudent à l'égard du château puisqu'au lendemain de notre conversation, le président recevait la presse présidentielle à l'Élysée. L'autorité revient à propos des 100 milliards du plan de relance. Je lui demande s'il va laisser à Bercy et aux partenaires sociaux le soin de gérer les grandes enveloppes.

> Je ne mélange pas les partenaires sociaux et Bercy, chacun est dans son rôle et si Bercy est sous l'autorité du Premier ministre, ce n'est évidemment pas le cas des partenaires sociaux. Je compte néanmoins bien les impliquer, les informer, les faire participer au suivi, décrisper le dialogue et aller jusqu'au bout des investissements dans tous les territoires.

Brutalement, je me fige dans le personnage du prétentieux qui saurait tout sur l'économie. Baisser les impôts de production sans croissance ne va pas servir à grand-chose, si ? Et ces 100 milliards vont être totalement absorbés par l'aéronautique et l'automobile, non ?

> Vous vous trompez. Le plan que je présenterai en milieu de semaine prévoit un investissement massif dans la formation, l'apprentissage, la qualification et on va mettre le turbo vers les filières porteuses comme l'hydrogène, la santé et tous les métiers que l'on veut relocaliser en France.

Contrôleront-ils cet argent dépensé ?

Bien entendu ! Je ne vais pas donner des milliards à Air France-KLM si des destinations ne sont plus desservies correctement. J'ai une responsabilité à l'égard des usagers, notamment ceux qui habitent dans les territoires. Je pense par exemple aux vols Paris-Pau.

Il me sert là un caviar pyrénéen inespéré. François Bayrou va-t-il être nommé commissaire au plan ?

Ça ne saurait tarder [Emmanuel Macron le confirmera le lendemain]. Je me suis qualifié de gaulliste social et j'accorde donc beaucoup d'importance au fait de porter une vision de long terme pour la France. Le plan n'est pas un gadget et encore moins un exutoire pour caser Monsieur Bayrou. Lui aussi a passé l'âge des caramels mous ! Il n'a pas besoin d'être placé.

Un aigle pyrénéen passe dans le ciel de la rue de Varenne. Grand amateur de Jean Ferrat, Castex adore la cantatrice Roselyne Bachelot, nouvelle ministre de la Culture.

Elle a quelque chose d'assez rare : ce côté pétillant et fantasque en même temps, c'est une grande professionnelle qui travaille ses dossiers. Je l'ai connue à la Santé, lorsque j'étais haut fonctionnaire. Derrière l'humour, il y a du fond ! Je l'ai expérimenté lorsque nous parlions des personnes âgées et du handicap. Elle sait de quoi elle parle et elle parle bien. Évidemment, moi, je ne suis pas passé aux « Grosses Têtes » comme elle. Ce qui ne me déplairait pas cela dit !

Je deviens taquin : « Laissez-moi arranger ça ! Si vous voulez, je téléphone à Laurent Ruquier ! »

Pourquoi pas ? Ce qui me plaît, c'est de tout faire sérieusement, mais ne jamais me prendre au sérieux ! Je vais vous donner un exemple. Vous me demandez de vous détailler le budget qui sera consacré à la culture. Or, on sort à l'instant de la réunion avec les acteurs du secteur de la culture à qui nous avons accordé 2 milliards. La volonté de l'État est claire. Mais je laisse à ces acteurs et à leur ministre, en l'occurrence Madame Bachelot, le soin de la répartition. Ils me prendraient pour un jean-foutre s'ils découvraient que tout avait été réparti à l'avance entre le patrimoine, le numérique et le spectacle vivant. Et ils auraient raison ! Monsieur Durand, vive la concertation !

Castex est un passionné d'histoire. Dans sa maison du village de Valcebollère (quarante-deux habitants) à proximité de Prades, il entasse et classe depuis trente-cinq ans de colossaux dossiers tirés d'*Historia* ou de la revue *Histoire*, qu'il s'agisse de Philippe le Bel ou de la Révolution française.

Il faudrait que je vive jusqu'à 115 ans pour tout lire. C'est une passion absolue. Pourvu que je ne perde pas la vue !

Chez les Castex, trois des quatre grands-parents furent des hussards de la République, des instituteurs aux règles en fer. Des communistes, du côté de sa mère qui, avant Sciences Po, l'ont nourri à *Pif Gadget*. D'où son goût pour Jean Ferrat. Côté paternel, le grand-père Marc fut le prototype du rad-soc, sénateur du Gers entre 1980 et 1989. Avant de pénétrer dans le salon bleu de l'entretien, qui est magnifique, mais qui n'est pas le bureau du Premier ministre, j'ai croisé Mathias Ott, son chef de cabinet, tout sourire, sortant d'une pièce gorgée d'ordinateurs. Une sorte de Nasa au pays des dorures officielles. Mais également Florian Bosser, autre conseiller, un beau gosse qui accompagne Castex depuis les Jeux Olympiques et le déconfinement, mais qui visiblement a eu un léger passage à vide façon Van Gogh car l'impeccable jeune homme présente, protégé par un pansement, une oreille coupée du meilleur goût. Ils ont tous l'air détendu. Pas de parfum de complot ! Ce qui est rarissime à Matignon. *Remember* les balladuriens contre Chirac à l'Hôtel de ville ou les rocardiens avec Mitterrand à l'Élysée. Castex et sa bande resteront au seul service d'Emmanuel Macron jusqu'à la présidentielle de 2022. Matignon est le lieu où l'on ne dort pas. Où l'on prend tous les coups en pleine figure. Comme la vidéo grenobloise des dealers en armes qui révolte une bonne partie de nos concitoyens. *Orange Mécanique*, a dit Xavier Bertrand, qui fut longtemps, comme ministre de la Santé puis au Travail, l'un des mentors de Jean Castex. Je tente de l'inciter à l'expédition punitive : pourquoi ne pas aller à Grenoble pour nettoyer la zone puisque Darmanin n'a pas réussi à les faire arrêter ?

Je suis allé à Nice, à Dijon. J'ai constaté que les policiers faisaient leur boulot. Mais l'intendance ne suit pas. J'ai déjà dit à Gérald Darmanin que je mettrai plus d'effectifs supplémentaires chez Éric Dupond-Moretti que chez lui. Ce sera dans le budget 2021. Parce que le maillon faible, c'est moins une justice laxiste qu'un terrible manque de moyens pour la justice pénale. Si, parfois, le laxisme existe, ce n'est pas la règle. D'ailleurs à Nice, une des patronnes de la brigade anti-criminalité qui me remerciait pour la création de soixante postes, m'a confié qu'elle était prête à y renoncer pour renforcer le pouvoir judiciaire. Nous ne sommes pas aux niveaux de nos voisins et nous allons y remédier.

J'insiste : c'est devenu une affaire politique ! Les attaques contre le pouvoir fusent de partout. A-t-il l'intention de se laisser faire ?

J'ai fait le diagnostic, je crois connaître le remède.

Et il ajoute :

Les autres n'ont strictement rien à proposer de nouveau. Ils sont dans le théâtre. La violence des délinquants m'insupporte comme tous les Français. Mais la violence politique, je m'y suis préparé dans toutes mes fonctions précédentes. J'ai le cuir épais et ce qui compte pour moi, c'est de servir la France et les Français.

Nous étions quatre dans le salon bleu. Masqués comme à Venise. Masqués comme une bonne partie de la planète qui cherche à échapper au drame amorcé en décembre dernier. La chaleur humaine, énergie peu coûteuse, ne procède jamais du cynisme. Or, le Premier ministre est incontestablement un personnage chaleureux qui, muni maintenant de la parole et du pouvoir, a six-cents jours pour nous sortir des brumes. Est-ce possible ? À l'issue de cette première rencontre, il semble convaincu que les ténèbres ne sont pas une fatalité française bien qu'ici le masque du bonheur soit souvent le plus dur à porter.

HUBERT VEDRINE

Polo noir

Le 1er mars 2014, hôtel Montalembert dans le VIIe arrondissement de Paris.

Dimanche soir. Je suis crevé. Il tombe des trombes d'eau. Ce qui frappe l'œil quand on découvre Védrine, c'est qu'il ne porte ni décoration, ni cravate. Un camaïeu de costume gris et un polo noir que le cher Hubert définit comme suit :

> Une élégance d'architecte… C'est la liberté. Le matin je jette un coup d'œil à mes rendez-vous et s'il n'y a pas de ministre ou de cérémonie importante, voire de joli dîner… le polo noir !

De mémoire, je lui rappelle qu'il est le seul homme politique français avec Jean-Louis Debré à avoir refusé toutes les décorations :

> Je ne critique évidemment pas ceux qui en veulent, mais il y a chez moi une part de snobisme et d'esthétique…

Rien que d'y penser, ils ont l'air de l'épuiser, les acharnés de la décoration.

> J'en ai tellement distribué et j'ai tellement vu ce que les gens étaient capables de faire pour obtenir des Légions d'honneur que

ça m'a guéri à tout jamais ! L'*establishment* qui s'entre-décore, ça n'a plus aucun sens. J'ai tout refusé à Jacques Chirac. Quant aux autres nombreuses décorations obtenues à l'étranger, j'ai fait comme Jacques Attali, je les ai plongées au fond d'un aquarium sans eau où elles dorment très tranquillement.

Plus sérieusement, ce qui préoccupe notre ami, observateur des mouvements du monde, c'est la mise en cause du consensus qui existait en France sur la politique étrangère.

C'est Nicolas Sarkozy qui a rompu avec l'héritage de la Ve République. Quand il a accédé au pouvoir, sa culture géopolitique était proche de zéro. Et marquée par les films américains. Il voulait d'abord et avant tout rompre avec Chirac et Villepin. À la fin de son quinquennat, il a évolué, car il ne supportait plus Netanyahou et était désemparé par Barack Obama.

Et Hollande ?

Il ne veut pas s'inscrire dans un courant trop précis. Ce n'est pas un théoricien de la politique étrangère. Il cherche des opportunités.

Alors pourquoi le consensus est-il menacé ?

Vous savez, chez les diplomates chevronnés, on entend des critiques à bas bruits qui considèrent qu'on a été ces derniers temps trop inflexibles sur l'Iran, la Syrie et la Russie. Si on ne parle pas avec eux que fait-on ? La guerre ? Il ne s'agit pas de renversement des alliances comme l'a proposé récemment François Fillon concernant Poutine et Assad. Ça, c'est du gaullisme archaïque. Il s'agit de dialoguer.

Donc les quatre diplomates qui sont allés à Damas avaient raison ?

En tout cas, je ne les accable pas… C'est exagéré de leur tomber dessus. Sur la Russie, François Hollande cherche une solution avec Angela Merkel, mais sur la Syrie il reste intransigeant et sur l'Iran il ne s'en mêle pas.

Comment anéantir Daesh ?

Même les Américains considèrent qu'on ne pourra jamais éradiquer l'État islamique s'il n'y a pas un minimum de concertation avec la Syrie et la Turquie. Le régime de Damas est un régime de psychopathes, mais nous devons être réalistes. Les postures morales, ça ne marche pas.

Et Védrine de paraphraser Charles Péguy :

À force de vouloir avoir les mains propres, nous n'aurons plus de main ! Si on avait adopté ces positions prétendues vertueuses dans le passé, jamais Kissinger n'aurait fait alliance avec la Chine et on ne se serait pas alliés avec Staline contre Hitler ! Souvenez-vous qu'à l'époque Staline avait tué plus de gens.

Regrette-t-il le quai d'Orsay ?

Le conseiller que je suis et l'intellectuel que j'essaye d'être doivent tout au ministre que j'ai été. Le quai d'Orsay, c'est plus de cent voyages par an. J'en ai gardé un trouble du sommeil. Entre l'Élysée et le ministère, j'ai passé dix-neuf ans mobilisables, 24 heures sur 24. Encore aujourd'hui, je me réveille toutes les deux heures chaque nuit. Je n'ai aucune frustration du pouvoir. Ça me passionne d'être un analyste. Je ne cherche pas à me greffer sur les processus de décisions.

Il fait état de ses dernières conversations.

Je parle d'islam avec Bernard Cazeneuve, de défense avec Jean-Yves Le Drian, j'ai fait des rapports sur l'Otan, la présence française en Afrique et je travaille avec Laurent Fabius sur le droit de veto au Conseil de sécurité.

Sous l'avalanche de café, je le soumets à une sorte de quizz diplomatique. Que pense-t-il de l'assassinat de Boris Nemtsov ?

Poutine lui-même ? Probablement pas. Mais le fait que ça se soit passé à proximité du Kremlin est une provocation à son encontre. Il ne contrôle pas forcément les nervis de ses services. Vous savez, Poutine pour les ultranationalistes russes, c'est presque un centriste.

Le mystère Villepin ?

C'est un ovni qui n'est pas fait pour cette époque de rapetissement de la politique. Sa grande qualité, c'est d'avoir su résister à l'occidentalisme arrogant des néoconservateurs américains en 2003. À l'époque, les Américains ont déclenché la guerre tout seuls. Aujourd'hui, quand on intervient au Mali – et Villepin a tort de contester cette intervention – on le fait à la demande des Africains et du Conseil de sécurité avec l'approbation des Chinois ! Même l'intervention en Libye, éminemment discutable, avait été demandée par la Ligue Arabe et l'ONU ! Donc là, ses critiques sont vraiment excessives.

Question d'une grande subtilité : « Obama est-il un mou ? »

Il est paradoxal, beau, charismatique, c'est un orateur extraordinaire, ses analyses de politiques étrangères ont la sophistication de grands professeurs de Harvard. Tous ses premiers discours, comme celui du Caire sur le monde arabo-musulman, étaient très intelligents… Mais il met mal à l'aise les nostalgiques d'une Amérique dure. L'Europe n'est pas sa priorité et c'est normal, mais il a laissé le Premier ministre israélien continuer sa politique de colonisation alors qu'il était contre.

Maintenant, je pense qu'il a raison sur l'Iran, malgré la « sortie » de Netanyahou au Congrès.

Comment croiser Védrine sans lui parler de François Mitterrand ?

Mon père l'a connu pendant la guerre, de retour des camps, ils se tutoyaient. Ils terminaient leurs lettres par « Que Dieu te garde ». Il fut à son cabinet de 1946 à 1952. Avec Mitterrand, je n'ai jamais eu l'impression de vivre un instant normal. Il donnait une intensité romanesque à tout. Le moindre café, pouvait donner l'impression d'un complot ou d'un grand dessein. Mais ces gens-là n'existent plus. Ils avaient passé toute leur enfance à lire des romans et la Bible. Même l'ennui les a enrichis.

Védrine a gardé de cette période, malgré son apparence compassée, un goût de l'anti-politiquement correct. Récemment, sur France Culture, qui n'est pas à proprement parler une station poujadiste, il a défendu toutes les expressions qui ont fait polémique ces dernières semaines : « Français de souche », « apartheid » et « islamo-fascisme ».

Dans la France d'aujourd'hui, entre l'Interdit et l'Obligatoire, on assiste à une impossibilité de la pensée. Les précautions d'accord, les censeurs certainement pas. La démocratie crève de ça.

Après une heure de conversation, une phrase claque :

Un jour, j'écrirai un éloge du froid sec.

En sortant du Montalembert, j'imagine Védrine comme un personnage de John le Carré et je me demande pourquoi le pouvoir « hollandais » emploie autant de tocards alors qu'Hubert Védrine rentre tranquillement chez lui boulevard Raspail.

21 mai 2024.

Nous sommes Hubert et moi par monts et par vaux, et convenons d'un rendez-vous téléphonique à 16 h 30. Il m'a laissé un gentil message dimanche, m'expliquant qu'il travaillait en écoutant « Bande à part » sur Radio Classique. L'émission est consacrée aux musiques des palmes d'or à Cannes : *La Dolce Vita* avec Nino Rota, *Paris, Texas* avec Ry Cooder, Bernard Herrmann pour *Taxi Driver*. La liste est longue. Parfois, Hubert et moi nous sommes croisés sur la Croisette, mais il fut surtout question de travail avant qu'une longue amitié ne s'en mêle. Secrétaire général de l'Élysée, il eut dès le début à faire face à une presse gentiment déchaînée – alors que tous ou presque avaient voté Mitterrand – lorsque le président de la République décida d'un voyage officiel à Monaco début 1984. Ce qui ne paraissait pas prioritaire pour l'avenir de la gauche, qui venait de prendre le tournant de la rigueur. Tout ça pour aller voir Rainier et sa famille, les héros de *Paris Match* !

Inutile de vous dire que cette situation ne pouvait que faire jubiler le Sphynx, mais crisper son secrétaire général, qui devait affronter la meute sans avoir d'autre argument que le bon vouloir de Tonton. La hargne ne fut jamais mon registre, mais tenter de passer avant tout le monde ne me déplaisait pas. Je téléphonai au bel Hubert pour essayer d'avoir des tuyaux ! Mes connaissances sur Monaco étant quasi nulles, mis à part la lecture de journaux people et quelques périples, je me souvins que François Mitterrand avait assisté, en tant que ministre de la Justice, au mariage de Grace Kelly et de Rainier III en 1956.

Plus sérieusement, il faudra attendre 1986 pour que Stéphanie nous sorte « Comme un ouragan » et dès 1983, la magnifique Caroline avait épousé Stéfano Casiraghi, mettant fin à une vie amoureuse pour le moins agitée. Rainier, vrai ou faux, aurait demandé à son ami François d'empêcher l'accès du Palace à Caro la divine, dont les nuits étaient aussi belles que ses jours. Que vient foutre, me demanderez-vous, Hubert Védrine dans cette affaire ? Il finit par me prendre au téléphone, ce qui me donne l'occasion de vous donner le numéro du standard de l'Élysée : 01 42 92 81 00 (ça peut servir) ! J'appelais donc monsieur le secrétaire général. Il faut respecter la liturgie républicaine, je n'allais pas lui demander : « Hubert, qu'est-ce que c'est que ce déplacement à la con ? » Je lui suggérai donc de faire rire d'entrée l'assistance et de détendre mes copains nerveux, en lui posant délibérément une question idiote, qui calmerait les hargneux à mes dépens. Voici ce qui se passa le lendemain en conférence de presse. Je levai mon petit bras après les trois premières questions et me permis celle-ci : « Monsieur le secrétaire général, puisque Monaco cherche une reconnaissance internationale, pouvez-vous me définir ce qu'est l'espace aérien monégasque ? » Il s'agissait de faire un détour avant de lui demander son point de vue sur les catastrophes actuelles. Tel un ministre de la Reine, il me répondit cette phrase historique qui calma tout le monde : « L'espace aérien monégasque, c'est tout ce qu'il y a au-dessus de Monaco ! » Hilarité générale.

Ce 21 mai, à 16 h 30, l'ambiance n'est plus à la rigolade, l'inquiétude est mondiale. Les Russes progressent. Il n'y a pas la moindre solution en vue au Proche-Orient. Le président Macron s'est envolé pour la Nouvelle-Calédonie, les faits divers sécuritaires pullulent et le Rassemblement national va remporter les Européennes. Sur le Proche-Orient, l'ancien ministre des Affaires étrangères se désole :

> La France ne compte plus. Il n'y a aucune proposition sur la table. Les Israéliens sont divisés entre eux, les pays arabes, qui se sont récemment rapprochés d'Israël, prennent leurs distances. Netanyahou ne veut entendre parler d'aucune solution avec les Palestiniens. D'ailleurs, ça fait quinze ans que notre diplomatie ne produit plus vraiment d'idées sur cette région du

monde. Or, il y un milliard cinq cents millions de musulmans sur terre. Sur place, c'est un engrenage sans fin. Sans trêve. Et nous devrions les chercher, ces solutions, avec les Américains, et surtout ne pas prendre parti. Ne serait-ce que pour des raisons de sécurité propres à la France. En Israël, dans le camp de la paix, ce que l'on sait peu, c'est qu'il y a beaucoup de militaires réalistes. Mais l'inflammation s'est aggravée avec la décision de la Cour pénale internationale qui a délivré un mandat d'arrêt contre Netanyahou et les chefs du Hamas. En vain, Netanyahou demande aux Américains de condamner la Cour car, pour lui, c'est une infamie. Le seul fil, fragile, est mené par Jake Sullivan au Conseil de sécurité et Anthony Blinken, le secrétaire d'État. Nous, on pratique le Georges Bidault-Guy Mollet, or nous devons absolument donner l'impression au monde d'avoir dans nos cartons d'hypothétiques solutions qui incorporent toute la région.

Visiblement, Hubert Védrine ne voit rien venir côté français. J'adorerais l'interroger sur Camus, auquel il vient de consacrer un livre. Et sur plein d'autres choses. Aime-t-il les chiens ? Le bondage ? Les pyramides, comme Tonton ? Préfère-t-il l'océan ou la Méditerranée ?

Concernant la Russie, les États-Unis ont eu tout faux lors de la période 1992 et 2004, qui incorpore Eltsine, Poutine 1 et Poutine 2. Manque de considération et aucune réelle tentative à la Kissinger d'installer un rapport de forces qui aurait maintenu la paix. Or, non seulement on ne l'a pas fait, mais ces dix dernières années, voyant les dangers venir, il aurait fallu être beaucoup plus dissuasif. Je ne reprends pas tous les dossiers. Concentrons-nous sur les événements récents. Il faut, à tout prix, comme le suggère Biden, l'empêcher de gagner même s'il grignote un peu. À un moment, les trumpistes ont songé à retarder le vote de soixante milliards accordés à Kiev, puis ils se sont ravisés, se rendant compte qu'à terme, la Chine serait gagnante. Ce ne sont pas les déclarations de Macron qui font évoluer quoi que ce soit, mais bien le réengagement américain, avec accélération du transfert d'armes. La situation est terrible, mais pas un seul expert sérieux ne croit à un effondrement ukrainien, mais plutôt à un enlisement progressif. Au fond, aucun dirigeant russe n'a admis la fin de l'URSS. Chez Poutine, il y a un mélange de réaction et de paranoïa. Je ne crois pas qu'il ait un plan hitlérien d'invasion, sinon il n'attaquerait pas l'OTAN aujourd'hui alors qu'en 2022, l'OTAN était très molle. Dans le microcosme parisien, il y a un point de vue très provincial sur la guerre : les bons, les méchants, l'éternelle rengaine qui n'aboutit à rien. Mais comme sur le Proche-Orient, nous ne sommes pas en position d'être arrogants aujourd'hui. Attention, si Trump l'emporte, on ne peut pas exclure qu'il dise à Poutine : « Si tu les réemmerdes, je t'écrase ! »

J'ai le sentiment que notre Kissinger en polo noir se lâche un peu. Le président Macron a beaucoup de mal avec certains anciens, surtout s'ils sont très compétents. Avant les Jeux Olympiques, nous avons vécu une séquence un peu dingue. De multiples interviews, le voyage pour parer au plus pressé en Nouvelle-Calédonie, puis le lendemain, en Allemagne alors que le courant ne passe pas du tout avec Olaf Scholz.

N'oublie jamais la dimension narcissique de Macron. Il se dit que si Trump est élu, ce n'est pas forcément mauvais pour lui. Il mise sur le chaos comme un apprenti sorcier. Il a utilisé le charme en Algérie, avec Trump et avec Poutine, et ça n'a pas marché. Il peut penser qu'une déflagration comme l'élection de Trump le remettrait en scène et au centre du jeu. À mon avis, les Allemands ne le suivront pas. N'oublions pas que son premier discours sur l'Europe à la Sorbonne n'a été soutenu par personne, à part une partie de la presse française extatique devant son nouveau monarque. La deuxième intervention récente, d'il y a six mois, plus réaliste, l'a quand même poussé à dire que l'Europe pouvait mourir si elle ne contrôlait pas ses frontières extérieures. Un discours qui est le contraire du *credo* d'une partie des progressistes.

Au fond, nous aurions plus d'alliés en Europe si notre puissance économique ne se limitait pas à notre attractivité et à une relative baisse du chômage. La dette est pénalisante, le commerce extérieur désastreux et, comme le disait Henry Kissinger : « Quand on ne sait pas où l'on va, tous les chemins ne mènent nulle part. »

Je lis un peu partout qu'Hubert Védrine, cet historique de la gauche en France, serait devenu conservateur. J'ai plutôt le sentiment qu'une grande partie de la gauche a perdu le goût du pouvoir. Aucun de ses leaders n'incarne une politique étrangère sérieuse. Tant qu'il y aura Hubert ! Je ne sais pas s'il acceptera des propositions, mais mon petit doigt me dit que son téléphone va sonner comme une symphonie entêtante. Lui est ailleurs.

FRÉDÉRIC BEIGBEDER ET FRÉDÉRIC SCHIFFTER

Kierkegaard in Biarritz

Août 2019.

La France connaît un bref, mais intense épisode de canicule. Au Pays basque, les températures dépassent les 40 degrés fin juillet.

Du 24 au 26 août 2019, Emmanuel Macron accueille les membres du G7 à Biarritz. Ce qui induit la mise en place d'un dispositif de sécurité imposant et inconfortable pour les locaux. En marge du sommet international, quelques écrivains liés à la région, emmenés par Frédéric Beigbeder et Frédéric Schiffter, décident de créer une nouvelle distinction littéraire : le prix Maison-Rouge. G7 de la littérature. Leur *credo* : audace, originalité, créativité. Leur président : Philippe Djian.

Cette année-là, le prix a été décerné à Alexandre Labruffe pour son livre *Chroniques d'une station-service*, paru aux éditions Verticales. Heureusement, les romanciers aiment les farces inspirées. Une dizaine d'auteurs vivant au Pays basque – Frédéric Beigbeder, Frédéric Schiffter, Diane Ducret, Dominique de Saint-Pern, Jean Le Gall des éditions Séguier, Claude Nori, Isabelle Carré et Philippe Djian, le Balzac du rock et des personnages déjantés – ont décidé de faire sauter la rentrée littéraire comme on fait sauter la banque dans cette ville de casinos.

G7 littéraire ? L'événement Maison-Rouge est prévu le 20 août, 20 avenue de la Reine-Victoria, dans le quartier Saint-Charles, près de l'Hôtel du Palais où séjourneront Macron, Trump, Johnson, Merkel et les autres. Le prix sera doté de 5 000 euros donnés par le bienfaiteur toulousain Guillaume Farré et son épouse Céline. Sans eux, rien n'aurait abouti. L'objectif est on ne peut plus clair. Beigbeder l'indique avec malice : « Nous allons tout faire pour démoder le Goncourt et prendre de vitesse les prix du *Monde* et de la Fnac en décernant juste avant le G7 une sorte de G8 littéraire qui sera aussi une manière de nous moquer des réunions des grands de ce monde qui n'aboutissent généralement pas à grand-chose. » On parle jusqu'à présent de délibérations saignantes et motivées autour de cinq livres : *Journal de L* de Christophe Tison (le journal romancé de Lolita que Nabokov aurait rencontrée à Biarritz), *La Chaleur* de Victor Jestin (premier roman), *John Wayne n'est pas mort* de Roland Jaccard, *Chroniques d'une station-service* d'Alexandre Labruffe et *Tour d'ivoire* de Patrice Jean (réquisitoire implacable contre le monde contemporain).

Pourtant, « nous sommes au pays de la vie douce » (*dixit* Schiffter), au pays des déferlantes, des huit météos par jour, des pâtissiers de génie, des côtes de bœuf saignantes et des corps magnifiques dans l'écume. Le Pays basque profond est plus loin, vers les Pyrénées. Nous sommes, nous, sur la côte. Des Années folles aux années soixante-dix, ont défilé ici une pléiade de stars. Beigbeder : « Mon grand-père se souvient d'avoir croisé Charlie Chaplin en smoking au casino de Guétary. Aragon et Drieu la Rochelle partagèrent des verres au Madrid en 1924. Avant de se faire la guerre, ils habitaient chez Emmanuel Berl. Mais il faudrait citer aussi Pierre Loti, Raymond Roussel et Paul-Jean Toulet. »

N'oublions pas le Sud-Ouest de Cyrano : la maison d'Édmond Rostand est à Cambo-les-Bains. On ignore également que le *Boléro* de Ravel est né à Ciboure le 7 mars 1875, que Roland Barthes est un enfant de l'Adour et que Frank Sinatra était un grand copain du marquis d'Arcangues. On l'a d'ailleurs vu pour la dernière fois à Biarritz en 1972, accompagné d'une miss locale qui n'avait rien à envier à Hollywood. Biarritz est également une ville gay, qui offre une tranquille liberté sexuelle. Fonctionnent à plein régime des bars et des boîtes comme le Caveau, le Carré Coast, le Blue Cargo, la Licorne, le Playboy, le Bar de la plage ou le Carlos. Ne cherchez pas les incidents, il y en a très peu depuis la fin de la guerre avec l'ETA. La force basque règne. D'où l'inquiétude d'un déferlement de violences à l'occasion du G7. Malgré le plein été, tout l'État est mobilisé. Je ne sais pas quelle position adoptera la littérature lors de la première manifestation des altermondialistes prévue le 13 août.

Frédéric Schiffter, à un moment, trouvait du charme à Jean-Luc Mélenchon.

> Je suis un atrabilaire. Quand je me lance, je lui ressemble, notamment lors de mes harangues lorsque nous discutons des livres pour le prix. Mais le Mélenchon qui m'a intéressé s'est ridiculisé depuis la perquisition. Et sa fascination pour Éric Drouet (Gilet jaune proche du RN) est absurde. Moi, j'aime ce pays parce que c'est un pays qui te coince. Je n'y perçois pas une intensité malsaine, même si à l'époque du racket et de l'impôt révolutionnaire, les militants de l'ETA ont appliqué une logique sans pitié.

Beigbeder l'interrompt.

> Je pense qu'il serait bon de rapprocher de leurs familles ceux qui sont encore en prison. La langue est le fondement de cette identité basque dont tout le monde parle, mais qui reste très difficile à définir.

Et Schiffter d'enchaîner sur les étés de fête.

Grand spécialiste de la sieste, mais observateur, année après année, de jeunesses insouciantes circulant dans la ville ou flirtant sur les plages, je peux te dire qu'il s'agit souvent de Paloises, de Bordelaises ou de Parisiennes parce que les Basquaises dansent à Saint-Jean-Pied-de-Port ou à Ustaritz dans les bals et les fêtes villageoises. Tu ne verras jamais une fille d'Itxassou danser sur les tables au Blue Cargo.

Les frontons qui pullulent dans ce pays sont les objets manifestes et magnifiques de la dignité qui y règne. Ici, la conscience croise le muscle. Tôt le matin, j'ai croisé à la plage Fabien Pelous, célèbre capitaine de l'équipe de France de rugby. Quant au pilier Pascal Ondarts, il a repris le Royalty, une sorte de Café de Flore local. Sans oublier des gloires basques comme Didier Deschamps de Bayonne ou les frères Lizarazu. Si vous allez jouer au tennis à Anglet, vous tomberez sur toute l'équipe de France, de Forget à Mauresmo, en passant par Cédric Pioline et tant d'autres.

Dans ses *Lettres à un jeune poète* publiées en 1929, Rainer Maria Rilke conseillait à son interlocuteur de s'interroger : est-il nécessaire que j'écrive ? Aussi différents et amis soient-ils, Beigbeder et Schiffter ont répondu « oui » depuis bien longtemps. Frédéric Beigbeder, qui n'est pas mélenchoniste, a voté Macron au deuxième tour et l'a croisé deux ou trois fois.

Sur France Inter, je lui ai demandé qui était son dealer. Il s'est marré. Je lui ai même dit que j'avais l'impression qu'il portait une sorte de spa en lui pour rester calme en toutes circonstances, y compris lors du débat face à Marine Le Pen. Il m'a répondu : « Oui, c'est vrai ! » Je l'ai même trouvé très habile lors de la Légion d'honneur de Houellebecq à l'Élysée, car il a évité tous les pièges de l'immigration et de l'antiféminisme en définissant Houellebecq comme étant d'abord et avant tout un romantique.

Houellebecq, d'ailleurs, est venu deux ou trois fois dans le coin. Beigbeder précise :

> Chez moi, à Guétary, il écrivait de 4 heures à 8 heures du matin en buvant beaucoup de café. On était en décalage horaire complet. On ne se voyait quasiment jamais. Peut-être était-ce le début de *Sérotonine* ?

Kierkegaard le Danois n'a jamais foutu les pieds à Biarritz. Mais les sirènes nordiques pullulent dans les flots. L'auteur du *Traité du désespoir* et du *Journal du séducteur* parraine les deux Frédéric qui sont à l'origine de la création du prix. À cinquante-trois ans pour l'un et soixante-trois ans pour l'autre, le premier a glissé du stade esthétique au stade éthique, le second oscille entre les deux. Fini Castel, Canal+, *Lui*, France Inter pour Beigbeder qui s'est installé définitivement à Guétary, berceau de son enfance, en juillet 2017 avec sa famille, ses scénarios et ses livres. Quant à Schiffter, il est arrivé à Biarritz à dix ans en provenance d'Afrique après la mort de son père. Il fut pendant longtemps professeur de philosophie au lycée de la ville. Il collectionne la mélancolie, comme d'autres les vignettes Panini, puisqu'on lui doit notamment *Le Philosophe sans qualité*, *Le charme des penseurs tristes*, *Petite philosophie du surf*, *Le plafond de Montaigne*.

Schiffter a obtenu le prix décembre pour *Philosophie sentimentale* en 2010. Frédéric Beigbeder, l'Interallié pour *Windows on the World* en 2003 et le Renaudot en 2009 pour *Un roman français*. Tous les deux cultivent, malgré le foie gras, un look mince de guitaristes des Eagles qui ne vieillissent jamais. Leurs cheveux sont longs et abondants. Leurs femmes ravissantes.

J'ai l'impression d'être pigiste pour l'office du tourisme local ! Mais c'est ça, le Pays basque. Impossible de ne pas l'aimer. C'est notre Californie, moins le pognon à outrance.

À partir de sa base basque, Frédéric Beigbeder voyage dans le monde entier, gagne beaucoup moins d'argent, mais en dépense tellement moins qu'il est sorti de l'absurde. À partir de la Chambre d'Amour (plage et quartier) où il réside, Frédéric Schiffter s'est résolu à ne plus bouger. Sauf obligation promotionnelle à Paris pour l'un de ses livres. On pourrait dire d'eux qu'ils ont choisi d'être heureux, puisqu'ils sont certains du pire comme dans un tableau de Francis Bacon ou un livre de Clément Rosset.

C'est peut-être par lucidité qu'ils ont créé leur G8 littéraire à la veille du G7. À mon avis, la presse va adorer leur farce inspirée. La politique n'est jamais que de la littérature en action.

Juin 2024.

Frédéric Schiffter m'envoie un cartel de bande dessinée où l'on voit un jeune playboy souriant, accompagné de cette légende : « La philosophie m'a appris à supporter avec sérénité le malheur des autres. » Nostalgie de lui-même ? Avec tendresse, il m'adressa aussi une photo de son père disparu, portant un pull en jersey, col en V, rare à une époque où l'homme jeune triomphait en bras de chemise, comme Delon dans *Plein Soleil*. Il y ajouta cette phrase : « Cher père, nous ne nous sommes pas fréquentés longtemps, même pas dix ans. Fais-tu toujours le joli cœur dans l'autre monde ? Baisers d'ici-bas. Ton fils. » Puis-je ajouter inguérissable ? Schiffter écrit aujourd'hui un livre sur la guerre d'Espagne dont on parlera beaucoup à mon sens, car la bien-pensance lui est totalement étrangère. Nous verrons, nous lirons.

Frédéric Beigbeder a lui aussi son père en tête. Jean-Michel Beigbeder est au cœur de son prochain récit. On n'est pas impunément le fils de l'homme moderne, celui qui lisait le magazine *Lui* dans les années soixante-dix, vivait comme Daniel Filipacchi et tous ses contemporains. De l'argent, de la réussite, des filles, un bureau sur le rond-point des Champs-Élysées, une femme qu'il aimait, mais dont le bonheur était impossible étant donné son style de vie. Né avant la guerre, Jean-Michel a connu la France des privations, puis est parti à Harvard pour peaufiner et emprunter le métier de chasseur de têtes, qu'il importa au plus haut niveau en France. À dix ans à peine, le petit Frédéric croisait, après les devoirs et avant de se coucher, Mireille Darc et Marlène Jobert seins nus dans le salon paternel… Jean-Michel était surnommé « Charlie » au bureau, car il n'avait que des collaboratrices, des « drôles de dames ».

Frédéric l'aime, mais il n'est pas sûr de ne lui faire que des compliments dans son livre. Car la pomme n'est pas tombée loin de l'arbre. Frédéric cherche à sortir de son destin. Son frère Charles est un catholique marié qui a fait fortune dans Internet alors que lui est sur la trace d'un sponsor pour propulser ses conversations littéraires sur différentes plateformes. Il fait partie de ces nombreux jeunes gens de la bourgeoisie qui n'ont pas choisi la facilité de leurs diplômes pour amasser de l'argent. Même s'il a commencé sa vie professionnelle dans la publicité, son goût pour la littérature l'a emporté. Derrière les incartades, les guignoleries, les sorties, Frédéric croit aux mots écrits et à l'admiration comme valeurs cardinales.

Il revient du magnifique hôtel Belles Rives à Antibes qui décerna le prix Scott Fitzgerald à la géniale Joyce Carol Oates, nobélisable chaque année. Depuis *Blonde*, chef-d'œuvre incontournable, Miss Oates est une sorte de mythe vivant. Elle a enterré deux maris extrêmement diplômés et a écrit cent romans, elle qui fut la première de sa famille à aller au-delà des études secondaires. En clair, la dame n'est pas une comique, mais ce cher Frédéric a le petit défaut de vouloir toujours faire rire un Mormon, fût-ce une acharnée de l'écriture. « Elle était fatiguée par le voyage. Je lui ai rappelé qu'à dix-neuf ans, elle avait remporté un concours de nouvelles pour la revue *Mademoiselle* en 1957. » Peut-être n'avait-elle pas eu le temps de profiter de sa chambre avec vue ? Le mythe se braqua. Voulant faire le savant, Frédo rappela à l'enseignante de Princeton qu'en 1962, Sylvia Plath publia *La Cloche de détresse*, qui raconte notamment un concours de nouvelles. Il avança l'hypothèse que Sylvia avait peut-être « pompé sur elle ». La représentante antiboise, momentanée membre de la famille Addams, lui répondit catégoriquement : « Non ».

Je suis certain que mon Basque avait sacrément bossé le dossier pour que Joyce Carol Oates oublie tous ces Nobel manqués de justesse face à des écrivains bulgares ou albanais, torturés par la Stasi roumaine, mais récompensés par Stockholm. Dans ses chroniques du *Figaro magazine*, Frédéric a suffisamment allumé Annie Ernaux (Nobel 2022, encore au détriment de Oates) pour croire que sa prose ironique avait pu traverser l'Atlantique réjouissant notre romancière américaine avant qu'elle ne prenne l'avion direction la Côte d'Azur. Fred s'est encore planté. La vieille dame fut digne et froide comme un rocher. Son hôte se consola au bar du Belles Rives, avec son copain Éric Neuhoff. S'il m'avait téléphoné avant, je lui aurais plutôt conseillé de déconner avec Sharon Stone au Festival de Cannes. Au moins, on ne perd pas ses nuits à réviser *Basic Instinct* et *Casino*.

Même au téléphone, on sent les mots vibrer en écoutant Frédéric parler de son père, seul, malade et sans argent à la fin de sa vie, lui qui fut une sorte de James Bond pour son fils. En dehors de son podcast et de ses livres, Frédéric prospecte un peu le monde de l'audiovisuel devenu très curieux, car l'on vous demande pour qui vous votez avant de savoir quelle émission vous voudriez faire. Il s'émerveille : « C'est incroyable de découvrir dans la liste *Forbes* que Christian Louboutin est devenu milliardaire avec des jolies chaussures aux semelles rouges. » Serait-il jaloux ? Non, mais le taraude, comme nous tous, l'envie d'offrir un avenir confortable à Lara, Chloë, Oona et Léonard. À force de le voir jouer les Gatsby, on croit qu'il possède la fortune de Gatsby. Fasciné par la disparition de Salinger, il a écrit un très beau livre sur ses traces, sans jamais le trouver. En 1940, à New York, un écrivain débutant nommé Jerry Salinger, âgé de vingt et un ans, est tombé amoureux d'Oona O'Neill, fille du plus grand dramaturge américain. Leur idylle démarra en plein Pearl Harbour. Frédéric a cette phrase : « Il arrive toujours un moment où les hommes semblent attendre la catastrophe qui règlera leurs problèmes. Ces périodes sont généralement nommées : avant-guerres. Elles sont assez mal choisies pour tomber amoureux. »

Peut-on découvrir l'équilibre lorsqu'on est équilibriste ? Frédéric a posé la question à Joyce Carol Oates, mais la réponse se fait toujours attendre car, antithèse de Françoise Sagan, elle a passé la plupart du séjour dans sa chambre, avant de reprendre l'avion pour poursuivre son cent-unième roman.

Notre Basque en scooter a réussi un petit miracle à la d'Ormesson : partir d'une activité marginale, mais fondamentale, écrire, pour réussir à être connu de tous les Français, qui lisent de moins en moins. Depuis le début, Frédéric n'est pas un auteur à l'abri du succès.

DOMINIQUE DE VILLEPIN

ONU OVNI

Dominique de Villepin, costume anthracite, regard fulgurant, intervint à l'ONU le vendredi 14 février 2003. Dans toutes les rédactions, y compris celles qui le détestaient, on perçut l'électrochoc de « ce vieux pays, la France d'un vieux continent comme le mien, [...] qui a connu les guerres, l'occupation, la barbarie. Un pays qui n'oublie pas... » Villepin modifia son texte jusqu'à la dernière minute, Jacques Chirac le relut sans corriger une virgule. Le secret fut bien gardé, mais l'intention était là : pas question que la France ne s'associe à une éventuelle intervention militaire en Irak. Les arguments américains furent battus en brèche, suscitant – fait rarissime – des applaudissements nourris dans l'enceinte du Conseil de sécurité.

En quelques minutes, ce grand gaillard à la belle gueule, opposant, dans une poétique bien française, le conflit à l'harmonie, devint une célébrité mondiale, parfois un repoussoir pour les zélotes de l'Amérique guerrière. Galouzeau de Villepin (nom qui m'a toujours fait hurler de rire) n'est pas un patronyme qui vous prédestine, en France, à la popularité. Dominique démarra, après l'ENA, comme conseiller diplomatique auprès du président Chirac.

Né le 14 novembre 1953 à Rabat, au Maroc, Dominique de Villepin fut Premier ministre de 2005 à 2007, il échoua sur le

Contrat première embauche (CPE) que des économistes libéraux comme Nicolas Bouzou regrettent encore aujourd'hui. Une fois de plus, les jeunes s'emparèrent de la rue. Chaque génération a besoin d'une révolte et l'affaire n'avait pas été suffisamment bien ficelée en amont dans le camp présidentiel. Et pourtant, quelle équipe à Matignon ! Thierry Breton aux Finances, Borloo aux Affaires sociales, Sarkozy à l'Intérieur, Copé au Budget. Déficit, endettement, chômage : nous n'étions plus si loin de l'Allemagne. Mais la présidentielle approchait et, pour ses opposants, il était impensable que Dominique de Villepin marque des points, d'où les conversations entre Nicolas Sarkozy et le jeune Bruno Julliard qui dirigeait l'UNEF, avant d'intégrer la mairie de Paris, puis d'en partir.

> Je te donne un exemple d'un malentendu dont j'ai souffert : le CPE. Dans mon esprit, c'était l'inverse d'une mesure libérale. J'ai fait le CPE au lendemain de la crise des banlieues, après avoir rencontré des milliers de jeunes qui avaient vécu dans les banlieues la frustration d'avoir fait deux ans, cinq ans, dix ans d'études supérieures, et de ne se voir jamais proposer un stage. Face à cela, j'ai voulu créer un contrat qui leur permette d'accéder à l'emploi, pour entrer sur le marché du travail, même sur une période de deux ans, qui leur permettrait ensuite d'y rentrer définitivement. C'était une mesure sociale qui voulait corriger les injustices. Je me souviens avoir eu François Chérèque de la CFDT en face de moi et lui dire : « Vous ne voulez pas de ma mesure ? Mais suggérez-moi une mesure susceptible de corriger cette injustice et je la prendrai. »

Très rapidement, je perçus que le grand mince avait pour particularité de se réincarner chaque jour à travers des métamorphoses silencieuses sans prévenir personne. Dominique de Villepin est fasciné par les maudits. Je n'ai jamais su si ses stances personnelles étaient élégiaques, mais permettez que je substitue au portrait façon commissariat de police, des mots tracés au XIXe siècle qu'il a tellement intériorisés, même lorsqu'il est interviewé par Pascal Praud, Apolline de Malherbe ou Éric Fottorino. Dominique de Villepin ne s'apaise que lorsqu'il prend l'avion, à longueur d'année, dans le cadre de mystérieux voyages pour des missions de conseil, le plus souvent vers l'Orient et l'Asie, qu'il considère comme le berceau du monde. Après tout, un vol long-courrier avec un divin Bordeaux et un livre reste un temps suspendu, celui de l'oubli de soi-même. Le gars est un fusillé de Goya qui serait sorti miraculeusement indemne de l'exécution, en repoussant les balles une par une, comme s'il était dans *Matrix*. Le tueur, il le connaît : Nicolas Sarkozy. Entre eux, le degré de haine et de rivalité est monté à un tel niveau qu'il n'a pu déboucher que sur un certain respect. Un combat à la Ali-Foreman. De ce point de vue, la politique à haut niveau ressemble à toutes les batailles essentielles de la vie : on réserve plus souvent ses souvenirs à ceux qui vont ont blessé qu'aux porteurs de fleurs. Je ne vais pas vous dérouler la fiche Wikipédia de l'affaire Clearstream. C'est accessible. C'est gratuit.

Dès que Dominique de Villepin sort du silence sur l'Ukraine ou le Proche-Orient, le spectacle est garanti. Lui jure ses grands dieux qu'il ne fait qu'exprimer des convictions diplomatiques gaullistes (et peut-être tiers-mondistes) depuis plus de trente ans. Or, on lui demande s'il est payé. Par le Qatar ? Les Russes ? Possède-t-il une galerie à Hong Kong ? Est-il antisémite ? Celui qui s'insurge au nom du Sud global, lieu de son enfance et de son adolescence, ne serait-il finalement pas un trafiquant d'influences pour dictateurs ? Il nie farouchement, son visage en lame de couteau se transforme en nuage sombre. Comme nous tous, il aime qu'on le voie, mais peu qu'on le regarde. Et il répond :

Qu'est-ce qu'il y a à attendre en prenant la défense des Palestiniens comme je l'ai fait en 2006, en 2014 ou encore récemment ? Qu'est-ce qu'il y a à gagner ? Je ne suis pas avocat international au sens classique du terme, je ne suis pas un homme d'affaires, je ne fais pas de business. Je remplis des contrats avec des gens qui sollicitent de ma part une vision stratégique. Je ne fais pas de lobbying. Je ne peux pas être en situation de conflit d'intérêt, je ne travaille pas sur la France et quasiment pas sur l'Europe. Je travaille essentiellement vers le Sud, qui est ma spécialité. Je n'ai rien à acheter. En ce qui concerne le Qatar, je l'ai déjà dit : je n'ai jamais eu un contrat. Il y a à Paris suffisamment d'avocats ou d'hommes d'affaires qui travaillent avec le Qatar. Si je ne disais pas la vérité, ils iraient à la télévision pour dire : « Regardez Villepin, il a traité tel et tel dossier avec le Qatar. » Ce n'est pas moi qui travaille avec le PSG, ce n'est pas moi qui facilite la Coupe du Monde à Doha. Je suis resté fidèle à la politique arabe du général de Gaulle et de Jacques Chirac, sans avoir jamais déroulé le tapis rouge au colonel Kadhafi, à Bachar el-Assad ou à Hosni Moubarak.

Bim, boum, badaboum, revoilà le rival ! Ne trichons pas : Dominique est un ami. Ne me demandez pas pourquoi, je n'en sais strictement rien. Sa vie personnelle est un mystère, autant le répéter car c'est un joli mot. Le fond de son puits, je crois l'avoir aperçu, mais sa vie quotidienne depuis des années disparaît derrière ses silences.

Villepin possède un trait particulier : une grâce qui se mêle à une violence intériorisée par la littérature, et plus particulièrement par la poésie. Je ne parle pas simplement de son *Éloge des voleurs de feu*, mais de cette capacité infinie à parler d'Antonin Artaud et de l'overdose d'opium qui emporta le tout jeune Jacques Vaché, à peine démobilisé, dans un hôtel de Nantes le 6 janvier 1919. On a l'impression que Dominique était là lorsque Vaché fascinait André Breton, interne en médecine, qui le soignait comme blessé. Rapatrié du front, haïssant la guerre et ses ravages sur la jeunesse, Vaché l'opiomane était le genre de type à vous serrer la main sans que cela veuille dire ni bonjour ni au revoir. Tout son être et ses rares textes furent tournés contre l'horreur de la guerre, cette boucherie. Devant l'ONU et encore aujourd'hui, n'est-ce pas le sentiment qui habite toujours Dominique de Villepin à soixante-dix ans ? L'éclatement de son couple fut déchirant au lendemain de l'affaire Clearstream et d'une présidentielle avortée. Pudeur de rigueur, pas un mot.

> Contrairement à ce qu'on dit, je n'ai jamais voulu être candidat à l'élection présidentielle de 2007, je n'ai même jamais rêvé d'être président de la République. Si j'avais voulu l'être, jamais je n'aurais fait le CPE.

J'ai eu droit à ses foudres après avoir suggéré lors d'une interview qu'il manipulait peut-être un peu Chirac, diminué par son AVC. Là, j'ai eu affaire, comme dans « El Desdichado », au « ténébreux », au « veuf », à « l'inconsolé »... Et j'ajouterai, à un héros de Sergio Leone qui ne pardonne pas. Comme journaliste, les portes de Matignon me furent brutalement fermées alors que remontaient les souvenirs de précédents déjeuners, dîners ou conversations avec Jorge Semprun, Patrick Rambaud, Marie-Claude Char, Luc Besson, Jean Todt et Michelle Yeoh, Daniel Rondeau, Danièle Thompson et Albert Koski, Jean-Claude Carrière et son épouse. J'ai même passé le réveillon de l'an 2000 avec Dominique et Năstase chez Christian Bîmes, le patron de la Fédération Française de tennis. Villepin adorait voir des gens sans mondanité. Ne plus les voir ne le gêne absolument pas. Avec les mots, on ne se méfie jamais suffisamment. C'est le ressort profond de l'incompréhension entre les journalistes et les responsables politiques. Vous les côtoyez pendant des décennies, certains peuvent devenir des amis et puis il suffit un mot et c'est l'embrasement. Parfois la réconciliation. C'est le prix de l'indépendance.

Mais il y a plus compliqué : pourquoi Villepin aime-t-il autant Gérard de Nerval à une époque où le lecteur moyen se contente de se fournir en Point Relay ? Un petit Dicker qui ne fait pas de mal ! Ou le récit de l'enfance atroce d'Adriana Karembeu, dont le papa n'était pas si gentil ! La dame est invitée partout, alors que Nerval, disparu éternel, reste en rayon. Chaque vers pourrait concerner directement notre personnage :

> « Un éclair rapide et joyeux
> Entr'ouvre ma bouche au sourire,
> Et la gaîté brille en mes yeux ;
> Cependant mon âme est de glace,
> Et rien n'effacera la trace
> Des malheurs qui m'ont terrassé.
> En vain passera ma jeunesse,
> Toujours l'importune tristesse
> Gonflera mon cœur oppressé.
> Un souvenir mouillé de pleurs,
> Qui m'accable et répand son ombre
> Sur mes plaisirs et mes douleurs.
> Dans ma profonde indifférence,
> De la joie ou de la souffrance
> L'aiguillon ne peut m'émouvoir ;
> Les biens que le vulgaire envie
> Peut-être embelliront ma vie,
> Mais rien ne me rendra l'espoir. »

Dominique de Villepin ne s'est jamais remis, jamais, de la mort de son frère, à l'âge de dix-neuf ans. Au retour d'une sortie en mer, le cœur du jeune homme s'est arrêté de battre alors qu'il était dans son bain. Il n'a pas réussi à le réanimer. « Ça m'a rendu moins vulnérable aux attaques, l'épreuve de la maladie d'un frère, c'est l'épreuve de la solitude. » Ils s'étaient baladés tous les deux en Norvège, la moustache et la tignasse pour l'un, le cheveu ultra long pour Dominique. Le duo dormait dans les gares, puis De Villepin rentra en Bretagne, soulagé de l'éternel poids de veiller sur son frère, qui revint quelques jours plus tard, souriant et touché par une sérénité quasi bouddhiste. Deux clochards célestes bien nés dont l'un allait devenir le Premier ministre de la France. Et puis, cette mort brutale qu'il ne put empêcher, déclenchant forcément un océan de remords. Ça ne l'a jamais quitté, ça ne le quitte pas.

Quand nous devions déjeuner gaiment en bande, c'est sa fidèle assistante, Nadine, qui téléphonait. Dominique n'appelle quasiment jamais. Curieux trait de caractère. Comme ami, vous vous demandez si cela peut être l'amorce d'une séparation définitive. Lui qui passe de l'Algérie à la Chine ou au Venezuela pour transiter quelque temps dans son somptueux appartement de l'avenue Foch, gris et beige, dominé par des œuvres spectaculaires et graves de l'Allemand Anselm Kiefer.

Plus il s'est exprimé dans les médias après le 7 octobre, plus la presse a enquêté sur son quotidien, son train de vie, blessant à coup sûr ses enfants, mais peut-être surtout Marie, sa fille aînée, qui mène une carrière brillante de jeune peintre. Marie est belle, tonitruante, eut des années et des nuits new-yorkaises agitées, croisant le rock et les célébrités de Manhattan. Le cinéma lui fit de l'œil. Elle sait tout sur tout. Mais une certaine forme d'abstraction lyrique a changé sa vie. Elle peint. Le Vénézuélien que fut Dominique, lui, danse toujours un tango où le confort et l'inconfort alternent.

Son père Xavier fit le parcours inverse : le business avant la politique. Brillant élève d'HEC et d'Harvard, il vécut dans le monde entier entre 1950 et 1979, pour Saint-Gobain Pont-à-Mousson, avant de représenter les Français de l'étranger au Sénat, entre 1986 et 1995, et de présider la commission des Affaires étrangères et des forces armées. Pourquoi le fils serait-il si différent ?

Des amis proches, des amours depuis sa séparation ? Il faudrait être suicidaire pour oser lui poser la question. Je lui ai demandé s'il souhaitait que j'écrive quelques lignes sur lui, dans ce livre qui est, au fond, un adieu à la politique. Le

« oui » et le « non » ont alterné. « Je te préviens, tu fais ce que tu veux, mais rien ne doit être faux. » Encore Sergio Leone !

Après avoir retenté le fameux « Tu veux ou tu veux pas ? », il débarque chez moi un après-midi, juste avant de prendre l'avion. L'allure élégante, le costume bleu marine toujours un peu trop large, le cheveu blanchi, mais la passion intacte pour ce Sud global contestable, car on ne voit pas très bien ce qui rapproche New Delhi et Buenos Aires. Pour Dominique, ce dénominateur commun (mis en avant par Mélenchon et, plus raisonnablement, par Védrine) est simple : les deux tiers du monde éprouvent à notre égard un vif ressentiment, notamment lorsque nous exprimons des positions occidentales nimbées de colonialisme. Hubert Védrine-Kissinger rappelle toujours ce chiffre : il y a un milliard cinq cent mille musulmans dans le monde. Ne pas régler le problème palestinien – comme refuse de l'envisager Netanyahou –, c'est souffler éternellement sur les braises et les importer en France. Depuis 1997, je n'ai jamais entendu Dominique prononcer un mot qui puisse être assimilé à de l'antisémitisme. Jamais.

Un soir, face à Yann Barthès et à Jean-Michel Apathie, une question lui fut posée. Il devait réagir à un reportage sur Hollywood et les actrices engagées en faveur de la Palestine ou d'Israël. Villepin dénonça immédiatement la domination financière qui s'exerçaient dans ce milieu, empêchant parfois certaines de s'exprimer sous peine de ne plus travailler. Nous sommes dans un monde où une bonne rumeur vaut toutes les preuves. Les commentaires ont alors flambé sur les réseaux sociaux, puis sur les chaînes d'info, insinuant que les propos de Villepin témoigneraient d'un antisémitisme qu'il n'avait pourtant jamais formulé. Il suffit de se reporter au *verbatim* de l'entretien. Ce qui aboutit d'ailleurs à une condamnation de l'ARCOM.

> J'ai en quelque sorte un « devoir d'enfance ». Je suis né en Afrique, j'ai grandi en Amérique latine, j'ai vécu aux États-Unis, en Inde. J'ai appris de mon enfance que l'injustice était

une source de violence inouïe. Il y a un goût du monde dans ma famille et le goût de corriger les histoires manquées. Vis-à-vis de l'Algérie, de la décolonisation, il y a ce sentiment que l'on n'a pas fait ce qu'on aurait dû faire. Le principe d'égalité des citoyens dans l'Empire français, ça n'était pas tout à fait ça non plus. Je crois fondamentalement à l'idée de justice.

Mon mandarin est extrêmement approximatif. Je ne suis allé qu'une fois en Chine, à Shanghai, en 2008. Le ciel était jaune, les oiseaux absents, les Chinois frénétiques. J'eus l'impression d'être leur Jean Yanne. À l'époque de la gloire de mon père, il y eut une période où les peintres asiatiques furent à la mode. Je ne vous parle pas de Foujita car ça remonte trop loin. Dans les années soixante, Papa exposa Yasse Tabuchi, talent relatif, mais ressemblant étrangement à mon frère, Mathieu, aux yeux bridés, ce qui fut l'occasion de plaisanteries ultra lourdingues auprès de ma mère, qui nous envoyait valser sous une pluie d'insultes drolatiques.

La vedette asiatique du moment était Zao Wou-Ki, peintre abstrait délicat dont les derniers travaux ne sont pas si éloignés de ceux des grands Américains de l'après-guerre. Pour Papa, qui pourtant avait un goût assez sûr (Dubuffet, Poliakov, César, Klein et les autres), Zao méritait d'être exposé à côté de l'aquarium de poissons rouges que l'on trouve souvent dans les restaurants chinois. Ce manque de curiosité ne lui ressemblait pas. L'avait-il bien regardé ? Non. Était-il obsédé par le péril jaune ? Non puisqu'il adorait les sculptures trash de Tetsumi Kudo. L'ami Zao était-il trop bien élevé ? Pour mon père, c'eût plutôt été une qualité suprême. Mais il ignora cette œuvre.

L'origine des origines d'une complicité entre deux garçons qui ont maintenant soixante-dix ans et qui se connaissent depuis trente-cinq ans ne peut pas être politique. L'ennui suinterait. Mais plus je parlais à Dominique de Fitzgerald, Conrad et Rothko, plus il me bombardait de Rimbaud, Baudelaire, Roberto Matta et Zao Wou-Ki.

C'était avant que le marché chinois n'explose, proposant des prix astronomiques. Totalement justifiés, m'assenait Dominique, alors que j'émettais quelques réserves sur cette flambée économique. Et nous nous foutions gentiment sur la gueule. Il faut bien que les vieux jeunes hommes jouent à quelque chose. Dominique développa une amitié sincère avec Wou-Ki, écrivit livres et préfaces, avant qu'il ne disparaisse à quatre-vingt-treize ans en 2013.

Il y a deux ans, je fis la connaissance de son épouse, Françoise Marquet, brillante conservatrice à qui l'on prêtait des avis tranchés et un caractère musclé. Nous étions à Biarritz et elle ne se sentait pas au mieux de sa forme lorsque je lui ai trouvé des antibiotiques un week-end de pharmacies fermées. Pour service rendu, la grande dame m'a épargné un léger mépris d'historienne de l'art, moi qui travaillais sur Manet. Elle m'a même aimablement proposé de venir la voir du côté de Genève. Les gens qui aiment les peintres sont si rares qu'ils peuvent devenir intimes en cinq minutes. Alors, si on ajoute des antibiotiques…

Je termine ce texte au fil de la plume, sans savoir où est Dominique. Sur un long courrier ou dans un livre probablement.

Un point noir est resté dans mon regard avide.
Depuis, mêlée à tout comme un signe de deuil,
Partout, sur quelque endroit que s'arrête mon œil,
Je la vois se poser aussi, la tache noire !

Dominique n'a pas pu sauver son frère. J'ai laissé mon père se faire poignarder.

Notre amitié repose sur l'effroi.

JEAN-LUC MÉLENCHON

L'absent

Le 22 décembre 2023, j'adressai un dernier message à Jean-Luc Mélenchon :

Cher Jean-Luc Mélenchon,

Après le Renaudot sur Édouard Manet, je boucle un livre de portraits politiques. Nous avons le même âge et François Mitterrand en commun. Pour le reste, j'ai l'immense défaut d'être journaliste. Il ne s'agit pas d'une enquête. Dans la vie politique française, vous êtes incontournable, mais vous avez parfaitement le droit de ne pas être intéressé.

Amicalement,

Il n'y eut jamais de réponse. Ce n'était pas ma première demande.

J'ai interviewé Jean-Luc Mélenchon à de nombreuses reprises, à la télévision comme à la radio, lui qui fut ministre de Lionel Jospin, qui vota « Oui » à Maastricht en 1992 puis « Non » en 2005, ne dissimulant jamais sa profonde admiration pour Tonton. Qui est Jean-Luc Mélenchon ? Son passé trotskyste, l'évolution du PS, la création de « nouveau monde », puis de la NUPES, l'ambition personnelle, une fureur d'autodidacte, une passion pour l'Amérique latine, des convictions ou une mystérieuse psyché ? Je ne sais pas. Je ne sais plus ce qui anime cet admirateur de 1793, dont Poutine n'est pas le pire ennemi. Nous aurions tort, nous, les journalistes, de courir après les gens qui nous méprisent, en considérant que nous serions tous des valets, des scribouillards, des lèche-culs, des approximatifs. La sainteté n'appartient certes pas aux cartes de presse, mais elle n'est pas non plus l'apanage des vieux sénateurs reconvertis dans la révolution. Jean-Luc Mélenchon a été un élu, un candidat qui a frisé à deux reprises le second tour de la présidentielle, il est un leader politique. Il sera dans les livres d'histoire, il occupera quelques lignes ou quelques chapitres. Pas moi.

On croise toujours quelqu'un une dernière fois. Pour nous, ce fut à la sortie d'une émission de télévision. Il était l'invité principal d'Aurélie Casse, avec l'acteur Franck Dubosc. Nous clôturions le programme avec mes confrères Bruno Jeudy et Ivanne Trippenbach. À l'extérieur du studio, il nous rejoignit souriant, passant devant moi avec malice, en susurrant « Ah, voilà l'ennemi de classe » pour s'adresser d'abord à Ivanne, puis à Bruno. Je ne bougeai pas d'un millimètre. C'est une sorte de jeu habituel avec lui. Pour désamorcer les attaques, il balance un missile. Bernard Tapie et Jean-Marie Le Pen, les grands dangereux et incontrôlables du direct, employaient exactement la même tactique : je te dépose en souriant une grenade dans la poche et ensuite on discute. Constatant que je ne perdais pas mon pantalon et qu'aucune sueur froide n'inondait mon beau visage de vieillard, je finis par être intégré à la conversation. Il dézingua tranquillement les anciens camarades écartés comme Garrido (« la plus intelligente ») et Corbière, et confirma qu'il était dans les starting-blocks, ce qui généra ce petit à-propos de ma part :

— Jean-Luc, vous faites quoi le 7 juillet au soir ou le 8 au matin ?

— Je suis chez moi, j'attends. Moi, j'demande rien.

Sous-entendu : s'il nomme Bardella, je fous le bordel et s'il m'appelle, je reconstruis le pays ! Il confirme au passage qu'il s'est toujours gardé d'insulter le président de la République, conservant même avec lui des relations relativement cordiales, contrairement à Ruffin qui ne se prive pas de le traiter de « taré ». Le positionnement pris depuis le 7 octobre est, de mon point de vue, inacceptable, notamment quand il parle d'« antisémitisme résiduel ».

Depuis le début, j'ai toujours eu le sentiment que Jean-Luc Mélenchon était un homme qui jouait à cache-cache avec la République. Parfois violemment, parfois avec humour. Il s'aime. Son lyrisme cache l'habileté de celui qui officiellement ne veut rien, mais refuse de disparaître. Il peut être un gentil ministre, un tranquille sénateur, un bout de feu invraisemblable des quartiers, un lecteur de Jaurès. Il peut vous coller une droite, une gauche, vous servir du « Monsignore » comme l'obséquieux Montand à De Funès dans *La Folie des grandeurs*. Les jeunes surdiplômés l'adorent. Un nombre incalculable de profs le prennent pour un mélange entre Karl Marx et Victor Hugo, quelques livres en moins. La bourgeoisie et l'argent le fuient comme la peste. Nombre de commerçants pensent qu'il va ruiner le pays. Et je ne vous parle pas du Cac 40. Comme les acteurs qui ne quittent pas la scène, tout le monde a un avis sur Jean-Luc Mélenchon. « La République, c'est moi ! »

Même lorsque vous évoquez la surfiscalité prévue par ses troupes, il lâche d'un air badin :

— Saadé et les autres, on sait c'que c'est, hein ! C'est des grandes entreprises françaises. On va pas les mettre par terre, on n'est pas fous.

Il n'a pas que des amis à gauche, le faux homme tranquille ! Jospin, Hollande, Roussel, Glucksmann, les Verts : personne n'en veut comme Premier ministre. Un Nouveau Front Populaire s'est constitué, intégrant LFI, quarante-huit heures après l'annonce de la dissolution. À peine une semaine plus tard, ils avaient un programme. Ils n'étaient pas d'accord sur grand-chose. Lui, tranquille comme Baptiste, mimant le retraité, reste persuadé qu'il a un destin. Personne n'empêchera de se présenter en 2027 un homme qui passe aussi vite du sourire à la menace. Même si 79 % des Français estiment qu'il est aujourd'hui un handicap pour la gauche.

Même s'il milite pour la VIe République, il n'y a pas plus Ve République que Jean-Luc Mélenchon. Il appartient profondément à cette époque par son obsession à vouloir être chef, même s'il n'a plus aucun mandat.

Et puis il y a ce numéro de duettistes, filmé à l'occasion d'une émission sur France 3 en 2002. Marine Le Pen est alors une toute jeune femme assez survoltée et Jean-Luc Mélenchon a le cheveu et l'œil noir charbon. Ça tangue violemment sur le plateau, le présentateur semble totalement largué.

MARINE LE PEN (ambiance walkyrie déchaînée) : Il souffre beaucoup, Monsieur Mélenchon, des critiques qui sont faites aux politiques, hein ? Et pourtant qu'est-ce que vous les méritez ! Qui a contribué à faire croire aux Français que l'intégralité des hommes politiques étaient malhonnêtes ? C'est vous !

JEAN-LUC MÉLENCHON (posture furibonde de Roger Hanin jouant Shakespeare) : Moi ?

— Oui, vous !

— Moi ?

— Mais oui, bien sûr !

— Moi ? Mais qui elle est, celle-là ? Qu'est-ce que j'ai fait ?

Vingt-cinq ans plus tard, ils sont toujours face à face, même si Attal et Bardella sont sur scène. « Quand je serai Premier ministre… Je suis Premier ministre… » Des talents incontestables. Le charisme et la folie ont simplement disparu derrière leurs jeunes cravates sobres.

Le seul point de comparaison entre Jean-Luc Mélenchon et Napoléon, c'est qu'il va falloir trouver des Anglais archi-décidés pour l'envoyer se reposer à Sainte-Hélène car aucune île d'Elbe ne sera suffisante.

Puis-je faire remarquer que, parmi les meilleurs orateurs de la vie politique depuis des années, il y a Séguin, Villepin et Mélenchon ? Ces amoureux de la France nés de l'autre côté de la Méditerranée. Dont acte.

MARINE LE PEN

2027 ?

L'après Macron porte-t-il le nom de Marine Le Pen ?

La France a en travers de la gorge cette dissolution imprévue et imprévisible. Aucun président ne l'avait décrétée après une défaite. Sur les plateaux de télévisions, tout le monde y va de son commentaire, insistant sur la bérézina de la majorité relative sortante. Très vite, des images dénotent par rapport aux autres partis. On découvre une réunion de crise au siège du Rassemblement national, embrayant immédiatement sur les candidatures, les affiches et les moyens d'une campagne législative. L'entourage de Marine Le Pen est déjà à l'attaque alors que d'autres s'emberlificotent dans les mots. Encore des mots.

Emmanuel Macron vient de dégoupiller une grenade qu'il espère gaulliste, sans probablement se rendre compte que désavoué une fois signifie désavoué deux fois. Mais il croit au sursaut.

Très vite, Marine dégaine cette petite phrase dans la perspective d'une débâcle d'Emmanuel Macron aux législatives : « Il ne restera au président que la démission. Ce n'est pas une demande, c'est un constat. » Des chiffres parlent, atténuant les hurlements des indignés de la République qui, à tort ou à raison, ne supportent pas l'arrivée du Rassemblement national aux commandes. Si deux électeurs sur trois ne votent pas pour lui, on trouve 49 % des ouvriers qui lui sont favorables,

41 % des employés, 39 % des artisans et commerçants, 35 % des chômeurs et 36 % de ceux qui gagnent moins de 900 € par mois. Ceux qui n'ont pas le bac votent à 48 %, pour le parti de Marine Le Pen. Aux Européennes, 44 % de ceux qui regardent le journal télévisé de TF1 ont voté Bardella. Encore plus pour les auditeurs de RMC. Les médias sont clivés puisque le vote Rassemblement national ne séduit que 6 % de ceux qui écoutent France Inter.

Globalement, ces chiffres et estimations dénotent une progression constante, avec une très forte conquête de l'électorat féminin qui ne suivait pas du tout son père, Jean-Marie. Est-ce le résultat de la dédiabolisation, de l'accent mis sur l'immigration et de l'état de la France périphérique ? Je me contente de ce constat global. Bardella règne sur TikTok et une partie de la jeunesse. Après les Européennes, sur les 35 000 communes françaises, 93 % votent majoritairement RN, sauf les grandes métropoles.

Marine Le Pen a perdu deux fois. Mitterrand et Chirac aussi. Pourquoi n'y croirait-elle pas ? Là où l'extrême droite italienne ne condamne plus Mussolini et considère que l'antifascisme n'a aucun sens en 2024, Marine Le Pen s'est séparé des nostalgiques de son père. Elle sait qu'à gauche, on lui reprochera jusqu'au bout d'être infréquentable, mais ce n'est plus le cas de la majorité des Français. Même ceux qui ne votent pas pour elle. La droite conservatrice du Parti populaire européen de Madame Von der Leyen travaille de plus en plus, en matière d'immigration, avec Georgia Meloni au pouvoir en Italie. Et le moins que l'on puisse dire c'est que personne ne l'aurait envisagé il y a trente ans, lorsqu'adolescente elle chantait les louanges de Mussolini.

La Pologne vient de faire l'exercice inverse en ramenant les libéraux au pouvoir et en renvoyant l'extrême droite à ses chères études. Mais ça ne trouble pas l'électorat français. Comme l'a dit Jordan Bardella, invité par Cyril Hanouna le 15 mai dernier, avec un aplomb invraisemblable à vingt-neuf ans : « Nous allons faire ce que personne n'a fait depuis quarante ans. » Ajoutant bien évidemment que le Rassemblement national n'avait rien à voir avec les cauchemars du passé.

Vox en Espagne, l'AFD en Allemagne, le PW aux Pays-Bas, FIDESZ en Hongrie, AUR en Roumanie, les Démocrates de Suède, tous progressent. Est-ce le tour de la France ?

Dans un avion me ramenant de Biarritz, je croise Édouard Courtial, joyeux géant, sénateur réélu de l'Oise et bon observateur des territoires. « Chez moi, me dit-il, nous sommes sur des terres modérées et conservatrices, le RN fera entre 40 et 50 % aux Européennes, et ils ont déjà enterré Macron et ses successeurs et entériné la victoire de Marine Le Pen. Les trois ans qui restent n'existent pas dans leur esprit. C'est fait. Ça repose sur un sentiment assez violent de désamour et de rejet, insensible à toute forme d'argumentation, y compris économique. »

La presse crucifie certains conseillers qui auraient poussé le président à prendre cette décision. Après avoir évoqué la clarification, il met en garde les Français contre une guerre civile qui ne serait certainement pas une hypothèse s'il n'avait pas dissout. Il existe des centaines d'articles et d'analyses sophistiquées depuis les Gilets jaunes qui tentent d'expliquer pourquoi cet homme jeune, élu deux fois, indispose violemment une partie des Français. Dès les premières manifs, on a vu apparaître des pendaisons symboliques. Il s'est servi du RN comme repoussoir, en tentant par tous les moyens, nuit et jour, de moderniser le pays. Longtemps, un double argument a porté : le Rassemblement national est un parti d'incompétents et jamais les grands cadres de l'administration française ne travailleront avec lui. Cette digue semble avoir sauté. Même s'il reste des opposants ou des langues de pute, analystes en en tout genre, qui considèrent que Marine Le Pen connaît mieux la carrière de Dalida que les arcanes de la direction du Trésor ou les circonstances de la stagflation. Ont-ils tort ?

Pour les élites économiques du pays, le Medef et les dirigeants du Cac 40, rien n'a changé : le Rassemblement national présente un programme infinançable et destructeur qu'ils assimilent souvent à celui de l'extrême gauche. Le Pen au pouvoir, pensent-ils, engendrerait la ruine et le désordre, contrairement à ce qu'elle prétend ! Et ce n'est pas qu'un raisonnement d'ultrariche. L'épargne est gigantesque chez nous : environ 6 000 milliards d'euros selon les chiffres de la Banque de France du 11 août 2023. Avec, pourtant, un rendement inférieur à l'inflation pour des produits comme le livret A.

Comptons également, dans ce contexte électoral, émotionnel et structurel, sur un passif colossal en matière de dettes. Marine Le Pen, qui n'a jamais été au pouvoir, peut dire qu'elle n'y est pour rien. Il reste trois ans. À l'Élysée, à Matignon et à Bercy, on cherche des économies après un « quoi qu'il en coûte » qui n'est pas compensé par la croissance. C'est la panique. Avant notre rendez-vous avec Marine Le Pen, ultime constat, banal : le capitalisme règne partout, même dans les pays communistes, et fabrique partout de la pauvreté. En France moins qu'ailleurs. Cette fatalité tragique de la précarité inhérente au système ne changera pas et se renforce par l'immigration économique lorsqu'elle n'est pas choisie par le pays d'accueil.

Il n'y a nulle part dans le monde d'alternative économique au capitalisme, même en Chine et à Moscou. Le programme de La France Insoumise, qui prétend résoudre toutes ces questions, n'est appliqué dans aucun pays de la planète. Aucun. Ce n'est peut-être pas un hasard. Tout cela est sur la table de la présidentielle 2027. Au lendemain des élections européennes, Bardella a déjà renoncé à une bonne partie de son discours économique, sentant peut-être Matignon se profiler.

On a voulu changer la vie (Mitterrand), réduire la fracture sociale (Chirac), moraliser le capitalisme et imposer les 35 heures (Jospin), travailler plus pour gagner plus (Sarkozy), repasser sous la barre des 10 % de chômage et baisser les impôts de production (Hollande), mais personne n'a évidemment changé la structure fondamentale de la société.

Avec Emmanuel Macron, le chômage a baissé, l'attractivité s'est améliorée, mais on reste en panne de croissance avec d'énormes dettes et la guerre en Europe. Chinois et Américains veulent ravager notre économie. Comme l'a dit le président avant l'été dans une formule sincère, mais qui laisse sceptique : « Il nous reste beaucoup à faire. » Il ne se rend probablement pas compte que beaucoup de nos compatriotes se posent cette question toute simple depuis sept ans : « Qui est-il ? » Seule la constitution le protège. Aucun bidouillage ou gouvernement technique ne fonctionnera.

J'ai rencontré trois fois Marine Le Pen. En 2015, 2017 et 2018. Des contextes différents, des endroits différents. Mais une certitude : la politique au plus haut niveau nécessite une qualité majeure. Comme en boxe : savoir encaisser. Elle sait.

Et elle a une particularité unique dans l'histoire politique française. Étant la fille de Jean-Marie, on lui offre pour le petit déjeuner, depuis l'âge de cinq ans, du café, du chocolat, des viennoiseries *made in* Saint-Cloud, de la baguette, des confitures, mais surtout une sacrée dose d'obsession et de conversations présidentielles, bien avant qu'elle ne devienne avocate. Même en sortant des Bains Douches après avoir guinché sur Prince ou Depeche Mode, elle avait dans la tête la Sofres et Jérôme Jaffré !

Septembre 2015, à L'Aventure, avenue Victor Hugo à Paris.

Ma nuit fut délicate car écrire sur Marine Le Pen est compliqué. Je pris cette décision bizarre de convoquer mentalement une joyeuse bande – joyeuse, pas si sûr ! – pour me soutenir : Élise Lucet, Jean-Pierre Elkabbach, Éric Zemmour, Caroline Fourest, Jean-Michel Aphatie ou Jean-Jacques Bourdin, le local de l'étape, qui professe pour L'Aventure une tendresse décomplexée.

Commençons par la « méthode à Élise », miss « Cash Investigation » :

Pourquoi, Madame Le Pen, vous, présidente d'un grand parti politique, vous m'obligez à vous suivre à L'Aventure ? Ce lieu de perdition rendu célèbre par les exploits libertins de Dominique Strauss-Kahn ?

Méthode inefficace, car, matrone ou cajoleuse, elle répond aux questions qu'on lui pose.

J'aime beaucoup L'Aventure, j'y suis venue très jeune, à l'époque de Dani (chanteuse et actrice émouvante). J'ai même connu mon premier mari ici, alors que ça s'appelait le Sinaloa, il y a vingt ans. Maintenant je n'y viens plus qu'une fois par an, le soir, mais j'y ai fait des fêtes très sympas en écoutant de la chanson française. Il y a vingt-cinq ans ce n'était pas sulfureux et s'il s'est passé quelque chose, moi je ne voyais rien ! Je me souviens même d'avoir demandé pour Louis Aliot un autographe à Carlos, trois mois avant sa mort.

Brutalement, je lui balance une violente provocation façon Rachida Dati.

Vous participiez au libertinage supposé de l'endroit ?

Elle reprend une tasse de café, une gorgée de Vittel et frappe.

Je n'ai ni cette réputation, ni cette perversion. Je n'ai absolument pas peur que la République fouille dans ma vie. Je sais qu'elle essaie depuis des années, mais elle ne trouve rien. Ma vie, depuis des années, c'est maison-boulot. Je ne suis ni parano, ni complotiste, mon entourage a été mis sous pression, mes collaborateurs passés au crible. Les types qui font ce boulot doivent s'emmerder car je n'ai pas de vice, je n'ai jamais pris de drogue, je ne fais pas d'affaires, je n'ai jamais fumé un pétard de ma vie, je ne suis pas alcoolique et je n'ai rien à dissimuler. Quand Valls était à l'Intérieur, on a même supprimé ma protection sans me le dire ! Cazeneuve l'a rétablie après les événements de janvier. On a quand même arrêté un type qui avait voulu me « fumer » à l'entrée de l'immeuble de BFM !

Marine Le Pen est arrivée à L'Aventure avec Alain Vizier, qui s'occupe de sa communication, et une sécurité de cinq hommes, parmi lesquels Thierry, un grand Kojak souriant, qui officiait déjà à l'époque de Jean-Marie Le Pen. Élise, dépitée, s'efface au profit du provincial Jean-Michel Aphatie, qui macère ses entretiens dans la graisse de canard à la landaise. Ne pas oublier de prendre l'accent de Lourdes.

Mais enfin Madame Le Pen, ne nous faites pas croire que vous êtes extérieure au sérail politique !

Là aussi, ni une ni deux, elle embraye, déroutant le natif de Moncayolle-Larrory-Mendibieu, dans les Pyrénées-Atlantiques :

Vous savez pourquoi je résiste à cette pression, à la détestation et aux épreuves judiciaires ? Tout simplement parce que j'ai toujours vécu avec. Je suis la seule à avoir suivi une formation continue. Non seulement les élections, les candidatures, mais l'ensemble de la vie d'un mouvement : stratégie, organisation, intrigues de partis, déceptions, sans parler des ingrats, des aigris ou au contraire de l'affection des proches.

Soudain, Jean-Michel Apathie se remémore son passage au journal *Le Monde*.

N'êtes-vous pas débordée par les remous actuels ?

Tout ça se règle avec un mélange d'autorité, de diplomatie et d'instinct, mon capitaine ! L'instinct en politique, c'est injuste, mais c'est la qualité primordiale. Ségolène Royal l'avait, mais n'était pas une bonne candidate. Je crois pouvoir dire que Nicolas Sarkozy en a beaucoup moins qu'il ne le croit. Quelles difficultés réelles a-t-il connues ? C'est un jouisseur. Dès sa victoire de 2007, les Français ont compris qu'il avait une morale de gagnant au Loto. « Il est beau le bateau de mon ami ! Elle est belle ma femme ! » Il n'y a rien de commun entre Sarkozy et moi. À un point que vous n'imaginez pas.

Le contentieux est réel car l'ancien président a souvent combattu et défait son père, notamment à la télévision. Comme elle recommande un café, je consulte mon portable et j'y trouve un SMS d'Éric Zemmour m'expliquant qu'il est retenu et qu'il ne peut pas me soutenir moralement. Du coup, j'engage une piste.

Éric Zemmour pourrait-il devenir votre ministre de la Culture ?

Mais absolument ! C'est une bonne idée ! Je ne suis pas sûre qu'il accepte, mais c'est un type très cultivé et très courageux. Le jour où j'arriverai au pouvoir les gens seront surpris par la qualité de ceux qui m'entoureront.

Marine Le Pen savoure l'embarras des politiques français face à l'évolution brutale de l'Allemagne qui ferme ses frontières. Mais dans un premier temps, c'est moi qu'elle cherche ! Personnellement.

Nous avons un petit compte ensemble, Monsieur Durand. Un jour, où j'évoquais Anne-Sophie Lapix et son mari Arthur Sadoun dans une interview du matin, vous avez voulu me faire passer pour une antisémite, et ça a été repris partout sur les réseaux sociaux. Or, ce n'était pas le sujet. Je reprochais simplement à Sadoun et à Publicis d'avoir engagé par opportunisme le frère de Nicolas Sarkozy. Me concernant, vous ne trouverez jamais un propos, un écrit, une sortie antisémite ou homophobe.

Je n'aime pas la provocation. C'est une des raisons de la rupture avec mon père. Et j'en profite pour faire remarquer que le fait qu'il ne soit pas venu à l'affrontement à Marseille lors de notre Université d'été est un signe d'apaisement. Je m'en réjouis.

Fourest n'a jamais cru que l'on puisse débusquer un leader politique en l'interviewant, elle a toujours préféré les livres. Franc-tireuse, elle cogne, argumente. Je repars pour essayer d'en savoir plus sur les raisons précises du clash avec le père, qui marque l'actualité du FN en 2015.

C'est une question bien mystérieuse. Avec son épouse, Jany, je les ai logés pendant cinq semaines chez moi, au moment de l'incendie de leur maison. Et là, sans me prévenir, il donne une interview inacceptable à *Rivarol*, journal que je fais condamner tous les trois mois ! J'émets une hypothèse : il a accepté mon premier mandat de présidente du Front national parce que je tirais ma légitimité de lui. Le deuxième mandat, provenant plutôt des adhérents, il ne l'a pas supporté. Mais nous nous sommes déjà sérieusement confrontés. Lorsqu'en 2005 il a tenu des propos inacceptables sur l'Occupation, j'ai posé ma démission et je suis partie à La Trinité. Peut-être que tout a commencé là. En tout cas, c'est pendant ce séjour que j'ai décidé de me confronter à Bruno Gollnisch, car jusqu'à présent l'idée de diriger le Front national ne m'avait jamais traversé l'esprit.

Je lui fais part des récents propos de Jany Le Pen, disant qu'elle et son mari n'avaient jamais envisagé que Marine puisse être aussi violente à leur égard.

Je n'ai aucune intention de m'étendre sur ce sujet.

Discrètement Marine compare l'actuelle Madame Le Pen à une célèbre belle-mère odieuse du roman français. L'inimitié entre les deux femmes semble rédhibitoire. D'ailleurs, elle ajoute.

On vient de fêter le 80e anniversaire de ma mère, Pierrette. Elle reste une femme magnifique, que j'aime énormément.

Cette fois-ci, c'est elle qui passe du coq à l'âne en évoquant l'affection de ses chats qui, avec une nouvelle portée, sont au moins une dizaine autour d'elle. Mais elle se rétracte car elle n'a absolument aucune intention d'amadouer le lecteur par un sentimentalisme déplacé. L'actualité nous ramène à Nicolas Sarkozy. Jean-Pierre Elkabbach entre en scène.

Son plan, exprimé dans *Le Figaro*, pour lutter contre Daesh et les flux migratoires, il est intéressant, non ?

Marine Le Pen cite très peu Fillon et Juppé, mais Sarko l'inspire.

C'est totalement fantaisiste et dangereux ! Tout est absurde. S'il faut accepter tous les réfugiés de guerre ça ne tient pas debout. Il y en a plusieurs dizaines de millions dans le monde. Comment peut-il proposer des camps de tri en Serbie sans demander leur opinion aux Serbes ? Il veut un Schengen 2, alors qu'au pouvoir il n'a absolument pas touché aux accords. Comme toujours avec lui, c'est l'improvisation permanente et le bluff. Quant à Hollande, il fait ce que Merkel lui demande de faire, même s'il prétend le contraire. Il n'y a plus de maîtrise des frontières et ne me parlez pas de réfugiés politiques, car d'après les chiffres des institutions internationales, arrivent en Europe 75 % d'hommes et 25 % de femmes et d'enfants. Ce sont donc bien, d'abord et avant tout, des réfugiés économiques, sinon les proportions seraient plus équilibrées.

Le défunt Jean-Pierre Elkabbach lui fait remarquer qu'elle prend un risque considérable dans le Nord car Xavier Bertrand fait une bonne campagne.

Si vous perdez dans le Nord, votre candidature à la présidentielle est morte.

Je ne crains rien. En politique la défaite est une hypothèse de combat, mais Bertrand se contente de m'attaquer personnellement. Il ferait mieux de se concentrer sur sa popularité chez les Républicains. Dans son propre camp il n'intéresse personne puisqu'on le crédite d'1 % à la primaire. J'ai une certitude : si je m'étais défilée, les électeurs du Nord, puis l'ensemble des Français n'auraient pas compris.

Marine Le Pen a arrêté de fumer il y a deux ans et demi. Elle arbore une vapoteuse avec une énorme recharge qui prouve l'intensité de son effort pour stopper la cigarette. Guillaume Durand, miracle, se mue en Nicolas Beytout, le patron de *L'Opinion*, spécialiste des questions économiques.

Madame, votre *credo* et votre hypothèse de sortie de l'euro sont totalement absurdes. Regardez l'échec de Tsipras.

Au fond, Marine est une joueuse d'échecs que n'effraient pas les parties simultanées, elle s'adapte à tous les interlocuteurs et à tous les styles.

Tsipras est un faible. Moi je regarde plutôt ce qui se passe en Angleterre. Sortir de l'Europe est un préalable. Je ferai comme Cameron. Je commencerai par négocier pour une période de 6 à 8 mois avec l'Europe, nous ferons un bilan des négociations et si rien n'avance en matière économique et en matière d'immigration, j'organiserai un référendum. Aujourd'hui, les pro-européens n'ont que des arguments religieux. Je pense que la Grande-Bretagne sortira de l'Europe. Je consulte beaucoup d'économistes et j'ai même croisé l'autre jour, dans l'antichambre du plateau de Guillaume Durand, Joseph Stiglitz, le prix Nobel d'économie.

Jean-Jacques Bourdin, familier du lieu, débarque pour souffler à Elkabbach la reprise des propos de Marine Le Pen. Il revient sur Nicolas Sarkozy et François Hollande.

Vous ne pouvez quand même pas, Madame Le Pen, les mettre dans le même panier !

> Si ! Je résume car vous n'avez pas l'air de comprendre : l'un et l'autre sont entièrement soumis à Madame Merkel. Ils n'ont remis en cause aucun traité. Avec eux, les Français ont perdu la parole et toute crédibilité sur le plan international. L'euro est notre problème majeur. En sortir est la clé de tout.

Elle sourit, pantalon noir, veste émeraude au col relevé. Hier, elle était attendue à Hénin-Beaumont. Mes soutiens imaginaires se sont évaporés en me jetant un dernier regard. Les gardes du corps viennent chercher Marine. Elle enclenche la manœuvre de départ. Finalement elle aura été douce avec Ségolène Royal, sa mère, ses chats, son époux, la chanson française et ses souvenirs.

Les autres, y compris son père, sont des hommes qu'elle affronte.

Janvier 2017, QG du Front national, 262 rue du Faubourg-Saint-Honoré, Paris VIIIe *arrondissement, Lundi matin, 10 h 30.*

Marine le Pen est une Wagnérienne du flingage argumenté.

A-t-elle regardé Fillon dimanche ? Elle me fixe, amincie, léger sourire, veste évidemment bleue marine et… enclenche direct.

> Je l'ai vu. Le discours était sans intérêt. On lui a concocté toute une séquence émotion autour de sa femme qui semblait

bien mal à l'aise alors que les gens sont en train de découvrir qu'il aime l'argent.

On passe au missile.

Fillon, en ce moment, c'est Koh Lanta. Il est en plein milieu de l'épreuve des poteaux. Semaine après semaine, il perd une partie de ses supporters. Il vacille, il va tomber. Il a zappé dans son discours l'évocation de l'Arabie saoudite et du Qatar. Ça ne m'étonne pas. C'est lui, comme Premier ministre, qui les a exonérés fiscalement des plus-values immobilières. Le boomerang va lui revenir en pleine figure.

Le QG de Marine, où se déroule notre entretien, est situé au deuxième étage d'un immeuble discret, proche de la salle Pleyel à Paris, dans le VIIIe. Le drapeau bleu blanc rouge qui se trouve derrière elle ne moufte pas. Après le missile, elle sort doucement le couteau qu'elle enfonce dans la blessure Fillon.

Il n'aurait jamais dû dire cette phrase lors de la primaire [« Qui imagine le général de Gaulle mis en examen ? »]. Jamais. Dans la vie politique, c'est le genre de meurtrissures qui ne bénéficient d'aucun pardon. Contrairement à beaucoup de gens, je ne pense pas une seule seconde qu'il ait pensé gagner la primaire. Au début, il voulait simplement exister, avec un programme socialement violent et deux, trois baffes distribuées à ceux qui l'ont humilié.

D'où la comparaison Koh Lanta ! Et on retrouve le raisonnement qu'elle diffuse en ce moment dans la presse à l'égard de son principal concurrent du premier tour : Fillon est un planqué.

Un second rôle, un type qui s'est caché derrière Joël Le Theule, Séguin, Chirac, Balladur et Sarkozy. Il est à contre-emploi dans la lumière d'une telle bataille.

Dans le domaine de l'art oratoire, Marine Le Pen illustre par le rire ce que son père pratiquait à l'imparfait du subjonctif : la dialectique. Elle séquence, elle cible, elle touche là où ça fait mal, elle encaisse. Marine biberonnée à la présidentielle ?

> Toute petite, j'ai compris ce qu'était la violence en politique. Vous croyez que c'est facile d'être au FN et la fille de Jean-Marie Le Pen ?

Leur relation actuelle ? L'emprunt ? J'essaye d'ouvrir la porte. Elle la referme aussitôt.

> Vous avez le droit de poser les questions que vous voulez et moi je réponds comme je veux. En l'occurrence, sur mon père : rien.

Ils ne se voient plus. Elle assène :

> Pour moi, Macron au deuxième tour, c'est du pain bénit. Le gendre idéal à la Matteo Renzi qui a déjà disparu de la scène italienne. Fillon, c'est le mondialiste honteux, Macron, c'est le mondialiste décomplexé, élu de nulle part et soutenu par tous les vieux tromblons du système politique français : Bergé, Bébéar, Kouchner, Gattaz, Attali. C'en est presque comique !

Elle est persuadée que l'idole du tout-Paris qui chante et qui pétille est un tigre de papier. Pour partir à la bataille, elle rappelle qu'elle a contracté un prêt qu'elle va devoir rembourser euro après euro.

> Macron, lui, c'est l'homme des dons. Tout le monde sait qu'ils viennent de grands patrons, en France et à l'étranger, qui vont attendre quelques avantages en retour. Il est en train de se piéger tout seul sans avoir, en plus, le moindre programme à l'horizon. Macron et son staff pléthorique se trompent de film : la présidentielle ce n'est pas les Oscars.

Plus prosaïquement, elle confesse déjeuner souvent au bureau pour encaisser le volume quotidien de travail. Parfois, elle descend au japonais d'en face, à la brasserie des Quatre Saisons ou à l'italien Del Papa.

Vous savez, j'ai une bonne santé. Je me connais. Nul besoin d'aller voir un médecin toutes les semaines.

Je l'interroge sur une éventuelle nouvelle vie.

Il suffit que je me réinscrive au barreau de Paris, je retrouverai un boulot demain matin. Ce qui fait une vraie différence avec les autres candidats.

Je lui rappelle qu'elle a, elle aussi, des problèmes judiciaires avec ses assistants parlementaires.

Ils veulent nous appliquer une règle allemande, que je conteste, qui interdit aux assistants d'avoir une activité politique.

Est-ce que Thierry, son grand garde du corps, est lui aussi assistant parlementaire ?

Absolument [agacée]… Mais… Monsieur Durand, lui, il travaille, tout est clair. [Éclat de rire]. Personne ne le soupçonne de rester à la maison pour faire du baby-sitting et élever mes enfants ! C'est l'énorme différence entre eux et nous.

Je la suis dans un couloir. Marine Le Pen ouvre deux ou trois portes pour me présenter ses équipes. Elle me salue et me prodigue un conseil :

Vous devriez aller au cinéma, voir le film sur Dalida. C'était très émouvant !

Il est à peine midi lorsque je retrouve le pavé de la rue Saint-Honoré avec une impression : toute forme de mépris à son égard, dans le débat politique, ne peut que la servir.

Résultat du suspense dans quatre-vingt-trois jours : le 23 avril 2017.

Novembre 2018, QG du Rassemblement national à Nanterre.

Il pleut. Ma carrière est foutue. Je sors du QG du Rassemblement national inondé de n°19 de Chanel au lendemain d'une journée d'émeutes sur les Champs-Élysées ! Il est loin le temps où tout journaliste qui affrontait Jean-Marie Le Pen était promis au bûcher avec interdiction de prendre un café au Flore pendant vingt ans.

À Nanterre, le bâtiment est situé dans un *no mans land* houellebecquien fermé par une lourde grille coulissante. Pour montrer patte blanche, je m'adresse à une jeune valkyrie plutôt ravissante. Genre Tomb Raider bleu marine avec un talkie-walkie. À l'entrée du petit immeuble, vérifications d'usage. Salle d'attente comme chez le dentiste, mais à la place de *Paris Match*, des revues à la gloire de David Rachline, sénateur-maire de Fréjus. Alain Vizier, fidèle communicant, passe la porte pour venir me chercher. Éternel blazer, sourire, sillage d'Eau Sauvage extrêmement puissant. Tout ça pour vous mettre au parfum.

Nous ne sommes pas dans le cadre d'une conversation générale ou d'une controverse idéologique dont nous avons, l'un et l'autre, l'habitude à la radio, à la télévision ou dans les journaux. Ce matin, Marine Le Pen livre son constat :

> Samedi, j'ai passé dix heures devant ma télévision. Scotchée sur les chaînes d'infos. Je condamne fermement les violences, mais comme tout le monde j'ai constaté les souffrances de ceux qui s'exprimaient auprès des reporters.

Ayant eu à peu près le même programme qu'elle ce week-end, j'ai quand même localisé quelques dingues, notamment une grande énervée qui insultait Macron un godemiché à la main. Heureusement contrebalancée par une femme assez bouleversante au bord des larmes, trilingue, diplômée et que la dureté de la vie ancrait au smic à jamais. Pour Marine Le Pen, nous vivons un mini-chaos signé Macron.

Lui, le premier de la classe qui n'a jamais lutté. Lui, qui n'a connu aucun parcours initiatique. Lui, qui n'a jamais traversé des campagnes. Lui, qui a utilisé une itinérance mémorielle sans la moindre compassion réelle. Lui, qui a parcouru le souvenir des tranchées de Verdun comme un acteur. Lui, je tiens à le dire, n'a ce matin plus aucune perspective pour s'en sortir. Certainement pas son Haut Conseil machin-truc ! Certainement pas une nouvelle campagne de proximité organisée par son parti fantôme. Puisque personne ne viendra. Et encore moins les propositions de Laurent Berger car les Gilets jaunes ne veulent pas entendre parler d'un encadrement syndical. Il n'a qu'une seule issue : annuler la taxe sur le diesel, et vite.

La vapoteuse fulmine. Mais Marine Le Pen reste calme. La veste est marine, portée sur un petit chandail bordeaux, assortie à un bracelet triple tour de la même couleur lie-de-vin en cuir. Derrière le bureau, trois drapeaux tricolores. Évidemment pas de signes européens. Dans la bibliothèque, je visualise beaucoup d'ouvrages consacrés au Général de Gaulle, pourtant combattu par l'extrême droite et par son père. Sur son bureau en faux bois aggloméré, dort sagement *Être postmoderne* du sociologue Michel Maffesoli.

J'ai rencontré Macron il y a un an [le 21 novembre 2017] pour parler des européennes. Il n'a pas du tout été désagréable. Mais aujourd'hui, je me rends compte qu'il n'a aucune conscience de la rupture personnelle qui s'est peu à peu installée entre le pays et lui. Regardez les sondages, plus personne n'en veut ! Quant à ceux qui l'accompagnent, nous sommes au bord du scandale !

Elle glisse vers un soupçon de one-woman-show :

Mettez-vous à la place de tous les Marcel Dupont qui vivent au smic depuis des années et qui ne sont encartés nulle part. Soudain ils entendent Darmanin et Castaner déclarer que les nazis étaient sur les Champs-Élysées samedi, que la peste brune bouscule la République. Et qui serait à l'origine de tout ça ? Moi ! C'est vraiment l'incroyable mensonge. Vous croyez qu'Hamon, Ruffin, Dupont-Aignan et les autres sont descendus dans les rues à cause de moi ? J'ai simplement dit au départ, par un tweet, qu'il ne pouvait y avoir un tabou des Champs-Élysées pour manifester puisque ce fut le cas des Gaullistes en 68. Or, qui a tout cassé ? Des militants d'extrême gauche dont on a retrouvé des slogans partout ! Les Gilets jaunes interpellés n'ont aucun casier judiciaire. Je soutiens ce mouvement et je le soutiendrai encore la semaine prochaine. Mais je ne contrarierai pas leur volonté de tenir tous les responsables nationaux à l'écart.

A-t-elle une solution pour sortir de la crise en dehors de l'annulation de la taxe diesel ?

Il me semblerait normal qu'étant donné ces circonstances graves, le président de la République rencontre rapidement tous les chefs de partis. Je suis bien évidemment prête à me rendre à l'Élysée. Je suis très loin de la revanche. Il a été élu, les échéances électorales doivent être respectées. On ne peut plus dire aux gens : « On taxe et après on discute. »

Dans la foulée, elle explique que le lendemain de la présidentielle fut d'une grande violence car sa compétence fut mise en cause pendant des mois.

Prendre des coups, s'améliorer, changer à titre personnel et changer le nom du parti, c'est ce que Macron ne comprend pas. Évoluer sans se renier, c'est le cœur de la politique.

Notre doyen à tous, le respecté Philippe Tesson, tient Macron, qu'il soutient, pour responsable d'une certaine forme d'immaturité qui viendrait d'une conception de l'histoire basée sur un rêve plus que sur la réalité. Cette confusion entre le président en exercice et le héros littéraire serait d'une grande dangerosité. Sur ce registre de l'imaginaire politique, Marine Le Pen n'apprécie pas du tout la référence perpétuelle aux années trente fantasmées. Il s'agit d'après elle d'un grossier piège politicien. Elle prend l'exemple des Champs-Élysées.

S'ils ne voulaient personne, pourquoi n'ont-ils pas bouclé tout le périmètre ? Pourquoi laisser entrer des manifestants, des casseurs et après les inonder de lances à incendie et de milliers de gaz lacrymogènes ? Moi, j'ai la réponse : le pouvoir, ne voulant pas reculer pour ne pas se ridiculiser, a essayé de décrédibiliser l'ensemble de ce mouvement, en le faisant passer pour une bande de casseurs portant des gilets jaunes. Résultat : le monde entier a vu ces images. D'ailleurs, en Europe, Macron n'a pratiquement plus d'allié. Les Champs-Élysées sont abîmés, les commerçants consternés. Et s'il croit qu'il va s'en sortir aux européennes en faisant des dîners d'anciens avec Raffarin, Juppé et Moscovici, il est encore une fois en pleine incompréhension. Le mouvement qui s'oppose à lui mélange classes populaires et classes moyennes. Ceux qui, à dépenses constantes, ne peuvent pas faire plus de 100 euros d'écart par mois sinon c'est l'angoisse, le désespoir et le fichage à la Banque de France.

Au début de l'entretien, elle avait extirpé d'un dossier un extrait de directives européennes de 2018 sur les retraites, le salaire minimum, l'égalité des chances et l'immigration pour aboutir à cette conclusion :

Il est le représentant de cette caste. Partout où je me déplace, les gens ont en mémoire le « pognon de dingue », les fainéants, le travail qu'on trouve « en traversant la rue », les « Gaulois réfractaires »... Macron n'écoute pas, il s'écoute. Au moins a-t-il la cohérence du fédéralisme européen auquel j'oppose une Europe des nations. Alors que du côté de La France insoumise et des Républicains, on navigue en plein flou idéologique et politique. Regardez Pécresse et Wauquiez, ils ne sont d'accord sur rien ! Quant à Mélenchon sur l'immigration, il est de plus en plus discret.

Puisqu'elle a passé dix heures devant sa télé, elle n'a pu ignorer les 30 000 personnes qui ont défilé, ailleurs, contre les violences faites aux femmes ce même week-end.

Franchement, la classe politique a évolué. Certains comportements, et heureusement, ont totalement disparu. Quand je vois que Ségolène Royal vient de publier un livre pour pleurnicher sur les vilains garçons qui l'ont empêchée d'être présidente, je me gondole de rigolade ! Mais c'est un vrai sujet, que Marlène Schiappa n'aborde que les yeux bandés. Nous ne sommes pas des Américains ultra-puritains. La culture française contient le respect de la femme. Ce qui a profondément changé, c'est l'irruption d'un islamisme régressif. Il m'arrive de dire à ma gamine de 19 ans « tu ne sors pas en short », alors que dans ma génération, ça ne posait de problèmes à personne. Quand nous en avions envie, mes sœurs et moi sortions en short !

Alors pourquoi ce Chanel n°19 qu'elle me vaporise à ma demande l'espace d'un instant, au risque du ridicule ? Le flacon est sur le bureau à côté de l'ouvrage postmoderne. Ce parfum est la madeleine proustienne du départ de sa mère qui quitta le giron familial pour laisser les filles Le Pen, dont Marine, dans une ambiance de petit déjeuner politique permanent depuis l'enfance puisque son père fut candidat à trois présidentielles. Il ne s'agit pas de psychanalyse de bazar, mais d'une banale constatation. Chez Marine Le Pen, c'est un destin d'enfance qui s'exprime depuis que le père encombrant a été écarté. Elle s'est trouvé un fils adoptif performant, Jordan Bardella, vingt-huit ans, qui ne fait que de la politique depuis son Bac mention très bien. Originaire de Saint-Denis, carrure de troisième ligne, il est l'impeccable bulldozer de ses idées, fussent-elles absurdes.

Marine a une utilisation particulière de ses dauphins. Soit ils passent par la fenêtre, comme Florian Philippot, soit ils pourraient lui ouvrir les portes de l'Élysée, comme Jordan Bardella.

En France, en dehors du cas Macron, les présidentielles tiennent souvent d'une certaine forme de vengeance contre les échecs précédents. Or, comme l'écrivait Nietzsche, dans la vengeance comme en amour, la femme est plus barbare que l'homme.

ÉDOUARD PHILIPPE

Avec et sans barbe

Mercredi 2 septembre 2015, 16 h 30, Café de l'Espérance, Paris VIIe*.*

La mer et l'océan ricanent dans notre dos depuis que nous avons quitté leurs rivages et plié nos parasols pour rentrer travailler à Paris.

Édouard Philippe est attablé au comptoir, une Stella Artois à la main, lorsque je pénètre dans un petit troquet, l'Espérance, qui a le bonheur d'être situé au croisement proustien de la rue de l'Université et de la rue Gaston-Gallimard. Le maire du Havre, costume gris efficace et chic, m'a donné rendez-vous au cœur de la mythologie française, à proximité des célèbres éditions. Pourtant, le zinc en question fleure plus la blanquette et la frite que la Pléiade.

> J'ai pris l'habitude de la bière en Allemagne, lorsque mon père était proviseur du lycée de Bonn. J'aurais adoré être professionnel de foot, mais pas assez de talent. En 1982, j'ai été inconsolable en regardant France-Allemagne à la télévision. En 1998, j'ai réuni mes deux grands-pères, Charles et Lucien, pour qu'on regarde la finale tous les trois en buvant des bières. C'était extraordinaire.

Édouard Philippe, germanophile ?

Je suis stupéfait par la méconnaissance de l'Allemagne des Français. C'est un mélange d'ignorance et de préjugés. On a sous-estimé une personnalité comme le chancelier Helmut Kohl. Aujourd'hui, l'opposition a la même attitude à l'égard de François Hollande. À mon avis, à tort.

Rien n'est joué ?

Il peut tout à fait gagner la présidentielle. Derrière une apparence de naïveté et de rondeur, c'est un être froid, dur, jovial et désinvolte mais déterminé. Il possède une carapace énorme contre l'adversité.

Son grand défaut ?

Il est prévisible. On sait ce qu'il prépare. Il va se détacher de la gauche, prier pour qu'un peu de croissance revienne et tenter de bricoler autour de lui une sorte d'alliance centriste. Les institutions, en France, font qu'un président n'est jamais cuit.

Notre cher Édouard s'est amusé à Sciences Po et emmerdé à l'ENA (à chaque fois, il s'y est repris à deux fois). Il a flirté avec la gauche rocardienne, peut-être parce qu'il n'a pas du tout le profil de l'héritier. Charles, son grand-père paternel, travaillait sur les docks du Havre. Lucien, du côté de sa mère, était un bourgeois chrétien-démocrate du Nord. Famille socialement mêlée. Sa barbe bien taillée n'évoque pas celle du hipster branché, mais de l'officier de marine affrontant la tempête. Comme dans *Le Crabe-tambour* de Schoendoerffer.

J'ai gagné la dernière législative de justesse (800 voix), au couteau, cela a été très éprouvant. D'ailleurs, j'ai été tellement conscient de cette fatigue physique que j'ai refusé un squash que me proposait un ami pour me détendre ! Je me serais écroulé.

Les grands auteurs pensent qu'aimer la politique, c'est aimer la mort. Une sorte d'assomption par la souffrance. Regardez les fins de parcours douloureuses de François Mitterrand, Jacques Chirac, Margaret Thatcher et Ronald Reagan.

Pour l'instant, tout est réglo, mais je suis préparé, au cas où, à des primaires violentes. Alain Juppé ne se dérobera pas. Il s'y prépare tous les jours. Ces derniers mois, je suis un entraînement assez intensif de boxe pour accumuler punch et self-control.

On raconte qu'Édouard se serait battu avec Nicolas Sarkozy ! Souriant depuis le début de notre conversation, mon interlocuteur accentue la béance de ses maxillaires.

En 2002, quand j'étais directeur général de l'UMP et lui ministre de l'Intérieur, l'opposition était forte, brutale. Je me souviens d'une heure d'engueulade terrible au téléphone, parce que son nom n'était pas assez grand sur un carton d'invitation ! Ce qui est bizarre, c'est que l'on s'est toujours écharpé pour des détails. Dès que j'ai démissionné de l'UMP, nos relations sont redevenues très correctes, même s'il sait que je suis indéfectiblement lié à Juppé. Je n'ai jamais été sarkozyste. Mais globalement, je dis beaucoup moins de mal de lui que ceux qui le soutiennent ou qui l'ont soutenu.

Verra-t-on, lors les primaires, une vraie différence programmatique ?

Oui, regardez les idées de Juppé sur l'école, elles n'ont rien à voir avec la politique que Nicolas Sarkozy a menée en matière d'enseignement lorsqu'il était à l'Élysée. Et puis, je crois que les Français n'ont aucune envie de revoir le match de 2012. Dans des registres différents, ces quinquennats ont déçu : trop transgressif pour l'un, inexistant pour l'autre.

Je réattaque ! Nicolas Sarkozy, s'il lui adresse des critiques, dira que Juppé et Fillon ont été des poids lourds de ses gouvernements… Ça risque quand même d'être compliqué pour Édouard de flinguer le quinquennat précédent !

Mais il n'y aura pas de flingage de notre part. Nous irons à la primaire avec des idées concrètes, un calendrier pratique et une certaine hauteur de vue en matière d'exercice du pouvoir. Alain Juppé n'est pas clanique.

Pour cette présidentielle, à droite, j'émets l'hypothèse que c'est un peu l'Atlantique qui affronte la Méditerranée. Bordeaux et l'océan contre la Corse, le Cap Nègre et la Méditerranée. Il rigole.

Vous avez raison, moi, j'aurais été incapable de faire de la politique à Nice [hilare] ! Je suis profondément normand. Je suis maire d'une ville, Le Havre, qui a été presque détruite pendant la guerre.

L'expression de son visage change. Il y a, du côté de l'Atlantique, plus de mesure, de tolérance, et la présence de l'histoire à chaque coin de rue.

Et Manuel Valls ?

Je ne critique pas l'homme. Il a compris le fonctionnement des médias et de la politique, mais comme Premier ministre, c'est un peu léger. Je n'entends chez lui aucune idée originale en matière de fiscalité et de politique industrielle. Quant aux quadragénaires de mon camp (il fait clairement allusion à NKM et Bruno Le Maire), s'ils veulent peser sur le futur, ils feront comme Valls et Montebourg, c'est-à-dire qu'ils iront aux primaires.

Au Havre sont nés ou passés Raoul Dufy, Claude Monet, Arthur Honegger, Jean-Paul Sartre, Raymond Aron et l'un des arbitres de nos élégances télévisuelles : Laurent Ruquier.

La télévision a joué un rôle dans ma vie. Au départ, mes parents, comme souvent les enseignants, refusaient la télévision. Puis, un jour, en 4e, ils en ont acheté une. Et là… Je me suis senti attiré par des programmes comme « L'Heure de Vérité » avec François-Henri de Virieu et Alain Duhamel. J'avais beau être un gosse, je me suis vite imaginé que c'était à moi que l'on posait des questions, et pourtant je ne comprenais pas grand-chose !

Physiquement, Édouard Philippe est à l'opposé de l'image qu'on se fait du petit Français façon de Funès. Comme Chirac, De Gaulle et Villepin, c'est un grand mince qui sort de table.

*

* *

La vie est un bout de lumière qui finit dans la nuit. Le Normand a décidé d'être candidat aux présidentielles il y a deux étés, écrasé par le soleil italien qu'il fréquente chaque année en famille : Toscane, Sicile, les Pouilles, peut-être la côte amalfitaine. Pourquoi être indiscret ? Le programme est toujours le même : lever à l'aube pour vivre comme un modeste empereur sous les oliviers. Le déjeuner. La sieste qui protège, mais peut aussi abrutir. Et puis la nuit infinie comme chez Moravia. Un jour d'Italie, il a décidé : « J'y vais, je les emmerde. » Depuis qu'il est passé par Matignon, le grand Édouard caracole en tête des sondages. Son bilan, personne ne le réclame. N'osant pas lui demander sa taille (c'est débile, mais ça m'intrigue), je regarde sur Internet. Suivant les sites et les biographies il mesure 1 m 84, 1 m 87 ou 1 m 90.

Lecteur de Louis-Ferdinand Céline, Édouard Philippe frappe, boxe, sourit, réfléchit et fait halte à Biarritz au cœur d'un tour de France à l'ancienne pour aller à la rencontre de nos compatriotes, des élus, en leur présentant son dernier livre, *Des Lieux qui disent*. Son apparence a changé. Le départ de

Matignon n'a pas été une petite mort. Et encore moins un enfer. Édouard Philippe s'insurge contre les anciens du lieu qui pleurnichent sur leurs douleurs. Crochet du droit, puis direct !

2027 est l'objectif avoué. Tout se met en place discrètement, le plus loin possible de la presse. À Sciences Po, son condisciple, le journaliste David Abiker, se souvient d'un type longiligne en noir qui avait une aptitude particulière à lire sans lever la tête malgré une ambiance de comptoir déchaînée. Pour Philippe, *Ocean's eleven made in* 2017, c'est terminé. L'échéance est tellement grave que toute forme de braquage, même emmené par George Clooney et sa bande, est exclue pour la prochaine présidentielle. Il faut revenir à la bonne vieille méthode Mitterrand-Chirac qui consiste à regarder la France dans le fond des yeux. Le problème, c'est qu'il fait un temps pourri ! Plus Simenon que Moravia.

La pluie sur Biarritz est un océan suspendu. Je viens d'atterrir par miracle. C'est curieux ces avions qui ne supportent pas les turbulences. Peut-être devrions-nous être prévenus que la vie est un hublot fragile ? Le transfert vers la librairie Darrigade est opéré grâce à mon pote Jean-Christophe, à qui je demande des nouvelles du super champion, devenu après sa carrière, le plus célèbre dépositaire de presse de la région. Personnage essentiel de la ville puisqu'il est chef concierge de l'Hôtel du Palais, il est formel : « André Darrigade est mort il y a vingt ans. C'est son fils qui a repris. »

Le temps de fermer mon parapluie, d'apercevoir Édouard Philippe conversant avec un lecteur, et me voici ultra surpris car le défunt imaginaire d'il y a cinq minutes est en pleine forme face à moi ! Le bel André Darrigade a l'air d'avoir soixante-cinq ans, il en a quatre-vingt-quinze ! Il a gagné plus d'une vingtaine d'étapes du tour de France, d'innombrables courses et a été champion du monde. Routier sprinteur phénoménal d'une génération qui a pédalé de Coppi au début de Merckx. Sacré Landais ! Darrigade a, un jour ou l'autre, battu toutes les stars de sa génération : Bobet, Anquetil, Van Loy et les autres. Il est souriant, modeste et semble franchement beaucoup plus en forme que moi. Saloperie de cycliste ! Je l'aime. Notre héros du moment, Édouard, semble à la fois surpris et happé de se retrouver, par hasard, face à l'une des légendes de son enfance.

J'avais préparé mon petit iPhone pour enregistrer notre historique conversation, mais comment interrompre deux sportifs, un champion du monde et un boxeur candidat à la présidentielle, quand ils égrènent leurs souvenirs ? Je n'ai pas pu m'empêcher de prendre une photo, comme un gamin nostalgique de Robert Chapatte et de Blondin.

La maison de la presse est grande. On y trouve absolument tout, les journaux, les magazines, la papeterie, les classiques, les best-sellers, les polars, les nouveautés. En face, de l'autre côté de la rue qui descend (sous l'appartement qu'occupait Coco Chanel), se trouve le Bookstore, autre lieu abondamment fréquenté dès que la grande plage se vide et que la pluie s'annonce.

Franchissant Darrigade père et fils, un couple s'avance. Une femme d'une cinquantaine d'années et son époux dévisagent notre Philippe, comme une résurrection de Cary Grant, les cheveux perdus. « Mais vous êtres magnifique, ça vous va très bien. Et avec mon mari, on compte sur vous pour nous débarrasser de cette bande de bons à rien. » Comme il pleut, ce ne sera pas la foule, mais la tonalité est la même pour tous les visiteurs venus pour la signature de ce livre datant d'un an déjà. M'incrustant derrière la dame, j'évoque cet épisode qui fit couler beaucoup d'encre : l'alopécie. J'écoute la réponse de l'intéressé avec un sérieux épiscopal car je suis moi-même dans une période crânienne « clairière en voie de disparition ».

J'avais des cheveux, je n'en ai plus. J'avais une barbe, je n'en ai plus. J'ai perdu tout ça à 51 ans, après m'être marié, après avoir fait des enfants, en étant sûr de mes forces et de mes faiblesses. Ça aurait été plus terrible si j'avais été une jeune fille de 25 ans. Quand j'ai expliqué ce que c'était que l'alopécie, j'ai reçu un grand nombre de courriers. De parents qui avaient vécu ça avec leurs enfants pour lesquels ça avait été hyper difficile parce qu'à ce moment-là, ils cherchaient du boulot, et allez expliquer que vous n'avez plus de cheveux, que ce n'est pas un cancer, que vous allez quand même pouvoir travailler et payer votre loyer. Moi, je n'ai pas connu ça. J'étais une personnalité publique. Les gens se sont rendu compte que ça m'arrivait mais ça n'a pas impacté ma vie comme quelqu'un qui a 12 ou 25 ans. Accessoirement, ce n'est pas grave. Donc, première chose : on va se calmer. Deuxième chose : c'est loin d'être neutre. Changer de tête et ne pas se reconnaître spontanément quand on se voit dans une glace n'est pas une petite affaire. Ce n'est pas très grave, mais j'ai beaucoup de mal avec les gens qui pensent que ça n'a rien été. Bien sûr que c'est quelque chose. Mais c'est comme tout, vous pouvez vous arrêter et vous plaindre ou vous dire : « C'est comme ça, j'ai compris un truc que je ne comprenais pas avant. C'est ce que vivent certains qui sont malades dans le regard des gens. » Je n'ai pas perdu mon temps quand j'ai compris ça.

Le Havrais est hâlé, porte la cravate et le même type de costume sombre que ceux qu'il arborait il y a des années à Sciences Po.

Il m'arrive parfois d'avoir à justifier mes études. Sciences Po, puis l'ENA : voilà qui vous place automatiquement dans la catégorie des parvenus ou des fils d'archevêques. Peu importe que mon père ait été le premier Philippe à obtenir son bac et que j'aie grandi dans les banlieues de Rouen.

Cette assertion s'accompagne d'une irritation à l'égard de tous ceux qui veulent en finir avec l'élitisme républicain.

Des fils ou filles d'archevêques, incapables de préparer les concours et de les réussir, préférant leur jeunesse dorée dans la douceur de leur milieu plutôt que de se soumettre à une compétition exigeante et incertaine, j'en ai rencontré beaucoup.

Édouard Philippe contredit Pierre Bourdieu en matière d'héritier. Selon lui les glandeurs sont légion, voire même, pense-t-il, la majorité. Il a aimé le Conseil d'État, son exigence et sa liberté. À l'époque, son idole n'est pas encore Bruce Springsteen, mais Léon Blum.

Quand mon grand-père utilisa, entre Le Havre et Paris, la ligne historique dont parle Zola, le trajet était de cent dix minutes. Il est aujourd'hui de cent vingt-cinq minutes, les retards sont réguliers et le service à bord a disparu ! [...] Dans certaines régions de province, l'hôpital ne fonctionne plus, les rendez-vous avec les spécialistes sont quasiment impossibles.

Édouard cite *Mars*, le triste héros cancéreux de Fritz Zorn : « Depuis que je suis malade, je vais beaucoup mieux. »

Je décide de passer du coke à l'âne (c'est moi qui fais l'âne) et de lui parler de l'emprise des narcotrafiquants sur Le Havre.

Il y a incontestablement une pression sur les dockers, sur les douanes, mais sans que ce soit comparable à Marseille, et encore moins à Anvers ou à Rotterdam. Si j'étais l'objet de la moindre menace comme ça a été le cas pour l'ex-Premier ministre hollandais, je le ferais savoir immédiatement. On surveille ça de très près.

Chez Darrigade, on trouve les œuvres complètes de Paul Auster, le New-Yorkais absolu. Surprise, Édouard et lui se connaissaient bien et depuis longtemps.

À l'époque où je faisais mon stage de l'ENA à l'ONU pour la mission de la France, je lisais Paul Auster et j'aimais bien. En 2014, j'étais maire, je faisais un festival littéraire au Havre qui s'appelait *Le Goût des autres*, et j'ai demandé à son éditeur en France, Actes Sud, si je pouvais lui faire passer une lettre sur le thème « J'aimerais beaucoup vous accueillir ». Paul a répondu : « Je ne sais pas trop, mais si vous avez l'occasion de venir à New York, on en discutera. » J'ai pris ça comme une invitation et je suis donc allé le voir à Brooklyn. J'étais dans mes petits souliers. Je ne suis pas impressionné par les hommes politiques, mais les écrivains, ça m'impressionne. Je frappe, je rentre, on commence à parler, je me rends compte qu'il connaît vachement bien la France et la littérature française. On boit une bouteille, on discute et ça se passe bien. Il me propose d'aller dîner avec sa femme, Siri Hustvedt, dans un restau italien au bout de la rue. C'est drôle parce qu'il y avait du monde, on a attendu, et on est tombé sur une bande de Havrais ! « Ah, monsieur le maire ! » Et ils ne savaient absolument pas qui était Paul Auster. Bref. On a dîné puis on est retourné chez lui où on a continué à picoler, à bien se marrer et surtout à parler de littérature, d'histoire et de politique. C'était vraiment un bon moment. Il m'a dit : « Je ne viendrai pas l'année prochaine car je serai en phase d'écriture, mais je viendrai l'année d'après. » Il a tenu parole et il est venu en janvier 2018 au festival au Havre. À ce moment-là, j'étais Premier ministre et tellement content qu'il soit là. Nous dînons chez moi avec Siri et mon épouse. On a commencé vers 20 heures et on s'est séparé vers 1 heure du matin. On a refait le monde. C'était extraordinaire parce que c'était un type très intelligent, très cultivé, très francophile, très simple, très abordable. Et de ces deux dîners que j'ai partagés avec lui et sa femme remontent des souvenirs très émouvants. Il m'a offert son dernier livre, dédicacé, j'étais le plus heureux des hommes.

La littérature n'est pas pour Édouard Philippe une digression, une posture. Dans *Des Hommes qui lisent* il en a fait l'un des fondements de la politique en France. Il lui arrive de farcir ses discours officiels de citations de Céline pour réveiller l'assistance. Je lui en suggère quelques-unes, franchement pas correctes : « Quand on n'a pas d'argent à offrir aux pauvres, il vaut mieux se taire », « La beauté, on sait quand ça meurt ». Ou un truc qui lui irait bien : « Une biographie, ça s'invente ». Il y a aussi le délicat « La merde a de l'avenir » ou « Si on se laissait aller à aimer les gens gentils, la vie serait atroce ». Vous imaginez ces phrases employées pour une décoration ou lors de la campagne électorale ? La théorie d'Édouard, c'est que les gens n'identifient pas l'auteur, mais que, brutalement, ça les réveille. Lui n'a aucune considération humaine pour Louis-Ferdinand, mais déplore qu'on ait annulé les cérémonies qui étaient prévues pour l'écrivain, qu'il considère comme le plus important du XXe siècle en France.

Édouard Philippe est de droite, mais n'est pas bien-pensant. Une phrase de l'auteur du *Voyage au bout de la nuit* semble résumer le fond de sa pensée concernant Emmanuel Macron : « Il n'y a pas de vanité intelligente. » Comme l'on dit au casino de Biarritz, entre les deux hommes, rien ne va plus.

D'abord pour des raisons de méthode. Édouard Philippe ne veut pas que le pouvoir devienne une caserne de pompiers débordés. Il a travaillé avec Emmanuel Macron et Alexis Kohler, le secrétaire général de l'Élysée, qu'il aime beaucoup. Mais avec le président, il y a une différence fondamentale de tempérament, de comportement. Édouard se perçoit comme un officier français en mission là où Emmanuel pencherait davantage vers le miroir et la starification.

> Chaque fois que je me promène, à Vesoul ou à Besançon, je deviens plus solide, plus enraciné. C'est très précieux. Cela étant, il y a le sens politique d'une candidature, la capacité à l'incarner. C'est exactement comme les gammes : savoir faire des gammes, ce n'est pas être un grand concertiste. Mais difficile d'être un grand concertiste si vous ne savez pas faire de gammes.

Pense-t-il au président Macron ?

Ça, c'est vous qui le dites, pas moi.

La méthode « la France au fond des yeux » est-elle obsolète ? Je recase l'option hold-up…

C'est lui, c'est comme ça qu'il a fait. Ça lui correspond. Maintenant, probablement, il paye un peu ça. Je ne lui ressemble pas, je n'en ai pas forcément envie d'ailleurs. Je n'ai envie de ressembler à personne, j'ai envie d'être moi. Déjà, être à l'aise avec soi, c'est un gros travail. Ce que je sais, c'est que j'aime ça. Quand je reste à Paris, je m'inquiète. Et quand je me promène, ça me rassure.

Macron sait-il qu'il sera candidat pour 2027 ? A-t-il envie de l'aider ?

Je ne suis pas sûr, non… Ce n'est pas ce que j'ai compris.

Certains à l'Élysée évoquent l'idée curieuse qu'il pourrait pousser Bayrou… Qu'en pense Édouard ?

Il fera ce qu'il veut, mais je pense que le pouvoir en France ne se transmet pas. En 2027, les Français choisiront un président. Et ce que le président précédent préfèrerait ou aurait préféré comptera très peu.

Va-t-il entrer dans une phase « Lui, c'est lui ; moi, c'est moi », ou dans un droit d'inventaire à la Jospin ?

Je crois qu'il a déjà engagé les affaires sur cette phase. On me dit « un jour, il faudra te décaler ». Je n'ai pas besoin de me décaler, c'est le président qui s'est décalé. Au moment des législatives, il a voulu m'empêcher de créer une formation politique, m'empêcher de présenter des candidats en 2022. Ça ne m'empêche pas d'avancer. Il en faut plus pour m'empêcher d'avancer. Je lui souhaite bon courage. Je ne suis pas candidat contre lui.

Je sais ce que j'ai fait pendant trois ans avec lui, je n'ai jamais été déloyal. Je ne le serai pas. Ce n'est pas dans ma nature. Mais je considère que j'ai le droit de dire ce que je pense et ça ne fait que commencer.

On a, à l'international, le sentiment d'un incendie permanent…

On ne prend pas assez au sérieux notre engagement européen. On se plaît à dire de grandes choses, mais on ne respecte pas toujours les engagements pris vis-à-vis de nos partenaires. Je suis très pro-européen, très inquiet de nos choix en matière de défense. On met plus d'argent, et c'était nécessaire, le président a mille fois raison, mais est-ce que ça change l'analyse des menaces ? Un de mes amis diplomates me dit toujours : « Contrairement à ce que pense le président, la diplomatie est un sport collectif. » Il faut pousser à plusieurs, pas seulement en comptant sur ses capacités de séduction ou de conviction.

Quand va-t-il sortir un programme ?

Tard. Je ne vois pas bien l'intérêt qu'il y aurait à dire aujourd'hui : « Voilà ce qu'il faudrait faire. » D'abord, ce n'est pas mon rôle. Je ne suis pas candidat au poste de Premier ministre.

Sera-t-il candidat ?

Oui, en 2027. Ce qui m'intéresse plus qu'un programme, c'est une stratégie, une vision du pays à long terme.

Lui et moi savons parfaitement qu'une conversation ne fait qu'entrevoir la vérité. Qu'ai-je entrevu ? Qu'il est déterminé, que Marine Le Pen ne l'impressionne pas, que Macron l'indiffère, que ses troupes se mobilisent discrètement, que les sondages sont bons. Et qu'il ménage les rares hiérarques importants de la droite : Gérard Larcher et Nicolas Sarkozy. Le matin même, la presse évoquait une possible médiation dans l'affaire calédonienne.

On ne me la proposera jamais. Le président préfèrerait manger son chien que de me demander quoi que ce soit. Il pense que c'est à lui de s'en occuper, ça lui ressemble assez, c'est dans son caractère.

Durand n'est pas encore totalement alzheimerisé. Lors d'un des derniers meetings de la campagne 2017, Brigitte Macron nous rendit visite pour un très léger dîner, car elle souhaitait s'exfiltrer pour une fois de la tornade en cours. Une phrase me marqua, qui est devenue le leitmotiv de tous les éditorialistes : « Emmanuel est comme ça, il fera tout tout seul. »

Oui, c'est comme ça qu'il a gagné, c'est comme ça qu'il est. Moi, je pense que ce n'est pas une bonne idée. Souvent, ça lui a réussi. Pas toujours. Parfois, cette audace individuelle produit des résultats assez impressionnants et puis parfois, elle ne produit rien. Parce que, encore une fois, transformer la réalité reste un sport collectif.

Imagine-t-il la direction du Trésor travaillant avec Bardella ?

Une fois élu, ils travailleront pour lui. Pas le choix, ils sont fonctionnaires. Mon problème n'est pas celui-là, mais comment on évite ça. En arrêtant de jouer sur le moteur de la peur et de l'incompétence et en disant ce qu'on veut. En comptant sur l'alpha et l'oméga de la démocratie, c'est-à-dire le bon sens et le fait que les Français sont intelligents. Je ne veux pas dire que ceux qui feront le choix du RN seraient bêtes, je n'ai jamais pensé cela. Mais si vous parlez sérieusement aux Français, vous leur dites : « Madame Le Pen vous a promis de baisser les impôts sur les plus modestes tout en maintenant la retraite à soixante ans, c'est juste pas possible. »

Fondamentalement, comme au Havre : il ne faut rien promettre d'intenable.

Que retient-il de son passage à Matignon, du Covid, des Gilets jaunes ?

J'ai appris sur l'État. Sur ses mérites et ses faiblesses. Sur les contradictions qu'il porte et sur lesquelles il arrive difficilement à trancher. Sur ses lourdeurs, sur son affaiblissement, notamment dans la compétence technique. Giscard disait toujours qu'il y avait trop de juristes et pas assez d'ingénieurs dans la structure de l'État et il n'avait pas tort.

Voit-il toujours le président Sarkozy ?

Oui, je le vois, on se parle volontiers. Il a été très correct avec moi quand j'étais Premier ministre. J'étais évidemment très respectueux de l'ancien président. On a déjeuné ensemble il n'y a pas très longtemps. C'était très sympa. J'aime bien l'écouter. Je ne suis pas toujours d'accord avec lui. Quand il parle du pouvoir, de son exercice, quand il parle des relations internationales, de l'électorat, de la conquête, il sait ce que c'est.

Que pense-t-il de son point de vue houellebecquien sur la France qui ne serait qu'une sorte de jardin d'acclimatation ?

Moi, je ne crois pas ça. Et je pense que ce n'est pas synonyme d'une qualité de vie diminuée. L'Allemagne du Sud et l'Italie du Nord sont des terres extrêmement industrielles et agréables à vivre. On peut conserver cet art de vivre auquel on est attaché et qui, parfois disparaît, en étant une nation plus organisée et plus productive. Si on veut garder notre façon de vivre, notre modèle social, même s'il ne marche pas très bien, il faut qu'on soit plus riches. Si on veut collectivement être plus riches, il faut travailler un peu plus. C'est pas un gros mot de le dire.

Et Mélenchon, qu'il connaît bien ?

Pendant longtemps, j'ai été en désaccord complet avec lui, mais je reconnaissais que, dans les moments graves, il était du bon côté. Notamment lors des attentats de 2015. Y compris dans des moments où, Premier ministre, j'ai eu à gérer des crises. Il savait que la France était frappée.

Édouard Philippe est l'un des rares, peut-être le seul des grands responsables politiques, qu'il n'insulte pas. Pourquoi ?

C'est vrai, il y a une forme d'estime. Peut-être parce qu'il sait qu'être maire du Havre, ce n'est pas être maire de Neuilly. Peut-être parce qu'il sait que j'aime bien la littérature et l'histoire et que ça le touche.

Mais pourquoi cette outrance et ce projet révolutionnaire ? On perçoit son calcul. Les modérés vont se diviser et les candidatures seront multiples puisqu'il n'y aura pas de primaire. Il mise là-dessus pour être au second tour. Mais face à Marine Le Pen. Et s'il échoue, il pense que ça provoquera une situation chaotique et révolutionnaire dans le pays, à son seul profit ! On est loin de l'homme qui a voté Maastricht, qui a été ministre et sénateur pendant des années. Qu'est-ce qui arrive à Jean-Luc Mélenchon ?

Je ne sais pas. Il est frappé par une espèce de radicalisation et d'utilisation malsaine de vocabulaire et de symboles antisémites. Ce qu'il fait à Jérôme Guedj, qui est mon ami et qui était le sien, est indigne. On ne peut pas jouer sur le clientélisme antisémite.

Les lecteurs se raréfient chez Darrigade. Je lui propose que nous passions par la rambarde de la plage pour aller prendre un verre à l'hôtel du Palais où nous attendent les indispensables Jean-Christophe, le directeur Vincent Poulengue et le régional de l'étape, Frédéric Beigbeder, producteur de vodka avec son frère et écrivain lorsqu'il est seul. La pluie s'est évanouie. Sous les vagues, la mer est dressée, comme si elle souhaitait monter vers le ciel.

Nous bavardons comme des vieilles dames dans le bar du fond. Descendu de scooter de Guéthary, Frédéric électrise la conversation. En tant que cagole en chef, je commande un Spritz. La demande de Frédéric : « un expresso Martini avec sa vodka Le Filtre » mélangée à un café. Quant à Édouard Philippe, il commande un Nikka. Il se contentera d'un très bon whisky sec, servi par un barman souriant, que nous appellerons en toute simplicité Napoléon III.

Nous conversons, nous conversons. Puisque je n'ai pas trouvé de whisky japonais, je vous suggère de méditer ce proverbe nippon : « Ce qu'un homme ne dit pas est le sel de la conversation. » Je sais qu'Édouard Philippe a prévu de dîner chez des amis à Bayonne, mais remarque, avec la subtilité d'éléphant qui me caractérise, qu'il a jeté dans le liquide ambré une toute petite cuillère d'eau. Et puis, soudain, ses lunettes noires me fixent. « Vous qui avez longtemps travaillé avec Philippe Tesson et lui… Quel est l'exact pouvoir de Bruno Roger-Petit ? Il est comment, ce Bruno Roger-Petit ? »

Je cherche une réponse qui pourrait caractériser ce conseiller macronien de l'aile Madame, qui, par un tour de passe-passe, a réussi à pousser dans le ravin un nombre impressionnant de cadres historiques du Château. J'avance cette hypothèse : « C'est une sorte de Charasse fidèle, un fin Bourvil à la gâchette facile. »

À sa manière de boire le whisky, il existe une *Édouard's touch* ! Se doute-t-il qu'une sorte de complot est en train de s'organiser ?

Fin d'après-midi fort agréable. Plus d'orage, pas de déferlante, les travailleurs de la mer se reposent, les falaises résistent. Biarritz reste un paradis. Mais à Paris, ça sent la poudre ! Il ne s'agit plus simplement de retrouver une liberté de parole comme l'atteste cet entretien, mais d'entamer la guerre de succession. En matière de boxe, le grand Édouard va durcir sérieusement l'entraînement. Car, depuis la dissolution, on ne sait plus très bien qui est en lice pour le titre. Sur un point crucial, le maire du Havre est cristallin : tout accord entre le Rassemblement national et sa famille politique d'origine serait condamnable et consternant.

La politique procure d'éternels frissons.

APOCALYPSE NOW

Aurore Clément

Je suis un être confus que le chagrin bouleverse. J'ai eu une note honorable en philo au bac, mais les idées m'effraient comme le mot « concept ». Je l'ai suggéré dans l'exergue de ce livre, je ne vois pas très bien comment la vérité peut être débusquée sur le moment. C'est éventuellement le privilège de l'art quand il atteint des sommets. Pour le reste, il a fallu attendre des historiens américains comme Paxton pour savoir ce que nous avions vraiment fait pendant l'Occupation. Le temps est le seul juge de paix.

Curieusement, à la sortie d'*Apocalypse Now*, dans un cinéma du quartier latin, j'ai été ébranlé comme jamais.

Françoise Sagan venait de claquer la porte du festival de Cannes, refusant de donner la Palme d'or à Francis Ford Coppola, elle qui présidait le jury. Dans les rues, un sentiment de submersion, comme à la lecture des grandes pièces de Shakespeare. On hésite entre le sublime et le ridicule d'un Vietnam revu par le Châtelet. Ce Brando-Kurtz dans l'ombre n'avait rien à voir avec ma lecture exaltée d'adolescent plongé dans le *Cœur des ténèbres* de Joseph Conrad. Wagner, le surf, la dope, les têtes coupées, les Doors chantant « The End », était-ce *too much* ? Ou, au contraire, une adaptation absolument extraordinaire, une sorte de sommet ? J'étais seul, je rentrais à pied. Jamais autant de questions ne m'avaient assailli, sauf peut-être après un spectacle de Pina Bausch sombre et délirant, où les danseurs entamaient un rock frénétique avec pour chacun une chaise comme unique partenaire. Je m'égare.

Mais cette apocalypse ? Était-ce le délire d'un cinéaste américain se sentant coupable, comme toute sa génération, d'une guerre qui n'avait aucun sens ? Ou, comme il l'a dit lors d'une conférence de presse à Cannes, « non pas un film sur le Vietnam, mais LE VIETNAM » ?

Le jeune homme, ou l'homme jeune, adore les classements : meilleur guitariste, meilleur chanteur, meilleur bassiste et autres conneries… Je vivais avec un panthéon flou qui animait les discussions pétardisées de ma brillante génération, qui a évité toute forme de guerre et dont le fait d'armes le plus dangereux a été, en gros, de s'affronter autour d'une question majeure et risquée : Beatles ou Rolling Stones ?

Évidemment, le cinéma jouait un rôle non négligeable dans le dédain ou l'amitié que nous nous accordions les uns les autres. Ma bande avait une liste incontournable de l'ère pré-numérique : *Les Enfants du paradis*, *Citizen Kane*, *Le Guépard*, presque tout Kubrick (surtout *Barry Lyndon*), les films de Mankiewicz, *Le Mépris*, *Chinatown*, *Le Bal des vampires*, quelques Bergman, *Psychose*, *Fenêtre sur cour*, *Le Crabe-tambour*, Marlène, Gabin et Delon dans Melville, Belmondo en prêtre, l'incroyable odyssée d'*Il était une fois en Amérique* de Leone, *Le Genou de Claire*, Woody et Cassavetes, certains polars, Astaire dans les airs, *Mélodie en sous-sol*, Bourvil et Nicholson, d'envoûtantes actrices comme Katharine Hepburn, Ava, Bardot, Deneuve, Ingrid Bergman, Bette Davis, Bacall, un Corniaud et une splendide vague méditerranéenne talentueuse de Loren, Mangano, Vitti. Le bordel Fellinien fut éminemment fréquentable. *Vol au-dessus d'un nid de coucou* nous déchira l'âme comme *Les Valseuses* déchirent maintenant la France après l'avoir fait exploser en 1974. Mais le top du top ne se joua pas sur un écran, mais au hasard d'une autre balade post-cinéma boulevard Saint-Germain. Je l'ai croisé deux ou trois fois, la clope au bec. « Putain, c'est Marcello Mastroianni ! » À jamais.

Après que les Anglais eurent révolutionné la musique, une bande d'Italo-Américains allaient se charger du cinéma. Coppola, Scorsese, Pacino, De Niro, De Palma. Des mecs électriques, surdoués, un gros Californien, un sec de New York, de la dope jamais très loin : on a appelé ça le « Nouvel Hollywood ». Comment se fait-il que les plus grands cinéastes de l'époque se soient rués tous en même temps dans des contrées inhospitalières, abandonnant les studios ? *Aguirre, la colère de Dieu*, *Fitzcarraldo*, *Mission*, Schoendoerffer et *La 317e section*, tous les films sur le Vietnam, comme un retour violent dans la jungle et l'inconfort.

Aimant la littérature, Joseph Conrad présenta immédiatement pour un jeune garçon tous les avantages, avec ses histoires d'officiers pris dans la tempête à bord de leur navire dans des pays exotiques. C'était exactement ce qu'il me fallait : Proust avec de l'action ! Lord Jim plutôt que Charlus. Plus les années passèrent, plus je revoyais *Apocalypse Now*, plus j'étais subjugué par l'audace de Coppola. Avec Conan le barbare, alias John Milius, réalisateur et scénariste, il trouva le moyen d'écrire une adaptation de 1 000 pages pour un roman qui n'en comporte que 188. Scénario conservé à la Bibliothèque du Congrès à Washington comme l'un des éléments majeurs de l'histoire culturelle américaine. Il venait de réaliser deux bombes mondiales avec *Le Parrain I* et *II*, films de commande géniaux, avec des acteurs géniaux, un producteur génial, Bob Evans, un Mario Puzo entre opéra et assassinat. Et la mafia, présente sur le tournage, comme une des vérités profondes du Nouveau Monde. À la toute fin, Al Pacino tentera de sortir la famille de la spirale des meurtres et des trafics en tous genres. Peine perdue. Même si Sinatra est convoqué pour chanter au mariage, c'est la vengeance et la tragédie qui règnent sur cette trilogie au succès planétaire. À travers Coppola, j'ai mieux perçu la réalité du pouvoir, celle que je décris dans ce livre, qu'en lisant Montesquieu, Tocqueville, Machiavel ou Hannah Arendt. Ces lectures universitaires se déroulèrent exactement au moment de la sortie de ces films, tout au long des années soixante-dix.

Revenons à notre sujet : le capitaine Willard est chargé d'aller assassiner Kurtz au-delà de la frontière cambodgienne, en remontant un fleuve de tous les dangers, avec quelques hommes, à bord d'un patrouilleur. Brando accepte de jouer Kurtz pour un million de dollars. Il viendra quelques semaines aux Philippines, en promettant d'avoir lu le livre, ce qui parut extrêmement peu probable à Coppola quand il discuta avec lui sur le tournage. Interpréter Willard (Marlowe dans le roman) fut refusé par toutes les grandes stars de l'époque : Nicholson, De Niro, Mac Queen, James Caan et quelques autres… Coppola engloutit d'abord treize, puis trente millions de dollars de sa fortune personnelle – et de celle des producteurs – dans l'aventure. Le Pentagone refusa d'accorder toute aide. Coppola essaye la Thaïlande, mais s'installa finalement aux Philippines, dans une île perdue, écrasée sous une chaleur de bête. Il dut louer quotidiennement des chasseurs à réaction au dictateur philippin Marcos, qui les reprenait de temps en temps pour mitrailler la guérilla qui rôdait dans la forêt, autour du plateau. Orson Welles avait déjà tenté une adaptation de Conrad, avant d'abandonner. George Lucas, partenaire de Coppola, présenta un premier projet qui fut jugé trop dangereux. L'ogre Francis allait s'en emparer.

Le 1er mars 1977, à trente-cinq ans, l'acteur Martin Sheen fait une crise cardiaque. La nouvelle parvient immédiatement à Hollywood et fait la une des journaux. Le film devient mythologique avant même son existence. Apocalypse avant l'apocalypse.

Dans le making-of qu'elle tourna, Eleanor, l'épouse du cinéaste, et des acteurs comme Frederic Forrest, reconnaissent que l'ensemble du plateau fut saisi d'une sorte de folie furieuse mêlée d'exaltation. Elle s'habitua à l'idée qu'avec son mari elle allait tout perdre, que le film ne se terminerait peut-être jamais, si ce n'est dans un naufrage exaltant, une danse avec la mort, dans la jungle, au bord d'un fleuve, dans un ballet invraisemblable de techniciens locaux et de purs produits d'Hollywood. L'acteur Laurence Fishburne tricha sur son âge pour être engagé. Il n'avait que quatorze ans, mais en paraissait dix-huit. Le décorateur de génie, Dean Tavoularis, resta plus de deux ans sur place, sans jamais rentrer, gérant un typhon qui ravagea tout, et plus de six cents hommes pour créer un temple et des rizières qui n'existaient pas et qu'on voit à l'écran. Les figurants qui entouraient Kurtz appartenaient peut-être, suggestion du documentaire, à des tribus sanguinaires de coupeurs de têtes. Tavoularis s'entendait à merveille avec le directeur de la photographie Vittorio Storaro, autre maestro du cinéma. À trois, ils créèrent des images inoubliables. Comment oublier l'odeur du napalm, la chevauchée des Walkyries et la dinguerie de Robert Duvall, torse nu, poussant ses troupes au surf, tout en ravageant un village vietnamien, lui-aussi entièrement reconstitué, grâce à une invraisemblable pyrotechnie, qui donnait l'illusion de la guerre au-delà de la guerre. La mort venait du ciel et des hélicoptères.

Ce qui est incroyable, si l'on en revient à nos amis historiens, c'est que les Américains n'ont perdu que 50 000 hommes dans ce conflit. Pourtant, le cinéma anglo-saxon en a fait une affaire personnelle. Protestation et sensibilisation mondiales : *Apocalypse Now*, *Outrages*, *Full Metal Jacket*, *Platoon*, *M*A*S*H*, *Né un 4 juillet*, *Voyage au bout de l'enfer*, *Rambo*, tant d'autres et une pléiade de merdes avec Chuck Norris. Aujourd'hui, les Ukrainiens ont-ils des Coppola qui vont raconter leur tragédie, alors que le bilan est d'ores et déjà bien plus lourd et que personne ne sait quelle issue attendre de l'affrontement entre Poutine et l'Occident ? En matière d'histoire quasiment immédiate, le cinéma américain n'a pas d'équivalent.

Il y a des manuscrits perdus, comme ceux de Céline, qu'on vient de retrouver. Mais *Apocalypse Now* raconte aussi l'histoire d'une disparition, qui n'a fait qu'accroître la mythologie du film. Coppola aurait encore sous la main des heures de rushs, des scènes entières. À la sortie, en 1979, il a supprimé une petite demi-heure essentielle au récit, qui traumatisa ses participants, à commencer par Aurore Clément et Christian Marquand. Est-ce à la demande des distributeurs ou est-ce sa volonté ?

En remontant le fleuve vers Kurtz, le patrouilleur s'arrête dans une plantation tenue par des Français, qui donnent un dîner somptueux dans une maison entièrement reconstituée et emplie de meubles coloniaux trouvés chez une collectionneuse chinoise de Manille. Vins blancs et rouges à température, ce dîner à la française, luxueux, est reconstitué à l'identique. Marquand, grand ami de Brando, est ce chef de famille qui reproche cette guerre à Willard. Lui et les siens ne se rendront jamais. Ils se sentent profondément propriétaires de leur plantation et fiers d'un colonialisme halluciné, qu'ils revendiquent. Ils vivent ce bout du monde comme le prolongement tricolore d'un haras normand. Le scénario de Coppola et Milius mettait ainsi en scène, pour donner de la profondeur au récit, la chute de la France. Hubert de Marais, incarné par Marquand, est un autre Kurtz, qui ne comprend rien à l'évolution du monde et ne voit aucune autre option, pour lui et sa famille, que la résistance aux Vietcongs et la mort inexorable.

Aurore Clément, seule présence féminine dans ce monde d'hommes, est digne, fragile, attirée par le beau capitaine américain. Elle incarne Roxanne de Marais à merveille, comme elle a poétisé tous les films de Chantal Akerman ou *Lacombe Lucien* de Louis Malle. À l'occasion d'une cérémonie lui rendant hommage à Bruxelles, d'une voix douce, Wim Wenders lui a adressé des mots qui font bien comprendre l'incroyable tendresse qu'elle a incarnée dans ce monde masculin, de fauves, de fous et d'assassins. Peu étonnant que la drogue soit la compagne de son personnage assiégé.

But big problem !

À l'époque, Aurore vivait avec le grand cinéaste Miloš Forman qui refusa, par jalousie et par prudence, qu'elle aille se confronter à ce tournage hors du temps et dangereux. Aurore hésita. Ses agents encore plus. Mais, qu'est-ce qu'un acteur, si ce n'est le risque permanent ? Elle partit. Forman ne la suivit pas pour ne pas essuyer le ridicule de rôder sur un plateau qui ne le concernait en rien.

Sur place, elle se sentit protégée par Brando qu'elle connaissait et partagea une sorte de case avec Christian Marquand. Mais toute cette séquence très longue, très difficile à tourner, disparut complètement du premier montage projeté au festival de Cannes en 1979. Ce ne fut pas un choc, ce fut une dévastation. Réparée des années plus tard, dans deux versions successives, dont la « final cut » qui ne sortira qu'en 2019. Aurore attendit quarante ans pour voir son travail.

Sur le moment, Coppola n'avait pas dissimulé sa colère d'avoir tant investi d'argent personnel dans cette séquence, sans obtenir exactement le résultat qu'il voulait. Dans le making-of, que n'a jamais voulu voir Aurore Clément, on sent qu'il accuse Christian Marquand de ne pas être au niveau et de foutre en l'air des semaines de boulot. Lino Ventura avait été contacté, mais tourner au fin fond des Philippines sur une île, même avec Coppola, ne déclencha aucun enthousiasme.

Apocalypse Now fut comme une éducation. J'ai appris grâce à ce film l'existence d'une guerre qui tuait des Vietnamiens et des Américains de mon âge. J'ai aussi complété ma perception de la folie du pouvoir entamée avec Shakespeare.

À l'origine, tout le décor du temple devait exploser au moment de l'exécution de Kurtz, dans une apocalypse finale. Il avait été construit pour ça, sans structure solide qui se serait vue à l'image lors de la déflagration. Mais Coppola change d'avis, il s'enferme, torse nu, avec une machine à écrire pour modifier et remodifier l'issue de son film qu'il ne parvient pas à terminer, en partie à cause d'un Brando très difficile à manœuvrer. Ajoutez une pression phénoménale des studios et des journalistes qui prédisaient à l'époque la plus grande catastrophe de l'histoire du cinéma. Aurore attend, attend. Dans la chaleur effrénée, elle ne sait pas encore qu'elle travaille, qu'elle se concentre, qu'elle assume toutes ses craintes et fait tous ces efforts aux Philippines pour finalement disparaître au montage pendant plus de vingt ans.

Lorsque j'ai su que Francis Ford Coppola allait débarquer à Cannes en compétition, avec un autre rêve dingue, *Megalopolis*, projet de deux décades à plus de cent millions de dollars qu'il finança lui-même, j'ai eu l'irrépressible envie de contacter Aurore Clément, que j'avais infiniment aimée à l'écran pour sa beauté, sa délicatesse et la subtilité de son travail. J'obtins son numéro de téléphone. Entre-temps, j'appris la mort, à quatre-vingt-sept ans, de l'épouse du cinéaste. Pourquoi ai-je ressenti une infinie tristesse ? Je n'avais pourtant croisé Coppola qu'une seule fois dans ma vie.

Aurore, Aurore. Je suis resté tétanisé. Je n'osais pas l'appeler. Depuis toutes ces années, elle avait quitté Forman pour vivre avec Dean Tavoularis qui, à quatre-vingt-dix ans, avait abandonné l'Amérique pour s'installer avec elle à Paris et se consacrer à la peinture. Encore une histoire dans l'histoire. Encore une manière de me séparer de ce curieux sentiment mitigé du premier visionnage du film. « Guillaume, tu es un connard. À vingt-sept ans, la première fois, tu as bien vu un chef-d'œuvre unique et initiatique, n'en doute plus ! Conrad n'a pas été trahi. »

J'ai appelé. Je craignais d'avoir affaire à un mythe lointain. Une voix chaleureuse m'a répondu. Nous avons organisé une conversation, puis une rencontre. Deux jours plus tard je reçus un mail d'Aurore Clément. J'avais compris en bavardant avec elle que cette aventure comptait parmi les plus marquantes de sa vie. L'e-mail est généralement un genre littéraire limité. Le sien me subjugua. Le voici :

Dans ce film, chacun d'entre nous avons donné le meilleur de nous-mêmes. Le dépassement de soi contre la cruauté humaine, sous le regard protecteur de Marlon Brando. Avant que je prenne le train pour Bruxelles, où je vais présenter deux films de Chantal Akerman, je vous envoie quelques pensées bredouillantes sur une *Apocalypse* qui restera dans les ténèbres pour toujours. Quelques petits mots qui me reviennent et traversent encore mon esprit de ce temps de tournage inoubliable. Peut-être que nous en reparlerons ? Pour moi, tout part du chagrin. S'il n'y a pas de chagrin, il n'y a pas de place pour « jouer » au cinéma. J'ai eu un chagrin dans l'adolescence et ce chagrin m'a porté dans la vie jusqu'à aujourd'hui. Si je n'avais pas eu ce chagrin, je n'aurais pas pu aller aux Philippines rejoindre Francis Ford Coppola pour *Apocalypse Now*. J'ai accepté d'aller « jouer », parce que mon métier, c'est de « jouer ». Si je n'avais pas eu ce chagrin, je n'aurais pas été assez forte devant tous ces hommes aux regards hagards, loin de chez eux, perdus, dans cette jungle aveuglante du bout du monde. Je le répète, mon métier est de « jouer », car il faut jouer sans tricherie, dans la vérité, alors qu'on a devant soi la caméra cruelle. Nous nous observions tous et je crois que chacun d'entre nous essayait, avec ce qu'il lui restait d'humanité, de « jouer », dans la patience, l'immense patience et l'attente de Francis Ford Coppola frappé par le doute, en plein tournage de ce film unique…

Je venais de vivre une très forte expérience avec *Vol au-dessus d'un nid de coucou*, en accompagnant Miloš Forman. J'étais nourrie de tant de création, de courage, que je suis partie aux Philippines en n'ayant pas peur. Du moins en apparence. En réalité, j'étais foudroyée de peur, entourée de ces « monstres » d'acteurs, il fallait être forte et courageuse. Mais paradoxalement, ils vous protègent aussi, ces géants. Et puis, pas le choix. Vous êtes là-bas, au bout du monde, vous ne pouvez plus revenir, pas d'avion, la jungle autour de vous, plus rien… Peut-être la mort.

Et puis, on sait de toute façon que « jouer » c'est comme désirer. À un moment, ça va venir, on ne fabrique pas le désir. C'est une attirance irrépressible. « Jouer », c'est pareil. On attend que ça vienne et, à un moment donné, nous allons retrouver Francis dans son attente et dans son pouvoir de création.

J'ai vu de la folie dans nos yeux à tous. Et nombreux sont ceux qui sont restés là-bas. Comme Dean Tavoularis qui a passé deux ans de sa vie sans retourner une seule fois dans son pays… J'ai vu une folie totale, dont on pourrait ne jamais revenir, mais il y avait ce « désir » qui nous soutenait, qui était notre allié. Le reste, c'était du travail, beaucoup de travail, d'attentes interminables, dans la chaleur, l'humidité, l'enfer.

En même temps, on est protégé car on va « jouer » avec soi-même. Avec douceur ? Sans se faire trop de mal ? « Jouer », ça fait mal aussi. C'est encore un autre sujet. Plus profond, plus dangereux. Il ne faut rien attendre d'autre, cela ne regarde personne d'autre que soi-même. On y va dans l'aveuglement de la brousse remplie de bruits sauvages. On ne sait plus qui est qui et peut-être y a-t-il un tigre pas loin qui nous épie, lui aussi. [Fred Forrest et Martin Sheen confessèrent qu'ils eurent la peur de leur vie, lors de la scène où le tigre jaillit, car le dresseur ne contrôlait pas grand-chose et s'était déjà fait dévorer la moitié du visage dans le passé, en tentant ce genre d'acrobatie. Or le tigre a vraiment jailli sur les acteurs et la caméra]. Tout se mélange. On est prisonniers, cadenassés, entre nous. Brando et tous les autres, on se regarde, on s'épie, on ne se lâchera pas, on ne peut plus partir… Impensable… Alors on revient à l'essentiel : on commence toujours avec l'amour du théâtre, du cinéma, pour dire à quelqu'un qu'on l'aime. On tombe amoureux du théâtre, de la peinture, de la musique, des films. Ce n'est pas un choix raisonné… C'est comme le désir, ça s'impose à nous. Et ce désir intense nécessite un accomplissement…

On reste dans ce bout du monde. Peut-être n'avons-nous plus l'envie ni la force de revenir ou de rentrer chez soi. C'est arrivé à certains de ceux que j'ai croisés sur le tournage d'*Apocalypse*

Now. Voilà pourquoi, lorsque j'étais aux Philippines, avec tous ces « mecs », j'avais tout cela en moi. J'étais là pour « jouer », attendre avec eux. Ensemble, nous étions dans cette fournaise… Le reste n'est pas important, même si on pleure, même si le metteur en scène crie ou hurle. Ce n'est pas important puisqu'on « joue » sa vie.

Pour finir, la séquence de la plantation française a été coupée, ainsi que douze autres scènes pendant plus de vingt ans… J'ai rangé le personnage de Roxanne dans ma vie intime, dans ma mémoire. Elle restera blottie dans mon cœur pour toujours. Nous sommes en 2024, Francis Ford Coppola a fait revivre Roxanne et ses fantômes et je l'en remercie à jamais.

Cher Guillaume, je vous envoie tout cela sans relire car sinon ma pudeur l'engloutirait à la poubelle en quelques minutes. Ne prenez pas ces brouillons au sérieux.

La lecture de ce mail si émouvant, si profond, adressé à quelqu'un qu'elle ne connaissait pas, m'a fait la même impression que la découverte des premières lignes de Marlowe, errant sur les quais de Londres, à la recherche d'un dernier commandement sur un cargo.

En hommage à Aurore, revenons à Conrad. C'est comme si elle était déjà présente dans son texte :

Ces cheveux blonds, ces joues pâles, ce front pur paraissaient auréolés d'un halo cendreux d'où les yeux sombres me dévisageaient, avec un regard franc, profond, assuré et confiant. Elle avait un port de tête douloureux mais altier, comme pour dire : « Moi seule sait le pleurer comme il le mérite. »

Puis, Conrad rédigeant l'agonie de son Kurtz, trafiquant :

Il était plongé dans les ténèbres impénétrables… Un soir, comme j'entrai avec une bougie, je fus alarmé de l'entendre dire, d'une voix un peu chevrotante : « Je suis dans le noir et j'attends la mort… » On crut qu'un voile se déchirait, je pus lire sur ce visage d'ivoire un sombre orgueil, une force impitoyable, une terrifiante lâcheté, à moins que ce ne fût un désespoir d'une intensité absolue. Revivait-il sa vie dans le détail, avec tous ses désirs, toutes ses tentations et ses abdications, en cet instant suprême de révélation totale ? Une image, une vision le fit crier à voix basse et à deux reprises – un cri qui n'était guère plus qu'un soupir : « Cette horreur, cette horreur ».

Ce texte me revint brutalement à la figure. Je suis allé le rechercher à l'issue des deux repas racontés au début du livre, avec François Mitterrand et Jacques Chirac. La théâtralité de la fin m'obsède.

Pour ne pas sombrer dans la grandiloquence, laissons la conclusion à celle qui était là, au cœur de la jungle d'*Apocalypse Now* :

J'ai dans la tête des images que je ne pourrai jamais effacer. Je me souviens d'avoir regardé Dennis Hopper qui pleurait parce qu'il n'y arrivait plus. Il tombait. Et Coppola qui devenait complètement fou. Lors de cette séquence française avec Christian Marquand, Francis a pété un câble. Le ciel n'était pas assez bleu, les vagues pas assez comme ci… Avec Christian, ça a été tellement loin, j'ai pensé à m'en aller. Je ne pouvais pas supporter qu'on parle comme ça à un être humain. C'était très violent.

Et puis, il y avait toutes les difficultés avec Marlon. Il était assis sur un petit mur et Francis lui répétait : « Mais dis-moi que tu n'as pas lu le livre, dis-le-moi ! » Marlon restait stoïque, mais il y avait cette violence entre eux. L'un qui prenait beaucoup d'argent, l'autre qui mettait tout son argent. Mais, regardez la dernière scène du film, où Vittorio Storaro a décidé de mettre Brando dans l'ombre : Marlon avait le texte, mais il ne l'a pas dit. Ce qu'il a dit est tellement plus beau, je trouve.

Quand je jouais, Marlon et Dennis restaient à côté de moi. Et j'avais le regard de Marlon dans le mien. Et le regard de Marlon, quand il vous regarde vraiment, c'est quelque chose. Il vous regarde et il tient le regard, comme pour vous dire : « Je suis là, n'ayez pas peur. » Il parlait français.

Francis avait demandé à Marlon de maigrir, de maigrir… Moi, en cachette, la nuit, j'allais lui donner des bananes.

Au dernier festival de Cannes, *Megalopolis* fut mal accueilli par la critique qui considéra que l'œuvre était décousue. Mais quel spectacle magnifique que l'arrivée de Coppola et George Lucas sur scène (quatre-vingt-cinq et quatre-vingts ans), pour la Palme d'honneur de ce dernier. Un rare et sincère grand frisson passa dans cette salle dominée par deux géants. Le jury a trouvé le moyen de ne pas dire un mot chaleureux pour Coppola. Rien ! La jeunesse triomphante est ingrate. Francis est reparti sur un bateau ancré au large avec ses amis. La guerre étant partout, avant de disparaître à son tour, il retournera dans la nuit de ses salles de montage pour donner une ultime version d'*Apocalypse Now*, dont il possède encore des heures de rushes.

Aurore Clément, merci.

« GOD ONLY KNOWS »

J'ai pour éditeur le biographe du général de Gaulle, Jean-Luc Barré. Capri est son île. Un soupçon d'autorité émerge de ses sourires.

— Tu finis ton livre le 6 juin ! Comme le Débarquement ! Macron, pas Macron, on s'en fout, on a des délais ! Le 6.

Je suis comme un mouton frileux qui veut éviter la tonte et voir de près la dernière partie de son à-valoir. Je lui lâche le marchandage dérisoire de l'auteur au bout du rouleau :

— Le 12 ! Laisse-moi jusqu'au 12… D'ailleurs, la photo de couverture est moche. J'ai l'air de sortir de chimio.

Trois fois 900 pages sur de Gaulle, l'effort fut si intense qu'une grandeur d'âme noya la teigne souriante qui sommeille en lui. Un ami. Il m'a succédé comme lauréat du prix Renaudot de l'essai, ça crée des liens.

— Ok pour le 12. Là, je pars pour Bordeaux. Demain je suis à Marseille. J'ai une signature en Suisse. Après je vais à Londres. Et le bureau est sur le pied de guerre.

Pauvre éditeur surmené ! On se l'arrache, notre Jean-Luc, qui dirigea Bouquins avant d'y ajouter les éditions Plon. Une armada de romanciers cultivent le rêve qu'une partie de leur œuvre soit rassemblée chez Bouquins. En attendant la mort, et la Pléiade pour les meilleurs !

Il n'est pas excessivement cinéphile car j'entends cette phrase définitive, véritable injonction : « La nuit du 12… Pas une minute de plus. » J'avais une bouteille de Saumur-Champigny ouverte pas loin. J'ai mis des glaçons.

L'admiration ne se fonde pas seulement sur la beauté. Si *Apocalypse Now* s'est imposé à la fin de ce livre, c'est parce que l'art est l'intuition de tout. Pas simplement la guerre à 1 500 km de Paris, mais le nationalisme exacerbé. Le délire ambiant. Les Français semblent avoir une envie violente de ne pas accepter ce XXIe siècle qui supprime leurs droits inaliénables. Une certaine forme de schizophrénie se substitue à la gloire. Lors des Gilets jaunes, j'ai vu le bonheur de ces manifestants filmant le Fouquet's en flammes avec leurs iPhones. Souffrir en permanence d'inconfort matériel est un supplice, mais brûler des symboles nous excite.

Au pouvoir depuis sept ans, un jeune homme dirige tout et semble aimer dégoupiller des grenades, puis proposer des pansements lorsqu'on lui résiste. Paul Ricoeur fut son maître, sans constituer un véritable barrage pour son goût de la déconstruction. Il a toujours considéré que les appareils politiques hérités constituaient le principal obstacle à toute forme de progrès économiques et de réformes. Il fait de la politique en méprisant les hommes politiques. Plus encore : il a pris goût à cet art de la haine de soi et de la domination des autres. Parfois, les nuits sans lune, je l'imagine mélangeant les pensées de Jacques Derrida et de Steve Jobs, et lisant Stendhal, tout en gardant un œil distrait sur le remarquable *Elle cause plus… elle flingue.*

Un jour, Jupiter partira en restant une énigme. Bonaparte ou Narcisse ? Néron ou Rothschild ? Aventurier solitaire ou héros français ? Mes camarades journalistes noircissent des dizaines de milliers de pages depuis sept ans. Je me souviens d'une consœur éminente le décrivant au départ comme un génie sans équivalent pour finir par le considérer, dans son journal prestigieux, comme un dangereux pyromane.

Vous le saviez : *God only knows.*

J'ai à peine raccroché avec le général Barré que je reçois un message de Jean-Louis Bourlanges, certainement le plus intelligent et le plus érudit des responsables politiques français. Appartenant à la majorité, il préside la commission des Affaires étrangères et possède l'art de comprimer, comme le sculpteur César, Chateaubriand en une formule :

> Guillaume, c'est le bazar. Mais le problème, c'est qu'il n'y a rien à acheter !

Plus tôt, une des célébrités du capitalisme français m'avait prévenu :

> Le président a du talent mais il ne comprend rien au pays. Ce n'est même pas la taxation du capital qui m'inquiète – et que tout le monde va réclamer –, mais le gigantesque désordre qui résultera des Européennes et de la suite. Les perdants manifestant contre le vainqueur… D'ailleurs y-aura-t-il un vainqueur ?

Pour cet homme chenu et expérimenté, Emmanuel Macron serait un noyé qui nagerait à l'infini, provoquant lui-même la houle pour éviter les boulets de ceux qui veulent l'abattre depuis le début. Le charmant Ruffin ne lui-a-t-il pas promis un destin à la Kennedy ?

D'ici le 12, que puis-je faire qui enrichisse ma prose ? Qui confirme ou infirme ce sentiment de catastrophe ? Échanges de messages. Jonathan Guémas, conseiller spécial du président, a la gentillesse de m'embarquer pour débarquer en Normandie. Voilà qui pourrait me sortir de l'impasse d'un livre sans chute ! Concrètement, j'ai rendez-vous avec le convoi spécial de la cellule diplomatique. Le Saumur-Champigny est souvent dégueulasse, même avec des glaçons.

Je n'ai aucune illusion sur la possibilité de m'entretenir avec Emmanuel Macron. Mais j'aime essayer, essayer encore de lui proposer d'être un personnage de *Bande à part*. À ce moment de sa carrière, pourquoi accepterait-il de jouer un rôle parmi ceux qui constituent ce livre ? N'est-il pas Dieu, même si une chasse violente est ouverte contre lui ?

Deux jours avant la Normandie, je fis une visite à un ami de lycée rue de Turenne. En sortant à gauche du Marais, vers la rue de Rivoli, j'entamai une marche rapide pour remonter vers la Concorde, puis l'Étoile. Me sentant flagada, je décidai de suivre une silhouette, comme je le fais souvent, hommes ou femmes, pour calquer mon pas très à distance sur elle et maintenir ainsi un rythme qui ne me serait pas naturel. Vingt minutes plus tard, elle tourne à gauche pour entrer dans la cour du Louvre. Moi aussi. Puisque l'objectif est de remonter le jardin des Tuileries, puis les Champs-Élysées vers l'Étoile. La foule est compacte, majoritairement des touristes. La Joconde ne désemplit pas. Soleil et nuages alternent. Atmosphère de balade. Soudain, à cinquante mètres de la Pyramide de Pei, cette jeune femme, dont j'ignorais le visage, se retourne comme une furie, avec la conviction violente que j'incarne le harceleur vieillissant ! Cette curieuse post-adolescente en Nike s'imagine être la proie de tous les désirs que la ville recèle. Je réussis à la calmer avec deux ou trois arguments et quelques sourires qui traînent dans ma besace. Nous avons tous eu dans l'enfance ce sentiment diffus et inquiétant que quelqu'un nous suivait. Je lui accordai mon pardon. Elle sembla totalement consternée de s'être fait piéger par sa fausse intuition.

Pour détendre l'atmosphère, j'entrepris, deux cents mètres plus loin, de prendre en photo le Jules César en marbre d'Ambrogio Parisi pour mes enfants. Jules a le mollet ferme, un sceptre à la main et un casque aux pieds sur lequel repose un faucon ou un aigle menaçant. L'ensemble est totalement tarte, mais fascine les Américains et les Japonais de passage. Pour ma part, je compense mes cinq minutes pseudo #MeToo par une pause Empire romain. Mais…

Concentré sur mon modèle, qui a le grand avantage de ne pas bouger, je shoote comme Peter Lindbergh lorsque, de cette saloperie d'azur, fond un corbeau noir qui me percute violemment au-dessus de la tempe, déclenchant cette vieille tradition familiale chez les Durand : « Putain de merde, mais d'où sort ce connard à plumes ? » Je me touche la tête : miracle, pas de plaie. Satisfait de sa mission suicide, le volatile se repose sur un banc vert et me regarde chanceler. J'ai le juron de plus en plus violent, sans susciter chez les promeneurs la moindre compassion. Mon agresseur finit par repartir vers les cieux. Le présage est atroce.

Je snobe la maladie et la douleur depuis trois ans, ne renonçant à rien, multipliant les épreuves physiques et voici que le beau-frère de la corneille cherche à m'abattre. Je sais qu'il est le plus intelligent des volatiles et porte, de l'Antiquité jusqu'à Hitchcock, une mythologie terrifiante. J'ai lu plus tard qu'une maison de retraite à Annecy avait été persécutée par des corbeaux en folie qui infligeaient des plaies sanguinolentes à des retraités tétanisés. Une fois, deux fois, trois fois, pendant plusieurs jours. Ailleurs, une femme de quarante-cinq ans fut la cible, pendant des semaines, d'un corbeau solitaire qui, à la moindre fenêtre ouverte, à la moindre promenade, la chargeait violemment. Selon son témoignage, elle dut s'équiper d'une véritable armure pour aller faire ses courses.

L'éthologie n'a pas d'explication. Cet animal n'est pas particulièrement agressif mais peut considérer qu'un territoire est le sien. Ou qu'un appareil photographique brandi involontairement dans sa direction est l'équivalent d'une arme. J'ai soigneusement oublié d'ouvrir tous les bouquins de Luc Ferry consacrés à la mythologie antique et à la symbolique du corbeau pour éviter la dépression. Après tout, noir c'est noir. Et pour moi, depuis l'enfance, contrairement à la classification de Newton, le noir est une couleur.

Plus mes copains ont fait de raisonnables fortunes, plus leurs enfants votent LFI, créant dans les familles des psychodrames où l'insulte le dispute à la tendresse. Plus jeune, j'admirais ce petit groupe des vingt-sept, musiciens de rock ou de soul qui partirent vers le cimetière à vingt-sept ans : Jimi Hendrix, Janis Joplin, Brian Jones, Jim Morrison et quelques autres. Comme l'a dit ce contemporain de Beckett, Francis Blanche : « Crever gros ou crever maigre, la différence est pour les porteurs. » Il y a un goût de l'idolâtrie qui va avec l'âge. Je me sens désormais plus concerné par les victimes anonymes d'atroces combats, tuées par millions pendant les deux guerres mondiales que par les guitaristes de l'héroïne, fût-ce Nirvana.

Le génial Brian Wilson a choisi de survivre à ses abîmes. Peut-être est-ce là le courage absolu. Lorsque j'entends « God Only Knows », je rejoins modestement l'avis de Paul McCartney, mon Roi d'Angleterre : « Mieux, en trois minutes, c'est impossible. »

Même s'il s'agit d'un concerto californien, d'une ode à l'amour, comment nier que Dieu, « God », seul sait ? Il n'y a de vérité dans l'histoire qu'*a posteriori*. Comment écarter, dans un récit politique, les aléas, les drames personnels, les émotions, les impossibilités ? Nicolas Sarkozy veut tout changer, mais le jour de son élection, il ne retrouve plus son épouse Cécilia. Mitterrand demanda à Prouteau de protéger secrètement Anne Pingeot. De Gaulle avait Anne, Jacques Chirac Laurence. Le pouvoir absolu se mêle à l'infinie tristesse. Dans le style de Feydeau : à peine était-il arrivé à l'Élysée que François Hollande supportait difficilement Valérie Trierweiler qui, pourtant, l'avait incontestablement aidé. Roosevelt avait une maîtresse, Lucy Page Mercer Rutherfurd. Hitler ne s'est jamais rué sur Eva Braun. Et alors ?

Direction Omaha beach.

OMAHA BEACH

Le 6 juin 2024, à 5 heures du matin, le réveil sonne. Je m'inonde la tronche d'une douche fraîche pour tenir toute la journée des commémorations. J'ai mes notes dans la tête. Toujours ce refus de l'ordre qui a souvent fait croire que je ne foutais rien puisque je ne veux pas montrer mon travail, impératif légué par mon père, obsédé par la légèreté du geste. Du côté du 55, rue du Faubourg-Saint-Honoré, les forces de l'ordre derrière les barrières se demandent ce que fabrique cet hurluberlu à une heure pareille. C'est vrai, que fabrique, à cette heure-là, Guillaume Durand ?

— Bonjour, j'ai rendez-vous à l'Élysée pour partir aux cérémonies du débarquement !

Je tends un passeport. Après les vérifications d'usage et le lourd portail passé, je me dirige à droite, dans la cour, où se trouvent une petite dizaine de personnes – une partie de la cellule communication, protocole et diplomatie du président. Nous nous saluons gaiement. Des vans Peugeot et Citroën vrombissent doucement. Les motards sont là, leurs BMW aussi. Un charmant gendarme semble mener les opérations. Avec ses cheveux sombres, denses et gominés, sa toute petite moustache blonde, il semble habillé par une sorte de Monsieur de Fursac d'assez bon goût.

— Votre veste croisée est très jolie, Monsieur Durand.

Il sous-entend, ouvrant la sienne, qui est droite : « Pour dégainer, la vôtre serait une fatale perte de temps ! » J'aperçois une crosse noire. Je n'insiste pas. Car, incarnation de la fermeté souriante, je sens que mon nouvel ami serait tout à fait capable de faire un carnage pour sauver la République. Je salue le romancier américain Douglas Kennedy, compagnon de voyage, dont père et grand-père ont servi dans les forces américaines. Nous sommes une quinzaine de personnes en tout, filles et garçons. L'ambassadeur de France aux États-Unis impose sa gentillesse et me confie son bonheur de participer à ces manifestations qu'il avait contribué à préparer au début des années deux-mille en tant que diplomate, mais auxquelles on ne lui avait jamais permis d'assister. Pour quelle raison ? Je ne cherche pas à savoir. De toute façon, l'heure est grave : nous sommes pris en charge par les Alain Prost de la République. Sont-ils gendarmes ? Policiers ? Fonctionnaires du Palais ? Je sais seulement que lorsque les deux ou trois motards de l'escorte passent l'immense porte que la France entière connaît, je n'ai jamais remonté les Champs-Élysées à une vitesse pareille !

L'aube se dissipe. Giverny et Claude Monet, quinze minutes montre en main ! C'est une version des Nymphéas que j'ignorais. J'ai l'impression de jouer dans un film de Luc Besson. Dans ce qui me sert de cerveau la vitesse brouille les neurones, mais personne n'a l'air troublé. J'ignorais que la République se déplaçait pied au plancher. Pour distraire ma trouille, j'entame une petite conversation avec Rémi, le pilote de la soi-disant Peugeot. Elle n'a pas, à mon avis, un moteur des plus classiques. Il sourit. Je découvre qu'avec ses camarades pilotes, ils font des stages sur le circuit de l'ex-star de la Formule 1 Jean-Pierre Beltoise.

Rémi est blond, jeune, aimable, rayonnant, mais impossible à distraire. Assez beau gosse, genre caserne de pompiers en super forme. Elégant comme James Bond. Lui confesser que j'ai un peu les chocottes en présence d'un romancier célèbre et de notre ambassadeur à Washington serait une connerie abyssale. Surtout vis-à-vis d'Anastasia Colosimo, conseillère du président Macron, essayiste polyglotte, spécialiste de sciences politiques et de philosophie. Elle considère avec chic et lunettes que mon existence a momentanément un vague intérêt ! Plus tard, dans un sourire, elle n'ira pas jusqu'à me prêter son chargeur de téléphone. Peut-on encore écrire sans être dénoncé que sa blondeur l'apparente à la tradition Catherine Deneuve ? Le pouvoir ne semble pas l'éprouver le moins du monde. Comme une candidate à Normale Sup, j'imagine Anastasia rédiger équations et dissertations en chantonnant « Nous sommes deux sœurs jumelles ». Sa vie n'est certainement pas une chanson triste.

Notre cortège, *fast but peaceful*, a déjà dépassé Rouen. Je refuse de regarder le compteur. Je teste mes capacités cognitives. Oui, Jeanne d'Arc est bien morte dans le coin en 1431. Le président a dormi à la préfecture de Caen. Selon une tradition typique de notre monarchie républicaine française, la Normandie a été totalement évacuée car une vingtaine de grands de ce monde sont dans les parages. La presse a cité le chiffre de 40 000 forces de l'ordre sur trois jours pour couvrir et protéger l'événement. Le moindre pont recèle d'hommes au garde-à-vous, saluant notre convoi. Dès que nous quittons l'autoroute, apparaissent des petits drapeaux aux couleurs des États-Unis, de la Grande-Bretagne, du Canada et de la Belgique. Circulant la plupart du temps à pied dans Paris, je sais à quel point les Français détestent ce genre de privilèges officiels, notamment lorsque les visites d'État paralysent la capitale. Joe Biden et Xi Jinping ont débarqué entourés d'une véritable armée. Les États puissants ne sont jamais des États modestes.

Si le transport républicain est encore acceptable sur autoroute pour le vieux Durand qui a mis sa cravate pour l'occasion, le bocage normand est un toboggan de fête foraine. Rémi, homme de devoir, refuse de ralentir. J'ai eu la bonne idée de ne pas petit-déjeuner pour ne pas gâcher le costume noir rayé de Douglas Kennedy, voisin d'une allégresse à toute épreuve ! L'idée d'être conduit vers Omaha Beach par Sébastien Loeb ne le dérange pas le moins du monde. Douglas est un auteur de best-sellers sophistiqué, vivant entre le Maine, Londres, Berlin et Paris. Il sait parfaitement que Franz Liszt a terminé sa carrière de génie séducteur comme abbé, plongé dans la musique de la Renaissance. Il sait aussi que la vie est tragique et qu'il vaut mieux vendre des livres qu'écrire pour ses voisins.

L'homme me réconforte. Mon pouls reste stable, mesuré discrètement par mon Apple Watch. La dignité doit m'illuminer car j'ai rendez-vous avec le roi Charles III, Camilla, son Premier ministre Rishi Sunak et sa ravissante épouse, de flamboyantes fanfares militaires, Tom Jones *a capella*, Edward Elgar – incontournable compositeur britannique – et des dizaines d'invités tirés à quatre épingles sur la falaise du mémorial de Ver-sur-Mer, dans le Calvados. Bien au-delà d'Hollywood, la monarchie britannique reste le spectacle absolu.

Si, au moins, je savais ce qui se trame en coulisses pour le 9 juin au soir, après le vote des Européennes… Peut-être était-ce le message de ce corbeau, que j'avais interprété comme une agression ? Il est adorable, mais il est pénible ce Jean-Luc Barré, à vouloir mettre définitivement un point final le 12 alors que l'histoire va forcément s'emballer en fonction des résultats, même si le président a juré ses grands dieux que les Européennes ne changeraient pas grand-chose à sa trajectoire. Pour un européen militant, c'est curieux : les sondages prédisent une beigne pour son parti et leurs alliés au profit du Rassemblement national.

Il est dix heures du matin, le temps est magnifique. L'espace d'un instant, j'ai l'impression d'être à Ascott ou à Wimbledon dans la loge royale. Les régiments sublimes, les anciens combattants extraordinaires, me ramènent à cette réalité incontournable : nous sommes là pour commémorer le 80e anniversaire du D-Day et de l'armada qui a libéré mon pays. La libération aussi des parents de tous ceux dont les portraits viennent de défiler sous vos yeux. Sarkozy comme Hollande, Villepin comme Védrine.

L'Armée des ombres, souvent évoquée, *Le Jour le plus long*. N'oublions pas que John Ford fut conseiller du président américain. L'histoire se filme. George Stevens, cinéaste oscarisé, auteur de *Géant*, nous a légué des dizaines d'heures de Roosevelt à la manœuvre de la plus grande opération militaire de tous les temps. Robert Capa était sur les plages. De Gaulle est venu chercher l'autorisation de rentrer le premier dans Paris avec la deuxième division blindée de Leclerc. Hemingway va bientôt rappliquer au bar du Ritz. Coco Chanel fuira vers la Suisse avec son Prussien. Sacha Guitry ne sait pas encore qu'il va sortir de son lit en pyjama, un pistolet sur la tempe, pour faire soixante jours de prison, où ce bel esprit français, collabo mondain, craindra l'exécution avant d'être libéré.

À Londres, la star de la BBC, John Snagge, attend depuis neuf jours, enfermé, la possibilité de lire le message d'Eisenhower annonçant le débarquement. Quatre lignes simples qui bouleversèrent le monde. Pour les Britanniques, sa voix est aussi célèbre que celle de Jagger, mais à la place de « Street Fighting Man », il a commenté les fastes de la monarchie, dirigé les programmes de la plus célèbre radio du monde et posé sa voix entre 1931 et 1980 sur toutes les compétitions d'aviron entre Oxford et Cambridge. Moi, à la fin de ma prestigieuse carrière, je me contenterai de l'hélicoptère d'Europe 1, au-dessus du triangle de Rocquencourt, pour décrire les embouteillages du dimanche soir.

Avec mes camarades de virée, nous découvrons les places attribuées à la cellule diplomatique de l'Élysée. Les Anglais ont construit une sorte de mur, comme un vestige grec qui domine la mer, avec un long texte incrusté se terminant par une ode à la liberté et aux combattants. J'aurais forcément eu une larme si je n'étais pas journaliste, métier trop souvent source d'assèchement des sentiments. Mais où est donc passé le président de la République, qu'aucune rumeur n'annonce sur le site ?

Au milieu d'une pléiade d'officiels, d'élégantes, de soldats, je découvre un grand gars à l'anglaise, farci de talkie-walkie et d'oreillettes, qui équipent son joli blazer bleu marine croisé aux boutons monarchiques et dorés. Il est grand, costaud. Il a le teint des meilleurs malts, porte un pantalon large et crème et des mocassins noirs ultra-cirés. Mais, incarnant l'irremplaçable Albion, il n'a pas pu s'empêcher d'enfoncer ses pompes dans de très visibles chaussettes jaunes. David Hockney, sors de ce corps ! Sunak se lève. Il est 10 h 28. Les croissants ne me manquent pas. Je prends quelques photos avec l'iPhone, mais ne rédige pas la moindre note car le maître de cérémonie bleu, blanc, jaune, m'intrigue. À cinq mètres, je le vois s'adresser au Premier ministre britannique, d'une élégance folle, tout en noir, en décomptant avec ses mains les ultimes secondes : cinq, quatre, trois, deux, un…

Ça y est, Downing Street parle ! C'est bref. Et même curieusement court. Le Premier ministre sait que le roi, malade, est là, en grand uniforme, et que ses mots doivent être au recueillement et au respect.

En bas de la falaise, des centaines de gosses sont morts mitraillés. L'aumônier René de Naurois a débarqué avec les cent soixante-dix membres du commando Kieffer, à Sword Beach, sous commandement anglais, entre Lion-sur-Mer et Ouistreham. La nuit précédente, j'ai dévoré *Nous y étions* de ma consœur du *Monde* Annick Cojean, recueil de témoignages de dix-huit vétérans, racontant heure par heure leur D-Day. Il y eut de la cornemuse ce 6 juin au matin, à notre cérémonie. En pleine forme, Tom Jones, le Gallois, a momentanément abandonné « Sex Bomb » pour nous éblouir de sa voix puissante et chaleureuse, sans le moindre accompagnement.

Tom Jones, le peuple. Charles III, le roi.

Il est en uniforme kaki, constellé de décorations. Casquette large de Grand Officier à l'anglaise. Quand je pense à tout ce qui a été écrit sur lui depuis soixante-dix ans… Il est devenu peu à peu la métaphore de l'impuissance, celui qui n'y arriverait jamais. Mais les choses ont changé. Il suffit de chercher ses yeux parcourant le public pour comprendre que plus personne n'oserait chanter « God Save the King » avec une arrière-pensée méprisante. Il est le roi. Très légèrement voûté, la maladie l'a paradoxalement grandi. Il s'exprime en anglais, puis en français et n'oublie pas de saluer nos compatriotes monstrueusement bombardés pour préparer la submersion de l'invincible armada qui traversa la Manche de nuit.

Le dieu des Beach Boys et de l'humanité a envoyé le soleil sur la pelouse de ce décor somptueux qui aurait pu être chanté par Lord Byron. Le président français est là, enfin. Le lendemain, mon journal de chevet depuis l'adolescence, *Le Monde*, ironisera sur le maître des horloges qui a du mal à régler la sienne. Dans *La Tribune Dimanche*, Douglas Kennedy n'aura pas un mot désagréable pour ce léger décalage horaire. Sa prose se concentre sur les guerres utiles et libératrices – à ne pas confondre avec le Vietnam, l'Irak ou l'Afghanistan qui n'ont fait qu'ajouter du chaos au chaos. Encore l'apocalypse…

Parfois, on sombre trop profondément dans la vie politique française avec le sentiment que les rivalités et la question sociale l'emportent sur tout, masquant le primat de ce qui nous rassemble : la liberté. D'ailleurs, pourquoi ont combattu ces héros, ces rescapés avec lesquels nous avons rendez-vous ? Pour la liberté plus que pour toute autre chose.

Nous quittons le site et les kilts pour embarquer à nouveau sur les routes de campagne qui vont nous conduire progressivement vers la plus célèbre et la plus sanglante plage de l'univers. J'encaisse mieux le vertige des virages, cela me permet d'apprécier les conversations joyeuses et raffinées de ceux qui m'entourent. La douche fraîche et l'absence de petit déjeuner ont été utiles. Je tiens. Je suis même avide de la suite. Je me sens privilégié et heureux d'être là.

Deuxième temps fort : l'impressionnant cimetière de Colleville aux innombrables croix blanches. Les Américains ont monté un décor beaucoup plus hollywoodien que les Anglais. Ça n'étonnera personne. De gigantesques écrans encadrent, sur une estrade, les centenaires en uniforme qui attendent Joe Biden et Emmanuel Macron pour que cette deuxième cérémonie commence, ponctuée de films d'archives qui donnent la chair de poule. Biden prononce, raide comme un poteau et la démarche incertaine, un discours hyper offensif contre Poutine. Étant donné le contexte, il donne le sentiment qu'il l'assimile à Hitler.

Au premier rang de l'immense public, face à l'estrade, se trouvent Tom Hanks et Steven Spielberg. La première demi-heure d'*Il faut sauver le soldat Ryan* devrait être obligatoire dans les écoles du monde entier. Jeff Weiss témoigne sous la plume d'Annick Cojean. Il était de la deuxième vague : « Deux hommes se sont hissés sur l'une des Jeep alignées dans le centre du chaland. Je leur ai crié de descendre sur le pont. Vite. Trop tard. Un tir d'artillerie allemand les décapita tous les deux et en blessa grièvement plusieurs autres. J'ai rampé et tâché d'en soulager certains, tandis que l'un mourait dans mes bras. Ces minutes-là m'ont marqué à vie. »

Plus tard, il raconte ce que l'on sait peu : la traque des soldats allemands déguisés en paysans, l'accueil presque hostile d'une poignée de civils et la stupéfaction d'essuyer par deux fois les tirs des snipers femmes. « J'ai dû abattre l'une d'entre elles et ce fut encore plus dur ! »

La présence de l'imposant cimetière américain, de ces croix blanches derrière nous, à l'infini, élève nos âmes. On ne peut pas échapper, cette fois-ci, aux larmes, même si nous sommes là pour commémorer. Comme dans les poèmes et les mélodies, contre le mal, la mort et la vie se confondent et servent la fraternité.

Il faut lire le portrait que Philippe Collin fait de Goering dans son roman documenté *Le Barman du Ritz* pour comprendre la dinguerie du nazisme : « Rien, chez Hermann Goering, ne s'accorde avec sa réputation de Grand Veneur. On dirait plutôt un vieux muscadin, vêtu d'un kimono en mousseline de soie sur un pantalon bleu lavande et chaussé de savates en cuir ornées de pierreries. Son visage coule, boursouflé et pâteux. Sa peau est recouverte de fond de teint et il s'est parfumé d'un Guerlain aux fragrances exotiques. Il se considère comme un homme de la Renaissance. Le chantre de la virilité nazie adore se maquiller dans son miroir. »

Bilan : entre cinquante et soixante millions de morts. Merci Hermann d'être passé par le Ritz. Il n'y eut pas qu'une armée d'hommes et d'acier qui nous balaya, mais aussi, place Vendôme, Hemingway et le déferlement sur l'Europe de la culture et de la littérature américaines. *Le Vieil Homme et la Mer*, le jazz, plutôt que l'avilissement, l'invraisemblable racisme et la violence.

Je suis sorti des rangées officielles car je prenais le soleil en pleine face sans écran total, ce qui m'est interdit depuis ma maladie. J'ai rejoint les photographes de presse. Pas si simple de se déplacer car le Secret Service américain est implacable. Pour un rien, ils vous balancent ! On ne négocie pas. J'avais lu dans l'excellent *Billy Summers*, le seul polar de Stephen King, que les meilleurs tueurs sont ceux qui passent pour des cons. J'ai joué au con, j'ai réussi à m'asseoir ailleurs pendant que toutes les délégations rougissaient à vue d'œil.

Avant de nous rendre à Omaha dans l'après-midi, nous sommes conviés dans la cour de la mairie pour une pause cocktail entre Français. L'élu est très sympa et commémore à tour de bras et à longueur d'année. Je croise l'ami Bruno Roger-Petit, à la fois bronzé et sombre. Après l'avoir ignoré (les premiers conseillers de Macron, en 2017, le détestaient), la presse le décrit maintenant comme le Père Joseph de toutes les décisions du pouvoir. Il aurait joué un rôle dans leurs mises à l'écart : Sylvain Fort, normalien ultra-brillant, fou d'opéra, Sibeth Ndiaye, Frédéric Michel, l'Anglais d'adoption. Nous évoquons son projet de mémoires : « Faut que je lui en parle », me dit-il, préoccupé. La silhouette s'est alourdie. Sur France 2, Bruno présentait d'une manière totalement irrévérencieuse les journaux de la nuit, il était l'empereur du sourire anti-sarkozyste plein de sous-entendus. Il fut écarté, passa par I-Télé en rejoignant Claude Perdriel à *Challenges*. Puis, il fit ses fameuses matinales avec Philippe Tesson sur Radio Classique après l'arrivée de François Hollande au pouvoir. Ce fut un festival. Le Salzbourg de la vacherie !

Profondément mitterrandiste, Bruno mimait un soutien de façade au nouveau locataire de l'Élysée que Tesson embrochait tous les matins. Nous l'avons déjà raconté. À peine quelques semaines plus tard, il s'introduisait discrètement dans la Macronie pour rejoindre les collaborateurs de ceux qu'on appelle « l'aile Madame ». Titre officiel : « Conseiller mémoire du président. » Nous sommes vraiment au cœur de son sujet et de sa mission élyséenne, il est en Normandie pour trois jours. Le garçon aime Audiard, *Les Tontons flingueurs*, sa femme, ses enfants, Sardou, ne néglige pas Pascal Praud, incarnation, selon lui, non pas de l'extrême droite mais d'une France profonde, râleuse, que le macronisme aurait tort d'ignorer. Les normaliens et les énarques du Palais l'ont toujours considéré comme un clown néfaste. Lui a troqué une culture politique incontestable pour la pratique quotidienne des couloirs, des complots et des labyrinthes. Entre deux petits fours, contrairement à l'un de ses voisins de bureau, le souriant Tristan Bromet, sorte de jeune Mastroianni chargé de la *dolce vita* raisonnable de Brigitte, je trouve Bruno Roger-Petit grave. Il devrait pourtant être à l'acmé rayonnante de sa charge : commémorer ! Mais Bruno a changé. Son âme de journaliste s'est assombrie au Palais avec l'illusion que le conseiller conseille. Que se passe-t-il ? La journée est éblouissante, grandiose et devrait m'emporter, mais ce foutu numéro de carte de presse 45713 ne s'efface jamais. Sans converser réellement, en le regardant seulement, je sens que Bruno Roger-Petit sait quelque chose que j'ignore. Ne serait-ce que parce que son meilleur ennemi, Alexis Kohler, reste volontairement un peu à l'écart, l'air grave, lui aussi. À l'évidence, le D-Day n'est pas leur préoccupation principale. D'ailleurs, Alexis Kohler ne souhaite pas rester dormir à Caen mais préfère rentrer pour travailler. Tiens donc… En politique, la « gravitude » est un métier.

Madame a froid. Elle choisit une table à l'intérieur alors que tout le monde est resté dans le jardin. Jolie robe blanche. Gaieté non feinte. Je vais m'asseoir à côté d'elle. Seul le maire est à notre table, puis passe Douglas Kennedy. Brigitte me demande comment s'adresser au prince William spécifiquement, car plusieurs monarchies sont représentées. Je suis sauvé par José qui lui souffle immédiatement la réponse. L'interrogation de l'épouse du chef de l'État est plus sentimentale. Elle aimerait faire comprendre à celui dont le père et la femme sont malades que cette situation la touche. Ce qui est vrai. « Attention, dit José, qui m'a a plusieurs reprises accompagné pour des interviews élyséennes auprès de François Mitterrand et de Jacques Chirac, il ne faut absolument pas, Madame, demander des nouvelles directement. Mieux vaut se contenter d'un regard empathique et sincère de "*Best Wishes*". »

Ah, José ! L'extraordinaire chef adjoint du protocole d'État et des événements diplomatiques. Je l'aime beaucoup. Tant qu'il est là, la France restera une démocratie républicaine sophistiquée. Son aisance et son ballet avec tous les dirigeants mondiaux depuis quarante ans surpasse Noureev et Aristide Briand. Il place et déplace avec une aisance aérienne les présidents américains ou Albert de Monaco. Même avec solennité, José, c'est du velours. Il est la Bible qui conseille les épouses élyséennes, officiellement sans statut, mais qui *de facto* organisent le plus souvent la vie et les réceptions du Palais. Si un jour, vous avez envie de simuler un dîner d'État dans vos chaumières, un seul interlocuteur : José. Souple et savant, c'est un garçon très occupé.

Madame est une stendhalienne aguerrie, et, comme professeure de latin, elle a lu et enseigné avec passion *La Vie heureuse* de Sénèque, livre essentiel sur le bonheur, qui se termine par le suicide de son auteur. Je mourrais d'envie de lui soumettre cette réflexion de notre glorieux Henri Beyle : « On peut connaître tout, excepté soi-même. » Je n'eus pas l'opportunité car elle enchaîna sur une anecdote assez peu connue, concernant son jeune énarque de mari. Pour son premier stage, en 2002, il demanda à être envoyé en mission le plus loin possible. Il eut l'occasion de se rendre sur le lieu d'un épouvantable crash aérien au Nigéria, où il observa de nombreux morts déchiquetés, des corps sectionnés, coupés en deux par leur ceinture de sécurité. « Ça l'a tellement marqué que personne n'arrive à lui faire mettre sa ceinture en avion. Il ne la met jamais ! » Je cherchai avec Stendhal une analyse psychologique que j'ai peut-être finalement entrevue grâce à une catastrophe aérienne. Pour l'assistant de Paul Ricoeur, le meilleur moyen d'éviter la mort ou l'insignifiance serait de prendre tous les risques. L'imbroglio que l'on pressent vient du fait que le président a toujours songé à faire de la politique, mais qu'il déteste le système et méprise, sans jamais l'avouer, une grande partie de ses dirigeants.

Ça ne change pas, ça ne changera jamais. Macron est l'homme de quelques-uns. Son intelligente épouse le sait. Elle ne se départit jamais d'un sourire, d'une franchise et masque habilement une inquiétude rentrée.

Toutes celles qui ont vécu à l'Élysée dans ce rôle indéfini par la constitution ont eu à subir des avanies : mépris, effacement, tromperies, enfermement, infernales intrigues. Le pire concerne certainement Claude Pompidou et l'affaire Markovic. Pour Brigitte Macron, surgie de l'antre d'une certaine forme d'atrocité française, la rumeur transsexuelle présente sur tous les sites, qui ne s'éteindra jamais.

C'est une indéfinition du rôle de l'épouse qui est assortie de beaucoup de travail, à l'intérieur et à l'extérieur du Palais. Brigitte Macron donne des cours entre deux dîners d'État. Brigitte Macron perfectionne continuellement sa connaissance de l'excellence des hôpitaux français.

La nuit, quand ils se retrouvent, elle est évidemment la femme du dernier mot, de l'ultime conseil.

Je ne sais pas d'où jaillit le président de la République. Chemise blanche, cravate noire. Il s'assoit à peine car il doit revoir son discours. Il est à deux mètres de moi. Je perçois alors la constance de son énergie et la profondeur de ses cernes. On ne dort pas quatre ou cinq heures par nuit depuis sept ans sans conséquences. Depuis le dîner royal de Versailles, quelque chose a changé. Pas l'allure, ni la tentation perpétuelle du clin d'œil adressé à la foule ou aux proches. Pas une fêlure, mais plutôt l'accentuation de ce sourcil en accent circonflexe. Il préside sans tenir compte des impasses au fond desquelles l'attendent des gangs inquiétants. Le pays est bourré de lanceurs de couteaux qui se rapprochent dangereusement de leur cible et il affirme à ses interlocuteurs que l'un de ses grands objectifs est de surpasser Coachella en installant en France le plus grand festival de musique du monde ! Sur quel tapis volant navigue-t-il ? A-t-il recherché cette crucifixion que les politologues qualifient d'« impopularité » ? À l'évidence, oui. Car la solitude est son navire et la tempête ne lui déplaît pas. Mais, pourquoi plus que tous les autres présidents ou Premiers ministres, aurait-il trouvé l'antidote à l'usure et à la haine ? De Gaulle fut l'objet d'attentats, Pompidou a eu Marković, Giscard les diamants, Mitterrand l'Observatoire, on a tiré sur Chirac un 14 juillet. Mais Macron, c'est autre chose : il est victime d'éternels soupçons et de ses propres changements de pied. Dès le début, avec Rothschild, il n'a pas été épargné et, pourtant, mis à part l'épisode Benalla, on ne lui a trouvé ni fortune planquée, ni scandale, ni double vie. Il ne peut ignorer l'hostilité qui le vise mais, contrairement à un François Mitterrand qui s'est peu à peu transformé en « Tonton », lui ne fait rien pour qu'on l'aime. Il adore le contact, ne craint pas les accrochages, mais reste persuadé que seul le bilan compte, notamment dans le domaine économique, et qu'il n'a de leçon à recevoir de personne. Je le crois suffisamment double et malin pour mettre en scène, d'une manière un peu trop théâtrale, toutes les issues et tous les sursauts possibles. Encore une fois, je ne sais rien, mais quelque chose cloche dans son apparence… Comme s'il avait deux regards et quatre bras. Un enfant terrible de Vishnou ! Un ambitieux qui est allé là où il ne voulait pas aller. Ou l'inverse ! L'impasse ne lui fait pas peur. Des propos ont filtré sur son agacement : personne ne l'aiderait vraiment dans son entourage après sept ans de pouvoir et une majorité relative à l'Assemblée. Engloutissant un petit canapé au saumon, je lui demande si je peux le voir pour clôturer ce livre. Sourire.

— Oui, mais pas maintenant.

Ce « oui » est un « non » ferme. Contrairement aux chaînes de télévision et aux grands journaux, je ne représente rien ni personne. Pourquoi Emmanuel Macron participerait à l'entreprise Durand ?

Je ne sais pas lequel de nous deux s'approche le plus de la fin. Au lendemain des élections, tous ses opposants politiques vont le sommer de faire ses valises durant l'été. Quand le terme s'approche comme une fatalité, la légende veut que la vie défile. Je revois son épouse donnant des cours de français à mon fils, à Franklin, près du Trocadéro. Je revois l'actuel président au ministère de l'Économie, à Bercy, dans une forme olympique, me montrant de l'autre côté de la Seine l'endroit où se planquaient les photographes qui cherchaient à traquer sa soi-disant homosexualité. Quelques semaines plus tôt, j'avais passé une sorte de grand oral devant lui et son cabinet sur l'état de la France. Tout en répondant, je n'avais pas pu m'empêcher de songer que ce jeune homme avait une sacrée idée derrière la tête. D'ailleurs, nous fîmes ensemble une conférence chez les jésuites, devant une dizaine d'élèves. À cette époque, il était capable d'électriser les foules en moins de dix minutes.

L'élection présidentielle va devenir de plus en plus une forme de raid, classe tous risques. On propulse un nouveau, les Gilets jaunes arrivent, puis on veut le pendre. Je me souviens, gêné, de deux déjeuners manqués avec la Première dame, au début de son mandat. Brigitte Macron eut toujours la courtoisie de considérer que je faisais vraiment bande à part, y compris dans l'indélicatesse. Ces rendez-vous ratés furent les premiers signes d'épuisement consécutifs à presque quinze ans de matinale. Je n'étais pas encore malade, mais il m'arrivait, en plein jour, en sortant du studio, de m'effondrer dans une sorte de nuit personnelle. Je me souviens aussi qu'elle est venue rencontrer, à ma demande, alors que rien ne l'y obligeait, tout l'état-major de la clinique Ambroise Paré – Hartmann, incroyable de compétence et de dévouement.

La seule conseillère, c'est elle. La seule qui s'inquiète, c'est elle. La seule dont le regard repère les talents, c'est elle. L'existence de La Lanterne, dans cette vie de dingue, lui a permis d'aborder plus facilement un second mandat. Je vous épargne l'histoire réelle du lieu. Mais c'est curieux de se sentir bien et protégé dans un endroit qui s'appelle La Lanterne, planqué à la lisière du jardin de Versailles ! La Lanterne, ça sent le spadassin, le sous-bois inquiétant, le sanglier mal luné qui rôde. Comme si la famille républicaine jouait à cache-cache avec son peuple. Où je suis ? Tu brûles ! Un peu plus à gauche ? La fausse tranquillité absolue des résidences de la République m'a toujours frappé. Brégançon, c'est encore pire ! Que de la caillasse, des jumelles et des téléobjectifs pour vous scruter à longueur de journée. Existe-t-il plus con et moins poétique que le jet-ski ? Ou la ridicule piscine jacuzzi en plastique qu'il faut dissimuler aux contribuables ? Sans compter les innombrables gardes du corps et gendarmes, dévoués au-delà du raisonnable, mais omniprésents. Malgré les grands voyages internationaux, une présidence reste une prison volontaire. De là à psychiatriser les présidents parce que leurs décisions paraissent irrationnelles, il y a quand même une limite. À des niveaux différents, être De Gaulle, Mitterrand, Chirac, Sarkozy, Hollande ou Macron, c'est de toute façon nager dans l'irrationnel du début à la fin.

J'ai toujours ressenti qu'Emmanuel Macron était fait pour la conquête. Qu'il était du genre à ignorer l'échec jusqu'au coup de couteau. Au plus fort des Gilets jaunes, je me souviens, lors d'un dîner, du récit d'une nuit passée au Panthéon avec l'artiste allemand Anselm Kiefer et le musicien français Pascal Dusapin. Il semblerait que le trio se soit élégamment arsouillé. Le prendre en défaut, au bord de la déprime, est impossible. Ses nuits sont aussi celles des SMS affectueux ou interrogatifs : « Comment vas-tu, Albert ? » à deux heures du matin. Ou : « Qu'est-ce que je peux faire pour reprendre la jeunesse à Méluche ? » adressé à un patron de médias il y a encore peu de temps. Il aurait également écrit au maire de Nice : « Attal m'a trahi encore plus vite qu'Édouard Philippe. » À vérifier. L'ambition des autres lui est difficilement supportable. L'arrière-pensée de la dissolution est aussi celle-là : je dégoupille une grenade car je décide seul et personne dans mon camp ne partage mon agenda. Ils songent tous à 2027.

J'ai toujours pensé (dans mon cas le mot « pensé » est exagéré) que notre jeune président pratiquait avec constance l'érotomanie de la difficulté : il adore les impasses et les flingues pointés sur lui. Comme Nicolas Sarkozy, il fume le cigare, qui n'est pas un plaisir du tabac, mais un goût profond de la distorsion du temps. Dissoudre, accélérer, faire lambiner tout le monde, être en avance, en retard : c'est une passion et un job à plein temps. La fumée qu'il inspire voluptueusement est la composante érotique d'un piège : lui, cherche un nouveau gouvernement à sa main ; les autres veulent le tuer, même s'il lui reste trois ans.

Si leurs épouses les ont rapprochés, un ancien président comme Nicolas Sarkozy ne peut approuver complètement un nouveau. Avant l'été, Nicolas Sarkozy l'a montré dans les colonnes du *Figaro* à propos de la politique étrangère menée par la France. Pour le reste, vous en savez autant que moi. La rareté de Jupiter s'est transformée en une abondance de paroles. Le président surdoué, inexplicable et charmeur est devenu pour beaucoup lisible et perdu. Moi qui n'ai encore rien perçu de concret dans ce déplacement hormis une émotion symphonique, je sais que Victor Hugo et *Choses vues* sont incontournables : « L'isolement n'est pas possible en temps d'élections, pas plus que la solitude au milieu d'un champ de bataille. »

L'immensité d'Omaha Beach nous attend. Troisième étape de la journée. La fatigue m'emporte doucement vers la mélancolie. La plage est là, à portée de regard, inondée de lumière, étrangement calme. Omaha est un monument de sable fin qui a non seulement accueilli les barges du débarquement, mais une immense flotte de feu, d'acier, d'ingénieurs et de techniciens. À partir de la Normandie, ces hommes ont construit toutes les infrastructures nécessaires à la reconquête de la France, de la Belgique et de l'Allemagne jusqu'à Berlin en mai 1945. Dix mille alliés laisseront leurs vies sur les plages et dans le bocage. Dix mille Allemands seront massacrés par les obus et les lance-flammes. Des milliers de Français périront dans les bombardements. Il n'y aura pas d'enfer ou de purgatoire. Ils iront tous au paradis.

Si j'ai un peu intrigué pour faire ce petit voyage, c'est aussi parce que, dès l'enfance, j'ai su qu'une minorité d'entre nous, comme le commando Kieffer, fut exemplaire. Le mot

« collaboration » n'a pas été inventé pour les chiens, mais pour des hommes et des femmes. À Paris, j'habite à trois blocs de la rue Lauriston du sinistre Henri Lafont qui torturait à tour de bras. Le soir, pour se détendre, il allait avec ses complices dans un célèbre bordel de l'avenue Kléber pour rejoindre ses fiancées. Elles étaient toutes des copines d'Édith Piaf, qui y logea à l'année et fut inquiétée, elle aussi, à la Libération, frôlant l'indignité nationale. Quand je pense qu'on emmerde Aya Nakamura alors que c'est plutôt Piaf qui est infréquentable, malgré son immense talent !

La musique et le soleil tombent du ciel pour nous aveugler. Je suis resté l'adolescent des arrangements aériens et des poèmes définitifs. Que serais-je sans Aragon ou « Pavane pour une infante défunte » ? Mon numéro 45713 rapplique encore. Derrière moi, à Omaha, se trouve Hervé Morin, ancien ministre de la Défense et président de la région Normandie. Il est avec ses enfants. J'ai à peine le temps d'ouvrir la bouche que son constat est formel : « Tu vas voir, ça va être un raz-de-marée RN aux Européennes. Ils vont allègrement passer la barre des 30 %. »

Le Rassemblement national a changé, mais ce n'est pas forcément le genre de constat que l'on a envie d'entendre lors des commémorations du 6 juin. Marine n'est pas son père, mais c'est quand même sa fille. Comment oublier que Jean-Marie Le Pen tenta, avec des amis, de faire évader les participants de l'attentat du Petit-Clamart ? Marine Le Pen vous répondra que Giorgia Meloni a passé une adolescence de fasciste convaincue avant de prendre le pouvoir et de changer totalement de pied pour devenir une des hiérarques de l'Europe. La droite a toujours aimé rappeler la Francisque de François Mitterrand. Si l'on devait dresser un portrait de groupe de nos dirigeants, même s'ils n'ont parfois rien en commun, ni intellectuellement ni politiquement, on peut quand même s'accorder sur un trait qui les rassemble : une inextinguible envie de pouvoir. L'aphrodisiaque absolu, selon Henry Kissinger.

La discrète, j'allais oublier la discrète ! Une jeune femme brune, d'une cinquantaine d'années, pas très grande, mince, au joli sourire. Probablement une inquiète au caractère bien trempé, empilant tranquillement les diplômes et les responsabilités, avant de devenir conseillère économique de François Hollande entre 2014 et 2016. Une économiste qui fut très brièvement secrétaire d'État chargée de l'Europe, donnant des cours à Polytechnique, Sciences Po et Normale Sup. Si vous vous présentez à ce qui reste de l'ENA, il n'est pas impossible qu'elle fasse partie des membres de votre jury. Elle est passée par Axa, Kering. Les Grecs lui doivent beaucoup car elle a joué un rôle non négligeable pour les maintenir dans l'Euro. Comme un naze, je ne me suis pas suffisamment intéressé à Laurence Boone. À cause de tous ces virages à fond la caisse, pourrais-je toujours prétendre. Si la République change de nature, les discrets et les discrètes, grands commis de l'État, l'abandonneront. Le fonctionnaire qui fonctionne, lui, appartient à une autre catégorie : il adore, trop souvent, obéir.

Une plage magnifique peut être tragique.

LA NUIT DU 12

Cet excellent polar de Dominik Moll met en scène une équipe de la police judiciaire de Grenoble qui enquête sur le meurtre d'une jeune femme aspergée d'essence et brûlée vive alors qu'elle rentre chez elle. À l'origine, le film s'inspire de la tragédie non résolue de l'assassinat de Maud Maréchal, le soir du 13 au 14 mai 2013, en Seine-et-Marne. Maud sort de chez une copine. Elle rentre chez elle, à moins de six cents mètres. Elle est brutalement assassinée.

Les idéaux, comme les batailles idéologiques, ont laissé place ces dernières années, à des controverses politiques autour de « faits divers » : Guy Georges et Michel Fourniret (les *serial killers*), l'affaire Outreau (l'enquête bâclée et la perversité familiale), les attaques de fourgon (le grand banditisme), le petit Grégory (la justice perdue), Marie Trintignant (l'actrice battue à mort), Ilan Halimi (l'atroce calvaire antisémite), Adama Traoré et sa sulfureuse famille (la mort au commissariat, l'anticolonialisme tendance « business » et la délinquance), le professeur Samuel Paty et le prêtre Jacques Hamel (égorgés par des islamistes). Mais aussi à de véritables moments d'ébranlement de la cohésion nationale : *Charlie Hebdo*, le Bataclan, Nice. La présence en France d'un islamisme de combat et d'un « djihadisme d'atmosphère » défini par le professeur Gilles Kepel n'est plus contestable. Dans le même temps, les commissions d'historiens n'ont jamais apaisé les blessures de la guerre d'Algérie. Certains Français détestant les Arabes côtoient aujourd'hui certains jeunes d'origine arabe qui détestent les Français. Ajoutez la tragédie du 7 octobre, la réponse israélienne à Gaza, #MeToo, la guerre en Ukraine qui dure, le PSG qui n'y arrive toujours pas, les chaînes d'informations qui prennent position sur tout et à tout moment : le désordre et le stress sont dans toutes les têtes.

De Gaulle n'est plus qu'une ombre lointaine.

Le matin des Européennes, j'ai voté rue Cler, école communale et collège public inondés de soleil et de souvenirs. Mon père, jusqu'à cent ans, ma mère, jusqu'à quatre-vingt-seize ans, ont toute leur vie accompli leur devoir démocratique. Pour des gens sortis de la guerre, déposer un bulletin ne fut jamais une anecdote, mais un rituel obligatoire. On ne s'abstient pas. Jamais. Les définir politiquement ? Un gaullisme approximatif pour Lucien qui eut vingt ans en 1940 et un flirt incompréhensible, en tout bien tout honneur, avec François Bayrou pour ma mère. Pour éclairer la fin de sa vie « politique », je vous annonce très officiellement qu'elle n'a jamais supporté ni Nicolas Sarkozy (« un agité », *dixit* Maman), ni François Hollande (« une mollasse incapable de foutre Montebourg à la porte », *dixit* ma mère). Bayrou présentait par ailleurs pour elle un avantage considérable : il habitait rue Cler, à deux mètres de ses commerçants, ce qui lui permettait de croiser son héros en sortant de chez le fromager !

Peu de gens le savent, mais Emmanuel Macron habitait l'immeuble d'en face… Pas étonnant que l'un ait aidé et rejoint l'autre au retour d'un voyage en Algérie calamiteux, qui fit vaciller un instant son début de campagne et sa marche vers l'Élysée. Nicole, ma mère, experte en déambulateur à grande vitesse, fut assez fière que son copain François sauve Emmanuel le jeunot.

J'adore aller voter, dire bonjour aux assesseurs en oubliant systématiquement ma carte d'électeur, mais pas mon passeport.

Le « a voté » me chatouille l'ego. Dans la queue, on retrouve des copains qu'on n'a pas vus depuis cinquante ans. Grand plaisir : ils ressemblent à des vieillards, car ils se sont laissé aller au Chiroubles et au Coulommiers. J'ai même croisé, à plusieurs scrutins, un ancien élève, totalement chauve et bedonnant. Une véritable ruine qui me propose à chaque fois un déjeuner de retrouvailles en m'appelant « Monsieur ». Comme je ne me résous pas à l'asperger d'essence, je lui promets toujours ce rendez-vous que je n'assume jamais. J'ai enseigné l'histoire et je l'aime, mais le passé provoque souvent chez moi une pulsion nostalgique atroce.

Une amie m'avait conseillé, rue de l'Odéon, un nouvel italien, Localino, petite merveille authentique et moderne, où nous nous rendîmes le soir du vote avec mon épouse et mes deux derniers enfants. Le parme chiffonné était divin, suivi par une tagliatelle au pecorino poivré parfaite. C'est en remontant dans la voiture que je découvre un message de Sabrina, avec qui j'ai fait ce livre : « Et donc, coup de théâtre ! » Les sondeurs se seraient-ils trompés, privant le Rassemblement national d'une victoire ? Je préfère l'appeler tout de suite que de regarder sur Internet. « Tu n'as pas vu ? Macron a annoncé une dissolution ! »

Je ne sais pas exactement pourquoi et dans quelles conditions j'ai raccroché, mais je me suis senti obligé de consulter mon regard de crétin accablé dans le rétroviseur. En général, on dissout après une victoire comme Mitterrand en 1981 et 1988, après des événements historiques comme Mai 68, ou lorsqu'on cherche une majorité comme Chirac en 1997. Le Président avait bien caché son jeu puisqu'il prit cette décision au soir d'une défaite, voir même d'une légère branlée pour la candidate qui fut la mienne, sans enthousiasme, le matin même. Sur le moment, débile et raisonnable, je me suis dit, comme tout le monde : « Il est totalement cintré… Les jeux Olympiques arrivent. Il n'avait qu'à garder Borne pour les Européennes et nommer Attal après la défaite jusqu'à une éventuelle motion de censure ! »

À Omaha, j'avais bien senti quelque chose de curieux, mais le curieux n'est pas le tangible. Le matin du vote, j'ai lu attentivement tous les journaux, écouté la radio et consulté les chaînes d'infos. Pas le moindre journaliste n'a évoqué sérieusement l'hypothèse d'une dissolution. J'appartiens donc à une profession qui a failli ce jour-là. Avec nos collègues sondeurs, on avait déjà raté Jean-Marie Le Pen au deuxième tour. À force de donner notre opinion à tort et à travers, nous n'avons pas su comprendre ce qui se tramait autour de ce baroud d'honneur, que certains qualifient d'indéfendable bras d'honneur. Car il y a, chez le très français Emmanuel Macron, beaucoup des caractéristiques des officiers de marine : dernier à bord et presque heureux dans la tourmente. Je suis persuadé qu'il est persuadé, contre tout le monde, d'avoir pris la seule décision nécessaire, propice à la clarification. L'improbable sursaut est un fantasme typiquement français lorsque la défaite est annoncée par tous les rationnels. Ce « retour au peuple » présente aussi l'avantage pour le président de le fâcher définitivement avec ses amis puisque tout le monde prépare ses valises vers l'incertain : le Premier ministre, les ministres, les secrétaires d'État, les parlementaires de la majorité et une armée de collaborateurs qui se retrouvent à poil dans la rue depuis le 9 au soir. Dans un livre éclairé, l'excellent philosophe Frédéric Schiffter, évoqué précédemment, a réglé son compte au fameux concept de « Peuple » que tous les romantiques, mais surtout les démagogues, utilisent à longueur de journée. Bien évidemment les catégories sociales existent, les classes sociales repérées par les sociologues et les historiens aussi, mais le peuple n'est qu'une allégorie. Sous-prétexte de générosité, les plus grands (Michelet, Jaurès, De Gaulle) l'ont utilisée. Ce pseudo-concept aboutit à des déclarations invraisemblables. Comme celle de Jordan Bardella reproduite récemment dans *Le Figaro* : « Le Conseil constitutionnel, c'est le Peuple » ! *Exit* la loi. *Exit* le droit. *Exit* la Constitution. Comme par hasard, à l'opposé, Jean-Luc Mélenchon l'utilise également à toutes les sauces, piquante ou crémeuse, suivant l'humeur, depuis des années. Il lui a même consacré un ouvrage portant ce titre qui ne veut doublement rien dire : *L'Ère du peuple*. Je connaissais l'ère tertiaire, le quaternaire, mais l'ère du peuple ne s'enseigne pas. C'est un nuage conceptuel délibérément flou pour attirer les foules. Et comme l'a écrit fort justement Victor Hugo : « La foule n'est là que pour trahir le peuple. » Et puis, n'oublions pas un détail qui n'en est pas un : nous sommes d'abord une nation, la France. Et pas simplement une « start-up nation ».

On peut se demander ce qu'a pensé Joe Biden, rentré des plages normandes à la Maison-Blanche. Le 6 juin, la France était le centre du monde. Trois jours plus tard, le 9, s'ouvre un chemin sans précédent. Le climat normand n'est peut-être pas idéal pour la santé. Le bien coiffé et richissime Rishi Sunak a été jeté du 10 Downing Street au profit des Travaillistes. Biden tremble sur ses jambes d'octogénaire et de président américain. Et la chasse au Macron est ouverte malgré les trois années que lui garantissent la Constitution.

Biarritz, le monde du paisible, a voté pour la première fois majoritairement Rassemblement national. J'ai un copain chauffeur de taxi communiste allergique à Mélenchon qui, à chaque fois, me pose la même question : « Macron est le plus intelligent. Pourquoi il fait exprès de ne pas nous aimer ? » Que lui répondre ? On ne peut que constater un énorme déficit auprès d'une foule sentimentale : les Français.

La dissolution n'est qu'un voile digne des mille et une nuits. Les grands débats et autres conventions ont contourné depuis le début la représentation nationale. Et puis, lui reste-t-il des compagnons ? Comme ceux de l'impressionnante manifestation gaulliste d'après Mai 68 ou les bataillons serrés des mitterrandistes remontant vers le Panthéon ? À l'évidence, non.

Restent son épouse Brigitte, Alexis Kohler et quelques conseillers. Gabriel Attal a dû se sentir humilié d'être traité de « petit frère », Édouard Philippe a largué les amarres depuis longtemps, Castex et Borne sont là sans l'être réellement, Darmanin surveille la France avec Nuñez et d'autres. Quant à Bruno Le Maire, qui a travaillé d'arrache-pied pour sauver l'économie française, il est maintenant considéré par certains comme son fossoyeur ! J'attends avec impatience qu'il raconte. Depuis le début, il écrit, et bien. Ce qui est rare. Il est le seul.

La limite de la Ve République n'est pas institutionnelle. C'est une sorte d'épuisement collectif que l'on ressent les matins où l'on se réveille à l'aube sans s'être vraiment reposé. Les nations aussi fatiguent. Le pire qui puisse arriver à un dirigeant, c'est de finir abandonné par les siens, seul, avec quelques ombres. À cet égard, la photo de Charles et Yvonne de Gaulle sur les plages d'Irlande m'a toujours bouleversé. Presque plus rien. Seuls. On dirait une sculpture de Giacometti.

À terme, tous les héros, comme Ulysse, sont condamnés à rentrer à la maison.

MESSAGE PERSONNEL

Journalisme ou littérature ?

Je déteste enquêter sur mes contemporains. D'autres s'en chargent avec talent ou avec plaisir.

Si les hasards de la presse ont suscité ces rencontres dans ma carrière (« carrière » est un mot absurde), je les assume totalement. Le flic en moi n'a jamais grandi. Derrière ces portraits volontairement chaleureux se cachent des colères abyssales, des fâcheries glaciales, de la violence. Mais pourquoi l'écrire ? Le pardon n'est pas une faiblesse.

J'ai suivi une partie de la première campagne de François Mitterrand parce que j'habitais rue de Bièvre et fréquentais son chauffeur-garde du corps dans les cafés du coin. Des amis le conseillaient, ce qui est toujours utile pour avoir des infos. Une fois installé à l'Élysée, il y eut un bouleversement de la rédaction à Europe 1, mettant aux commandes un aéropage de convaincus qui avaient rongé leur frein sous Giscard. L'un d'entre eux, émérite grand reporter disparu, fut propulsé comme directeur et me convia dans son bureau pour m'expliquer, malgré ma bonne couverture de l'événement, que je n'avais pas du tout le profil, le vestiaire, l'allure, le comportement du journaliste capable d'expliquer aux auditeurs les nouveaux rapports Nord-Sud pour lesquels militait Claude Cheysson aux Affaires étrangères. Vaste blague. Je ne lui plaisais pas. Il militait pour la réédition d'un bréviaire secret : le *Dictionnaire des lèche-culs en action* ! Ces portes subitement fermées, je les ai connues sous tous les septennats et quinquennats. Mieux vaut faire bande à part que de s'imposer et mettre le pied dans la porte pour écrire des mots qu'on ne pense pas. Je n'ai jamais été très Rubempré.

Dès l'enfance à l'école, Balzac, contrairement à Baudelaire, Verlaine, Rimbaud ou Éluard, me lassait avec ses Rastignac et autres pères Goriot. La cousine Bette comme les héros stendhaliens de l'arrivisme m'ont amusé cinq minutes. Mais ce réalisme des caves et des bas-fonds de l'âme – base du journalisme – ne vaudra jamais dans mon esprit « A Day in a Life », *La Diane Française*, Keats, Chopin ou Miles Davis. Ai-je fait tout ça par hasard ? Non. Pour moi, la jubilation du journalisme consiste à pratiquer, à l'âge d'homme, une sorte de scoutisme sans short. On est adultes, mais on ne l'est pas : on mime la vie ensemble, on se déteste, on se marre, on dort peu, on divorce assez vite. La crise cardiaque n'est jamais loin. La nuit comme le jour, on ment. L'argent est une chimère. La fumée ne m'a pas été épargnée. J'ai connu des rédactions qui ressemblaient, par journées de grand soleil, à de gigantesques cumulonimbus de Gitanes et de Marlboro. Mougeotte tirait sur sa pipe, maître Gildas suçait son cigare en faisant cinq choses à la fois et même la reine Christine Ockrent ne dédaignait pas un cigarillo à l'aube. J'ai avalé des kilos de fumée sans avoir jamais fumé de ma vie. Sauf pour écouter « The Pipers at the Gate of Dawn » des Pink Floyd. C'était le pétard rituel de l'acnéique. Le jeune Durand encaissait néanmoins très mal la perte de contrôle et les plafonds qui tournent. À long terme, une petite nature vous sauve !

On peut vivre sans être Albert Camus et connaître simplement le plaisir de raconter. C'est bien utile de raconter, plutôt que de donner son opinion à tort et à travers.

Après avoir quitté le pouvoir à l'été 2012 j'apprends que Jacques Chirac est allé se reposer – et Dieu sait qu'il en avait besoin – à l'hôtel Miramar, à Biarritz. Ça sent l'algue, le bain de boue et les curistes. Devant le bassin translucide et accueillant se pressent de nombreux quinquagénaires en peignoirs, quelques Russes bimboïsantes et les époux Chirac. Une rafale de photos du grand Jacques paraît dans les journaux people. Je me casse de ma location, abandonne ma famille et me pointe dans cet hôtel que j'aime bien et qui m'a parfois accueilli. À peine arrivé dans le hall, Madame Chirac, brushing en colère telle une vestale en furie, me tombe dessus en m'accusant d'être le traître, le salopard qui a mitraillé son époux. Elle est d'humeur tempête. Force 8/9.

— Mais, Madame, vous connaissez mal notre profession... Parmi les deux cents curistes qui vous regardent boire votre jus d'orange avec votre époux à la piscine, il y a probablement cinquante photographes de presse, en peignoir eux-mêmes, avec un attirail digne du Vietnam !

Son regard se transforma en lance-flammes et se tourna vers les parasols. Bernadette se rua vers le bassin pour tenter de démasquer quelques coupables, me laissant seul, messager haï de la mauvaise nouvelle. Son humeur n'était pas au beau fixe car le prestigieux hôtel du Palais voisin avait refusé d'accueillir son chien-chien, alors que l'ex-couple présidentiel voulait déjeuner en plein air, au pied du palais d'Eugénie, surmontant l'extraordinaire grande plage. Je ne revis jamais Bernadette Chodron de Courcel. Claude, sa fille, est émouvante et sympathique.

Écrire autre chose que des articles pour la presse écrite, la radio ou la télévision est venu tard car je n'ai jamais eu le temps. Depuis l'âge de dix-sept ans et les études, il a toujours fallu bosser pour vivre, comme beaucoup. À soixante-et-onze ans, je n'ai toujours pas quitté le plongeoir pour la piscine.

Il eût été plus simple pour moi de naître avec une guitare, dans un faubourg de Liverpool et d'avoir Paul et John comme copains. Ou à Charleville-Mézières ! Rimbaud, avant d'être Rimbaud, allait à l'école à pied avec son frère aîné, Frédéric, et passait toujours par un étang qui leur permettait à tous les deux de sauter sauvagement dans une barque, par plaisir, pour s'amuser. Dans mon cas, aucun don, aucune sauvagerie poétique. Je crains que ce ne soit notre cas à tous, chers lecteurs. La politique et l'art encadrent nos à-peu-près. La maladie ne me ratera pas, mais m'a renforcé. Je n'envisage pas de laisser mes enfants seuls pour l'instant. Je les aime.

Vous comprendrez que l'agression du corbeau ne m'ait pas perturbé outre mesure. Il ne faut cependant pas négliger le célèbre monologue de Macbeth : « La vie est une ombre qui marche, un pauvre acteur qui se pavane et se trémousse une heure en scène, puis qu'on cesse d'entendre. »

Les sentiers de montagne survivent aux Empires car ils ont une utilité véritable. C'est pour cette raison que l'arrière-pays basque qui domine l'océan rend ma vie d'aujourd'hui poétique. Je marche. J'attends le malaise. Je ne connaîtrai que la Ve République. Ça ne me dérange pas.

Mais puisque certains chapitres évoquent le cinéma (*Ascenseur pour l'échafaud, Apocalypse now, La Nuit du 12*), comment ignorer l'un des grands succès de ces derniers mois, un film de meurtre et de procès : *Anatomie d'une chute* ? Guillotiner ceux qui nous dirigent est une pulsion qui est revenue en force.

Nous sommes le 12 juin. Faîtes la liste de toutes celles et ceux qui prédisent la catastrophe olympique pour mieux précipiter Emmanuel Macron dans la Seine. À la rentrée, à l'issue des Jeux, vous aurez la parfaite illustration de tous les tristes sires qui rôdent. Contrairement à Tony Estanguet, croisé chez Nicolas Sarkozy.

Il y a un aveuglement dans la passion politique. Les gens qui se moquent du journalisme ne se rendent pas compte à quel point c'est une dévoration de soi, une vie entière vécue par procuration. Depuis le succès du *Monde selon Garp*, l'écrivain John Irving, installé maintenant au Canada, vit pratiquement exclusivement entre le sport et d'interminables journées au bureau consacrées à l'écriture. Rien d'autre. Une existence rêvée.

Des années de matinales, des milliers de journées sans sieste, l'extrême fatigue qu'on ne voit pas arriver ; les rendez-vous, les papiers en retard, les amis, la famille : avant la catastrophe, pourquoi aurais-je blâmé ma vie ? Il ne suffit pas de se réveiller le matin et d'attendre la nuit, vivre est un métier.

Paris, la nuit du 12 juin 2024.

REMERCIEMENTS

Je remercie tous ceux, politiques et artistes, qui m'ont laissé entrer dans leur vie depuis longtemps.

J'adresse un grand merci à Sabrina Meneux qui a toujours été là, de Canal+ jusqu'à *Bande à part*. Que ferais-je sans elle ?

Merci également à Jean-Luc Barré, éditeur, romancier, biographe, pygmalion, tyran rieur et bon enfant, pour les délais d'écriture, et à Pierre Chardot. Jeune, passionné.

Je remercie ma famille, meilleur moyen de faire bande à part, et toute la fameuse bande de Radio Classique : Marc Lambron, romancier omniscient. Karol Beffa, improvisateur, musicologue, compositeur surdoué, Laurent de Wilde, mister jazz, pianiste, compositeur multi-continents. Samuel Blumenfeld, pour qui le cinéma américain n'a aucun secret, Philippe Gault, rugbyman radio, qui a failli jouer contre les All Blacks. Avec moi, ça fait trois normaliens bac + 50 et trois abrutis relatifs, mais passionnés.

Je remercie Brigitte et Pierre Delalonde, le mystère et le château de La Folie Boulart à Biarritz, propice à la concentration.

Dans la vie comme dans mon imaginaire, l'Hôtel du Palais est une sorte de majestueuse pyramide au bord de l'océan.

Merci enfin à Jean-Luc Godard, pour le titre. Et parce que c'est Jean-Luc Godard.

Merci au Spritz, surtout en hiver, à Paris et à Biarritz. Éternellement.

TABLE DES MATIÈRES

CET OUVRAGE
A ÉTÉ ACHEVÉ D'IMPRIMER
SUR ROTO-PAGE
PAR L'IMPRIMERIE FLOCH
À MAYENNE EN OCTOBRE 2024

N° d'impression : 105790
N° d'édition : P31958/02
Imprimé en France